COLLECTION « BEST-SELLERS »

DU MÊME AUTEUR

chez le même éditeur

*Où rodent les hommes*, 2006
*Meurtres à Lafferton*, 2006
*Au risque des ténèbres*, 2007
*La mort a ses habitudes*, 2009

SUSAN HILL

# DES OMBRES DANS LA RUE

## Une enquête de Simon Serrailler

*roman*

Traduit de l'anglais par Johan-Frédérik Hel Guedj

ROBERT LAFFONT

Titre original : THE SHADOWS IN THE STREET


---

ISBN 978-2-221-12546-5
(édition originale : ISBN 978-0-701-17997-7 Chatto & Windus, Londres)

*À ces bonnes vieilles têtes*

# 1.

Leslie Blade s'arrêta sous l'avancée de l'entrée de la faculté, le temps d'ouvrir son parapluie.

La pluie. La pluie matin et soir depuis le début de la semaine.

Il pouvait venir travailler en voiture, mais il n'était qu'à trois kilomètres, donc la fac ne lui accordait pas un permis de stationner sur le parking. Il pourrait attraper un bus, mais ils étaient peu fréquents et peu fiables et, depuis l'arrêt le plus proche de son domicile, il y avait encore dix bonnes minutes à pied.

Les gens dévalaient les marches et sortaient sous cette pluie torrentielle. Des étudiants traversaient la cour, capuches d'anorak relevées.

Leslie Blade redressa son parapluie et sortit.

Jusqu'à ces derniers mois, il avait toujours suivi le même itinéraire, par la grande rue, en contournant la Colline, mais maintenant que les ruelles de l'Old Market Lanes étaient ouvertes, il les empruntait parfois ; il aimait assez les pavés et ces éclairages moins crus, il jetait un œil aux vitrines du libraire et de deux galeries d'art, s'achetait un morceau de fromage et un peu de salami chez le traiteur qui restait ouvert jusqu'à dix-neuf heures. Cela le faisait arriver chez lui une vingtaine de minutes plus tard ou davantage, ce qui ne plaisait pas trop à sa mère, aussi il s'était mis à lui acheter un peu de chocolat ou un sachet de caramels au beurre salé. C'était une manière de la soudoyer, mais ce n'était pas vraiment cela dont elle avait envie ; c'était sa compagnie qu'elle voulait, mais ça marchait, car elle aimait les sucreries.

Le temps qu'il atteigne les Lanes, ce soir-là, la pluie dégoulinait des gouttières et les bas-côtés de l'étroite voie pavée étaient inondés de mares profondes. Le traiteur fermait tôt.

Il la vit au bout de la rue, là où les ruelles des Lanes débouchaient sur la place du marché. Elle se tenait debout, juste en deçà du halo de lumière qui se déversait du pub, le col de sa veste relevé, tâchant de s'abriter de la pluie tout en restant visible. Il pressa le pas. C'était un nouvel emplacement ; il n'avait encore jamais vu aucune d'entre elles, par ici. C'était trop proche des principales rues commerçantes et les voitures n'étaient pas autorisées à s'arrêter sur la place – uniquement les bus, et les taxis qui rejoignaient la station, à l'autre extrémité.

Mais c'était Abi. Il était sûr que c'était Abi, même d'ici, depuis l'autre bout de la rue. Abi, ou alors Marie, peut-être ?

Il contourna une flaque mais ne put éviter la suivante et sentit l'éclaboussure d'eau froide sur sa jambe, qui détrempa son pantalon, et il faillit tomber en arrivant au coin.

La jeune femme ne se retourna pas, même pas un coup d'œil, mais alla à la rencontre d'un homme qu'elle attendait, visiblement. Elle lui prit le bras. Entra dans le pub.

Ni Abi. Ni Marie. Ni l'une ni l'autre en fin de compte.

Leslie était en colère, il se sentait idiot. Mais il n'y avait personne pour le remarquer.

Il traversa la place du marché et s'éloigna des boutiques et des lumières, vers la Colline.

Hilary, l'aide-soignante de sa mère, partait sauf exception à quatre heures et demie et Leslie essayait de rentrer juste après six heures. Ce soir, ce fut plutôt vers six heures vingt, à cause de la pluie battante qui l'avait ralenti sur son trajet. On était jeudi, l'une des deux soirées de sortie qu'il s'octroyait, mais si cela ne se dégageait pas, à quoi bon, se demandait-il ? Qui serait dehors, par un temps pareil ?

Il ouvrit la porte d'entrée.

Hilary laissait toujours la lumière du perron allumée pour lui, et la bouilloire pleine et prête à l'emploi. S'il voulait qu'elle s'occupe d'autre chose, lui peler des pommes de terre ou lui mettre quelque chose au four à feu doux, il lui suffisait de laisser un mot en ce sens et elle le faisait volontiers. Pourtant, il lui soumettait rarement de telles demandes. Elle était l'aide-soignante à domicile de sa mère, pas une aide ménagère. Hilary et lui ne se croisaient quasiment jamais, mais communiquaient, si besoin était, en échangeant de petits mots – les siens, toujours enjoués et ornés de visages rigolos, de petites étoiles ou de fleurs dessinées au crayon. Il avait de la chance. Il avait entendu des histoires au sujet d'une autre espèce d'aides à domicile – la secrétaire du bibliothécaire en chef avait connu quelques expériences déplaisantes avec les aides-soignantes de sa mère, des femmes qui se montraient brusques ou même carrément cruelles, et l'une d'elles était une voleuse. Hilary était de toute confiance, forte, joyeuse, fiable. Leslie savait reconnaître sa chance quand elle se présentait. Norah Blade n'était pas compliquée, mais une arthrite rhumatoïde aussi méchante que la sienne ne favorisait guère une humeur égale.

— Leslie ?

— Je suis là. Mais je monte me changer, je suis trempé.

— Il a plu à verse toute la journée, j'ai vu ça par la fenêtre et depuis que tu es sorti ce matin cela n'a pas cessé.

Rien qu'au ton de sa voix, il percevait tout. Les bons jours. Les mauvais. Les journées douloureuses. Elle avait l'air jovial. Donc cette journée n'avait pas été mauvaise.

Ils pourraient passer une agréable soirée, et elle serait installée dans son lit avant qu'il n'ait à ressortir. Parfois, quand elle souffrait beaucoup, il était obligé de rester éveillé à ses côtés, de jouer aux cartes, de l'aider à rendre sa nuit plus brève. Ces soirs-là, il ne pouvait pas s'absenter.

Les tubes au néon étaient allumés au-dessus des plans de travail de la cuisine, une casserole de carottes épluchées sur le feu, un mot très gai d'Hilary sur le petit bloc. Dans un pantalon sec et avec ses pantoufles, il se sentit déjà mieux, se servit une bière blonde et jeta un œil à la cocotte. Les rideaux n'étaient pas encore tirés et, quand il tendit la main pour les fermer, il vit que la pluie ne battait plus les vitres, et que le vent était tombé.

— Il n'y a pas grand-chose à la télé, fit Norah, après leur dîner, quand il l'eut aidée à retourner s'installer dans son fauteuil.

Elle regardait les jeux-concours, les documentaires animaliers et les émissions de voyages, *Inspecteur Barnaby* et les rediffusions de séries comiques plus gentillettes.

— « University Challenge », non ?

— Ils ont tous des airs tellement débraillés.

— Mon Dieu, maman, tu devrais voir certains de nos étudiants. Ceux de la télévision sont franchement présentables.

— Il y en avait un, un garçon, il avait les cheveux verts.

— C'était il y a des années.

— Il n'empêche.

Ils pouvaient continuer de badiner plus ou moins agréablement de la sorte jusqu'à l'heure du coucher. Il avait fallu à Leslie quelques années avant de comprendre que, lorsque Norah faisait mine de ronchonner et d'être contrariée par des choses sans importance – les programmes de télévision, le bruit que faisaient les voisins, les faits-divers dans le journal local –, c'était un peu son exutoire. Elle avait continuellement mal, elle était limitée dans ses mouvements, confinée à deux pièces de la maison, et pourtant, à ce sujet-là, elle ne se plaignait jamais. Bougonner à propos du côté débraillé des jeunes à la télé, c'était un moyen de laisser échapper un cri d'angoisse et de malheur sur sa propre condition.

Et donc il lui cédait, il la laissait rouspéter. L'acteur qui jouait le jeune inspecteur dans *Inspecteur Barnaby* n'était pas aussi bon que son prédécesseur ; certains documentaires sur la nature ménageaient une part trop belle aux bavardages des présentateurs et se consacraient trop peu aux animaux. Il avait l'habitude. Cela ne le gênait pas.

— La sœur d'Hilary attend un bébé, je te l'avais dit ?

— Tu me l'avais dit. C'est pour quand ?

— Vers le printemps. Encore une éternité. Mais naturellement, Hilary est aux anges. Ils habitent à quelques rues de chez elle.

— Oui, tu me l'as dit.

Norah Blade n'émettait jamais la moindre critique à l'encontre de son aide à domicile et ne s'était jamais fâchée avec elle, même pour des vétilles.

Ils regardèrent la moitié d'une nouvelle série très vulgaire, puis Norah décida d'aller au lit.

— J'ai trois nouveaux livres de bibliothèque qu'Hilary est allée changer pour moi. Du point de vue distraction, ce sera pas pire que ce j'ai là.

Elle appuya sèchement sur le bouton de la télécommande et la télévision se tut.

Elle ne fut pas installée avant neuf heures et demie. Leslie passa dans la cuisine et ouvrit la fenêtre. Il aperçut quelques étoiles dans le ciel qui se dégageait. Il débarrassa les assiettes du dîner, sortit une miche de pain tranchée, du fromage, des tomates et un paquet de jambon, se prépara des sandwichs, découpa un cake aux fruits qu'il avait acheté et emballa le tout dans du papier alu. Il mit ses provisions dans un cabas, avec une demi-douzaine de barres Mars, quelques pommes et un thermos de café. Il en préparait toujours assez pour quatre, et si elles étaient plus, elles n'auraient qu'à partager.

Il se demandait quelquefois s'il arrivait à Hilary de constater la présence de ces gros morceaux de fromage et les paquets de beurre dans le frigo, du chocolat et des biscuits dans le placard, et si elle s'interrogeait sur le goinfre qui avalait autant de nourriture, qui plus est en général pendant la nuit. Mais sa mère répétait tout le temps que l'un des meilleurs côtés d'Hilary, c'était qu'elle ne fouinait jamais, n'émettait jamais de commentaire : elle attendait qu'on lui dise les choses, et si on ne les lui disait pas, elle ne posait pas de questions.

Il rangea, puis il regarda les titres des infos. Quand il éteignit la télévision, il trouva la maison très silencieuse. Une voiture passa. Puis le silence de nouveau. Ils étaient au bout d'une rangée d'habitations, et les voisins d'en face faisaient peu de bruit. Il se demandait si Norah n'aurait pas préféré vivre dans une rue plus animée, avec davantage d'allées et venues, des familles, davantage d'enfants effectuant le trajet entre l'école et chez eux ; elle restait pas mal de temps dans son fauteuil, près de la fenêtre. Mais elle vivait dans cette maison depuis trente-cinq ans. C'était sa maison, depuis toujours. Il n'était pas question de déménager, pas maintenant.

Le salon sur la rue – l'ancienne salle à manger – avait été transformé en chambre à coucher, maintenant qu'elle ne pouvait plus monter l'escalier ; il y avait une salle de bains, dans une petite annexe. Il sortit dans le couloir. Aucune lumière ne filtrait sous la porte, mais il prononça son nom, à deux reprises, à voix basse. Attendit. Rien. Il entrouvrit la porte et resta devant, à écouter sa respiration légère. Les chiffres de son radio-réveil rayonnaient d'une lumière étrange, extraterrestre.

— Bonne nuit, mère.

Elle ne répondit rien.

Mais dix minutes plus tard, entendant le déclic feutré de la porte d'entrée qui se refermait, Norah Blade ouvrit les yeux. La maison redevenait elle-même. Elle tendit l'oreille. La voiture de Leslie était garée sur le petit bout de terrain vague entre leur maison et l'immeuble. Parfois, elle lui posait la question : comme il ne s'en servait pas pour aller travailler, pourquoi s'embêtait-il à la garder, et n'était-ce pas trop de dépenses ?

— Je t'emmène à l'hôpital, je l'utilise pour les courses, l'été, nous partons faire des sorties avec. Elle te manquerait.

— Tu pourrais en louer une.

— Non, une fois qu'on arrête de conduire régulièrement, on perd la main.

Mais il s'en servait plus souvent que cela, Norah le savait ; il prenait sa voiture la nuit, deux fois par semaine, mais elle ignorait où il allait et ce qu'il fabriquait. Elle ne le questionnerait pas. Il était adulte. Il avait droit à une vie privée. Elle se sentait suffisamment coupable.

Elle tendit encore l'oreille, attendit de l'entendre s'éloigner dans la rue. La douleur n'était jamais pénible durant cette première partie de la nuit, car elle avait chaud, elle était douillettement calée contre ses oreillers spéciaux, et le médicament qu'elle avalait avec une boisson chaude en atténuait les accès aigus, pendant un certain temps au moins. Mais elle ne se rendormait pas avant le retour de son fils, elle demeurait allongée dans l'obscurité, étrangement réconfortée par la lueur verte de sa pendule de chevet. Il serait sorti deux heures et, quand elle l'entendrait rentrer, elle se rendormirait aussitôt, jusqu'à ce que la douleur et la raideur de ses membres la réveillent de nouveau, dès les premières heures du matin.

# 2.

Abi Righton remonta encore un peu le sac de couchage, l'ajustant autour du cou de Frankie. Il marmonna et remua les lèvres un instant, mais sans se réveiller. À côté de lui, dans le lit de camp contre le mur, sa sœur Mia toussa, bougea, toussa encore et ouvrit les yeux.

— C'est bon, rendors-toi.

L'enfant toussa de nouveau et se redressa non sans mal. Ils étaient dans des sacs de couchage parce qu'Abi pensait que c'était plus sûr et plus chaud et parce que hormis une grande couverture tricotée elle n'avait pas d'autre linge de lit pour eux.

Elle s'assit devant le miroir accroché à un clou sur le mur, s'étira le coin de l'œil pour appliquer de l'eyeliner autour de sa paupière, en tâchant de ne regarder que ce qu'elle faisait et rien d'autre ; elle ne voulait pas voir son visage, les ombres sépia qu'elle avait sous les yeux, et cette gerçure au coin de sa bouche, là où un bouton de fièvre venait de sécher.

Mia toussa encore, avant de geindre. Abi n'avait pas de remède contre la toux, mais elle avait un peu de jus d'orange, dans le fond de la bouteille en plastique ; elle pouvait dire à Hayley de lui en faire réchauffer, si elle toussait trop. D'ailleurs, où était Hayley ? Il était neuf heures dix, elle était censée arriver à neuf heures, elles en avaient toujours convenu ainsi. Trois soirs, Hayley venait garder les deux petits d'Abi ; et trois soirs, Abi les emmenait chez Hayley et gardait Liam. Tant qu'Hayley n'était pas là, elle ne pouvait pas sortir, c'était un principe. Laisser les gosses seuls, c'était un truc qu'elles ne feraient jamais, elles se l'étaient dit, toutes les deux.

C'était comme ça que leur organisation avait débuté, plus d'un an auparavant. Elle tourna la tête et s'appliqua à maquiller l'autre œil. Au moins, il avait cessé de pleuvoir ; la pluie, c'était le pire. Enfin, le froid cinglant de l'hiver dernier, c'était encore autre chose – elle avait eu la grippe et ensuite une toux dont elle n'avait pu se débarrasser pendant des semaines, Frankie et Mia avaient été malades plus ou moins sans arrêt et elle n'avait pas eu de quoi se payer le chauffage au gaz plus de deux jours par semaine. Là, elle avait touché le fond. Si elle n'avait pas eu Hayley, elle ne s'en serait pas sortie. Elles s'étaient soutenues mutuellement, et quand l'une avait de l'argent, elles s'aidaient aussi sur ce plan-là. Une ou deux fois, elles étaient restées à la maison, tous les enfants dormaient ensemble, Hayley et elle à côté d'eux, pour se tenir chaud. C'était comme si elles retombaient en enfance, elles aussi. Un soir, elles n'avaient pas d'argent pour mettre des pièces dans le compteur électrique, alors Hayley était allée à l'église catholique et elle avait fauché deux ou trois cierges sur le chandelier. Elles les avaient allumés et elles avaient parlé fantômes, avec cette lumière qui vacillait sur les murs. Elles avaient ri à en faire pipi dans leur culotte, elles avaient réveillé les enfants, confectionné des sandwichs au jambon avec le reste de la miche de pain.

J'étais heureuse, songea soudain Abi, en traçant son trait d'eyeliner. C'était cela. C'était cela, être heureuse.

Elle entendit Hayley dans l'escalier. Si seulement elles avaient pu vivre comme ça tout le temps, se payer une tranche de rire, rester ensemble avec leurs enfants et ne pas avoir à sortir. Ne plus jamais sortir. Sauf qu'elle était forcée d'aller faire le trottoir, elle économisait. Elle rangeait les billets qu'elle gagnait dans une vieille boîte de biscuits et, quand il y en avait beaucoup, elle les plaçait sur un livret à la poste. Elle commençait à avoir un petit pécule. Pas suffisant. Mais c'était déjà ça. Elle songea que d'ici trois ans, quatre peut-être, les enfants seraient à l'école, et elle aurait assez pour déménager ailleurs ou alors son nom serait tiré au sort pour l'attribution d'un logement – de toute manière, ce qu'elle obtiendrait, ce serait toujours mieux qu'ici.

Quatre ans, cinq peut-être. Ensuite, elle n'aurait plus à aller dehors. Plus une seule fois.

— Salut.

Hayley franchit la porte et Mia se remit à tousser.

— J'croyais que tu t'étais perdue.

— Il était malade.

— Oh, merde de merde, tu l'as pas ramené ici comme ça, si ? Il va refiler sa crève aux miens, et j'ai pas besoin de ça.

Hayley était en jean et parka, et elle tenait Liam par la main. Il avait le teint cireux.

— Bon, il faut que tu sortes, j'étais censé faire quoi, moi ?

— D'accord, d'accord. Seulement, mets-le plutôt par là. Mets-le de l'autre côté.

— Bordel, on dirait qu'il a la vache folle, ou je sais pas quoi, moi. Il y peut rien, tu sais. – Tout en continuant de rouspéter, Hayley déposa Liam sur le vieux canapé contre la fenêtre, et lui retira son blouson. – En tout cas, il s'est arrêté de pleuvoir. Ça peut pas faire de mal.

— Avec ma chance, je serai sortie depuis cinq minutes que ça va recommencer. Et j'ai plus de sachets de thé.

— Super.

— Si c'est calme, j'irai au drugstore ouvert toute la nuit en prendre un petit paquet. Il y a un peu de lait.

Abi récupéra sa polaire sur le dossier de la chaise, tâta sa poche pour être sûre d'avoir son portable. Elle devait se racheter du crédit, mais elle n'avait pas de quoi non plus. Une autre raison pour qu'elle sorte. On pouvait se passer de beaucoup de choses, avant de se passer du téléphone. Sa ligne de survie.

— Prête-moi ton portable, Hayley.

— Pas question. Qu'est-ce qu'il a, le tien ?

— Quasi plus de crédit. Allez, je vais laisser le mien ici, il doit rester assez pour appeler une ambulance ou autre, si tu as besoin.

— Alors c'est valable pour toi aussi, dit Hayley en dévisageant Abi, au point de lui faire baisser les yeux.

Quand elle était de cette humeur, il valait mieux la laisser tranquille. Elle vous sautait à la gorge, elle braillait, se cognait la tête contre les murs, vous balançait quelque chose, tout ça s'était déjà produit, et elles savaient toutes les deux pourquoi. Abi n'allait pas courir ce risque, pas quand les gosses allaient rester ici avec elles.

— D'accord, fit-elle. La camionnette sera peut-être de sortie, ils nous en donneront, eux, des sachets de thé.

— Je l'ai pas revue depuis une semaine.

— C'est pas comme Les le Dingo.

Hayley s'étrangla de rire. Mia se réveilla en toussant, et Liam vomit un jet de couleur claire qui décrivit un arc de cercle jusqu'au sol.

Vingt minutes plus tard, Abi était dans la rue. Le ciel était dégagé et un vent sournois s'était levé, le genre qui traverse les vêtements et qui ressort de l'autre côté. Mais il faisait sec. L'enfer, c'était la pluie. Si vous vous postiez à un endroit où l'on vous voyait correctement, vous vous faisiez tremper. Et puis, quand le temps était humide les voitures ne s'arrêtaient pas tellement. Quand il pleuvait, personne ne passait à pied. De toute manière, les clients non motorisés n'étaient pas très nombreux, mis à part Mister Bonnet, à moins d'aller directement en ville quand ils sortaient des pubs. Ça, elle avait pas mal pratiqué, mais dernièrement cela ne servait plus à rien. Quatre filles s'étaient pointées, un soir, amenées par un fourgon qui les avait déposées près des Lanes – des étrangères, qui venaient de Bevham, où il y en avait déjà trop, maintenant. Deux ou trois nuits plus tard, il y en avait trois de plus.

La police s'était mise à toutes les faire dégager de là, vite fait bien fait, alors qu'avant elle vous laissait tranquille.

Elle marchait rapidement, en coupant par le parking avant de continuer par la rue principale vers toutes ces petites rues qui se croisaient entre le canal et la rocade, un raccourci pour les automobilistes qui se dirigeaient vers Bevham. D'un côté, c'étaient les appartements chics et chers aménagés dans l'ancienne fabrique de rubans, avec maintenant, encombrant la façade, plusieurs panneaux « À vendre ». Qui pouvait se permettre d'acheter ces logements ? Les couples de bobos, les gens qui achetaient pour investir, même si le sol s'était dérobé sous leurs pieds, à tous ceux-là. Elle pouvait se les représenter, en jetant un œil là-haut par les fenêtres éclairées, ou grâce aux photos de vieux magazines, elle pouvait s'imaginer à quoi ils ressemblaient, là-dedans. De l'espace. Du parquet partout. Pas de gosses. Si vous aviez des gosses, vous n'habitiez pas là. Et pourquoi ça ? Pourquoi elle n'aurait pas le droit de vivre avec les deux siens dans un endroit comme celui-là, au lieu du taudis qui lui tenait lieu de chambre ?

Elle savait pourquoi.

Elle atteignit l'angle de la rue, en face du club de billard. Il y avait deux filles de ce côté. Les étrangères. Et deux autres après le tournant. Abi changea de direction, coupa par une ruelle, déboucha dans la dernière rue avant la route principale. Celle-ci longeait les portails fermés à clef et les hautes grilles de l'imprimerie, mais ce n'était pas si mal – on pouvait s'abriter et la camionnette de l'Entraide était parfois stationnée devant l'entrée de l'entreprise. Et les hommes connaissaient l'endroit, ils savaient quel genre de filles se trouvaient généralement ici. La police n'avait pas l'air de trop s'en soucier, pas comme en centre-ville.

Elle vit Marie appuyée au réverbère non loin de l'angle, et qui fumait. Personne d'autre. Abi releva encore un peu plus le col de sa veste. Elle avait froid aux jambes, mais ça, c'était tout le temps, il fallait porter une jupe courte et certaines filles portaient même des décolletés. Mais l'hiver, il valait mieux prendre un peu soin de soi. Si elle tombait malade, elle ne servirait à rien. Le col d'une polaire, c'était pas grand-chose, mais ça aidait. Le coin était calme. Il n'y avait pas beaucoup de voitures, même à descendre la rue principale. Elle fit quelques allées et venues, puis elle alla vers Marie.

— Ça roule ? – Marie haussa les épaules et jeta son mégot de cigarette sur le trottoir. – Y a personne d'autre ?

— J'ai vu passer la camionnette. Celle des étrangères. Je pense que c'était la leur.

— Elles ont pas intérêt à s'arrêter par ici.

Marie secoua la tête.

— Elles vont en ville.

— Elles vont se faire déloger.

— Ouais, mais en ville il y a plus de monde qui circule, non ? Par ici, c'est mort, je te le dis.

— J'en ai marre de ces filles.

— On n'a jamais eu rien de tel. Il n'y avait que nous. Et c'était tout. Peut-être une nouvelle de temps en temps...

— Cette fille avec sa tête de mort, toute pâle.

— Mélissa.

— C'est ça.

— Elle a pas duré.

— Non. Elles ont pas intérêt à s'arrêter par ici, leurs étrangères, là, répéta encore Abi.

Marie la regarda.

— Les emplois anglais aux travailleuses anglaises.

Et elles rigolèrent.

Une voiture tourna au coin et elles se séparèrent, Marie traversant la chaussée pour aller attendre près de l'entrepôt. Le véhicule ne s'arrêta pas. Encore dix minutes et trois filles arrivèrent dans la rue, des filles qu'elles connaissaient. Elles se séparèrent, elles aussi, l'une d'elles se dirigeant vers l'autre bout, côté canal, et les autres traversèrent.

Ça se refroidissait. Abi tapa des pieds. Ensuite, deux voitures, et puis une autre, tournèrent lentement au coin et remontèrent la rue presque au pas. Abi se sentit prise dans les phares de l'une d'elles, vit Marie se diriger vers le trottoir, où un autre véhicule s'était arrêté. Ce ne serait peut-être pas une soirée si morte que ça, après tout.

Mais il s'écoula encore vingt minutes avant qu'un autre se présente, en face, cette fois. Elle s'approcha, mais la voiture s'arrêta quelques mètres plus haut et coupa ses phares. Moteur éteint. La portière côté conducteur ouverte.

Merde, c'était lui, pas un client. Elle s'éloigna rapidement. Marie sortait d'une autre voiture, un peu plus loin, en fourrant de l'argent dans sa poche intérieure.

— Continue de marcher, y'a Leslie le Dingo par là-bas.

Marie jeta un œil. Elle avait l'air jeune, songea Abi, jeune dans cette pénombre, différente de ce à quoi elle ressemblait sous le réverbère. Ce à quoi elles ressemblaient toutes. Elle savait que Marie vivait dans une caravane, sur un bout de terrain en retrait de Starly Road. Sa mère vivait plus ou moins avec elle, sauf quand elle s'était fait boucler, ou quand elle était quelque part dans un fossé, totalement bourrée.

Des bruits de pas.

— Abi ? Oui, c'est ce que je pensais. Abi… qui est-ce ?…

— Marie.

Les filles échangèrent un bref regard. Elle n'avait rien contre Leslie. Mais lui, ce qui lui plaisait, c'était de rester à papoter, et les clients éventuels qui passaient ne s'arrêtaient pas.

— Salut.

— Venez ici, plus près du portail.

Elles le suivirent, là où il y avait une borne, juste avant l'accès à la fabrique. Il avait son cabas en toile habituelle, ses sacs en plastique de sandwichs, ses barres chocolatées, son thermos de café.

— Fait froid pour vous ce soir, dit-il, en déballant les paquets. Trop froid pour rester dehors dans la rue.

— Ouais, ouais. Enfin, merci en tout cas.

Abi n'avait pas faim, mais le café n'était pas trop mal, encore assez chaud, et elle croqua deux bouchées de chocolat, avant de fourrer le reste dans sa poche pour le rapporter chez elle.

— Il y a un bon bout de cake.

Marie enfournait ces victuailles comme si elle n'avait rien avalé de la journée, ce qui, songea Abi, était probablement le cas. Elle était maigre comme un clou, la peau sur les os. Au lieu de manger, elle fumait. Elle enfourna encore une autre moitié de sandwich au jambon.

Il effectuait ce style de sorties à peu près toute l'année. Il se pointait, il apportait à manger et ce thermos, il bavardait d'un peu tout et rien. Elle aurait voulu lui demander pourquoi, mais ne s'était jamais donné cette peine. Il ne faisait pas partie du groupe de l'Entraide, il n'était pas de l'Armée du Salut ou d'une quelconque église, pas à sa connaissance, et en plus, il ne cherchait pas à prêcher la bonne parole, ne parlait pas de Jésus ou autre. Il discutait de la météo et leur demandait si elles allaient bien, s'enquérait de celles qui ne faisaient plus le trottoir depuis un certain temps. Une fois, apprenant qu'une des filles qui venait d'habitude avait été souffrante, il lui avait proposé de lui obtenir un rendez-vous chez un médecin, et de la conduire à l'hôpital. Elle n'y était pas allée et, la semaine suivante, le bruit avait circulé qu'elle était morte d'une overdose. Leslie s'était inquiété d'elle, mais elles ne lui avaient rien dit.

Ces derniers temps, il sortait deux soirs par semaine. Hayley l'avait croisé, elle aussi.

— Je croyais que vous seriez allées plus vers le centre. Où il fait un peu plus chaud, où il y a plus d'abris. – Abi haussa les épaules. – Et puis, c'est plus sûr, là-bas.

— Ça va. On veille les unes sur les autres.

Elles n'avaient jamais trop compris si c'était un type bien ou pas. Il n'était pas bizarre. Il n'était rien. N'empêche…

L'une des filles lui avait demandé s'il s'attendait à être payé en nature, mais Leslie en avait été horrifié. Il avait sauté dans sa voiture et il avait démarré très vite, en laissant le thermos derrière lui, sur un banc, et après ça, personne ne l'avait plus revu pendant deux semaines.

« Tu diras ce que tu voudras, avait décrété Hayley. Pas normal. »

Sauf qu'il paraissait normal, à les regarder manger les sandwichs qu'il leur avait préparés, empocher les barres chocolatées qu'il leur avait achetées avec son argent, et finir le thé ou le café bien chaud. Il avait un manteau normal, un pantalon, une écharpe bleue en laine normale. Des chaussures noires normales. Normal. Il était propre, il se rasait, il n'avait rien de particulier, rien de singulier non plus. Normal, c'était tout.

Sauf que non, pas normal.

Abi lui rendit la tasse en plastique.

— Merci.

Pas normal. Comment ça pourrait être normal ?

— Oh, mon dieu.

— Quoi ?

— Je me souviens, il faut que j'ailler me chercher des sachets de thé. Faut que j'aille au drugstore. Merde.

Une voiture tourna au coin.

Marie s'éloigna rapidement, sentant que le véhicule allait s'arrêter un peu plus bas. Abi lâcha un juron.

— Salut, Leslie, fit-elle, et elle l'abandonna, ne voulant pas perdre son temps, à lui tenir compagnie ou que sais-je encore, et gâcher le reste de sa soirée. Elle n'avait même pas encore gagné de quoi se les payer, ces sachets de thé.

Mais quand elle arriva en haut de la rue, une voiture arrivée de la rue principale lui fit des appels de phare.

Son dernier client la déposa près de l'imprimerie, juste après minuit. Il y avait eu une plus grande activité, elle avait récolté plus d'argent qu'elle n'aurait espéré, mais là, c'était bon, elle en avait assez. Elle en avait toujours assez, elle en avait assez avant même de commencer, mais ça n'allait pas durer éternellement. C'était ça qui lui donnait le courage d'avancer. De savoir que ça n'allait pas durer éternellement. Quatre ans. On supportait tout, pendant quatre ans. Enfin, si elle gagnait vraiment bien, peut-être trois.

La rue était déserte. Les autres étaient parties. Elle avait pris un raccourci le long du chemin de halage du canal, avant de franchir la passerelle. D'habitude, elle n'aimait pas ce chemin, mais cela permettait de gagner dix minutes.

Quand elle passa devant la borne près de l'imprimerie, elle vit quelque chose. Peut-être que Leslie avait laissé sa besace, mais cela ne lui ressemblait guère. Propre et rangé, voilà Leslie.

Elle ne parvint pas à distinguer ce que c'était, pas avant d'être le nez dessus. C'était un sac plastique du supermarché de Bevham Road. Elle hésita. On ne savait jamais.

— Leslie l'a laissé pour toi, j'allais t'envoyer un texto. – Marie surgit de l'ombre. – Il est parti, mais ensuite, il est revenu avec.

— Est-ce que ça va ?

Marie paraissait bizarre. Elle détournait la tête.

— Ça va, j'ai rien, ça me passera. Je me tire, Abi, j'ai eu ma dose. Tu marches un petit peu dans ma direction ?

Il y avait trois kilomètres jusqu'au terrain et la caravane de Marie. Elle sortit les chaussures plates qu'elle avait dans ses poches, à la place de ses talons hauts, et, quand elle se pencha pour en mettre une, Abi entraperçut son visage.

— Il faut que tu montres que tu t'es fait cogner, Marie. Tu as noté son numéro ? Tu n'as pas à supporter ce genre de choses… tu peux toujours aller trouver les flics, tu sais, si tu as relevé sa plaque.

— Ouais d'accord.

— Tu peux toujours.

— C'est ce que tu ferais, toi, dans ces cas-là ?

— Je te le dis, juste.

— Eh ben, laisse tomber, bordel.

Marie enfila sa seconde chaussure en chancelant.

— Ça ne m'ennuie pas d'aller jusque là-bas avec toi, sauf que je dois rentrer pour les gosses.

— OK, c'est bon.

Marie attendit.

— Quoi ?

Marie lui désigna le sac.

— Ouais.

Abi le ramassa. Plongea la main dedans.

*Deux cents sachets de thé. Goût corsé. Format économique.*

# 3.

Il ne se passait rien pendant une journée parfois, même quelquefois pendant deux jours. Tout se déroulait comme d'habitude ; elle se levait, préparait le petit-déjeuner, conduisait les enfants à l'école en voiture, faisait son travail, les courses, allait reprendre les enfants, préparait le dîner. Il faisait sec ou il pleuvait ; il faisait froid ou il faisait doux. Le monde tournait. Puis le chagrin l'agressait de nouveau sans avertissement, la cueillait si violemment qu'il lui coupait le souffle, la laissait sanglotante ou tremblante, écœurée ou terrorisée : souvenirs, détresse et désespoir la submergeaient comme une lame de fond.

Cat Deerbon ouvrit la portière de sa voiture, puis elle s'y appuya un moment, la tête contre son bras, tremblante de larmes qui semblaient venir du tréfonds de son corps, une autre vague qui avait assez de puissance pour la jeter à terre. Derrière elle, les lumières d'Imogen House se déployaient en éventail sur le bitume. Il était dix heures moins vingt.

Elle avait été à peu près bien dans la demi-heure qui avait précédé : elle avait modifié le dosage d'un antalgique pour un patient, parlé à une famille, elle s'était même sentie bien quand elle avait examiné Cassie Porter, quand elle s'était assise à son chevet, quand elle l'avait écoutée, en lui prenant la main. Bien, en discutant de Cassie et de deux autres patients avec l'infirmière de nuit. Bien, en prenant une tasse de thé avec Lois, la réceptionniste. Bien. Et en sachant pendant tout ce temps qu'elle n'irait plus du tout bien dès qu'elle aurait quitté le bâtiment, qu'elle aurait cessé d'être le médecin de permanence, et pourrait baisser la garde. Bien, jusqu'à ce qu'elle soit seule.

Cassie Porter avait vingt-sept ans et se mourait d'une tumeur cérébrale.

Les gens mouraient. C'était un établissement de soins palliatifs. Cat était médecin.

Un an plus tôt, son mari, Chris, était mort du même type de tumeur, certes pas ici, mais à la maison, dans leur lit, alors qu'elle le serrait dans ses bras. Il avait envoyé nombre de ses propres patients à Imogen House, il soutenait énormément cette institution et il avait encouragé Cat à s'impliquer davantage dans les soins palliatifs. Mais il avait refusé d'y être admis lui-même, il avait refusé de mourir ailleurs que chez lui. Elle ne savait pas si le fait qu'il n'y ait pas de souvenirs de sa mort éternellement associés à cet établissement lui facilitait ou non son travail là-bas. Rien ne l'affectait plus ou moins qu'avant. Ça empirait. C'était tout. Le temps qui passait aggravait les choses. Les gens lui avaient soutenu que ça irait mieux, et ils avaient tort.

Elle continua de pleurer, des larmes lui coulèrent sur le bras et la main. Ces larmes étaient sans fin et le puits était sans fond. Elle l'avait compris, désormais. Dans quelques instants, cela cesserait, mais il y avait toujours, toujours une prochaine fois, une heure ou un jour plus tard. C'était épuisant, les larmes, incontrôlable et, en fin de compte, inutile, mais elles faisaient désormais autant partie de sa vie que la faim et la nécessité de respirer.

Apprendre à l'accepter était la seule chose que le temps lui avait apportée.

Une voiture s'engagea au niveau du portail et vint se garer sur la zone du parking visiteurs. Cat avait encouragé la famille de Cassie Porter à lui rendre visite, maintenant. Elle ne pensait pas que la jeune femme mourrait cette nuit, mais il valait mieux mettre en doute son propre jugement clinique, faire en sorte que les proches soient présents, veiller à ce qu'il reste du temps pour se dire certaines choses avant qu'un patient ne sombre dans l'inconscience ultime. Mieux valait se tromper, qu'ils aient le temps de se reparler, de se répéter des mots aimants, encore et encore, plutôt que de courir le risque de manquer cette chance-là à jamais. Chris étant mort à la maison, les choses avaient été plus faciles. Elle était présente presque tout le temps, les enfants allaient et venaient. Pourtant, tout n'avait pas été dit. Ils s'étaient parlé, mais les toutes dernières choses n'avaient pas été évoquées, parce que Chris préférait qu'il en soit ainsi, l'interrompant quand elle avait l'air d'essayer de lui dire ce qu'il se refusait à entendre. À la fin, pensait-elle aujourd'hui, Chris n'avait pas été capable d'affronter sa condition de mourant. C'est pourquoi il ne l'avait pas autorisée à lui dire certaines des choses qu'elle ne serait dorénavant plus jamais capable de dire. C'était son choix à lui, son droit, mais c'était un travail inachevé et quelque part enfoui au fond d'elle, Cat le savait, elle en concevait de la colère et de la frustration.

C'était peut-être en partie pour cela qu'elle pleurait à cet instant, pour cela que le tsunami du chagrin l'avait balayée, l'obligeant à attendre dans la voiture qu'elle se sente suffisamment maîtresse d'elle-même pour rouler jusque chez elle. Peut-être. Ou peut-être n'y avait-il jamais de raison précise. Chris lui manquait, elle se sentait totalement privée de lui, elle voulait son retour, et touchait le fond du désespoir chaque fois qu'elle se rappelait qu'il ne reviendrait jamais, elle désirait sa présence au point de se rendre malade, incapable de fonctionner comme un être humain : tout cela ne se déclenchait pas suite à une quelconque sollicitation extérieure, comme certains souvenirs qui se réveillent au contact d'un morceau de musique, d'une remarque au hasard, ou du fait d'entrer dans un immeuble en particulier. Tout cela faisait désormais partie d'elle-même, l'enveloppait comme une seconde peau. Le mieux qu'elle pouvait espérer, c'était des périodes où elle était assez occupée et préoccupée pour l'oublier, comme la douleur dont on perd parfois la conscience, durant de brèves plages de sommeil.

Elle regarda deux femmes et un homme franchir l'entrée. Les Porter. En ce moment, tous les lits de l'établissement de soins palliatifs étaient occupés, et l'équipe de jour réussissait à peine à faire face. C'était un flux et un reflux constant, mais il n'y avait jamais vraiment de répit. Trop de gens mourants, songea-t-elle, trop de gens qui souffrent. Trop.

La voiture sentait vaguement le désinfectant. Félix avait vomi sur le chemin de la crèche à la maison, et elle avait dû lessiver la banquette arrière. Le désinfectant, « cette horrible odeur d'hôpital », avait dit Hannah, un jour. Quand Chris était mourant, Cat avait veillé à ce qu'aucune « horrible odeur d'hôpital » n'entre dans la maison et elle rangeait les médicaments dans une armoire à part, fermée à clef, dans la salle de bains, ne voulant pas que l'attirail de la maladie et de l'agonie envahissent la maison – Chris avait un besoin extrême que cela reste la « maison ». Elle y était parvenue. La seule douleur qu'elle n'avait pas eu à endurer, c'était celle de l'envoyer mourir ailleurs – même dans cet établissement de soins palliatifs.

Elle s'essuya les yeux. Se sentit plus apaisée. Pour l'heure, c'était fini. Elle parvenait davantage maintenant à réserver ses crises de chagrin aux moments où elle était seule, surtout soucieuse de ne pas peiner les enfants. Au début, ils pleuraient ensemble – sauf Félix, trop jeune pour comprendre ce qui s'était produit, et ce ne pouvait être que bénéfique, elle en était sûre. Mais au bout de quelques semaines, Sam ne pleurait plus du tout, ou s'il pleurait, c'était comme elle, seul, et les larmes d'Hannah, si elles coulaient toujours, étaient éphémères. Hannah acceptait d'être consolée, qu'on lui prodigue des paroles de réconfort, persuadée qu'il était juste et bien qu'elle pleure la mort de Chris, mais qu'elle n'avait pas à se sentir coupable de laisser cette tristesse s'atténuer.

— Je ne crois pas que je m'inquiète pour Hannah, tu sais, fit Cat, en s'adressant à Chris tout en sortant du parking à reculons.

Elle s'adressait tout le temps à lui, elle lui demandait son avis, elle lui disait ceci ou cela, avec autant de facilité que lorsqu'il était physiquement présent. Elle avait souvent rassuré des patients endeuillés, non, ils ne devenaient pas fous, oui, bien sûr, c'était très bien de s'adresser à la personne comme si elle était encore en vie, c'était une bonne chose – comment pourrait-il en aller autrement ? Elle s'appliquait son propre conseil à elle-même. Elle l'avait aussi appliqué à la mort de sa mère. Parfois, aujourd'hui encore, elle se surprenait à demander à Meriel Serrailler comment elle agirait vis-à-vis de tel patient ou à lui poser une question concernant l'un de ses enfants.

— Non, dit-elle, ce n'est pas Hannah, n'est-ce pas ? Elle, ça va aller. Oh, Chris, ce n'est pas Hannah, c'est Sam, tu le sais, que c'est Sam. Et je ne sais absolument pas quoi faire avec lui.

Les rues étaient tranquilles. Quand elle s'arrêta au feu, deux filles traversèrent en courant devant elle, en minijupe, hauts talons, cheveux blonds décolorés et, en leur jetant un coup d'œil, Cat en aperçut deux autres à l'angle opposé. Lafferton n'avait jamais eu de prostituées dont la présence fût visible, jusqu'à l'année précédente, mais ensuite les dealers de drogue de Bevham étaient venus investir la ville et s'étaient mis à cibler les clubs et les pubs du centre. Il y en avait toujours eu quelques-uns qui démarchaient dans le passage souterrain conduisant au collège d'enseignement secondaire Sir Eric Anderson, mais c'était du menu fretin purement local. Les nouveaux étaient des revendeurs plus sérieux, tous liés entre eux, et qui trafiquaient. Elle regarda de nouveau brièvement les filles qui se tenaient près du réverbère et s'allumaient des cigarettes. Elles n'avaient sans doute pas plus de vingt ans, minces, les yeux creusés, les jambes nues, sans bas, sous le bandeau ultracourt de la jupe. Maladies sexuelles. Maladies liées à la drogue. Toute sorte de violence. Et même la simple exposition au froid. Ce n'était là qu'une partie des risques auxquels elles s'exposaient tous les soirs. Mais elles continuaient de les courir, ces risques, accrochées qu'elles étaient à l'héroïne et au crack, ou réduites à la servitude par les hommes qui avaient barre sur elles. Le feu passa au vert. Elle avait envie de s'arrêter, de leur dire de rentrer chez elles, mais elle savait que cela ne servirait à rien, elles seraient de retour dans dix minutes, sauf si elle leur donnait de l'argent, un argent qui disparaîtrait directement dans leur prochain fix. L'éclairage jetait des ombres crues, mais quand elles tournèrent leurs visages dans sa direction, c'étaient des visages d'enfants.

— Que dois-je faire ? demanda-t-elle à Chris. Quelqu'un doit intervenir en leur faveur. Aide-moi à m'en sortir.

Quand Simon serait de retour, elle lui parlerait. Il n'intervenait pas directement dans le cadre de la brigade des mœurs, mais il avait tout intérêt à contenir ce problème de la drogue et de la prostitution qui se propageait tellement vite dans Lafferton. Il pourrait être au courant de certaines initiatives en cours.

Elle songea à Hannah, si intelligente, si enjouée, presque neuf ans, et qui vivait dans un nuage duveteux couleur rose Barbie, malgré la mort de son papa bien-aimé.

Hannah. Quand elle était née, ces filles avaient son âge actuel. Elle fonça sur la rocade en direction de la route de campagne et de la maison, impatiente, en colère et échappant l'espace d'un instant à son chagrin.

Les lumières du rez-de-chaussée étaient allumées dans l'ancien corps de ferme, mais les chambres étaient plongées dans le noir, les enfants depuis longtemps endormis. Judith avait allumé l'éclairage du perron, pour l'accueillir à son retour. Judith, si attentionnée, si bonne, si pratique. Tous les vendredis soir, ces derniers mois, quand Cat était d'astreinte, Judith était venue à son aide, assurant la permanence si elle devait se rendre à l'établissement de soins palliatifs, ou lui tenant simplement compagnie si on ne l'appelait pas auprès d'un malade. Elle couchait sur place. Les mardis soir, quand Cat se rendait à sa répétition de la chorale de St Michael, à la cathédrale, les enfants allaient à Hallam House. En général, Cat y dormait aussi, après la chorale. Cela l'avait aidée. Son père, Richard Serrailler, qui n'avait jamais eu la fibre paternelle, paraissait accueillir ces arrangements avec un enthousiasme surprenant. Son nouveau mariage, que Cat approuvait et qui contrariait encore Simon, l'avait changé, adouci. Mais pourquoi ? se redemanda-t-elle, pourquoi était-ce si différent avec Judith de la façon dont cela se passait avec sa mère ? Elle comprenait pourquoi Judith avait eu cet effet, mais pas la raison pour laquelle son père et sa mère avaient été si distants l'un de l'autre et, elle le savait à présent, pourquoi ils avaient été si malheureux.

— Salut.

Judith était pelotonnée dans sa robe de chambre, elle regardait le journal de la nuit.

— Ce n'est que malheur, peste et malédiction, fit-elle, donc je ne pense pas que tu aies envie de regarder.

— Non, merci. Je me sens d'humeur à boire un verre... Ils ne me solliciteront plus, ce soir. Un verre de vin ?

— Je préférerais un whisky.

Judith la suivit dans la cuisine bien chaude, où le lave-vaisselle fredonnait et où le chat, Méphisto, avait annexé le coin du canapé. Rien ne change, songea Cat. Rien ne change. Mais tout a changé.

Une peinture au doigt était punaisée sur le panneau d'affichage en liège. F.É.LI.X., en bleu vif, barrait tout le bas du panneau. Il savait peindre les lettres de son nom et Chris l'ignorait, il l'ignorerait à jamais, ne verrait jamais cette étape, ou plus tard le nom de son fils écrit au crayon et par la suite, progressivement, d'autres mots et puis des paragraphes d'écriture, ce petit garçon à la tête brune penchée sur la feuille, sa main se déplaçant avec soin, sa tête de la même forme que celle son père.

Elle retint son souffle.

Judith lui posa brièvement la main sur le bras.

— Il a rapporté ce dessin aujourd'hui, fit Cat. C'est une pelleteuse qui pousse un dinosaure, je suppose ?

Elle tira fort sur le bouchon de la bouteille de vin.

— Comment ça s'est passé, à Imogen House ?

Cat secoua la tête.

— Cassie Porter, vingt-sept ans, et elle est atteinte de la même sorte de tumeur que Chris.

Elle s'assit à côté de Méphisto et lui gratta les oreilles. Le chat replia et étira brièvement ses pattes de devant, mais sans daigner ouvrir un œil. Judith s'adossa au frigo, faisant tourner son whisky dans son verre.

Judith ne proférait pas de platitudes, n'essayait pas de créer de l'espoir et de la consolation là où il ne saurait y en avoir aucun. Son premier mari, un médecin, collègue de Richard et Meriel, était mort soudainement lors d'une partie de pêche. Elle savait. Elle était probablement la seule à ne jamais avoir eu de propos déplacé, à toujours avoir su dire le mot juste. Cat l'appréciait beaucoup, avant la mort de Chris. Et maintenant, elle l'aimait d'amour.

Évidemment, Simon était d'un autre avis. Son attitude envers Judith avait même empiré depuis que son père l'avait épousée, et la faute lui en incombait entièrement. Chaque fois que Cat y pensait, elle essayait de forcer cette pensée à ne plus rôder aux frontières de sa colère et de l'obliger à se dissiper. Il n'y avait guère de place pour cela. Rien d'autre n'avait jamais jeté d'ombre entre son frère et elle, rien dans leurs existences, jusqu'à maintenant.

— C'était prévisible depuis le début, dit Cat. Je ne pense pas que cela change quoi que ce soit.

— Bien sûr que non. Tu n'as pas besoin d'une patiente atteinte d'une tumeur au cerveau pour que tout remonte à la surface.

— En un sens... je préfère presque. Je préfère franchir les portes d'Imogen House que celles du cabinet. Tous les jours, au cabinet, je vois le bureau de consultation de Chris, et je vois cette plaque sur la porte, avec le nom du Dr Russell Jones, et j'ai envie de l'arracher d'un coup de pied. Russell a tout réaménagé... c'est normal, pourquoi ne l'aurait-il pas fait ? J'ai envie de lui crier de tout remettre à sa place, parce que cela revient vraiment à chasser Chris. Cela le prive de toute existence. – Elle serra la tige de son verre à pied. – Je sais que ce n'est pas rationnel.

— Depuis quand tout cela doit-il avoir quelque chose à voir avec la raison ?

Cat s'appuya contre le dossier du canapé et ferma les yeux. C'était cela. Le chagrin. Les larmes. La colère, la colère soudaine après ce qui s'était passé. Et ensuite l'épuisement quand la vague refluait, la laissant échouée, vidée de toute sensation.

— J'ai beaucoup réfléchi au cabinet, reprit-elle après un moment. Cela ne s'est pas arrangé, cela s'est aggravé. J'apprécie Russell, c'est un bon docteur. Seulement ce n'est pas mon style de docteur, et la médecine générale a tellement changé. Je n'ai plus l'impression d'en être. En revanche, quand je vais à l'établissement de soins palliatifs… dès l'instant où je franchis cette porte, il se produit quelque chose. Je sens que j'en fais partie intégrante. Je sens que j'appartiens à ce lieu et que je peux encore peser sur les choses.

— Tu pèses déjà sur les choses en tant que généraliste. Ne te sous-estime pas.

Le lave-vaisselle avait achevé son cycle et cessa de bourdonner. La cuisine devint silencieuse.

— À la mort de Chris, je me suis dit que j'allais continuer à faire tourner les choses. Pas de grands changements, pas de décisions. Je crois que j'avais raison. Je n'aurais pas pu fonctionner du tout, si cela n'avait pas été en me reposant partiellement sur des automatismes. Mais maintenant je ne suis pas sûre de savoir combien de temps je vais encore en avoir envie… de faire tourner les choses.

— Suis ton intuition.

— Oui. Ma mère m'a toujours dit ça.

Judith sourit.

— Au fait, dit-elle, Félix a été malade.

Cat gémit.

— Et Hannah a dit qu'elle ne se sentait pas bien. Je ne suis pas tout à fait certaine que ce soit vrai.

— Hmm. Et Sam ?

Judith plissa le front.

— Non, dit-elle, Sam n'a pas été malade. Et s'il s'est senti mal, il n'en a rien dit.

Sam. Plus silencieux que jamais. Renfermé sur lui-même, comme une huître, secret. Maigre. Trop maigre.

— J'aimerais savoir quoi faire, dit-elle. Je n'arrive pas à le faire parler… qu'il se confie vraiment. Je n'arrive pas à lire en lui. Il vit comme une sorte d'ombre dans cette maison, il est ici et pourtant en un sens, il n'y est pas. Qu'a-t-il fait, ce soir ?

— Un peu ses devoirs. Des maths. Il a regardé « Doctor Who ». Ensuite il est monté. Je suis allée jeter un œil après m'être occupée de Félix. Il était allongé sur le lit avec son livre mais je ne crois pas qu'il lisait. Je lui ai demandé si ça allait et il m'a dit : « Oui, merci, Judith », à sa manière, de pure façade. Moi aussi, j'ai eu envie d'aller le serrer fort dans mes bras, Cat.

— Mais tu n'as pas pu. Je sais. Si tu t'approches, il sort ses griffes.

— À mon sens, tant qu'il sait que c'est là quand il en a envie…

— L'affection.

— L'affection, l'amour. L'écoute. Tout ça. Tant qu'il le sait… – Judith s'étira. – Je monte. J'ai mis les draps de Félix à laver, ils sont secs et pliés. Hannah a une bassine près d'elle, au cas où. Je n'ai pas osé proposer de bassine à Sam.

— Merci, Judith. Sans toi, je ne pourrais pas fonctionner.

— Comme je te l'ai dit… ne te sous-estime pas. Bonne nuit, ma chérie.

Cat resta assise là, tard, en buvant son vin à petites gorgées, et en caressant Méphisto. Elle se sentait en paix. Se demandait si l'un ou l'autre de ses enfants serait malade cette nuit ou si le microbe que Félix avait rapporté de la crèche avait déjà épuisé ses effets. Se demandait si Cassie Porter mourrait cette nuit. Songea que bientôt elle allait changer quelque chose. Elle allait se décider.

Avancer. Elle ne le dirait jamais, elle ne le penserait même jamais. Elle n'allait pas avancer, car avancer c'était s'éloigner, de Chris, de Chris mourant et de sa mort, de leur vie ensemble, de leur mariage, du passé, et comment pourrait-elle supporter cela ? Comment pourrait-elle abandonner Chris derrière elle?

— Non, s'écria-t-elle à voix haute, non. Tu vas venir avec moi. Tu seras aussi proche qu'un souffle, pendant les dix, les vingt, les cinquante années à venir.

Subitement, elle s'aperçut qu'elle pouvait changer certaines choses sans s'éloigner pour autant, sans l'abandonner. Cette prise de conscience la fit sourire.

Parfois, quand elle posait une question à Chris, la réponse arrivait tout de suite. Elle lui parlait de Sam presque tous les jours, lui confiait ce qui la troublait, lui demandait ce qu'elle devait faire, a son avis, et là, en fermant la porte à clef et en éteignant les lampes, « en couchant la maison dans son lit », comme disait Hannah, elle lui parla encore. De Sam. Que faire, que dire, comment l'aider. Sam.

— Il a toujours parlé à Simon, lui répondit Chris. – Elle aurait aussi bien pu entendre sa voix, forte, dans la cuisine silencieuse. – Il a toujours parlé à Simon.

Elle resta debout, immobile.

— Oui, dit-elle. Là, tu as raison.

Sam pourrait reparler à Simon. S'il lui parlait, elle cesserait de s'inquiéter.

Si Simon était là.

## 4.

Le pire que tu puisses faire, c'est de courir. Cette recommandation lui vint à l'esprit au moment où, traversant le pont sur le canal, elle entendit le bruit des pas derrière elle. « Le pire que tu puisses faire, c'est de courir. » Qui avait dit cela, et pourquoi, et était-ce justifié ? Pourquoi ne pas courir ? Parce qu'avec tes hauts talons tu risquerais de glisser et de tomber ? Parce que si tu cours, il courra aussi, sauf qu'il risque d'être plus rapide ?

L'autre conseil, c'était : ne te retourne pas. Mais quand Abi arriva de l'autre côté du pont, elle se retourna et grommela brièvement à la vue de celui qui la suivait ; elle n'avait plus peur, c'était juste qu'il était la dernière personne qu'elle avait envie de voir. Elle voulait rentrer chez elle. Elle avait presque deux cents livres en poche. Elle n'avait pas besoin de ça.

— Attends, dit-il.

Mister Bonnet.

Elle hésita. Deux cents livres pourraient devenir deux cent cinquante livres, mais elle détestait le fait qu'il n'ait pas de voiture ou, s'il en avait une, qu'il ne leur offre pas la possibilité de monter dedans ; elle détestait avoir à se réfugier dans l'un de ces abris, sur le terrain de jeux, ou de forcer une serrure pour entrer dans l'un des appentis des jardins ouvriers. Une autre fois, ils avaient fini au cimetière, à l'endroit où ils rangent leurs outils, les tondeuses, les poubelles pour les fleurs mortes. Elle avait eu une peur bleue, terrorisée à l'idée qu'il veuille s'allonger avec elle sur une tombe. Elle n'était plus jamais passée devant le cimetière.

Ici, il n'y avait que des bancs en bois. Il faisait froid. Trop froid.

Mister Bonnet.

L'une des filles avait prévenu qu'il était dingue, mais Abi ne s'en laissait pas conter, elle savait que c'était du cinoche. Certains clients se comportaient ainsi. Ils avaient un accent d'emprunt, écossais ou irlandais, et ils avaient en permanence une main posée sur le visage, le cachant à moitié. Comme si tu allais le reconnaître à la lumière du jour, même si tu entrais dans une boutique où il se tenait là, derrière le comptoir, ou dans un pub où il aurait été barman, ou dans un bus qu'il aurait conduit. Tu ne les regardais pas, tu essayais de ne pas les regarder, tu les faisais disparaître de ton esprit, même quand tu étais avec eux, et ils ne laissaient aucune trace. Sauf Mister Bonnet, parce qu'il ne quittait jamais son bonnet en laine noire, baissé très bas sur le front, même en été. Il essayait de jouer les cinglés, mais on voyait clair dans son petit numéro, comme on voyait clair à travers ces voix d'Écossais ou d'Irlandais. Ils s'imaginaient : si jamais tu me vois, tu ne m'as pas vu, tu ne me connais pas. Et toi, tu avais envie de leur répondre : te flatte pas trop, bordel.

— Abi.

Elle s'arrêta. La lune brillait et rendait la pierre de la passerelle plus pâle, transformant le canal en un soyeux ruban noir.

Abi haussa les épaules.

— D'accord.

Elle posa par terre sous le banc le sac avec les sachets de thé.

Quarante minutes plus tard, quand elle rentra chez elle, elle trouva Hayley défoncée sur le lit et Liam qui vomissait apparemment pour la vingtième fois. Elle attrapa la petite boîte à biscuits métallique dans le placard de la cuisine, fourra l'argent dedans et la remit en place. La pièce sentait la dope et le vomi.

Elle s'approcha du lit et commença à tirer Hayley par les bras, par les cheveux, la secoua jusqu'à ce qu'elle marmonne et se redresse, regardant partout, les yeux hagards.

— Espèce de grosse conne ! cria-t-elle. Espèce de conne. Qu'est-ce que tu avais dit, qu'est-ce que tu m'avais promis ?

— C'est bon, c'est bon.

— Toi, ouais, c'est bon… et eux ? Liam a vomi partout, il pleure, il est crade, il aurait pu s'étouffer. Regarde-le.

Hayley roula du lit, et se retrouva à moitié à genoux sur le sol.

— Je suis désolée, c'est bon, Abi, ça va…

— Oh, sors de là, dégage, laisse Liam ici, t'es pas en état.

— Je suis désolée, ça va.

— La ferme.

Sa colère tomba quand l'épuisement la submergea. Mais elle nettoya Liam, lui donna à boire et lui mit un vieux T-shirt à elle, à peu près propre, avant de le recoucher. Il avait le visage encore tout pâle. Frankie et Mia n'avaient pas bougé.

Elle se déshabilla, se rinça la figure et les mains dans l'eau froide. Elle irait mettre de l'argent dans le compteur électrique le lendemain matin.

— Bon dieu, Hayley, j'aurais pas cru que tu me ferais ça. Allez dors, maintenant, et oublie.

Elle lui balança un coussin. Mais il faisait froid. Un coussin, ça ne suffisait pas. Elle se releva et trouva la couverture tricotée.

— Tiens.

— Merci. Merci, Abi. Ça va.

Abi éteignit la lampe et glissa ses pieds entre les draps. Ce fut seulement plus tard, quand une aube laiteuse s'infiltra dans la chambre et la réveilla, qu'elle se souvint d'avoir laissé derrière elle le sac avec les sachets de thé.

# 5.

Le dernier patient s'en alla et Bronwen, la réceptionniste, frappa à la porte du cabinet et entra.

— Cat, il y a un mot du spécialiste en orthopédie et je vais t'apporter ton café, la seule chose, c'est que… – Cat gémit. Son cabinet avait accepté le double du nombre habituel de rendez-vous, et il y avait sept patients à appeler : à Lafferton, l'épidémie de gastroentérites battait son plein. – Je sais, je sais, mais tu peux recevoir une personne de plus ?

Pour ce qui était de savoir qui accepter et qui éconduire, Bronwen possédait un vrai sixième sens, et Cat s'y fiait pleinement.

À l'entrée de la jeune fille, qui portait un enfant dans ses bras et en tenait un autre par la main, Cat se dit qu'elle l'avait déjà vue, qu'elle la connaissait.

Elle jeta un coup d'œil à son écran dès que le nom et l'adresse s'y inscrivirent, mais ils ne lui étaient pas familiers.

— Abi Righton ? Bonjour, je m'appelle Cat Deerbon. Entrez.

Elle était d'une maigreur inquiétante, pâle, avec des poches sombres sous les yeux, une vilaine peau. Sa veste en jean, sa jupe courte et ses baskets n'étaient guère adaptées au temps glacial, dehors, mais ses enfants étaient bien emmitouflés.

L'écran affichait le compte-rendu de sa dernière visite, deux ans auparavant, consultation effectuée par Chris.

Cette fois, la consultation fut assez simple – les deux enfants étaient atteints de ce virus qui provoquait des vomissements, et le garçon souffrait aussi d'une otite. La jeune femme se leva.

— Merci, docteur, merci. Je suis désolée. Je sais que je n'ai pas pris de vrai rendez-vous, merci. Dis merci, Frankie, tu vas avoir un médicament qui va te guérir, allez…

Le garçon avait l'air mécontent et détourna la tête.

— Frankie…

— Ne vous inquiétez pas. Il se sent mal fichu. Gardez-le au chaud, à l'intérieur, d'accord ?

La fille cala sur son bras la fillette qui entretemps s'était endormie et ouvrit la porte.

— Abi…

La jeune femme jeta un œil par-dessus son épaule. Son visage était celui d'une enfant, une enfant prématurément vieillie, inquiète, lasse, marquée par les réalités de ce monde. Mais une enfant.

Cat se souvint.

— Vous veillez sur vous ? Je sais ce que c'est quand les enfants sont malades… Vous vous nourrissez comme il faut ?

— Je vais bien, moi, je l'ai pas attrapé, peux pas me le permettre, hein ? De toute manière, c'est les gosses qui attrapent ces virus, y'en a partout autour d'eux. Il va dans une garderie, il l'a attrapé là-bas.

— Il faut veiller sur vous aussi, Abi. – Elle jeta un regard à ses jambes blanches et nues. – Ne prenez pas froid.

La jeune femme était sur la défensive, cela se lisait dans ses yeux.

— Je vais bien. Merci quand même, doc.

Et elle sortit le regard fier et la tête haute, tenant fermement le garçon par la main. Cat vérifia l'adresse. Comment était-elle arrivée ici ? On était à presque deux kilomètres du trajet desservi par le bus. Elle allait devoir se procurer le médicament de l'enfant, puis se traîner jusque chez elle.

Et c'était elle, Cat en était sûre, qui avait traversé la rue au feu, en quête de clients. Où étaient les enfants, à ce moment-là ?

Bronwen avait eu la bonne intuition. Il fallait que Cat maintienne un contact avec Abi Righton.

Et les autres, songea-t-elle, qui passaient par le bureau de la réceptionniste. Parce qu'il y en avait d'autres, trop nombreuses, dans les rues, en danger.

— Nous n'en connaissons pas la moitié, marmonna-t-elle.

Bronwen opina ; elle comprenait, et gardait ses réflexions pour elle.

Cat retourna dans son bureau ; le dossier d'Abi Righton était encore à l'écran. Les notes étaient assez succinctes. Les deux enfants étaient nés au Bevham General et elle avait emménagé à son adresse actuelle le même mois que celui de sa dernière visite au cabinet, quand Chris lui avait prescrit un antibiotique pour une pneumonie. Elle était venue au service de consultation prénatale une fois seulement, et au centre de protection maternelle et infantile une autre fois, pour y subir des vaccins, mais sinon jamais plus. C'était un maigre dossier, mais pas de nature à l'alerter a priori. Il n'empêche, Cat décrocha le téléphone.

— Lynne ? C'est Cat Deerbon. Je peux te communiquer un nom ?

Lynne était l'infirmière du cabinet qui s'était chargée des visites à domicile pour les services sociaux pendant plus de neuf ans, jusqu'à ce que l'équipe soit divisée en deux. Elle travaillait maintenant avec les autres infirmières locales, sa charge de travail avait doublé, ses collègues étaient moins nombreuses, et pour la plupart, de plus en plus jeunes et inexpérimentées.

Lynne revint au bout du fil.

— Abi Righton, cela ne me dit rien, et il n'y a rien non plus au registre de la Sécurité sociale à son sujet ou au sujet de ses enfants. Qu'est-ce qui t'inquiète ?

— Rien de particulier… juste une intuition.

— Qui vaut en général la peine d'être suivie.

— Je sais.

— Je vais rédiger une note. Je t'aurais bien dit que j'irais la voir, mais les visites au débotté sans motif précis ne font plus partie du métier. Comment vas-tu ?

— Bien, dit Cat. – Elle tenait à ce que sa réponse soit crédible, elle ne voulait pas de ce que Judith avait appelé un jour une « conversation de veuvage ». – Et toi ?

— Je compte les journées.

— Pardon ?

— Je prends une retraite anticipée… tu ne le savais pas ? Je ne peux plus supporter tout ça. Voyons-nous un de ces jours. Il faut que j'y aille mais je me suis signalé Abi Righton dans mon système.

— Merci.

Encore une dont l'assistance publique pouvait difficilement se passer, songea Cat, en fermant son ordinateur. Une autre raison pour regarder de très près sa propre situation. Elle prit sa liste de visites. À une époque, elle aurait consacré trois heures ou davantage à des visites à domicile, et maintenant on vous en décourageait, en raison de leur faible rendement. Russell Jones n'en acceptait quasiment aucune, il les jugeait rarement nécessaires. Mais les trois patients âgés et fragiles qu'elle allait voir maintenant n'oseraient pas lui faire perdre son temps et, grâce à sa visite, ils iraient mieux, tant sur un plan émotionnel que physique. De son point de vue, c'était une raison suffisante.

Alors qu'elle se dirigeait vers cet ensemble de rues que l'on appelait le quartier des Apôtres, c'était pourtant Abi Righton qui lui restait en tête. Abi Righton, mince, pâle, mal nourrie, tâchant d'agir de son mieux avec ses enfants, et qui, Cat en était sûre, se prostituait. Cela la troublait.

# 6.

Abi prit un cappuccino, Marie un thé très fort. Frankie et Mia étaient endormis dans leur poussette double. Frankie était encore pâlichon. Elle lui avait toute de suite administré le médicament prescrit, chez le pharmacien, en s'attendant à ce qu'il le régurgite aussitôt, mais il avait tourné sa frimousse vers l'intérieur de la poussette et s'était endormi.

— Il y a un tas de filles qui vont dans ce nouvel endroit, dit Marie, en regardant autour d'elle chez Dino, une salle bondée, embuée et exiguë. Elles se retrouvent là, presque tous les matins.

Abi les avaient vues. Le « nouvel endroit » se trouvait dans les Lanes – tables et chaises en bois sombre, sols vernis, et environ une centaine de variétés de cafés différentes.

— Ouais, enfin, je ne vois pas comment elles peuvent se le permettre, crois-moi, deux livres cinquante, trois livres un café ? En tout cas, je les connais pas.

— Mais si… il y a Sandy, il y a Mélanie Liptrott, il y a…

Des filles qui étaient dans la même année qu'elles à l'Eric Anderson. Oui, elle les connaissait. Sauf qu'en réalité non, pas du tout.

— Eh ben, moi, ici, ça me plaît. Toi, vas-y, si tu veux.

Chez Dino, c'était sympa. Ils ne vous obligeaient pas à laisser la poussette dehors et le café était à une livre dix dans un grand mug. Si les gosses prenaient un toast ou un pain aux raisins, ils avaient une boisson gratuite. En plus, personne ne vous dévisageait, chez Dino.

La machine à café sifflait.

— Jonty est de retour, fit Marie.

Jonty. Il avait rossé Marie, il buvait, il prenait de la coke, il l'envoyait travailler quand elle se sentait complètement morte, il lui balançait un billet de cinq et il espérait pour cette somme avoir un dîner entrée-plat-dessert tous les soirs pendant une semaine. C'était un voyou et s'il était à la caravane, Abi n'irait pas, parce que si Marie avait le dos tourné, il essayait, avec elle.

— Je ne dis rien.

— Il était une heure du matin, la pluie tombait à torrents. Qu'est-ce que j'étais censée faire, lui dire d'aller dormir dans le fossé ?

— Oui.

— Il n'est pas si méchant que ça.

— Si, Marie, il est si méchant que ça. Qu'est-ce qui te prend ? Ta mère est là, elle aussi ?

— Non. Elle est plus revenue depuis des semaines. – Marie mélangea encore davantage de sucre dans son thé sombre. – Probablement morte, et tu parles si je m'en tape.

Sa mère était une ivrogne, une droguée, et elle parasitait Marie elle aussi, mais comparée à Jonty, elle était inoffensive.

— Pas ta mère, Marie, fit Abi. C'est pas possible.

— T'en sais rien.

— Je sais une chose. Je ne veux plus rien avoir à faire avec tout ça.

— Avec quoi ? – Abi se tourna pour vérifier la poussette. Frankie avait remonté la couverture sur sa figure. – Qu'est-ce que tu nous prépares ?

— À ton avis, bordel ? rétorqua Abi.

— Ouais, d'accord, je vois.

— Je suis sérieuse.

— J'te crois. Et ensuite, quoi ? Te dégotter un boulot correct ?

— Peut-être. Peut-être aller à la fac. – Marie s'en étrangla, au point d'asperger son manteau et la table avec sa gorgée de thé. – Pourquoi j'irais pas ? J'ai pas eu quatre brevets des collèges, peut-être ?

— Écoute. – Marie posa une seconde la main sur celle d'Abi, jusqu'à ce que celle-ci la retire. – La fac, ça coûte de l'argent, et qu'est-ce que tu ferais des gamins ? La fac, c'est pas pour les gens comme nous.

— Parle pour toi.

— Je parle pour moi. Et pour toi.

— Il y a une crèche. Ils les gardent, là-bas.

— Quoi, gratuitement ?

Abi pencha la tête et scruta le fond de son mug, parce qu'elle n'avait pas de réponse et parce qu'elle n'allait pas se sentir stupide à cause de Marie. Elle ne savait pas combien ça coûtait ou si les gosses pouvaient aller à la crèche de la fac, ou ce qu'elle ferait même en supposant qu'elle y entre, elle n'avait échafaudé aucun projet de ce genre, on ne pouvait pas, ça ne se faisait pas.

— Ici, tu savais qu'ils avaient organisé une descente, à Bevham ? Ils ont ramassé un paquet de filles et ensuite ils ont continué ailleurs, dans un appart, ils ont chopé les macs, enfin, deux macs. Une descente à l'aube. C'était aux infos, les flics qui défonçaient la porte et qui hurlaient. Tout le monde hurlait.

Abi releva la tête.

— Alors peut-être qu'on va un petit peu les récupérer, nos rues, jusqu'à ce qu'ils nous expédient une autre pelletée de clandestines et que ça recommence.

Frankie se réveilla et, en se réveillant, laissa échapper une plainte et agita les bras devant le visage de Mia, si bien qu'elle gémit elle aussi.

— Je ferais mieux d'y aller.

— À plus tard.

— Peut-être. J'sais pas. J'ai pas envie de laisser ces deux-là avec Hayley, je peux pas me fier à elle.

— Tu as quelqu'un d'autre sur les rangs ?

— Je t'ai dit – Abi manœuvra la poussette dans l'espace étroit entre les tables –, je me fais la malle.

Marie la regarda, l'œil moitié moqueur, moitié interrogateur.

— À plus tard, répéta-t-elle.

Abi claqua la porte du café sans répondre, mais Marie la dévisageait d'un air perplexe à travers la vitre, essuyant la buée avec son bras. Le regard fixe.

— Je suis sérieuse, articula Abi.

Elle s'arrêta pour remonter la couverture autour de ses deux petits, essuya la bouche de Mia.

C'était comme si de dire la chose suffisait à la rendre réelle, ce qui était impossible, mais cela pouvait l'amener à s'écouter et à s'efforcer d'y croire.

À son retour chez elle, elle compterait son argent, elle en prendrait la moitié et elle irait le déposer à la poste, tout de suite, aujourd'hui. Elle avait dit qu'elle allait laisser tomber, elle l'avait toujours dit, et elle le pensait, sauf qu'en un sens, maintenant, elle le pensait encore plus.

Il s'était mis à pleuvoir. Elle releva le col de sa veste en jean et pressa le pas. Frankie ronchonnait. La poussette n'avait pas de capote et, le temps qu'ils soient rentrés, la couverture allait être trempée, mais elle savait qu'il lui restait plus d'une heure d'électricité, elle pourrait allumer le radiateur à air pulsé pour mettre les affaires à sécher.

Elle sentit un frisson la traverser, qu'elle reconnut après un moment comme une sorte d'excitation, qui la prit de court. Elle avait entrevu quelque chose, devant elle, en lien avec le futur.

Que Marie pense ce qu'elle voulait.

# 7.

June Petrie avait l'habitude irritante de siffloter entre ses dents pour signaler la pause café, la pause thé et l'heure du déjeuner. Il était parfaitement possible qu'elle ne s'en rende même pas compte, et très vraisemblable qu'elle ignore à quel point Leslie Blade était quelquefois à deux doigts de l'agresser, à cause de cela.

En général, il sortait manger dehors ou, s'il pleuvait, dans la salle du personnel. Mais dès que le chauffage de la faculté était allumé, mi-octobre, il emportait sa boîte à sandwich dans les rayonnages du sous-sol de la bibliothèque, où les tuyaux réchauffaient tout l'espace, et où il était rarement dérangé. Cependant, de temps en temps, en raison de l'étalement de la pause déjeuner, d'autres bibliothécaires devaient descendre chercher un ouvrage, même parmi le vieux stock qui était entreposé là, et ça le gênait alors énormément d'être vu assis sur un haut tabouret avec ses sandwichs, un fruit et une tasse de thé en plastique disposés sur le rebord de fenêtre en face de lui. Ces fenêtres du sous-sol étaient toujours un peu crasseuses, mais elles ne donnaient que sur un passage conduisant aux magasins. Cela lui convenait tout à fait, il n'avait aucune envie de profiter de la vue en mangeant et en lisant son journal. Quand les bibliothécaires venaient, ils ne lui adressaient jamais la parole. Ils passaient devant lui jusqu'à ce qu'ils aient repéré l'ouvrage requis, puis ils ressortaient.

June Petrie était la seule à venir parfois, pas pour trouver un livre, mais pour le trouver, lui, et June Petrie était aussi la seule à siffloter de cette manière si irritante, entre ses dents.

— Ça t'embête si je me joins à toi, Leslie ?

Oui, songea-t-il. Oui, ça m'embête, oui, oui, oui, et oui, arrête de siffler entre tes dents, oui, oui.

— Mais bien sûr.

Pensant, évidemment, oui, ça m'embête, mais ce ne fut pas comme cela qu'elle choisit de l'interpréter.

Elle s'installa sur le banc, des odeurs de Viandox et de fromage s'échappant de son déjeuner.

— C'est du thon que tu manges?

Leslie opina.

— Je n'aime pas le poisson.

Combien de fois le lui avait-elle répété ? Combien de fois s'était-il promis que, si elle le lui disait encore, il la tuerait ?

Il sourit vaguement et tourna la page de son journal. Mais ce moment-là aussi, elle le lui gâcha.

Elle ouvrit un paquet de chips et il en émana un relent d'oignon chimique.

— Je voulais t'attraper parce que nous avons eu une réunion de comité hier soir pour voter sur notre dernier choix.

Il détourna la tête, pour échapper à cette odeur d'oignon.

— Ce sera *Le Mikado* ! Je ne peux pas te dire à quel point je suis contente ! Il y avait un fort soutien en faveur de *Ruddigore*, au motif qu'on ne la donnait pas souvent, mais il y a de bonnes raisons à ça. On ne la donne pas souvent parce qu'elle n'est franchement pas très bonne.

— Ah non ?

— Ce n'est pas une des meilleures, tant s'en faut.

D'où sortait-elle cette expression ? Il cessa de lire un article sur les projets de reconversion de l'ancienne prison en ateliers, pour étudier la question. « Tant s'en faut ! » Elle avait dû entendre ça à la radio.

— En tout cas ce ne sera pas *Ruddigore*, ce sera *Le Mikado*.

Ou alors elle avait lu ça quelque part ? Loin s'en faut, encore, je veux bien, mais tant s'en faut ! Un truc de pédant !

Il sortit la deuxième moitié de son sandwich au thon de son sachet plastique et mordit soigneusement dedans.

— Tu sais, tu devrais vraiment te joindre à nous, Leslie. Je le dis depuis des siècles, je sais, mais avec l'opérette *Le Mikado* qui se prépare, je ne vois pas comment tu pourrais songer à refuser.

— Je l'ai vue, oui, une fois, admit-il. Il y a de cela quelques années.

— Et ?

— Je dois malheureusement reconnaître que j'en garde très peu de souvenirs, June.

— Mais cela t'a plu ?

— Je ne m'en souviens pas non plus.

— Bien sûr que si. Comment pourrait-on ne pas aimer cette opérette? Dès que tu entendras de nouveau ces airs-là, tout te reviendra. Penses-y, je t'en prie, Leslie.

— Je suis incapable de chanter. Je te l'ai déjà dit. Je ne peux pas chanter. Ou jouer d'un instrument. À quoi servirais-je ?

— Il y a plein de choses à faire en coulisses. On a toujours besoin d'un coup de main.

Pourquoi lui infligeait-elle cela, à lui ? Deux fois par an, elle venait le rechercher au milieu de ces rayonnages de livres, elle phagocytait son heure de déjeuner, pour tenter de le persuader d'intégrer les Lafferton Savoyards, en choisissant d'oublier qu'il lui répondait chaque fois qu'il ne savait ni chanter ni jouer d'un instrument, et qu'il n'avait aucune envie de trimballer des décors.

— Tu as tout de même besoin de sortir, d'avoir une vie sociale, tu sais.

Elle avait un petit grain de beauté pâle sur l'aile du nez. Il aurait aimé y appliquer une lame de rasoir, le lui trancher, regarder le sang couler.

Il tourna sa page de journal mais il en était à la rubrique des petites annonces et de l'immobilier.

— Je mène une vie parfaitement heureuse, je te remercie.

— Rencontrer des gens nouveaux.

Elle n'écoutait pas. Elle n'écoutait jamais. Il aurait pu proférer un torrent d'obscénités, les lui hurler au visage les unes après les autres, elle aurait attendu qu'il s'interrompe, après quoi elle aurait continué, elle lui aurait dit que sa mère serait heureuse de le voir prendre part à quelque chose, elle ne devait sûrement pas attendre de lui qu'il renonce à toute vie sociale, rien que pour elle. June Petrie s'était mis en tête de découvrir le plus de choses possible au sujet de Leslie et de sa mère, en distillant de petites questions, semblables à des gouttelettes tombant sur une pierre pendant des mois et des années, jusqu'à l'user.

Enfin, elle avait découvert assez peu de choses.

— Et d'ailleurs, tu as peut-être une voix. Tant que tu n'as pas essayé, tu ne sais pas. Tu pourrais te surprendre.

Il replia le sachet de son sandwich et sortit une petite grappe de raisin sans pépins. June Petrie mangea le reste de ses chips à l'oignon qui craquaient en faisant un bruit épouvantable.

Aujourd'hui, demain, ou un autre jour, il la tuerait.

— Tu sais où nous trouver, à la Baptist Hall. Tu sais où c'est. – Ce n'était pas une question. – Les jeudis à sept heures du soir, puis les jeudis et les vendredis quand on se rapproche de la première.

Leslie se leva. Il plia son journal. Il croqua son dernier grain de raisin d'une dent mauvaise.

— Alors je crains fort que l'on en reste là, June, dit-il. Tous les jeudis et les vendredis soir, je suis occupé. Quel dommage.

Elle le suivit en vitesse, au bout des rayonnages, par les portes battantes, en haut de l'escalier en béton. Ce ne serait pas pour tout de suite, mais Leslie Blade savait qu'elle lui poserait la question d'ici peu, à sa façon détournée : que faisait-il au juste, où allait-il, tous les jeudis et les vendredis soir. Elle le suivit, haletante, dans l'escalier, et il sentit son haleine de chips goût oignon. Il aurait pu avoir un geste discret, se retourner d'un coup sec et la pousser. Il se représentait la chose, son corps mou de marshmallow dévalant en bas, tout en bas des marches de béton.

Elle s'était mise à siffloter « A Wandering Minstrel », un sifflotement feutré, en sourdine.

# 8.

*Chère Cat,*

*Je suis désolée que cela fasse si longtemps et j'ai un peu honte d'avoir tout bonnement disparu et de n'avoir dit à personne ce que je faisais et pourquoi. Mais la vérité, c'est que je ne le savais pas moi-même. J'étais confuse, dans l'incertitude, et incapable d'en parler. En fin de compte, j'ai décidé que j'avais besoin de partir, alors je suis venue ici – dans cette région reculée, très étrange et belle du Népal, dans un orphelinat sur les contreforts de la chaîne montagneuse. (Voir photo jointe.) J'aide à toutes sortes de choses, j'enseigne un peu, je consacre beaucoup de mon temps à réfléchir, à m'autoanalyser et à prier, mais aussi à explorer tout ce que je peux – les lieux, les gens, la culture, la vie : tout est ici tellement différent de ce que j'ai pu connaître.*

*Je me sentais très contrainte à Cambridge, et je ne savais pas trop vers quoi me tourner. Mon travail me plaisait mais la vie universitaire me rendait claustrophobe. Et où aurais-je pu aller sinon ? Je n'aurais pas pu retourner à Londres, et le couvent ne me convenait pas – c'est lui qui ne me convenait pas ou moi qui ne lui convenait pas. Et je savais vraiment que cette sorte de chaos personnel dans lequel je me trouvais – tant émotionnellement que professionnellement – n'était pas du tout approprié à la construction d'une relation. C'était sans espoir. La vie de Simon et la mienne demeureraient parallèles, il ne semblait exister aucun point de rencontre. Je ne crois pas avoir jamais été ce qu'il désirait, et je suis certaine de ne jamais avoir été celle dont il avait besoin.*

*J'aurais aimé qu'il en soit autrement. L'Angleterre me manque, et mes amis. Mon adresse est ci-dessous. Je ne peux pas envoyer d'e-mail mais les lettres arrivent, quoique de manière un peu imprévisible, donc j'aimerais avoir des nouvelles de vous et des enfants. J'espère que vous avez une vie plus facile, et j'espère que vous allez bien, même si c'est impossible évidemment. Je pense à vous, vous êtes dans mes prières, et je vous adresse toutes mes amitiés affectueuses.*

*Jane.*

Cat tourna la photographie vers la lumière. Des montagnes coiffées de neige. De la brume. Quelques arbres penchés, plus bas dans la pente. Une lumière rosée. Magnifique. Jane Fitzroy s'était tout simplement évaporée, disparaissant de leurs vies pendant six mois – Cambridge disait n'avoir aucune adresse pour la contacter –, et voilà qu'elle réapparaissait ici, dans cet endroit lointain, exotique et assez inattendu.

Elle secoua la tête. Jane avait raison, Simon et elle, cela n'aurait jamais marché, si elle était aussi instable et aussi indécise que cela – aumônière un jour, puis vivant parmi les sœurs, entamant ensuite un cursus de théologie médiévale dans une faculté de Cambridge, mais toujours aussi peu sûre d'être à sa place, ne sachant pas si c'était *son truc*, ce qu'elle désirait le plus au monde, si elle avait trouvé chaussure à son pied, ou si elle était au contraire vouée à ne jamais faire son trou quelque part. Cat ignorait complètement si Jane avait aimé Simon d'amour, ni si cela avait été réciproque. En un sens, ils avaient paru bien ensemble, mais Jane avait un trop lourd héritage sur les épaules, héritage de son existence, de sa foi et de sa vie affective. Simon n'en était que le dernier avatar. Il n'avait pas besoin de quelqu'un d'aussi compliqué et imprévisible que Jane.

Elle reposa la photographie. Elle lui enverrait une carte postale – de la cathédrale de Lafferton, un souvenir, une pièce du passé –, mais elle ne se sentait pas capable de lui écrire quoi que ce soit de trop personnel ou de trop révélateur. En outre, elle ne croyait pas que c'était ce que Jane voulait. Peut-être la jeune femme finirait-elle par se trouver au Népal – combien avaient essayé ? Mais non, sans doute pas, songea-t-elle. Elle était le genre de personne à pouvoir franchir la porte de l'ancienne ferme la semaine prochaine pour lui demander comment on devenait docteur.

Ou pas.

Elle rangea la carte dans un casier de son bureau, en se demandant si son frère était au courant pour le Népal, supposa que non, sans trop savoir même si cela l'intéresserait. Jane Fitzroy n'était pas un sujet qu'elle avait été en mesure d'aborder avec lui.

La ferme était silencieuse, ses deux aînés étaient à l'école, Félix faisait sa sieste au premier. Cat avait réduit ses consultations de généraliste à trois jours par semaine, augmenté ses heures à l'établissement de soins palliatifs en espérant en assumer davantage, mais avant, il lui fallait suivre une formation spécialisée supplémentaire en médecine palliative. Elle devait en savoir davantage sur ce que cela impliquerait, quand, où, comment – et elle était incapable de rassembler l'énergie nécessaire. Le deuil, avait-elle découvert, avait de nombreuses incidences, et l'une de celles-ci – que peu de gens semblaient connaître et dont ils étaient peu à vous avertir – était une fatigue physique et mentale écrasante et durable. À ce jour encore, un an après la mort de Chris, elle se sentait presque tout le temps épuisée, d'un épuisement qu'elle ressentait au plus profond d'elle-même, sans rapport aucun avec le contenu de sa journée ou le sommeil qu'elle s'accordait. Pour entamer des cours de recherches en soins palliatifs, remplir des formulaires de candidature, réorganiser sa vie en fonction de cela, elle avait besoin de déployer une vivacité et une énergie qu'elle ne se sentait jamais en mesure de puiser en elle.

Enfin, c'est pour maintenant, se dit-elle, allez, maintenant, aujourd'hui. Elle alluma son ordinateur. Dehors, le soleil d'automne brillait, le ciel était d'un bleu cristallin, les branches du chêne teintées de reflets jaunes.

Aujourd'hui. Elle allait commencer à regarder. Se concentrer. Après avoir relevé ses e-mails, elle allait s'y mettre.

De aisling.petty@laffertoncathedral.org

*Chère Cat,*
*Le chanoine Hurley demande si vous pourriez éventuellement vous libérer à 16 heures le 3, pour la première réunion du groupe Marie Madeleine ? Si oui, veuillez noter que la réunion se tiendra désormais dans la maison du maître de chapelle. Voudriez-vous avoir l'amabilité de me faire savoir si cette date et cette heure vous conviennent ?*
*Grands mercis,*
*Aisling*

Elle avait reçu deux autres messages relatifs au travail, auxquels elle répondit. Elle vida le lave-linge et le remplit. Prépara un thé. « Activités de substitution », se dit-elle à voix haute. Mais pourquoi ? Elle était allée jusque-là – pourquoi esquivait-elle l'étape suivante ? Parce que c'était justement cela, une étape, une étape vers l'avant, un pas dans le futur, un pas dans le noir, un pas dans l'inconnu. Tout cela. Un pas qui l'éloignait un peu plus de la vie telle qu'elle avait été. De Chris. Elle n'avait pas envie d'accomplir ce pas.

— Allons, lui dit-il, fais-le. C'est moi qui te le dis.

Elle emporta le thé à son bureau.

*King's College Londres*
*Maîtrises, diplômes et certificats de soins palliatifs*
*Brochure du cursus au format PDF*

Elle cliqua pour lancer le téléchargement.

# 9.

Frankie, auparavant pâle, chancelant et silencieux, avait maintenant la vigueur tonitruante d'un char d'assaut tournoyant dans la pièce. Le médicament avait fait son effet. C'était Mia qui était calme maintenant, après avoir vomi trois fois. Abi l'avait prise sur ses genoux, elles regardaient une vieille vidéo de *Bagpuss*, la série d'animation des années 1970, une cassette qui avait été la sienne, quand elle était enfant. Elle en avait une petite pile sur le rebord de fenêtre, avec une demi-douzaine de livres qu'elle avait aimés, conservés et emportés avec elle, d'appartement en appartement. Mia était chaude et moite.

— Frankie, arrête de tirer sur ce rideau, tu vas l'arracher. Viens regarder ça et reste assis tranquille, sinon tu vas retomber malade.

Mais il refusait. C'était une tête de mule.

Ces sachets de thé lui auraient été bien utiles, maintenant. Leslie le Fouineur. Il serait sans doute dans les parages, ce soir encore, avec ses sandwichs et ses gâteaux, à essayer de lancer la conversation, à leur poser des questions. Hayley disait qu'il était bizarre, Marie disait qu'il était toqué, d'autres se moquaient de lui. Abi ne savait pas trop. Il lui donnait la chair de poule et elle se demandait ce qu'il retirait de tout cela, pourquoi il le faisait, s'il était solitaire, croyant, ou quoi. Les gens de la camionnette de l'Entraide, ils étaient croyants, mais ils ne vous forçaient à rien. Dans ce van, ils avaient des tracts et des affiches, mais personne ne vous sermonnait. Leslie le Dingo – elles avaient quantité de noms pour lui –, il était tout le temps seul. Alors pourquoi venait-il, pourquoi leur apportait-il des sandwichs ? Et pourquoi lui avait-il acheté une boîte de sachets de thé ?

Frankie émettait un bruit suraigu, moitié sifflement, moitié hurlement.

— Je t'ai dit d'ARRÊTER !

Et il continuait.

C'étaient les garçons, tout le monde le disait, on ne pouvait rien en tirer, ils échappaient à tout contrôle, ils étaient comme des moteurs en surrégime permanent, même à cet âge-là. À la naissance de Frankie, elle avait vécu deux jours de déprime ; elle avait désiré une fille (si tant est qu'elle ait désiré quoi que ce soit), et elle s'était demandé comment elle y arriverait. Pourtant, Frankie, c'était aussi lui le plus doux, celui qui se faufilait dans son lit et qui se suspendait à son cou, celui qui lui proposait toujours la moitié de ses bonbons ou de ses biscuits.

Il allait continuer à tournicoter en hurlant, puis il finirait par s'effondrer. Il était encore pâle. Elle connaissait ces symptômes.

Peu importait, puisqu'elle ne sortait pas, même si Hayley se pointait. Elle ne pouvait pardonner à Hayley de s'être défoncée quand elle avait les trois gosses, elle ne pouvait s'empêcher d'imaginer ce qui aurait pu arriver. Elles avaient un accord, qui avait tenu bon, et Abi s'était fiée à elle. Quand c'était son tour et quand Hayley partait bosser, elle n'aurait même pas bu un verre de bière. Elle se sentait trahie et déçue, furieuse chaque fois qu'elle y repensait. L'ennui, c'était qu'elle ne pouvait laisser Frankie et Mia seuls, et qui avait-elle d'autre ? C'était un bon arrangement, avec Hayley, ça leur convenait à toutes les deux, cela signifiait qu'elles pouvaient toutes les deux travailler suffisamment et que les gosses étaient tous les trois en sécurité. Et maintenant, alors ?

C'était la musique de fin de la vidéo et Mia tombait de sommeil sur ses genoux. Abi la porta et la mit au lit avec précaution au moment où son portable sonnait.

*À tt de suite. H xxx.*

Comme s'il ne s'était rien passé, bordel.

Elle répondit. *Laisse tomber.*

Mais le temps qu'elle lave les vêtements souillés de Mia et mette à cuire des saucisses et des toasts à griller, Hayley avait monté l'escalier, était entrée dans la pièce, et lui fourrait un bouquet de supermarché sous le nez, en essayant de la serrer dans ses bras.

— Dieu du ciel, Abi, ça n'arrivera plus jamais, je le jure. Plus jamais.

Liam était déjà couché sur le matelas avec Frankie et deux voitures en fer toutes cabossées, et ils faisaient tous les deux des bruits de moteur.

— La ferme, tu vas réveiller Mia.

— Je ne sais pas ce qui m'a pris et j'étais à côté de mes pompes, mais arrête ton char, Abi, il s'est rien passé, non ? Ça allait.

Hayley prit un toast, étala du beurre dessus.

— Retire tes pattes de là.

— Oh allez, je meurs de faim, Liam meurt de faim, on n'a rien eu à manger, Abi.

— Me sors pas ces conneries. Je te connais, je sais à quoi tu l'as dépensé, ton fric. – Elle lui arracha le toast de la main. – Connasse.

— D'accord.

La pièce sentait la saucisse grillée et Abi alla caler le sabot de la fenêtre à guillotine, pour la maintenir levée. Hayley resta misérablement plantée là, à fixer le grille-pain du regard.

Elles avaient déjà connu ça suffisamment de fois, Hayley sans dix pence en poche, et Abi qui les nourrissait, Liam et elle. Mais l'inverse était arrivé aussi, quand Abi était malade et n'avait pu travailler pendant deux semaines : Hayley l'avait aidée, avec son argent, et l'avait soulagée pour les enfants. C'était l'hiver dernier, quand Hayley s'était tenue à carreaux pendant quatre mois, et elle avait même commencé à épargner un peu. Elles avaient parlé de se procurer un appartement correct ensemble, deux chambres, un jardin pour les enfants. Elles avaient ri.

— Oh, zut. Frankie, lève-toi, mets-toi à table et mange ça. Toi aussi, Liam.

Abi secoua la bouteille de ketchup et la mit à l'envers pour en verser. Derrière elle, Hayley remettait du pain dans le grille-pain.

Abi soupira.

— Ça va aller, fit Hayley.

— Ah oui ?

Abi sortit au bout du couloir, jusqu'aux toilettes communes. Mais à cet instant, Hayley en était certaine, son amie le savait : tout irait bien. Elle s'était fait peur. Ce soir, Hayley veillerait sur les enfants, convenablement, pas de problème, et les prochaines fois aussi, et même pendant quelques semaines, peut-être, jusqu'à ce que ça recommence. Il y avait un risque, mais Abi savait qu'elle allait devoir le prendre. Elle le prenait toujours.

À son retour, Hayley avait mis le reste des saucisses à cuire et elle cassait deux œufs dans une tasse. Frankie et Liam se jetaient des morceaux de toast mâché à la figure.

— Le bonheur des familles heureuses. Vacherie, lâcha Abi.

*
* *

Au bout du compte, ce fut Hayley qui sortit, parce que Frankie et Mia étaient tous les deux retombés malades.

Après son départ, Abi ouvrit la fenêtre et se pencha au dehors, humant la nuit. Il faisait plus froid. Elle n'était pas pressée que ce soit l'hiver, quand les clients se raréfiaient, quand les rues devenaient sinistres, mais c'était le dernier, se dit-elle, le dernier hiver. Demain, elle irait à la poste, elle y déposerait encore un peu d'argent.

Liam s'était endormi, enroulé dans la vieille couverture, Mia aussi, mais Frankie s'approcha d'elle en pleurant, de nouveau pâle et l'air malheureux. Elle le prit dans ses bras et ferma la fenêtre pour garder la chaleur, puis elle s'assit dans le fauteuil avec lui jusqu'à ce qu'il s'endorme à son tour. La pièce retomba dans le silence. De temps à autre, il y avait du raffut en provenance d'un autre logement, quelqu'un qui hurlait ou qui laissait tomber quelque chose, et parfois une voiture passait. Mais tout cela finit par se calmer, et Abi resta alors à écouter les légers bruits émis par les trois enfants qui respiraient, remuaient et marmonnaient de temps à autre – seuls sons encore audibles –, et à penser à Hayley, dehors, dans la rue.

# 10.

L'aube se levait chaque jour un peu plus tard maintenant, mais c'était toujours la même lumière tamisée, perlée, qui filtrait doucement par la fenêtre. Il ne tirait jamais les rideaux et le lit était face à la légère pente de galets qui courait jusqu'à l'eau argentée tout en bas et jusqu'au ciel immense et pâle. Serrailler se demanda comment il avait pu un jour se réveiller devant un autre spectacle que celui-ci.

Il se tourna, juste un peu. Elle lui offrait son épaule nue, ses cheveux joliment déployés en éventail contre l'oreiller.

Elle avait dû sentir son regard sur elle. Elle bougea, mais à peine, murmura, se retourna.

— Quelle heure…

— Six heures vingt.

— Mon Dieu ! – Elle repoussa la couette. – Le bateau sera ici dans une demi-heure. Je dois me préparer. Je t'avais dit de ne pas me laisser faire la grasse matinée.

— Six heures vingt, moi, je n'appelle pas ça une grasse matinée.

Mais Kirsty McLeod était déjà en route vers la douche. Simon roula sur le dos et croisa les bras derrière la tête, en se calant pour regarder l'eau et les têtes de deux phoques qui dansaient à la surface, tout près du bord.

Il était à Taransay, à la pointe nord-ouest de l'Écosse, depuis six semaines et cela lui semblait déjà la moitié d'une éternité, loin de tous et de tout, un lieu qui possédait son temps à lui, en quelque sorte hors du temps. Il avait fallu deux jours et une nuit de route, un ferry et ensuite un hélicoptère pour arriver ici, et c'était comme s'il avait basculé au bord du monde. La dernière mission de la BVIR (Brigade volante d'intervention rapide) qu'il avait dirigée avait été épuisante, usante, terrifiante, et finalement couronnée de succès, mais à son retour au sein de son unité, la directrice de la police territoriale lui avait dit, dès qu'elle l'avait vu, de prendre des vacances.

— Cinq jeunes gens ont été sauvagement assassinés, et l'un d'eux sous vos yeux, Simon. Vous avez vécu comme un rat dans une canalisation pendant des semaines, vous vous êtes privé de sommeil, exposé au danger, et si vous n'avez pas les nerfs en lambeaux, c'est tout comme. Je suis extrêmement fière de vous avoir parmi nous et vous avez accompli un travail remarquable, mais je ne vous veux pas de retour au sein de mes unités avant que vous n'ayez pu prendre un vrai congé. C'est un ordre.

Assis dans le bureau de la directrice, il s'était subitement senti vidé, et comme sur le point de défaillir, de vomir ou de fondre en larmes. Paula Devenish avait raison. Il fallait qu'il prenne du recul. Il avait passé une demi-heure sur Internet à localiser ce petit cottage isolé dans la plus reculée des îles d'Écosse, il avait réservé, bouclé ses bagages et il était parti. Il avait emporté un seul sac de ses vêtements préférés, de vieilles frusques, quelques livres et un sac à dos rempli de crayons, de stylos, d'encres et de carnets de croquis. Il avait même songé à laisser son téléphone, mais l'idée ne l'avait traversé qu'un court instant – le bureau ne l'appellerait pas, la famille peut-être. Personne d'autre. Il avait récemment changé de numéro.

Kirsty était sortie de la douche, encore mouillée, elle enfilait un jean, une chemise et un pull qui avaient été jetés sur le dossier de la chaise. Il l'observa. Une épaisse chevelure châtain clair, ondulée à son extrémité. De longues jambes. Des yeux bleus. Un visage rieur. C'était ce qu'il avait remarqué en premier lieu. Un visage rieur. Elle noua ses cheveux en vitesse avec un élastique.

— À plus tard, lui fit-elle.

Elle ne s'approcha pas, ne l'embrassa pas pour lui dire au revoir, juste un signe de la main et elle franchit la porte.

Une minute plus tard, Simon se leva pour se rendre à la fenêtre, mais Kirsty McLeod avait déjà parcouru la moitié du sentier, elle était partie. En un quart d'heure, elle serait au petit patelin avec son pub, sa boutique et son quai qui composaient le village de

Taransay. Hors le bourg, les insulaires étaient disséminés d'un bout à l'autre de l'île, dans des cottages et de petites maisons individuelles dominant d'autres bras de mer, des champs et des chemins divers, et les petites collines violette et brune.

Kirsty était pressée parce que le ferry hebdomadaire devait arriver avec des provisions et le courrier, et elle donnait un coup de main indispensable, on avait besoin d'elle, pour transporter caisses et cageots depuis le bateau jusqu'à l'unique petit hôtel pub et la boutique, dans lesquels elle travaillait.

Kirsty McLeod. Serrailler secoua la tête en souriant, et il erra un peu dans la pièce, en direction de la petite cuisine bien rangée où il se prépara un café.

Sur cette île balayée par les vents venus des quatre coins de la planète, il n'y avait pratiquement pas d'arbres, et il lui manquait donc les signaux habituels du début de l'automne, mais la lumière avait subi un changement subtil, tout paraissait peu à peu ralentir, comme une créature s'acheminant vers un long hiver. À Taransay, d'ailleurs, rien n'allait jamais vite. La vie s'écoulait à une allure régulière et mesurée, tout à fait différente de celle à laquelle il était habitué ; les gens ne se dépêchaient pas et il y avait peu de bruits, à part les sons de la nature. Les premiers jours ici, il avait dormi, avalé le sommeil à grandes goulées comme de l'eau fraîche après la sécheresse, et il n'avait pas tardé à perdre en grande partie la notion du temps et de la succession des semaines. En arrivant là, il s'était brièvement demandé s'il n'allait pas s'ennuyer ou ne pas tenir en place. Il s'était inquiété à tort. Il s'était adapté à cette vie et à ce rythme, flottant à sa surface, sans que jamais rien de son existence habituelle ne lui manque, hormis sa famille. Il se réveillait parfois tard, se couchait quelquefois avant neuf heures, guère capable de rester debout, sortait à l'occasion marcher sur la grève à trois heures du matin. Il mangeait et buvait au gré de ses envies. Et puis un soir, en poussant jusqu'au pub du village pour dîner, il avait rencontré Kirsty McLeod.

C'était la liaison la moins compliquée qu'il ait vécue depuis les premiers jours de son histoire avec Diana – et même encore moins, car Kirsty lui avait clairement signifié qu'elle n'allait sûrement pas tomber amoureuse de lui et ne voudrait certainement pas le suivre quand il quitterait l'île pour rentrer chez lui. C'était une fille du coin, mais elle était partie étudier la biologie à l'université de Glasgow, elle y était restée pour suivre une formation d'enseignante et travailler dans les établissements scolaires de la capitale pendant trois ans, avant de se rendre compte qu'elle souffrait d'un mal du pays trop profond pour demeurer plus longtemps éloignée. Elle était retournée dans l'île aider les membres de sa famille à gérer l'hôtel, le pub et la boutique et, plus récemment, elle avait suivi un cours de gestion commerciale en ligne. Elle n'était pas bête, elle avait un caractère égal, joyeux, elle était jolie, ne traînait aucune casserole et ils avaient noué une amitié facile. Mais c'était Kirsty qui avait engagé cette amitié un pas plus loin en se présentant au cottage, tard un soir.

Simon aimait l'avoir dans son lit, il appréciait sa compagnie, trouvait sa franchise et son caractère un brin têtu plutôt séduisants. Mais c'était tout. Et pour elle aussi, c'était tout. Leur histoire se déroulait agréablement et en toute simplicité et, quand il finirait par rentrer chez lui, elle s'achèverait dans le même esprit. Il avait découvert qu'un fermier à l'autre bout de l'île considérait la jeune fille comme sienne, dans le futur, si ce n'était même au présent, et Simon supposait qu'il avait raison – quand Kirsty serait prête à s'installer, elle s'installerait avec Douglas, et ce serait pour le mieux.

Il ouvrit la porte du cottage et alla flâner sur la bande d'herbe rase qui était tout ce que l'endroit possédait en guise de jardin. D'ici, la vue jusqu'à la mer, tout en bas, était dégagée. Les phoques étaient partis mais ils réapparaîtraient plus tard, leurs têtes sombres et luisantes crevant la surface avant de plonger. La ligne d'horizon entre le ciel et la mer était à peine visible, et il y avait peu de couleurs, si ce n'est quelques nuances de gris, d'un brun estompé et d'un vert délavé.

Il avait consacré des heures à marcher dans l'île, à s'asseoir sur des affleurements rocheux pour dessiner le paysage, les collines, les têtes dansantes des phoques, les cormorans, les mouettes et ces canards qu'on appelle plongeons. Il avait ramassé des têtes de moutons noirs nettoyées et blanchies par le vent et l'air salin, des pierres et des morceaux de bois flottant aux formes étranges, et il les avait dessinés, assis dans la lumière limpide, à la table, près de la fenêtre ou, quand il faisait assez chaud et qu'il n'y avait pas trop de vent, dehors. Ses carnets de dessin étaient presque remplis.

Il avait rencontré quelques personnes, il avait apprécié ses sorties au pub, s'achetait ce qu'il lui fallait à la boutique et il évitait les visiteurs. Taransay était un paradis pour les ornithologues amateurs et les marcheurs, mais n'avait guère plus à offrir. Les cottages qui parsemaient l'île, comme celui-ci, étaient loués cinq mois par an – les autres mois, l'île était trop difficile à atteindre, trop lugubre et balayée par les vents.

On était fin septembre. Il avait encore une semaine devant lui, même s'il pouvait prolonger la location aussi longtemps qu'il le souhaitait, mais il savait qu'un hiver ici ne lui plairait pas, même s'il avait la latitude de rester. Paula Devenish avait été assez généreuse, en lui accordant ce congé, mais il n'en profiterait pas davantage, même si certains jours, il se demandait comment il pourrait repartir, tellement il appréciait de s'asseoir à l'air libre, en mangeant un sandwich, de dessiner, heureux de sa propre compagnie.

Il avait eu le temps, la solitude et l'espace nécessaire pour se vider la tête autant que pour dormir et récupérer de ces mois d'épuisement et, ce qui n'était pas moins important, de réfléchir à son existence – savoir s'il voulait encore exercer ce métier, en tant que commissaire divisionnaire et chef de cette Brigade volante d'intervention rapide, et s'il avait envie de reprendre les choses là où il les avait laissées avec Jane Fitzroy – où qu'elles en aient été. Lors de son arrivée à Taransay, ces deux domaines de sa vie lui avaient paru complexes, épineux mais, à sa grande surprise, ils s'étaient résolus d'eux-mêmes assez vite. Il voulait continuer d'exercer son métier. Cela lui plaisait, le mettait sans arrêt au défi, mais il le trouvait gratifiant. Il ne se satisferait jamais d'être un artiste professionnel à plein temps, alors qu'il aurait pu en devenir un – sa galerie londonienne voulait organiser une nouvelle exposition de ses œuvres, il était en train de choisir les illustrations de son dossier de presse et il ne manquait pas de projets pour la suite, après avoir trié ses dessins de Taransay. Mais il avait besoin de cette autre moitié de son existence, de l'équilibre entre les deux, et de cela, il était sûr, à présent. Et il ne reverrait pas Jane. Elle avait trop d'incertitudes et d'angoisses. Et il sentait de plus en plus qu'il n'aurait jamais besoin d'avoir quelqu'un dans sa vie, ne souhaiterait jamais construire une relation intime durable que d'ailleurs il ne trouverait jamais. Les Kirsty McLeod de ce monde lui convenaient tout à fait.

Quand Kirsty avait découvert quel métier il exerçait, elle avait haussé les épaules et dit : « Super », sans lui témoigner d'intérêt véritable, sans lui poser de questions – et cela aussi, c'était rafraîchissant. « Ici, tu n'aurais pas de quoi t'occuper », ce fut sa seule autre remarque. C'était vrai. Taransay était vierge de toute criminalité et ne pouvait se targuer, en saison, que de rares visites de la police. Les agents contrôlaient les permis de port d'armes, mais à part cela, ils étaient franchement sous-employés.

Une heure plus tard, il descendit au village. Le vent s'était encore levé, il le poussait dans le dos. Tout un long hiver, les gémissements et les coups de boutoir de ce grand vent qui étrillait l'île, semaine après semaine, deviendraient vite fatigants.

Le ferry était arrivé, leur seul contact avec le monde extérieur, hormis un petit hélicoptère qui déposait ses passagers deux fois par semaine l'été. Serrailler avait un ami – amitié datant de l'époque de sa formation – qui dirigeait à présent la police locale sur le continent, en face de l'île : Simon lui avait demandé comme un service de garder sa voiture bien au chaud à la fourrière du commissariat, pendant qu'il séjournait à Taransay. Il repartirait bientôt d'ici par la voie des airs pour la récupérer et entamer sa longue route du retour.

Mais pour l'heure, il aurait peut-être du courrier et il lui fallait du pain, des œufs et du café. En s'approchant du débarcadère, il aperçut Kirsty qui déchargeait deux grands cartons du bateau et il lui proposa de l'aider.

— Ça ira, lui dit-elle, en riant, tu n'as qu'à en prendre un autre.

Il se joignit à ceux qui s'occupaient du déchargement, souleva un lourd carton d'épicerie et traversa la petite plage de galets vers le bureau de poste et la boutique.

Il n'y avait pas de courrier pour lui. Il n'en avait quasiment pas reçu de tout son séjour, et cela lui convenait parfaitement. En tout cas, même sans réception de signal de portable, Taransay, comme beaucoup d'autres endroits reculés, s'était retrouvé parachuté dans la vie moderne et la communication planétaire avec l'arrivée de l'Internet haut débit sans fil. Il était descendu deux fois par semaine au café pour accéder à ses e-mails, qui émanaient surtout de Cat, une ou deux fois de son père, et aussi assez souvent de Sam. Il en avait même reçu une rafale de son frère Ivo, médecin volant dans le bush australien. Ivo n'écrivait jamais de lettre, juste des cartes postales laconiques, et encore, très rarement. Ses e-mails étaient tout aussi secs, mais souvent drôles, et Simon s'apercevait que cela faisait des années qu'il n'avait pas autant communiqué avec le troisième membre de leur trio de triplés que depuis ces semaines qu'il passait dans ces îles écossaises lointaines.

Mais c'était Cat qu'il devait surveiller de près, Cat dont il se souciait. Il était si préoccupé par la manière dont la mort de Chris l'avait bouleversée, se demandant comment elle allait pouvoir s'en sortir, qu'il avait presque renoncé à venir ici. C'était elle qui l'avait forcé, en insistant sur le besoin qu'il avait d'un long repos, et elle avait raison, évidemment, mais cela ne l'empêchait pas de s'inquiéter pour elle. Physiquement, en gérant son travail et sa famille, elle résisterait – elle était compétente, elle serrerait les dents et elle irait de l'avant, et puis elle avait quantité d'amis et de gens désireux de l'aider. Elle avait aussi Judith, avec qui elle avait noué un lien étroit qui n'aurait pas dû le contrarier – mais qui le contrariait. En revanche, sur un plan affectif, il le savait, Cat réussissait tout juste à tenir le coup, et elle était plus vulnérable qu'elle ne voulait l'admettre. Et c'était vers lui qu'elle se tournait toujours.

Il passa la demi-heure suivante à aider au déchargement du ferry, puis se fit servir une tasse de café et paya son accès à l'un des deux ordinateurs de l'Island Café. La boutique était bruyante et animée, le café silencieux.

De samuelchristopherdeerbon@hotmail.com

*Je t'envoie ce message de l'ordinateur de l'école à l'heure du déjeuner. Merci pour les photos de l'île. J'aimerais pouvoir monter là-haut te voir. Moi, ça va, l'école aussi. Je n'ai pas été choisi pour les équipes de rugby et de foot mais je m'en fiche. J'aime bien le hockey, j'y avais jamais joué avant. Le cricket c'est mieux. Si tu retournes dans les îles d'Écosse je pourrai venir avec toi ? Ça me manque de te parler de certains trucs. Tu me manques ici, quand est-ce que tu reviens à la maison ? Est-ce que tu as pêché et si tu as pêché c'était quel genre de poisson ? Je lis un livre très très bien qui s'appelle* Lumières du Nord. *Tu savais que l'autre nom de « lumières du Nord » c'est « aurore boréale » ? Tu en vois sur ton île ?*
*Baisers de Sam.*
*PS : Hannah adore toujours le rose dégueu. Judith lui a acheté un nouveau couvre-lit rose dégueu. C'est carrément dégueu.*
*PPS : J'aimerais vraiment que tu sois là.*

Il n'y avait pas d'autres messages.

Simon passa le reste de la journée de l'autre côté de la baie, à dessiner deux des anciens cairns de Taransay et le creux dans la roche derrière eux qui, ayant fait l'objet d'excavations quelques années auparavant, s'était révélée être le site d'une sépulture de l'âge de fer. L'endroit était venté, mais bien abrité. Il y était allé plusieurs fois, tâchant de saisir la rudesse et les textures des pierres, l'entremêlement des lichens, les ombres du sol. Ce paysage désolé semblait receler si peu de choses et pourtant, plus il l'observait de près, plus il remarquait de détails.

Seul un grand voile de pluie qui balaya les lieux l'empêcha de terminer et il fut trempé avant d'avoir parcouru cinquante mètres. Le retour au cottage se transforma en quarante minutes de marche pénible. La mer essuyait des rafales de pluie cinglantes, le ciel était couleur d'étain. Il se changea, prit une douche et alluma le feu. La pluie et le vent se ruaient sur les murs de pierre et tambourinaient sur le toit. Il s'allongea sur le canapé devant la cheminée et prit un vieux roman de John Le Carré que quelqu'un avait laissé là. Il avait lu *La Taupe* vingt ans auparavant, à un moment où c'était l'histoire qui lui avait paru importante, et il l'avait dévoré, pour parvenir à son dénouement. Maintenant, ce qui l'enchantait, c'était cette prose, le sens des lieux, la richesse d'un texte, toutes choses qu'il n'avait pas su apprécier plus tôt.

Il était encore sur le canapé, le livre par terre, devant un feu qui s'était consumé pour se réduire à un petit foyer rougeoyant, quand Kirsty McLeod fit irruption juste après six heures et le réveilla. Elle arborait un large sourire et un petit sac contenant deux gros steaks. Une heure plus tard, Serrailler se demandait pourquoi il avait songé une seconde à quitter Taransay.

# 11.

Il n'y avait pas de lumière allumée dans la caravane, mais Jonty Lewis flanqua quand même un coup de pied dans la porte. Il savait qu'elle devait être dedans. Il était trop tôt pour qu'elle soit au boulot et elle n'avait pas tant d'endroits que ça où aller. Mais il fallut quelques secondes avant qu'elle n'ouvre, et il avait alors déjà cogné plus fort.

— Mais nom de Dieu enfin, t'as besoin de faire ça ?

Marie recula pour le laisser s'engouffrer dans l'espace miteux de la caravane en la bousculant. Elle tâchait de faire en sorte que cela ressemble à un foyer, elle avait accroché des rideaux aux fenêtres et posé une plante d'aspect bizarre sur le plan de travail dégueulasse, et il y avait des coussins sur le banc qui faisaient office de siège. Mais cela restait une caravane cradingue.

Il ouvrit les portes du placard au-dessus de sa tête et les referma en les claquant.

— Arrête, tu veux ? J'ai pas de bouteilles… tu n'as qu'à apporter les tiennes.

Il alluma la télévision posée sur le plan de travail. L'image était brouillée, mais il s'assit et regarda tout de même.

— Un thé, ça m'irait.

— T'as qu'à te le faire, alors.

Mais il croisa son regard, et elle mit la bouilloire sur la plaque de cuisson. Elle n'avait aucune envie de déclencher quoi que ce soit, parce qu'avec Jonty ça partait facilement en vrille.

Elle avait un début de rhume, sa mère était encore en vadrouille, ce qui signifiait qu'elle avait la caravane pour elle toute seule, et elle avait prévu de rester sous ses couvertures et de regarder les deux épisodes de *Coronation Street* et d'*Easter Enders.* Elle avait un curry prêt à cuire et une tablette de Galaxy. Elle avait tout ce qu'il lui fallait.

Sauf que maintenant il était là, il étalait ses jambes, la faisait trébucher, remplissait le petit espace. Mais elle avait assez peur de lui pour ne rien dire. Elle lui tendit son mug de thé et trouva un demi-paquet de Custard Creams.

— Quand tu sors ? lui lança-t-il, en regardant l'écran.

Les voix et les rires qui en émanaient étaient aussi brouillés que l'image.

— Je sors pas. – Là, il la regarda, un long regard fixe, dénué d'expression, en trempant son biscuit. – J'étais dehors la nuit dernière et j'ai mal à la gorge.

— Moi, à t'entendre, elle m'a l'air d'aller très bien, ta gorge.

— Ouais, enfin, moi, je la sens pas trop bien.

— Depuis quand un mal de gorge empêche quelqu'un de sortir ?

Elle hésita, en se demandant si elle allait prendre la peine de se préparer un thé, et décida que non. Elle se contenta de se lever, en regardant fixement par la lucarne en plastique, dans l'obscurité.

— Faut que je paie quelqu'un, fit Jonty.

Son dealer. Il n'avait personne d'autre à payer. Elle ne commenta pas.

— Sinon, j'aurai pas de came.

Elle se demanda s'il y avait quelque chose, au-delà de la fenêtre, dans ce champ si sombre. Des lapins ou un renard, ou le chat de quelqu'un. C'était drôle, mais jamais on ne venait l'embêter ici, toute seule, la nuit. Enfin, elle mettait quand même une barre à la porte de sa caravane. Ça la gênait plus de l'avoir, lui, ici.

— Alors prépare-toi. Je vais garder la boutique.

Elle frissonna. Elle allait devoir sortir. Le mieux qu'elle pouvait espérer, c'était de garder un peu d'argent pour elle, mais elle allait devoir lui en céder la plus grosse partie. Quand Jonty était dans les parages, c'était lui qui tenait les ficelles, c'était pour lui qu'elle bossait. Elle resta là, à scruter l'obscurité, en pensant à ce que lui avait raconté Abi – qu'elle allait se sortir de là, qu'elle économisait, qu'elle songeait à l'avenir, que c'était sa dernière année. Elle n'y arriverait pas, naturellement, aucune d'elles n'y arrivait jamais. Marie la verrait se débattre et couler, elle verrait ses gamins confiés à l'assistance et ses espoirs bafoués. N'empêche, elle aurait souhaité avoir un tout petit peu le cran d'Abi, le cran d'y penser, de monter dans sa tête des plans qui ne déboucheraient jamais nulle part. Parce que la différence entre elles, c'était qu'elle, elle avait depuis longtemps renoncé à tout sauf à avancer, de jour en jour, en redoutant parfois qu'on ne retrouve Jonty Lewis mort dans un fossé, la tête défoncée à coups de pied.

Il monta le son de la télévision. Le rire sifflant et grésillant jaillit du poste et emplit l'habitacle fétide, tandis qu'il buvait son thé à grand bruit.

Elle alla au carton où elle rangeait ses vêtements. En fin de compte, elle était impatiente de sortir.

Ce fut une nuit de grande activité. À onze heures et demie, elle s'était déjà fait ramasser par quatre clients, et le dernier devait avoir pris un truc qui l'avait fait planer – bien qu'il n'en ait pas eu l'air – car il lui avait filé quatre-vingt-dix livres. Elle se tenait au coin, tout au début d'Old Ribbon Street. Il faisait doux. La lune brillait. La circulation était calme, mais peu importait, elle avait carrément gagné un paquet. Elle allait rentrer. La seule chose qui l'arrêtait, c'était que Jonty soit là-bas, les doigts de pieds en éventail, à engloutir tout ce qu'il y avait à engloutir, à remplir la caravane de fumée, et à l'attendre. Si elle avait un endroit où planquer l'argent qu'elle avait gagné en plus, elle le cacherait, mais elle n'avait aucun endroit où personne n'était susceptible de le trouver. Deux autres filles étaient de sortie mais elle ne se fiait pas à elles, et de toute manière, maintenant, elles étaient parties. La rue était déserte.

Elle se mit à marcher, évitant le chemin de halage du canal pour ensuite traverser la passerelle, ce qui constituait un raccourci : elle resta sur la route principale. Abi disait que la seule chose inquiétante sur le chemin de halage, c'était la boue qui faisait glisser, ou alors on risquait de croiser Mister Bonnet, mais Marie, elle, ça la tracassait. Elle prit donc le chemin le plus long, en contournant la Colline. Une voiture ralentit à sa hauteur, mais elle garda la tête baissée, le col de son anorak relevé, et pressa le pas. La voiture s'éloigna. Elle en avait assez pour ce soir. Mais bon, elle en avait toujours assez. Laquelle d'entre elles n'était pas dans ce cas ? Mais laquelle d'entre elles pourrait s'en sortir, même Abi et ses grandes idées ?

Ce fut en traversant vers la route qui longeait le pied de la Colline qu'elle entendit quelque chose derrière elle. Elle se retourna vivement, crut entrevoir quelque chose, une ombre ou un mouvement, mais quand elle s'immobilisa, il n'y eut plus rien. Le clair de lune et une rue déserte. Quelqu'un passa en scooter, bourdonnant comme un moucheron.

Elle continua, plus vite. Mais ensuite il y eut véritablement un bruit, des pas, quelqu'un qui courait pour la rattraper et, quand elle jeta de nouveau un œil derrière elle et aperçut une silhouette, elle se souvint de l'endroit où elle était. La Colline. Des gens s'étaient fait enlever et tuer sur la Colline, un tueur en série en avait fait une zone dangereuse, pendant des mois, jusqu'à ce qu'on le localise, et il était alors monté tout en haut, il avait trouvé un arbre et s'était pendu. Tout cela s'était produit avant qu'elle n'arrive à Lafferton, mais elle en avait assez souvent entendu parler, et cette pensée lui glaça le sang. Elle ne savait pas pourquoi. Elle se raisonna, non seulement cela remontait à des siècles, mais en plus l'homme était mort – il n'était même pas en prison ou quelque part en vie, non, mort et enterré. Il ne pouvait plus lui causer de mal, ni à elle ni à personne.

Mais l'individu qui la suivait le pouvait, lui. Il ne l'avait pas dépassée, ce n'était pas quelqu'un qui rentrait chez lui en vitesse, sans du tout s'intéresser à elle. Il était là, il était derrière elle, avec personne d'autre en vue ou à portée de voix. Sur sa gauche se dressait le noir contour de la Colline ; sur sa droite, les grilles du parc. Et plus loin, de ce côté-là, des maisons – elle ne voyait même pas de lumières, les gens étaient allés se coucher, à cette heure-là.

Elle pria pour que quelqu'un passe en voiture, pour entendre le bourdonnement de moucheron du scooter, un fourgon effectuant une livraison tardive, et même une patrouille de police, ou pourquoi pas quelqu'un qui finirait la soirée en promenant son chien.

Cependant, il n'y avait personne, à part celui qui marchait maintenant à deux mètres derrière elle et qui se rapprochait. Elle l'entendait respirer, un halètement feutré, des pas discrets. Marie commença à courir. Le bruit de pas, derrière elle, accéléra aussi.

Mais une voiture arriva alors, face à elle, et ses phares l'enveloppèrent dans une immense arche de lumière accueillante.

Dans la caravane, Jonty Lewis trouva une canette de cidre, la but debout, puis l'écrasa contre la cloison. Il se sentait à cran, barbouillé et il était en nage. L'image de la télévision changea, la rangée de visages laissa de nouveau place à un écran brouillé et neigeux. Il tapa dessus et la neige vira au noir. Il n'y avait rien à manger, il ne restait rien dans la brique de lait, plus de café dans la cafetière.

Il s'allongea sur le banc, mais ne s'endormit pas, il y avait trop de choses qui lui traversaient la tête et lui mettaient physiquement les nerfs à vif. Ça le lançait, il transpirait, transpirait, et ça le lançait : cela sembla durer une éternité, dans l'obscurité, jusqu'à ce que la lune s'encadre dans la fenêtre au-dessus de l'évier.

Marie devrait être là et elle ne l'était pas. Quand elle se pointerait, il la tuerait. Il attendait, allongé, bouillant intérieurement, avec la lune, à la face pustuleuse et marquée par la petite vérole, qui lui lançait des œillades lubriques.

# 12.

— Juste pour récapituler, avant de conclure. La prochaine réunion se tiendra jeudi 24 octobre, et nous serons de nouveau ici, car les travaux dans le doyenné ne seront pas finis.

— Si vous préférez ne pas accueillir deux réunions du club de lecture de suite, je serais ravi de m'en charger, la prochaine fois.

— Merci, mais cela ira. De toute manière, en novembre, je suis en Nouvelle-Zélande, donc ce sera votre tour de recevoir. Notre livre, pour octobre, sera le *Learning to Dance* de Michael Mayne, et j'en ai deux exemplaires, donc si quelqu'un a envie de celui que j'ai en double… ? Cat ?

Ilona lui tendit le volume en poche.

— Donc… voilà.

— Et je propose que l'on vous remercie tous, Ilona.

— J'approuve, fit Cat. Le meilleur café et le meilleur cake du Clos de la cathédrale.

— Et les meilleurs canapés.

— Ah non, vous n'êtes pas encore allés dans l'appartement de mon frère. Il a deux canapés en cuir blanc qui sont à mourir.

— Votre frère ? s'étonna non sans vivacité Ruth Webber, la femme du nouveau doyen. Pourquoi vit-il dans l'enceinte de la cathédrale ?

Ilona, l'épouse du maître de chapelle, croisa le regard de Cat, avant de détourner rapidement les yeux.

— Quelques logements sont loués à des personnes privées, observa Cat.

— Je croyais qu'ils servaient tous de bureaux.

— En effet, presque tous. Simon vit au dernier étage… au-dessus de trois étages de bureaux.

— Mais alors, quel rapport avec la cathédrale ?

— Aucun. Il est policier.

Ruth haussa les sourcils.

— J'aurais cru que le clergé avait besoin de tout ce qui était disponible dans le Clos. Miles Hurley cherche autre chose, qui soit mieux que ce pavillon au fond du jardin du maître de chapelle.

— Je trouve que c'est un assez joli pavillon.

Cat se pencha pour débarrasser les tasses à café et les assiettes de la table basse, manière d'éviter de poursuivre cet interrogatoire, mais sa fréquentation de fraîche date de l'épouse du nouveau doyen lui avait appris que Ruth Webber avait un caractère des plus insistants.

— Votre frère est-il marié ?

Cat secoua la tête et prit le plateau de vaisselle.

— Il n'y a pas d'appartements réservés aux policiers. – Ruth était sur ses talons, un plateau dans les mains, avec un seul biscuit dessus, direction la cuisine. – Enfin, j'imagine qu'il veille à notre sécurité. Vous ne trouvez pas ça curieux, d'avoir un frère policier ?

— Et pourquoi donc trouverais-je cela curieux ?

Ruth haussa les épaules. Elle regarda autour d'elle.

— Avez-vous déjà vu la vieille cuisine de la résidence du doyen ? Je veux dire, je ne suis pas très cuisinière, mais franchement, elle sort tout droit de l'arche de Noé, comment ont-ils pu se débrouiller… Dès que les travaux seront terminés, je recevrai notre groupe de lecture… mais évidemment pas dans la cuisine. À quel office votre famille et vous-même assistez-vous, Cat ?

C'était une grande femme osseuse et il était difficile de dire l'âge qu'elle avait, mais Cat aurait dit la quarantaine. Le doyen précédent avait pris sa retraite trois mois seulement auparavant, et Stephen Webber avait déjà commencé à introduire quelques changements de taille, qui ne recevaient pas tous l'approbation du reste du chapitre ou de la congrégation. Les fidèles de la cathédrale St Michael n'étaient pas rétrogrades, songea Cat, ou, selon les termes qu'aurait pu employer Ruth, sortis de l'arche de Noé, mais s'il fallait des changements, ils devraient intervenir avec le temps, avec tact et circonspection. Jusqu'à présent, ils s'effectuaient dans la précipitation et sans beaucoup de consultation. Il y avait un nouveau chanoine à demeure, en la personne de Miles Hurley – encore un autre personnage dont Cat n'avait pas trop pu prendre la mesure.

— Joli jardin, remarqua Ruth, en regardant au-dehors, mais celui du doyenné est plus joli. Où vivez-vous, Cat ?

— En dehors de Lafferton. Dans une ferme.

Elle entendit Ilona parler à la porte d'entrée et elle aurait voulu qu'elle vienne dans la cuisine.

— Vous ne m'avez pas dit à quel office vous assistiez ?

— Non. Je ne vous l'ai pas dit. Ça dépend.

— En quel sens ?

— Je viens parfois de moi-même au premier office des matines.

— Pourquoi ?

Mon Dieu, c'était un interrogatoire en règle.

— J'aime assez le rite anglican de 1662, j'apprécie son caractère apaisé.

Ruth s'étrangla de rire.

— Je ne suis pas certaine que le rite de 1662 connaisse une grande longévité, ici, donc vous auriez intérêt à en profiter au maximum. Il se peut que nous nous en passions. Vous avez une famille, n'est-ce pas ? Le service de dix heures trente est notre grand service familial, vous le savez, naturellement.

— Il l'a toujours été.

— Oui, mais Stephen met beaucoup plus fortement l'accent sur une orientation familiale. Et puis l'office du soir sera principalement destiné aux jeunes, aux étudiants et ainsi de suite. Nous avons quelques grands prédicateurs prévus. Un nombre non négligeable d'anciens collègues de Stephen, bien sûr, et quelques étoiles montantes tout à fait captivantes. Avez-vous suivi le cours Alpha ?

Elle a une très grande bouche, songea Cat, et j'aimerais qu'elle la boucle. Et un nez assez long, et j'aimerais qu'elle cesse de le fourrer dans mes affaires. Elle se sentait peu encline à la charité et à la repentance. Ruth Webber portait un jean et des chaussures Mary Jane.

Ilona entra dans la pièce, très enjouée.

— Je suis vraiment navrée, nous devons parler d'un sujet redoutable, la liste de service pour les fleurs.

— Ça, c'est vraiment typique, s'écria Ruth, en prenant le biscuit restant qu'elle croqua. Des listes de service pour les fleurs ! Voilà qui en dit long sur l'église d'Angleterre.

— Eh bien, vous aurez tous constaté, j'en suis sûre, que la cathédrale a de très talentueux créateurs de compositions florales et cette tâche est assez prenante. Regardez la taille de ces présentoirs et de ces vases de pierre. Il y a là un superbe savoir-faire. Certains parleraient même d'art. Ils ne se contentent pas d'empiler les bouquets. Vous n'aimez pas les fleurs, Ruth ?

— Oh, elles ne me gênent pas, je sais qu'elles égayent les lieux... Mais ne me demandez pas de m'inscrire sur une liste de service floral, c'est tout.

— Nous n'y songerions pas une seconde, la rassura Ilona, sans croiser le regard de Cat.

— Au secours, regardez l'heure, je suis censée être ailleurs. Merci pour le café et le reste.

Elle sortit dans le claquement de talons de ses escarpins Mary Jane, mais fit volte-face sur le seuil.

— J'ai oublié quel livre nous sommes supposées lire.

— *Learning to Dance*, de Michael Mayne. Il était doyen de l'abbaye de Westminster. Je suis sûre que Stephen connaît son œuvre.

— Oh, j'en doute, dit Ruth, avec un geste de la main en direction de Cat. Au fait, allons-nous discuter de ces romans et de ces sujets, ou cela se limite-t-il à la religion ? Si on aborde les romans, ce sera sans moi, je n'en lis jamais, mais j'aimerais avoir mon mot à dire quant au choix de la littérature chrétienne.

Ne voulant pas s'en aller en même temps qu'elle et s'exposer à d'autres questions, Cat continua de débarrasser, de ranger les tasses dans le lave-vaisselle et de nettoyer le filtre à café, jusqu'à ce qu'Ilona revienne, après avoir raccompagné Ruth, en comptant à voix haute.

— ... neuf, dix. Cat, tu veux bien transmettre un message à ton charmant frère ?

— Il est absent, mais la prochaine fois que je le contacte, oui, bien sûr.

— Dis-lui que si l'on retrouve cette femme le cou tordu, c'est moi la responsable.

— J'en doute, Ilona, parce que je serai la première à m'en charger. Mon Dieu, je ne serai jamais la meilleure amie de ce doyen et je déteste certaines des initiatives qu'il prend, mais enfin, lui, je peux à la rigueur le supporter, seulement...

— Seulement pas madame la doyenne. Bon, ma chère Cat, Duncan est à Londres, à la Royal School of Church Music, donc je suis complètement seule. Reste partager une salade au fromage avec moi, j'ai besoin de toi.

Cat jeta un œil à sa montre. Elle s'était forcée à venir à la réunion de ce groupe de lecture de St Michael, tout comme elle s'était forcée à se plier à un certain nombre de choses qu'elle avait plutôt envie d'éviter, depuis la mort de Chris. Elle appréciait ces gens – du moins jusqu'à l'arrivée de Ruth –, elle lisait beaucoup, elle aimait discuter de ses lectures et elle savait qu'il était important de consentir un effort de vie en société, alors qu'il serait plus commode de se recroqueviller dans sa coquille et de ne jamais en ressortir, sauf pour le travail et les tâches domestiques. Le club avait été créé pour discuter de livres plus ou moins liés à la foi, si vague que soit ce lien, et pas pour papoter autour du dernier roman à la mode. Comme l'avait observé Ilona, il y avait quantité d'autres groupes de lecture qui s'en chargeaient. Elles avaient ratissé large et s'étaient attaquées à des titres difficiles, pas toujours avec succès, mais Cat en ressortait avec le sentiment que son esprit et quelquefois ses convictions et ses principes avaient ainsi été soumis à une remise en question, et dans le même temps, elle avait apprécié la compagnie des autres. Cela l'avait aussi aidée à sortir de mauvaises passes en lui fournissant un autre centre d'intérêt que celui de son propre malheur.

— Il faut jusque que je passe à Imogen House, et ensuite que j'aille prendre Hannah et Félix. Si tu es sûre…

— Merci mon Dieu. Je crois que je vais exploser. – Ilona brandit une bouteille de sherry, mais Cat secoua la tête. – Dommage. Enfin, tu as tout à fait raison, cela risque de nous délier la langue.

Elle commença par sortir des assiettes.

— Oh, la mienne n'a pas besoin qu'on l'aide.

— Non. Cela ne t'ennuie pas de dîner ici, alors ? Même si notre cuisine n'a pas été refaite et si elle date de l'arche de Noé. Cat, arrête-moi, arrête-moi. C'est une femme que je ne vais jamais pouvoir apprécier, et bon, c'est mon problème, mais ce qu'il suscite, lui, est bien plus grave. Comment ont-ils pu le nommer, cela me dépasse. Il ne convient pas, il n'est pas dans le ton, il veut à tout prix détruire ce qui s'est construit ici depuis des années, il n'a aucun sens de ce qui est bien, de ce qui est excellent, de la tradition, de…

Cela rend Duncan malade, tu sais. Et pour ce qui est de David Lester… Je redoute réellement qu'il ne parte. Apparemment, il évoquait d'autres postes d'organiste de cathédrale qui se libéreraient.

— Il ne peut pas ! On ne peut pas perdre David. Nous avons besoin de l'un et l'autre, qu'ils restent et qu'ils se battent.

Ilona était tellement en colère quand elle secoua le panier en plastique pour essorer la salade que des gouttes d'eau giclèrent sur le mur derrière elle.

— Sommes-nous coincés dans le passé, sommes-nous déconnectés, la cathédrale a-t-elle besoin d'une réorganisation de fond en comble ? Dans certains domaines, oui, en effet… il nous faut l'accepter. Tout ne peut pas continuer comme cela a toujours été, il y a quelques toiles d'araignées, et nous devons accueillir de bon cœur le nouveau balai qui nous aidera à nous débarrasser de certaines d'entre elles. Mais pas au point de détruire la liturgie, la musique, les hautes exigences du chœur et de l'orgue, les offices de l'église, qui sont magnifiques. Oui, ajoutons-y des nouveautés, et cherchons à attirer plus de jeunes gens… les étudiants, par exemple… Mais vandaliser ce qui existe, jeter tout le rite de 1662 aux orties, niveler les services de la chorale par le bas, retenir le plus petit dénominateur commun, en l'occurrence celui des cantiques modernes entonnés par un clavier électronique, et… Oh, Cat, arrête-moi. Mais cela me brise le cœur.

— Je sais, fit-elle, en lui prenant le panier et en versant la salade dans un saladier. Cela brise aussi le mien, et celui de la plupart des membres de la congrégation. Vandaliser, c'est le mot exact.

— Et quand cette dame parle de la liste de service des fleurs de cette manière condescendante et dédaigneuse, je… je crois que je pourrais la tuer.

— Non, Ilona, tu ne tueras personne. Je m'occupe de râper ce fromage… et toi, découpe les tomates. Et moi non plus, je ne tuerai personne. Mais elle va mettre notre tolérance à l'épreuve, pousser notre indulgence à la limite de la rupture.

— Je ne pense pas qu'il me reste la moindre tolérance et la moindre indulgence, lâcha tristement Ilona.

— Je me demande bien quel genre de livres elle nous choisirait.

— Je n'ose imaginer.

— Des livres chantant l'allégresse collective, ça existe ?

— Bien sûr que ça existe. C'est ce que Lewis Carroll appelait « lésiner, troquer et feindre à la marelle ». Tu savais qu'elle parlait de nouvelles langues ? Ils organisent un immense camp de vacances évangélique et ils font ça là-bas, apparemment. Et naturellement nous allons tous devoir apprendre à balancer les bras de manière appropriée. – Ilona s'assit. – Vais-je éclater d'un rire hystérique ou pleurer ?

Cat la regarda.

— À toi l'honneur, les pleurs ou les rires. Je prendrai l'autre. Dois-je aller chercher du pain ?

— S'il te plaît… et parlons d'autre chose, ou alors nous allons nous provoquer une indigestion, avec toute cette bile. Dernière chose, as-tu reçu un message concernant la nouvelle lubie de cette Ruth Webber ? Le groupe Marie Madeleine ?

— Oui. La première réunion a lieu vendredi 3. Je crois que je devrais y aller. Et toi ?

Ilona soupira.

— Je ne sais pas. Pour être franche, je me sens plutôt d'humeur à rester un peu à l'écart de tout ça. Qui d'autre a reçu cet e-mail d'Aisling ?

Elle sortit une brique de jus de pomme du frigo et la versa distraitement dans une carafe, jusqu'à ce qu'elle croise le regard de son amie et la pose telle quelle sur la table.

— Miles Hurley, évidemment, Sally, de St Hugh, moi, je pense aussi à quelqu'un de la police, mais je n'ai aucune idée de qui… Miles devrait inviter les baptistes parce que ce sont eux qui s'occupent du minibus de l'Entraide.

— Qu'est-ce que le doyen a en tête, à ton avis ? En quoi cela concerne-t-il la cathédrale ?

— Eh bien, il y a des filles qui exercent leur métier dans les Lanes, autour d'ici, comme tu sais.

— Non. Je ne le savais pas. Je suis stupide, n'est-ce pas ?

— Bien sûr que non. Ce n'était pas forcément évident qu'il s'agissait de prostituées. Le quartier chaud se situe surtout au-delà du pont sur le canal et de la vieille fabrique de rubans. Je les aperçois quand je rendre tard d'Imogen House.

— Mon Dieu ! Je n'en avais absolument pas idée.

— Ce n'est guère une nouveauté, par ici. Ne va pas te figurer qu'il existe dans ce pays une seule ville sans ses prostituées et sa drogue. Les filles qui ont fait l'objet de trafics clandestins depuis l'Europe de l'Est connaissent un sort bien pire… surtout à Bevham. Je crois qu'en réalité Stephen Webber a raison. La cathédrale est au cœur de la cité, l'épicentre de notre communauté, et nous devons tenter quelque chose. Je ne sais pas quoi au juste, mais je serai à cette réunion.

Ilona contempla la salade.

— Et là, j'ai honte de moi, fit-elle. Alors parlons un peu de toi. Comment va notre beau Sam ?

— Je ne sais pas trop, admit Cat. Il avait un match de hockey à l'extérieur aujourd'hui, et il dort chez l'un de ses amis, ce qui va lui remonter un peu le moral.

— Il a besoin qu'on lui remonte le moral ?

— Sincèrement, je n'en sais rien, Ilona. Je ne sais pas de quoi Sam a besoin. C'est une huître, il est complètement fermé. Il devient de plus en plus comme Simon. – En disant cela, Cat se rendit compte à quel point c'était vrai. – Je me demande parfois s'ils n'ont pas tous les deux l'intention de se garder de tout contact avec nous tous, pour toujours.

## 13.

Le minibus de l'Entraide était garé sous le réverbère près du portail de l'ancienne fabrique et les gens faisaient déjà la queue devant le comptoir. Subitement, le froid s'était abattu, et le vent s'engouffrait dans les petites rues à l'écart comme dans des entonnoirs. Abi y avait réfléchi à deux fois avant de sortir, mais Hayley était arrivée tôt, c'était son tour, sans compter qu'elle ne pouvait pas se dégonfler à chaque fois que ça soufflait un peu, sinon, comment réussirait-elle à respecter la promesse qu'elle s'était faite et à gagner assez d'argent afin de raccrocher pour de bon ? Elle avait été très occupée. Les clients étaient sortis en force, Dieu savait pourquoi – ils ne respectaient jamais de schéma précis, sauf que c'était plus animé les samedis soir et en fin de mois, quand les gens venaient d'être payés, et quand il pleuvait, c'était mort.

Elle vit le minibus de l'Entraide dès qu'elle ressortit de la voiture, et elle se dirigea vers lui ; elle avait besoin de lumière et d'une boisson chaude, mais surtout, elle avait besoin des autres, de gens normaux qui n'attendaient rien d'elle, si ce n'est lui remettre encore un prospectus au sujet de leur église. Elle en avait un tas, de ces prospectus. Elle n'aimait pas refuser ou les jeter dans les poubelles publiques, même s'il lui arrivait parfois d'en laisser un dans la voiture d'un client, histoire de rire.

Elle connaissait les deux personnes de permanence ce soir-là et, quand elle rejoignit la file, celle qui servait la soupe lui fit un clin d'œil. Ils remorquaient une caravane où l'on pouvait entrer s'asseoir, où l'on vous proposait d'échanger vos seringues ; les murs étaient couverts d'affiches et il y avait encore une pile de prospectus. Sauf quand le temps était vraiment très mauvais, la plupart des gens utilisaient les chaises et les tables en métal dehors, ou s'asseyaient simplement sur les bornes de pierre devant le portail de l'ancienne fabrique.

— Salut, fit quelqu'un derrière elle.

Elle était petite et boulotte, elle portait un blouson bizarre, en nylon couleur citron vert. Abi ne l'avait encore jamais vue, mais des nouvelles, il en arrivait toujours. En général, elles venaient un ou deux soirs, parfois quelques semaines, avant de disparaître.

— Salut.

— C'est gratuit ?

— Ouais.

— Qu'est-ce qu'on a ?

— Ce que tu veux... thé, chocolat, soupe, sandwichs. Chips. Tu demandes, c'est tout. Ils ont des bananes, des pommes, des trucs comme ça, aussi.

— Comme un vrai café, alors. – Elle alluma une cigarette, jeta l'allumette. – Désolée, c'est ma dernière.

— Pas de problème, je ne fume pas.

— D'accord.

Ses ongles étaient rongés, mais elle les avait vernis en noir, comme si cela arrangeait les choses. Son ombre à paupières était assortie à son blouson en nylon.

Abi demanda un chocolat chaud et un Wagon Wheel, un de ces biscuits ronds et plats enrobés de chocolat, qu'elle ne mangerait pas, mais qu'elle glissa dans sa poche, pour Frankie, plus tard.

— Tu es du coin ?

Abi fit semblant de ne pas entendre.

— Comment ça va, ce soir ? lui lança Darren, avec un autre clin d'œil. Nous organisons une grande manifestation en plein air... avec de la musique et tout. Dimanche en huit. Sur l'ancien aérodrome. Je peux te donner un dépliant ?

— Ouais, bien sûr, merci.

— Tu serais vraiment la bienvenue, Abi.

— D'accord. Merci.

— Je peux te donner autre chose ? J'ai de jolis satsumas. Tu devrais manger plus de fruits.

— Je sais, sauf que je déteste les fruits. Merci quand même.

— *Ciao*, Dieu te bénisse, prends soin de toi, surtout.

Abi se dirigea vers les bornes de pierre. L'autre fille la suivit.

— C'est comment, ici ? – Elle ralluma le mégot de sa cigarette. – Les clients. T'en lèves beaucoup ? – Abi haussa les épaules. – C'est pas trop mal. Y'a pas des masses de concurrence, par ici ?

— Ça dépend des moments, OK ?

— Je demandais juste.

Elle se détourna à moitié et tira sur sa cigarette pour qu'elle ne s'éteigne pas.

Abi se sentait coupable. C'était ce foutu prospectus. Chaque fois qu'elle en prenait un, elle se sentait coupable de quelque chose. Au moins, quand Leslie le Dingo rappliquait avec ses petits sandwichs enveloppés, il ne vous tendait pas des tracts sur Jésus.

— Quatre ou cinq réguliers, dit-elle enfin. Et quelques autres, sauf qu'ils vont et viennent, ceux-là. On se tient les coudes.

— Vous avez pas mal de boulot ?

— Suffisamment.

— À Bevham, ça marche plus, je te le dis.

— Ah bon.

— Avant, c'était stable, tu sais, et toujours les mêmes filles. Les flics nous connaissaient, les clients nous connaissaient, pas de souci. Et puis tout d'un coup elles se sont pointées : d'Europe de l'Est, elles viennent, elles ont leur mac, la totale. Ils les ont lâchées à un coin de rue, peut-être une dizaine ou une quinzaine à la fois, c'était ridicule. Et je vais te dire, la moitié au moins, c'étaient des gamines… treize, quatorze ans ? Un scandale, bordel.

— Elles se sont fait ramasser, d'après ce que j'ai entendu.

— Exact. Une descente à l'aube, ouais, ils en ont ramassé un paquet, ils ont dégagé deux immeubles. Des clandestins. Mais les macs en ont ramené d'autres. Il y en a des centaines dans tout le pays, et ils les font circuler. – Elle écrasa son mégot de cigarette sous le talon de sa bottine. – Un scandale, bordel. En tout cas, quelqu'un disait que par ici c'était bien, plus sympa comme endroit. Donc j'ai eu l'idée de venir. D'essayer. Je suis venue en bus. Pour le retour, je ferai du stop. Histoire de voir comment ça marche.

— Ah bon, d'accord.

Abi se leva.

— C'est quoi ton nom ?

— Abi.

— Salut. – La fille lui tendit une main qui lui parut bizarre. Mais elle la lui serra. Elle était petite et froide, comme une main d'enfant, comme celle de Frankie. – Moi, c'est Chantelle.

— Salut.

Il y avait des voitures qui passaient en haut de la rue.

— T'aurais intérêt à t'éloigner du minibus.

— Pourquoi ?

— J'sais pas. T'aurais intérêt, c'est tout. Et puis faut se séparer. Inutile de rester plantées là ensemble.

— Y a plein de place, remarqua Chantelle.

— Ouais. Peut-être que d'autres vont débarquer, plus tard.

— Qui ça ?

— Kelly, Amy, Marie… il y en a plein.

— OK. À plus.

Chantelle se retourna et se dirigea vers l'autre bout de la rue, en regardant chaque voiture au passage avec insistance.

— C'est ça. À plus tard.

Abi traversa et se dirigea vers le passage souterrain. Elle savait quel était le meilleur coin à se réserver et, quand elle l'atteignit, une Renault Mégane ralentit à sa hauteur. Vince.

— Tout va bien ?

— Salut, Vince, fit-elle, en ouvrant la portière côté passager. Elle ne savait pas si c'était son vrai prénom, mais peu importait, parce qu'il croyait qu'elle s'appelait Bella.

Elle entraperçut Chantelle, qui regardait en direction de la Renault quand celle-ci redémarra.

Une heure plus tard, elle reçut un SMS de Hayley, lui disant que Frankie avait vomi deux fois et qu'il demandait après elle. C'était inquiétant, qu'il n'ait pas l'air de réussir à se débarrasser de ce virus aussi facilement que les autres gamins. Elle devrait peut-être l'emmener encore chez le docteur. Il n'avait pas l'air bien, d'ailleurs, toujours pâle, la peau moite, et tout le temps à gémir, alors que ce n'était pas un enfant geignard.

Il faisait beaucoup plus froid, et elle accéléra le pas. La Chantelle n'avait plus refait son apparition et le minibus de l'Entraide remballait.

Elle se sentit soudain déprimée, marre de tout. Si elle avait été buveuse, c'était justement le genre de moment où elle aurait bien vidé quelques bouteilles. Elle voyait pourquoi les gens faisaient ça, et pourquoi ils se mettaient au crack, pourquoi ce serait facile, parce que vous aviez quelquefois besoin de vous sortir de tout ça pendant une heure, à des moments comme maintenant, quand elle était gelée et en route vers chez elle, pour passer la moitié de la nuit à tenir une cuvette à Frankie, qu'il puisse vomir dedans. Mais elle savait qu'elle avait raison de ne jamais céder à tout ça, de ne jamais dévaler cette pente-là. Elle avait soixante livres en poche, cent autres dans sa boîte métallique, et demain elle irait aussi à la poste. À cette période-là, l'année prochaine…

En passant au coin où elle croisait parfois Marie, elle se souvint de ne pas l'avoir vue. Mais la vie de Marie, c'était n'importe quoi. Il fallait qu'elle s'occupe de sa mère et de son pot de colle de copain. Ça lui arrivait de prendre l'air pendant toute une semaine.

Mais quand elle arriva chez elle, elle s'arrêta sous le réverbère et retrouva le numéro de Marie dans son portable.

*Coucou bb, ça va ? À + biz abi xx.*

# 14.

— Je ne vois pas comment nous pourrions y aller.

Judith Serrailler se leva de table. Elle alla jusqu'à la poubelle, en tira le sac noir plein, le noua et le sortit, en laissant claquer la porte de la cuisine. Cela la soulagea un peu, mais pas suffisamment. Il faisait atrocement froid et le premier croissant de la nouvelle lune avait le tranchant d'un couperet.

On était apparemment passé d'un automne serein et doré à un hiver glacial, en quelques jours. L'air sentait le givre.

Elle s'attarda à la porte, se demandant si la voiture de Cat n'allait pas surgir dans l'allée, mais il était sans doute trop tôt. Après la fin de la répétition de la chorale de St Michael, les choristes se retrouvaient parfois au Golden Cross. Judith l'avait convaincue d'y aller, au lieu de s'esquiver et de rentrer chez elle, comme elle l'avait fait depuis tant de mois, après la mort de Chris. « Je peux chanter, lui avait-elle répondu. C'est la chose dont je me suis sentie capable… ça m'a soutenue. Mais je ne peux pas me rendre au pub et me montrer sociable. » Or, ces deux derniers mardis soir, c'était justement ce qu'elle avait fait, et elle lui avait confié que cela lui avait plu, davantage qu'elle ne l'aurait cru.

Les trois enfants étaient endormis à l'étage, Judith était allée les chercher à l'école. Elle avait suggéré à Richard d'aller prendre Sam, mais il avait refusé. Il trouvait les choses plus faciles avec ses petits-enfants qu'elles ne l'avaient été avec ses propres enfants : il était devenu un peu plus souple mais ne se sentait pas capable de se mêler de leurs affaires. Il leur parlait, Cat le lui avait dit un jour, exactement comme il leur parlait, à Simon, Ivo et elle – comme s'ils étaient ses égaux en âge et intellectuellement. Cat avait détesté cela, mais ses enfants réagissaient différemment, Hannah disant à son grand-père qu'il la faisait rire et lui parlant quelquefois comme s'il était sourd et simple d'esprit, Sam faisant preuve de solennité dans ses tentatives pour se montrer à la hauteur des attentes que Richard nourrissait à son égard. Félix, lui, au moins, était trop jeune pour comprendre, songea Judith, gelée, en se frictionnant les bras. Elle avait bien conscience que Cat était mécontente de voir son père encore si réservé et si distant. Richard n'était pas froid, il n'était pas inflexible, elle le savait, et elle croyait l'avoir aidé à être plus à l'aise et mieux dans sa peau. Mais il avait du mal à baisser la garde, et peut-être était-il trop âgé pour changer. Ce soir, il l'avait contrariée, et maintenant sa propre attitude l'agaçait autant que son attitude à lui. Ce n'était pas sa nature de claquer les portes ou de bouder – et que fabriquait-elle dehors par ce froid, si ce n'était bouder ?

Aucun signe de Cat.

La cuisine était déserte et il n'y avait pas un bruit – Richard était sans doute allé se coucher, mais les cartes qu'il avait étalées étaient toujours là.

Quand il les avait sorties, cela l'avait intéressée. Richard avait dans l'idée de faire un long voyage, en commençant par la Californie. Mais quand son intention de partir juste après Noël était devenue claire, elle avait protesté et il avait perdu patience. Leur mariage avait pu le radoucir d'une certaine façon – mais il restait encore un sacré bout de chemin à faire, se dit-elle.

Elle se servit un verre de vin, se demandant si elle devait aller le retrouver et tenter de conclure la paix, garder ses distances, continuer comme si de rien n'était, ou poursuivre cette dispute. Quand elle était mariée à Don, ce style de situation ne s'était presque jamais présenté, car c'était l'homme le plus décontracté, le plus facile à vivre qui soit, heureux de changer de programme, d'idée, de camp, de tout quasiment, non parce qu'il était faible ou velléitaire en aucune manière, mais parce qu'il considérait le conflit comme allant généralement à l'encontre du but recherché, peu de choses valant, de son point de vue, la peine de se battre. Pour lui, la dispute devait être réservée à des questions complètement triviales comme de savoir si les coussins devaient être alignés sur le dossier d'un fauteuil ou disposés en pointe. Richard prenait position sur la question des coussins et n'en démordait pas, s'attendant à ce que tout le monde s'aligne sur son point de vue. « Ton père n'a jamais souffert la contradiction, avait-elle confié un jour à Cat, et ce n'est bon pour personne de n'avoir jamais été contredit. »

Elle était au milieu des mots croisés du *Times* quand Cat entra, en fredonnant Händel.

— Tout va bien ? dit-elle.

— Si tu veux parler des enfants, tout va bien, si tu veux parler de ton père, comme ci, comme ça. – Elle lui désigna le vin. – C'est mon médicament.

Cat fit grise mine.

— Si cela peut te consoler, je vais prendre un verre, moi aussi.

— Répétition ratée ?

— Au niveau musical, non, répétition superbe. Mais pour la première fois depuis que je suis une fidèle de St Michael, c'est-à-dire depuis vingt ans, l'endroit est déchiré par les factions… De sérieuses dissensions, vraiment. Et ce n'est pas agréable. Si le doyen ne veille pas au grain, il va devoir chercher un nouvel organiste et un nouveau chef de chœur. Le maître de chapelle est fumasse, beaucoup de gens au sein de la congrégation sont si mécontents qu'ils songent sérieusement à partir ailleurs…

— Mon Dieu, mais il n'est en poste que depuis quelques mois.

— Il n'en faut pas plus pour faire s'écrouler ce que des siècles ont édifié.

— Comment cela ? Tu sais que, si tant est que je sois quelque chose, je suis catholique, et nous avons une autre façon de procéder.

Cat but lentement une longue gorgée de vin, avant de lui répondre.

— En gros, Stephen Webber est un évangélique charismatique… ce que ma mère aurait appelé la Basse Église et que j'appelle l'allégresse et la foi béate du chrétien de base. J'ose affirmer qu'elle a toute sa place… mais que cette place n'est pas à St Michael ou dans aucune autre de nos grandes cathédrales qui ont une tradition d'excellence en matière de liturgie et de musique. C'est ce que visent les cathédrales… l'excellence. Le meilleur. Cela ne devrait pas être synonyme de « démodé » et de « coupé des réalités ». Les temps changent, et les gens aussi. Mais le changement n'est pas la même chose que la destruction gratuite.

— Tu es assez fâchée

— Je suis très fâchée. Mais pas du tout fâchée comme certains… fâchée et bouleversée.

— Tu as mes billets, au fait ?

— Oui. – Cat plongea la main dans son sac. – Deux pour samedi, vers le sixième rang… J'ai choisi avec soin.

— Merci, ma chérie, combien te dois-je ? Et ne dis pas « Oh, rien ». Si je viens à vos concerts, je paie ma place.

— Alors ce sera trente livres, je regrette. Le prix fort.

— Parfait. Ton père m'a emprunté le liquide qui me restait, je vais te donner un chèque.

— À propos de papa…

— Ne me pose surtout pas de question.

— Ah. Je dois prendre cela au sérieux ?

Judith soupira et lui remplit son verre.

— Richard a décidé qu'il aimerait nous embarquer dans un avion pour la Californie, peu après Noël, louer un camping-car et partir sur la route.

— Un camping-car ? Papa ? Je suis surprise qu'il sache même ce que c'est.

— Apparemment, il a lu un article sur le sujet, il s'est lancé dans quelques recherches sur Internet et il a découvert que c'est spacieux et extrêmement confortable.

— En effet, nous en avions un quand nous sommes allés en Australie. Mais pourquoi veut-il que vous voyagiez de cette façon, alors que vous pourriez prendre un avion et descendre ensuite dans des hôtels. Bien plus votre style, à mon sens.

— Notre style retraités.

— Ce n'est pas ce que je voulais dire et tu le sais. Mais si l'idée te déplaît, dis-le.

— L'idée d'un camping-car ne me déplaît pas le moins du monde, je pense que ce serait assez amusant. Ce qui m'embête, c'est de voyager là-dedans, aux États-Unis, pendant un an.

Cat eut la sensation de se tenir au bord d'une sorte de précipice sur un surplomb, qui, subitement, avait commencé à branler sous ses pieds.

— Un an ?

— Ce que nous ne pouvons évidemment pas nous permettre. Il est hors de question de vous laisser, les enfants et toi, sauf pour de brèves vacances. Une année d'absence, c'est exclu. Tu comptes sur nous et tu as raison.

— Judith…

— Je le pense.

— J'avoue que je ne suis pas sûre de pouvoir tenir le coup. Vous faites tant de choses pour nous.

— Pas tant de choses que cela, mais je crois que ce que nous faisons est assez vital.

— Ça l'est. Crois-moi. Mais papa n'est pas d'accord je suppose.

— Il changera d'avis, mais entretemps, il est parti se coucher lire P. G. Wodehouse qui, comme tu le sais, constitue sa défense habituelle contre le monde.

— Seigneur, je me sens coupable.

— Ne sois pas ridicule. Dis m'en plus sur la cathédrale. J'adore les histoires de luttes intestines.

Cat éclata de rire.

— Mais c'est sinistre, fit-elle, sinistre et pas drôle. Beaucoup de gens se font marcher dessus. Ce n'est pas juste un problème de fierté blessée ou de lutte au coude à coude pour obtenir une place, Judith, cela va beaucoup plus loin que ça. Je ne sais pas comment on peut être aussi insensible et c'est curieux, parce que lorsque tu as Stephen Webber devant toi, tu n'as pas du tout cette impression… il paraît très gentil, très aimable, il écoute. À l'inverse de sa femme. Mais cela me navre de voir David Lester aussi peiné. Ça a des conséquences sur la musique. Ce soir, c'était très perceptible.

— Le doyen n'essaie pas de mettre un terme à la chorale de St Michael, tout de même ?

— Non, non, il ne peut pas se le permettre… Nous ne faisons pas partie de l'organisation de la cathédrale. Je ne pense pas qu'il se soucie beaucoup de ce que nous chantons, mais c'est son problème. Il est probable qu'il juge ça élitiste et inapproprié. Mais non, c'est la musique de la cathédrale qu'il veut changer, et la majorité de ses services. Il ne fait guère de cas des gens.

— Il le peut ?

— Plutôt, oui. Il est doyen *et* chef du chapitre, bien sûr, et il y a toujours quelques tenants de l'ancien régime qui se battent bec et ongles. Mais il y a aussi les autres… Le chanoine Hurley par exemple. Il est arrivé avec Stephen Webber, ils ont déjà travaillé ensemble. – Cat se leva et tourna en rond dans la cuisine, d'un pas nerveux. – J'imagine que je me fais en partie des idées, hein ? Je ne supporte aucun changement, surtout pas quand il s'agit de quelque chose d'aussi important. La cathédrale, c'est mon abri… c'est un roc intangible, c'est là. Si ça disparaît, alors n'importe quoi peut disparaître.

— Je me souviens avoir éprouvé la même chose. Juste après la mort de Don, ils ont changé l'horaire du journal télévisé qui est passé de neuf heures à dix heures du soir, et c'était comme si le sol se dérobait sous mes pieds. Cela paraît ridicule maintenant, mais c'était ce que je ressentais, j'avais besoin que les infos soient à l'heure où elles avaient toujours été. Le deuil vous rend très fragile.

— Je dois quand même démêler ce qui est important de ce qui ne l'est pas. Si les choses changent à St-Michael, il faut que je distingue ce qui compte assez pour que je me batte, et ce que je dois laisser filer.

— Oui, définir tes priorités.

Cat alla vers Judith et referma les bras autour de ses épaules.

— C'est ce genre de choses, tu vois ? Tu m'aides à démêler les choses. Si tu t'en allais un an…

— Oui, ma chérie, je sais. Enfin, tout va bien, car nous ne partirons pas.

— Mais papa…

— Laisse-moi m'occuper de Richard.

En s'apprêtant à se mettre au lit, Cat s'aperçut que c'était vrai, elle pouvait laisser Judith s'occuper de son père. C'était une chose dont elle n'avait plus à se soucier et c'était un changement dont elle se réjouissait.

Elle était allongée, éveillée, elle écoutait le vent dans les arbres, elle voulait apaiser sa colère à propos de la cathédrale, son anxiété à propos de Sam et ce nouveau souci, que son père songe à partir un an, et elle fut incapable d'apaiser quoi que ce soit. Elle avait l'impression d'être entièrement seule et de mener une longue, une épuisante guerre d'usure. Elle mit un long moment à s'endormir.

# 15.

Leslie Blade ralentit en tournant sur Wharf Lane. Parfois, les filles étaient regroupées là, et d'autres fois elles étaient près de la rangée de boutiques aux vitrines condamnées par des panneaux de contreplaqué, et il pouvait se garer dans l'allée. C'était une extrémité lugubre de la ville, rachetée par un promoteur qui avait fait faillite. Il n'y avait guère de chances à présent pour que quelqu'un y ouvre un commerce, y crée des emplois, et donc ces boutiques resteraient telles quelles, le libraire, le coiffeur, la laverie, l'épicier du coin, le boucher, toutes fermées et recouvertes d'affiches et de graffitis. Même la boutique de vêtements de seconde main, qui vendait au profit d'une association caritative, avait disparu. Il était plus tard que d'habitude. Sa mère était entrée à l'hôpital en observation jusqu'au lendemain, pour un contrôle de son pacemaker, et l'aller-retour à Bevham pour aller la voir après le travail l'avait empêché de commencer à préparer les provisions avant dix heures bien sonnées. Il avait presque perdu courage et, au lieu de s'en occuper, il était resté au coin du feu. Mais il avait acheté à manger, le pain était frais, et en plus, il allait leur manquer, ce n'était pas une nuit pour le minibus de l'Entraide, et le temps s'était refroidi. Les filles avaient besoin de lui.

Le vent balayait des bouts de papier et des sacs plastique vides dans la rue devant lui, mais quand il ralentit, il crut voir une silhouette près des boutiques abandonnées.

La minute d'après, une lumière bleue dans son champ de vision vint l'éblouir et la voiture de police s'arrêta devant lui, sirène hurlante.

— Excusez-moi, monsieur, voudriez-vous descendre de voiture, je vous prie ?

— Je n'ai pas bu, monsieur l'agent, je vous assure. Je ne consomme pas du tout d'alcool.

— Descendez simplement du véhicule, monsieur, si vous voulez bien. – Leslie s'exécuta. – Merci.

— Comme je le disais, je n'ai pas du tout absorbé d'alcool, je ne bois pas.

— Pouvez-vous m'expliquer ce que vous faites ici ?

— Ce que je fais ? Je conduisais, je roulais dans cette rue.

— Vous ne conduisiez pas d'une manière normale, n'est-ce pas ? Vous conduisiez lentement, le long de ce trottoir… On pourrait le formuler autrement et dire que vous draguiez en voiture.

— Il se trouve que j'allais me garer là-bas. Près des boutiques abandonnées.

— Pourquoi vouliez-vous vous garer là, monsieur ? Vous avez une activité, par ici ?

— J'aimerais que vous m'expliquiez pourquoi vous me questionnez. Je n'ai pas conscience d'avoir commis une infraction.

— La drague motorisée constitue une infraction, monsieur. En avez-vous conscience ? Avez-vous aussi conscience que des jeunes femmes exercent la prostitution dans cette zone ?

— Je le sais.

— Oh, vous le savez ?

— Je le sais parce que je viens ici leur rendre visite. Posez-leur la question, à n'importe laquelle. Je viens leur apporter des boissons chaudes et de quoi s'alimenter. Je ne sais pas si vous en avez conscience, monsieur l'agent, mais ces filles sont dans la rue, tous les soirs, dans le froid, dans l'obscurité, livrées à elles-mêmes, et personne n'en a rien à fiche. Je leur apporte de quoi manger. Si vous voulez ouvrir ce sac, sur la banquette arrière de ma voiture, vous verrez.

Entretemps, l'autre policier était descendu du véhicule et il contournait lentement la voiture de Leslie, en examinant les roues, les portières, les pare-chocs.

— Allez-y, je vous en prie… ouvrez la portière à l'arrière et regardez dans le sac de courses, et s'il y a des filles dans les parages, elles me connaissent, elles se porteront garantes pour moi.

Mais la rue était déserte.

Le policier sortit le sac et l'ouvrit, avec un signe de tête à son collègue.

— D'accord, monsieur, bon, je n'ai que votre parole, que vous ameniez tout ceci pour l'apporter à ces filles ou à quelqu'un d'autre, mais si c'est le cas, je vous déconseillerais de continuer.

— Et pourquoi ça, enfin ? Quel mal est-ce que je fais ? Demandez-leur. Elles sont assez contentes. Je m'occupe d'elles, j'en fais donc plus que la police, si j'ose dire. Écoutez…

Une voiture était arrivée en face, descendant la rue, et elle ralentit. Voyant le véhicule de police, ce fut à peine si le conducteur s'arrêta pour laisser la fille descendre sur le trottoir avant de repartir, dans un crissement de pneus.

— Abi, cria Leslie Blade de l'autre côté de la rue. Abi.

Abi Righton se figea.

— Abi, par ici, s'il te plaît, viens par là.

Elle traversa en diagonale, en gardant un œil sur la police.

— Très bien, mon cœur, pas de problème, tu n'as rien à craindre. Juste un mot, si ça ne t'ennuie pas.

Abi haussa les épaules, garda ses distances.

— Il veut que tu dises que tu me connais, et…

— Je vous remercie, monsieur, mais si vous me laissiez m'en charger. Puis-je avoir déjà votre nom, mademoiselle, je vous prie ?

Abi hésita.

— Comme je te l'ai dit, en ce qui te concerne, il n'y a aucun problème.

— OK. Abi. Abi Righton.

— Adresse ?

— Je suis obligée ?

— Non, mais cela me satisferait davantage.

— 11c Barter Road.

Leslie essayait de croiser son regard, mais elle fixait un point au-delà de la voiture.

— J'aimerais que vous me disiez si vous reconnaissez cet homme, je vous prie.

— Ouais. Je le reconnais. Qu'est-ce qu'il a fait ?

— Pouvez-vous me donner son nom ?

— Alors vous l'avez arrêté ?

— Non, il n'est pas en état d'arrestation. Connaissez-vous son nom ?

— Leslie. Leslie quelque chose. On l'appelle… Les.
— Juste Les ?
— Oui.
— Lui connaissez-vous un autre nom ?
— Non.
— Pouvez-vous me dire autre chose à son sujet, pour corroborer ce qu'il vient de nous expliquer ?
— Je sais pas ce qu'il vous a raconté, moi, hein ?
— Une idée de la raison de sa présence ici ? J'ai cru comprendre que vous le rencontriez par là, de temps en temps.
— Oh ouais, il nous apporte des trucs, des sandwichs et du thé, tout ça.
— Quand vous dites « nous »…
— Les filles.
— Une en particulier ?
— Non. N'importe laquelle. Je sais pas pourquoi il fait ça, mais il le fait. Par bonté de cœur, j'imagine. Il ne nous sort pas de sermon, il ne nous distribue pas de tracts, rien.
— Réclame-t-il, euh, comment formuler cela…, le payez-vous pour cette nourriture ou pour autre chose ?
— Si vous voulez dire, est-ce que c'est un client, alors non, ça, carrément pas. Il aime juste bien bavarder, traîner un peu, nous parler de certains trucs.
— Quelle sorte de trucs ?
Elle haussa les épaules.
— N'importe quoi. Ce dont les gens causent. Le temps, le fait que tout le monde a des soucis d'argent et que la famille royale est nulle et le genre de musique que vous aimez. Des trucs, c'est tout.
— D'accord. OK, merci. Je n'ai pas besoin de vous retenir plus longtemps. Je dois seulement vous dire que vous seriez mieux chez vous, et pas dans la rue, vous savez.
— Mieux ? Et comment cela ?
— Plus en sécurité, plus au chaud, loin de tout danger.
— Ici, c'est assez sûr. On veille les unes sur les autres. Le minibus de l'Entraide passe. Plus que vous n'en faites, vous autres.
— Il n'empêche. Pas une vie pour une jeune fille, ça, hein, Abi ? J'ai une fille, moi. Je ne voudrais pas de cette vie-là pour elle.
— Non, c'est sûr, enfin, espérons que ça ne vous tombe pas dessus.

Elle enfonça ses mains dans ses poches et se retourna pour les quitter.

— Je peux y aller aussi, j'imagine, fit Leslie Blade.

— Juste un mot, quand même, ce qui est valable pour cette jeune fille l'est pour vous aussi. Sandwichs ou non, il vaudrait mieux que vous ne traîniez pas par ici, à bavarder avec elle.

— Et pourquoi cela, dites-moi ? Est-ce que je commets un délit ?

— Non. Il n'empêche, il vaut mieux laisser cela aux autorités... au minibus de l'Entraide et autres. Il vaut mieux les laisser s'en charger.

— Y a-t-il autre chose, monsieur l'agent ?

Le policier referma son carnet.

— Vous pouvez circuler, monsieur. Merci pour votre coopération. Roulez prudemment.

*

* *

Leslie roula jusqu'au bout de la rue principale, sur trois kilomètres, tourna pour s'engager dans la rocade, la quitta au rond-point, contourna la Colline et, en moins de quinze minutes, il était de retour à hauteur des boutiques désertées. Le véhicule de patrouille était parti et ni Abi ni aucune des autres filles n'étaient dans la rue. Il s'arrêta et patienta un moment, puis il boucla le tour du pâté de maisons et se dirigea vers le canal. Toujours personne.

Il entendit les cloches de la cathédrale sonner minuit dans le froid et les rues vides, en roulant. Au milieu des ombres, près du chemin de halage, celui qui s'appelait Mister Bonnet le vit. Il observait. Il attendait.

— Le courant a failli se couper, fit Hayley à la seconde où Abi ouvrait la porte. Tu as de la monnaie ?

Abi sortit trente livres en billets de la poche de sa minijupe et alla ouvrir le placard au-dessus de l'évier. Le paquet de corn-flakes où elle gardait ses pièces de monnaie pour le compteur était vide. La chambre était froide, les trois enfants endormis ensemble sous une couette, dans le lit, Hayley avec sa parka remontée autour du cou, blottie dans le fauteuil.

— Il y avait dix livres, là-dedans, fit Abi. Elles sont où ?

Hayley avait le visage fripé, les yeux rouges.

— Tu as dû les utiliser. – Hayley s'était rongé les ongles. – Je ne les ai pas utilisées, et il n'y a eu personne d'autre ici. À part toi. – Hayley haussa les épaules. – OK, je vais descendre, voir s'ils n'ont pas de la monnaie. Sauf que je sais que c'est toi qui me les as prises et je veux les récupérer, d'accord ?

À son retour, après avoir mis de l'argent dans le compteur, Abi vit Hayley qui préparait un thé.

— J'ai eu une bonne idée, lui dit-elle.

— Quoi, du genre me chourer mon argent pour l'électricité ? Je te le dis, je veux le récupérer. Demain, tu travailles, et tu me le rends, vu ?

— Non, écoute, là où j'habite, l'appartement du dessous s'est libéré.

— Et alors ? Bon Dieu, je suis gelée. Je vais me chauffer un sachet de soupe. T'en veux un ?

— On pourrait l'avoir. Il y a deux chambres, une cuisine indépendante. On pourrait l'avoir.

— Qu'est-ce que tu veux dire, on pourrait l'avoir ?

— Le louer. Toi, moi, nos gosses. C'est carrément mieux qu'ici et que le mien, et on pourrait l'arranger.

— Tu plaisantes, hein ?

— Non, pas du tout, pourquoi je plaisanterais ? C'est une bonne idée.

— À mon avis, non.

— Ça m'éviterait de me traîner tout le temps jusqu'ici avec Liam. Et puis ça économiserait un paquet d'argent.

— Qu'est-ce qui te fait penser ça, toi ?

— Oh, calcule un peu. Déjà, ça fait un appartement en moins, et je pense qu'on devrait le prendre.

— Ça aurait l'air bizarre. Deux filles qui habitent ensemble. Les gens se feraient des idées.

— Qu'ils s'en fassent, qu'est-ce que ça peut foutre.

Abi versa de l'eau dans deux mugs.

— Ce soir, c'était mort, fit-elle, en allumant la télé à faible volume, un client, personne d'autre dehors. Et un froid de gueux.

*… sa mère, Mme Audrey Buckley, a signalé la disparition de Chantelle. On l'a vue pour la dernière fois il y a cinq jours, elle marchait en direction de la*

*gare routière. Chantelle, qui a dix-sept ans, portait un blouson très repérable en nylon vert électrique et une jupe courte. Mme Buckley, d'Aberdeen Way, à Bevham, a déclaré que Chantelle passait quelquefois la nuit chez des amis, mais aucun d'eux ne l'a vue cette semaine et…*

— Je l'ai vue, s'écria-t-elle.

L'image de circuit de vidéosurveillance montrant une jeune fille marchant dans une rue fut remplacée par un cliché d'elle, plus jeune, les cheveux plus foncés, avec un chien.

— C'est elle, sûre et certaine. Elle était dans mon coin. Ringard, le blouson. J'pensais pas qu'elle resterait.

Elles regardèrent le reste des nouvelles, en mangeant un paquet de Jaffa Cakes.

— Tu vois, c'est pour ça qu'il y a pas de clients, fit Harley, c'est la crise financière.

— J'espère carrément pas. D'ailleurs, tu penserais qu'il y en aurait plutôt plus, et pas moins. Histoire qu'ils se remontent le moral.

Ce fut l'apparition de la carte météo à l'écran qui souffla l'idée à Abi.

— Cette fille, dit-elle, cette Chantelle avec son blouson vert.

— Oui, quoi ?

— Non, juste que j'ai pas revu Marie depuis une semaine.

— Ça doit être sa mère qui recommence à déconner. Ou ce clodo de Jonty.

— Ça se peut.

— Tu sais qu'elle se taille, Abi, ça lui est déjà arrivé, tu te souviens. L'été dernier.

— OK. – Abi prit un autre gâteau. – T'as sans doute raison.

— J'ai toujours raison. Et j'ai aussi raison pour cet appart.

Abi lui balança le paquet de biscuits vide.

Le lendemain matin, Hayley et Liam partirent juste avant neuf heures.

— Viens jeter un œil à cet appart, tu n'as pas besoin de te décider, sauf que ce serait super, Abi, pense à toute la place qu'auraient les enfants, pense à une vraie cuisine. Viens juste jeter un œil.

Mais Abi refusait de rien promettre. Avant de se laisser tenter par la visite d'un quelconque appartement et de s'engager alors qu'elle n'était pas prête, elle avait besoin de réfléchir à quantité de questions. Hayley n'était pas fiable. Elle était encore susceptible de se droguer et alors elle ne serait pas capable de travailler ou de surveiller les gosses, elle était encore fichue de s'acoquiner avec un bon à rien et de le ramener à la maison. La pièce où habitait Abi était un taudis, elle était petite, froide, les toilettes et la salle de bains étaient communes et il y avait juste un coin cuisine, mais c'était la sienne, elle s'y sentait en sécurité, et ce n'était pas cher. Elle avait réussi à épargner. Elle avait les gosses, dans un endroit à elle, où elle pouvait les voir, et où ils étaient en sécurité, eux aussi. Bazarder ça pour partager avec Hayley, ça voulait dire qu'on n'en finirait plus avec les « et si ceci, et si cela ».

Ce matin, Frankie allait à la garderie. Après l'avoir déposé, elle attendit le bus pour le supermarché au coin de la rue. Elle y allait toujours quand Mia et elle étaient juste toutes les deux : Abi faisait ses courses et puis elle se commandait un petit-déjeuner complet, une bonne assiettée. Mia picorait dans le plat, et elle lui donnait un peu de son œuf. Elle s'acheta un magazine, Mia s'endormit, et elle prit un deuxième café. Heureuse. Parfois, assise à la cafétéria du supermarché, dans la chaleur et la lumière, avec des gens tout autour d'elle, elle se sentait bien et, quand elle y réfléchissait, elle savait que c'était parce qu'elle se sentait normale. Elle aurait pu être n'importe qui, une maman avec un petit, et elle aurait eu une maison, où elle serait rentrée après. Sans avoir à faire ce qu'elle faisait. Normale. Sauf que ce matin, elle prit soudain conscience qu'elle avait à s'acquitter d'autre chose. Elle s'était réveillée cinq ou six fois dans la nuit, et chaque fois c'était là, à lui trotter sans cesse dans la tête, et quand elle s'était rendormie, ça n'arrêtait pas de faire des incursions dans ses rêves.

Elle traversa la rue et attrapa un bus dans la direction opposée, puis elle marcha. Mia dormait. Un vent vif se faufilait entre ses jambes nues.

Elle avait cru qu'à pied c'était court, mais il lui fallut vingt-cinq minutes avant d'arriver au portail cassé qui ouvrait sur les herbes folles du champ. La caravane se trouvait à l'autre extrémité, installée sur un rectangle de boue et d'orties. Elle vit la porte ouverte se balancer. Elle ne pouvait pas faire avancer la poussette dans cette herbe épaisse et ces ornières, alors elle souleva Mia et la porta.

Il n'y avait pas un bruit. Elle hésita, puis elle frappa à la porte ouverte. Mais elle savait qu'elle n'obtiendrait aucune réponse ; elle finit par entrer et découvrit l'endroit dévasté, comme si quelqu'un y était allé au marteau-piqueur. Table, placards, bancs, évier, fenêtres, la totale, tout était fracassé, défoncé, et le sol était couvert de morceaux de bois cassés et de coussins provenant du banc. La télévision était renversée, éventrée, et il y avait aussi des assiettes et des tasses brisées, de la faïence et du verre un peu partout. Mais rien d'autre. Personne. Aucun signe que quelqu'un ait vécu là, hormis quelques vêtements sortis d'un carton et entassés par-dessus tout ce fatras. Elle reconnut un sweatshirt et une chaussure d'une paire vernie noire que portait Marie.

Mia s'était réveillée, regardant d'un air perplexe autour d'elle, et le vent, venu de l'autre bout du champ, venait leur siffler aux oreilles.

— OK, fit Abi, OK…

Elle retraversa le champ, non sans mal, récupéra la poussette et repassa le portail cassé pour ressortir dans le chemin. Mia s'était mise à pleurer.

Abi marchait d'un pas vif, pour se réchauffer, pour quitter cet endroit, et pour s'aider à penser à ce qu'elle pourrait bien faire.

# 16.

La tête de Marley dépassait de la porte de l'écurie et il se mit à l'agiter en hennissant d'impatience à l'approche de Stacey. Elle le croyait capable de reconnaître le samedi et le dimanche à la minute où l'aube pointait, bien qu'il fasse jour plus tard maintenant le matin ; c'en était fini de leurs longues journées où ils commençaient leur promenade dès cinq ou six heures. Pourtant, elle aimait être aux écuries aussi tôt que possible, une manière de rendre plus longues les journées du week-end.

Marley était un cheval tacheté au pied sûr, le plus facile que Stacey ait jamais possédé. Les écuries qui prenaient des chevaux en pension étant à un peu plus de cinq kilomètres de Lafferton, du côté de Starly, elle pouvait monter deux heures sans croiser beaucoup de circulation, traverser la piste cavalière de la colline et sortir sur la lande. Mais les week-ends posaient parfois problème de ce côté-là, à cause des vététistes et des adeptes du motocross, et elle avait entendu parler aux infos régionales d'un rallye organisé dans le coin, ce jour-là, aussi conduisit-elle Marley sur la route et franchit le portail qui menait vers le chemin de halage du canal. Ils risquaient de rencontrer des gens qui promenaient leur chien et des joggeurs, parfois d'autres cavaliers, mais jamais de motos bruyantes. Non que cela gêne Marley – c'était un spécimen rare, un cheval véritablement à l'épreuve des bombes.

Il n'y avait personne sur le chemin de halage. Ici, le canal s'élargissait et s'écoulait à travers champs entre des saules étêtés. Une brume diaphane flottait au-dessus de l'eau. Avec de la chance, songea Stacey, le soleil allait percer et ce serait une journée fantastique. Elle se pencha en avant pour tapoter l'encolure de sa monture.

Marley était toujours très enthousiaste pour aller se promener, mais une fois sorti, il n'était jamais nerveux, ne manifestait jamais de trop-plein d'énergie, heureux d'être au petit galop si elle le poussait, mais sinon, il restait à l'amble. Son allure était tranquille, quand elle vit la chose. Au début, elle fut incapable de dire ce que c'était – un ballot de vêtements ou de détritus pris dans les racines d'un arbre, peut-être –, mais elle talonna un peu son cheval pour s'en approcher. Cela paraissait bizarre.

Il refusait d'avancer davantage. Il s'immobilisa tout net et remua légèrement la tête. Stacey lui redonna un coup de talons. Il n'était pas cheval à simplement s'arrêter. Il ne se comportait jamais ainsi.

— Allez, allez, petit gars, à quoi tu joues, là ? Marche.

Il fallut beaucoup d'efforts pour le convaincre de bouger. Elle le sentait déchiré entre la répugnance, le désir de résister fermement et sa bonne volonté habituelle à faire ce qu'on lui demandait.

— Marche, Marley.

Au bout d'un petit moment, il marcha.

De là où elle était, seize paumes au-dessus de l'eau sombre, Stacey avait vue sur la chose, mais pas une vue dégagée. Elle attendit, regarda autour d'elle, ne vit personne, ni promeneur, ni coureur, pas même un chien errant.

Elle n'avait pas envie de s'approcher, n'avait pas envie de savoir, ne voulait pas quitter le dos de son cheval, où elle était en sécurité. Mais elle savait qu'il le fallait. Elle ne pouvait pas simplement s'en aller. Elle ne pouvait pas, elle le savait.

Elle se laissa glisser à terre et s'avança lentement, en tenant les rênes de Marley, non parce qu'il risquait de se sauver, mais pour se rassurer. Car elle savait, admit-elle après coup, elle savait déjà tout, en réalité, dès la première seconde, elle n'avait pas cru que ce fût un ballot de vieux vêtements.

Elle savait.

Dieu merci, il y avait le téléphone portable, mais ses mains tremblaient tellement qu'elle fut à peine capable de composer le numéro. La police fut là en dix minutes, peut-être moins, elle entendit le crissement des pneus, elle vit les policiers sauter par-dessus l'échalier et arriver en courant ; entretemps, elle s'était assise par terre, la tête entre les genoux, les rênes accrochées à son bras, les rênes de Marley, le lien vital qui la rattachait à ce symbole puissant, chaud, immuable et vivant de la sécurité, son cheval, qui broutait l'herbe à ses côtés.

Le corps de Chantelle Buckley s'était pris dans les racines des arbres et l'eau s'écoulait autour avant de continuer à suivre son cours, comme si, en un sens, elle l'abandonnait. On l'avait étranglée et elle avait le visage tailladé, mais à première vue ces coupures se confondaient avec les contusions, le gonflement et la décoloration des tissus, et elles n'étaient pas nettement distinctes. Le médecin les découvrirait plus tard, quand on l'aurait déshabillée, étiquetée, sous les lumières blanches et froides, sur la table de l'institut médico-légal. Chose surprenante, elle était encore tout habillée, en jupe courte, en T-shirt, en blouson vert déchiré ; inévitablement en revanche, les chaussures avaient disparu, emportées par le mouvement de l'eau.

Elle était face contre terre, un bras écarté, un autre replié sous elle, les cheveux emmêlés autour de la tête, comme des herbes. Dès la première seconde où elle avait compris de quoi il s'agissait, et par la suite aussi, Stacey avait été soulagée de ne pas avoir vu le visage.

# 17.

— Miles, nous parlions justement de toi. Entre, si tu y arrives. Ce que je serai contente quand nous serons sortis de tout ça !

Des cartons étaient empilés contre les murs et le petit salon était plein à craquer. La maison était louée aux Webber jusqu'à ce que le doyenné soit prêt.

— Veux-tu un café ? Et si tu n'as pas envie d'attraper la peste bubonique, reste de ce côté-ci de la pièce. Stephen allait te téléphoner.

Stephen Webber se tenait voûté dans un fauteuil, le visage tout rouge.

— Oh, je suis voué à l'attraper, tôt ou tard... tout le monde l'a eue. J'adorerais un café, merci.

— Bon, ne commencez pas à vous parler avant que je revienne.

Miles Hurley se rembrunit imperceptiblement.

— Non, non, promit très vite Stephen Webber, la voix éraillée et pâteuse, à cause d'un gros rhume.

Miles eut un sourire de conspirateur. C'étaient de vieux amis et ils restèrent tous deux assis dans un silence complice.

Ruth revint avec le café servi sur un plateau. C'était une femme anguleuse qui se tenait bizarrement, avec des cheveux tirés en arrière, une coiffure sévère, et un visage curieusement inexpressif. Elle riait, fort et souvent, mais ne souriait jamais.

— Je ne retrouve rien. J'aimerais seulement pouvoir m'installer.

— Moi, je me sens installé, fit Miles, et depuis des mois.

— Tu ne peux pas. Impossible. Personne ne peut se sentir installé dans ce morne petit appentis au fond d'un jardin qui appartient à quelqu'un d'autre.

— Ce n'est pas un appentis, c'est un pavillon parfaitement plaisant, et comme j'ai un chemin d'accès séparé, je n'ai pas à traverser le jardin du maître de chapelle, à aucun moment. Cela me plaît.

Ruth secoua la tête.

— Non, pour toi, nous avons la possibilité de faire mieux.

— Il vient de dire qu'il était parfaitement heureux, Ruth, fit Stephen Webber, en détournant la tête pour éternuer.

— Et moi j'ai dit que c'était impossible. Savais-tu que la cathédrale possédait un appartement spacieux et très agréable tout en haut d'un des immeubles de bureaux du Clos ?

— Je ne crois pas que je le savais.

— Eh bien, il existe et je trouve que c'est là que tu devrais habiter. J'ai cru comprendre que c'était réellement un appartement très élégant, avec de merveilleuses fenêtres très hautes, une vue sur le Clos et fantastiquement équipé.

— Comment as-tu découvert cela ? – Ruth soutint son regard. – Mais bon, en fait, peu importe, reprit très vite Miles, parce que mon pavillon me convient tout à fait, merci. Pour l'appartement élégant, trouvez quelqu'un d'autre. Je suis sûr qu'il y aura plein de candidats.

Miles Hurley s'y entendait pour résister adroitement à la manipulation de Ruth. Stephen et lui se connaissaient depuis la faculté de théologie et ils avaient travaillé ensemble dans leur paroisse londonienne. Ce n'était pas pour rien que Ruth avait reçu le sobriquet de Miss Vanité.

— Oh, il n'est pas vacant. Pas encore, du moins. Un policier vit dedans, ou quelque chose de ce genre, ce qui est un scandale.

— Qu'est-ce que tu as contre les policiers ?

— Il n'est même pas membre de la congrégation.

— Ruth, plusieurs maisons du Clos sont louées. Des bureaux et des appartements. Tu sais pertinemment que nous n'avons pas l'énorme personnel qu'il y aurait eu ici jadis. En outre, ces locations n'ont rien à voir avec le doyen et le chapitre, Dieu merci.

— Et pourquoi pas ? En voilà un déni de responsabilité…

— Nous avons largement de quoi faire, et ils sont entre les mains d'un très bon agent immobilier. Quoi qu'il en soit, comment as-tu appris cette histoire de policier ?

— C'est le frère du Dr Deerbon. Elle me l'a dit elle-même.

— Elle participe au groupe Marie Madeleine, c'est cela ? Bonne idée.

— Ce qui nous amène à la raison pour laquelle nous parlions de toi quand tu es arrivé, Miles. Le groupe Marie Madeleine.

— Je ne savais pas que tu te joignais à nous, Ruth.

— Je reprends la place de Stephen. – Miles jeta un œil à l'autre bout de la pièce, au moment où le principal intéressé se détournait, prétendument pour de nouveau se moucher. – Comme tu peux le voir, il n'est manifestement pas en forme et, franchement, il a endossé beaucoup trop de choses. Cet endroit nécessite une remise en ordre complète et le groupe Marie Madeleine est le parfait exemple d'une charge qu'il peut me confier.

Elle se leva et sortit de la pièce avec la brusquerie que Miles Hurley lui connaissait bien.

— Je reviendrai, dit-il. Tu devrais te coucher, Stephen.

Le doyen secoua la tête.

— As-tu vu David Lester, aujourd'hui ?

— Non... j'aurais dû ?

Stephen Webber soupira.

— Il ne peut pas continuer de m'éviter. Je pensais qu'il avait peut-être dit quelque chose.

— Je sais qu'il n'est pas content, mais ce n'est pas surprenant... personne n'apprécie les changements radicaux et il est plus traditionnaliste que bien des gens.

— C'est un très bon musicien. Je souhaiterais juste qu'il puisse comprendre que je m'efforce d'introduire une vie et un éclairage nouveaux dans la cathédrale. – Il se leva, prudemment. – Je suis désolé, Miles, tu as raison. Je ferais mieux de me mettre au lit. Cela peut-il attendre... ce dont tu souhaitais me parler ?

— Bien sûr. Mais je pense que tu devrais au moins assister à la première réunion du groupe Marie Madeleine. Peut-être suggérer que Ruth prenne ta place de temps en temps ?

— Oh, je ne pense pas que quelqu'un y verrait un inconvénient. C'est juste que j'ai trop à faire, et trop peu de temps. Ruth peut gérer cela aussi bien que moi.

— Quoi ? – Ruth revint de la cuisine alors que Miles s'en allait. – Qu'est-ce que je peux gérer aussi bien que toi ?

— Le groupe Marie Madeleine.

— Je peux tout à fait. Et à en juger par ce qu'annonçait la radio, cela tombe à point nommé. Cette fille qui était portée disparue… apparemment, elle se prostituait, et ils l'ont retrouvée.

Ruth monta un verre de citron pressé chaud et de miel au premier étage.

— J'ai eu une idée.

Stephen Webber avait mal à la tête et à la gorge, il respirait comme à travers des poumons remplis de clous rouillés.

— La conférence charismatique est dans dix-huit mois…

— Ce n'est pas pour tout de suite.

— Je pense que nous devrions proposer qu'elle se tienne ici. Ce serait parfait pour la cathédrale, cela amènerait beaucoup de gens, et cela constituerait un véritable point de convergence pour les étudiants… Il n'y a guère eu d'initiatives partant d'ici vers la faculté, et il n'est donc pas étonnant qu'il n'y ait presque pas de jeunes au sein de la congrégation. Si nous réussissions à cibler les étudiants au même moment que la conférence charismatique, cela remuerait tout cet endroit de fond en comble. Tu n'es pas d'accord ?

Stephen Webber but une gorgée de citron chaud, lentement. S'il s'était senti mieux, il aurait pu être d'accord ou en désaccord, ou répondre à Ruth de ne pas s'en mêler, qu'il ne leur revenait pas de proposer d'accueillir la conférence, que…

En l'occurrence, il avala deux comprimés de paracétamol qu'elle lui tendait, puis il s'allongea sur l'oreiller, soulagé, se sentant incapable de répondre quelque chose.

# 18.

— Il n'y a que vous à qui je peux parler ?

Abi Righton se tenait au comptoir de l'accueil devant l'officier de permanence, un homme d'une taille et d'une carrure impressionnantes, connu de tous les criminels dans un vaste périmètre autour de Lafferton comme un vrai salaud, et comme « ce sympathique sergent » par les vieilles dames qui avaient perdu leur sac à main. Pour Abi, il n'était pas identifié, et c'était un mâle.

— Je ne mords pas. Qui d'autre avais-tu en tête, mon cœur ?

Le sergent Rayner était aussi à un an de la retraite et plein de mépris pour les règles du politiquement correct qui lui interdisaient les menus propos affectueux.

— Je peux parler à une femme ?

— Pas sûr de savoir qui est disponible... Pourrait y avoir une inspectrice de police judiciaire au premier étage. Voudriez-vous me fournir un élément concernant la nature de votre problème, mademoiselle ? Ça serait éventuellement utile, si l'on voulait faire descendre quelqu'un jusqu'ici.

Elle hésita, jeta un œil à sa poussette. Mia mâchonnait un éclair.

— Mais si vous préférez ne rien me dire, je vais appeler quelqu'un, pas de souci.

Elle avait l'air contrarié par quelque chose et n'était pas contente d'être dans un poste de police. Elle n'arrêtait pas de jeter des regards vers les portes derrière elle, comme si elle songeait plus ou moins à changer d'avis et à ressortir. Il eut une intuition. Les intuitions du sergent étaient bien connues et il se faisait charrier à ce sujet, depuis vingt-sept ans qu'il était dans les forces de l'ordre, mais il se fiait à elles et elles ne le trompaient pas souvent. Il estimait que la fille qu'il avait devant lui méritait d'être traitée avec gentillesse.

Abi se décida.

— Ça m'est égal que ce soit une femme mais ça doit être un entretien privé.

— Ah, là, je vous suis. D'accord, privé, on peut faire. Si vous voulez bien prendre un siège par là-bas.

Il lui sourit.

Elle hésita de nouveau. On ne pouvait pas toujours se fier au sourire d'un homme. Mais elle s'assit. Le revêtement du banc était fendillé et il y avait des miettes et des bouts de papier enfoncés au fond, dans la fente le long du dossier.

Mia avait fini son éclair et buvait dans une tasse en plastique, les yeux mi-clos dépassant du couvercle, et pas du tout intéressée par ce qui l'entourait, ce qui, aux yeux d'Abi, semblait être l'attitude juste. Avec un peu de chance, elle allait s'assoupir.

Quelqu'un avait laissé un journal sur le banc. Il y avait une photo de la fille au blouson vert. *Prostituée portée disparue Chantelle Buckley, dix-sept ans.*

Abi détourna le regard. Pourquoi fallait-il qu'ils écrivent ça ? D'abord, ce n'était pas une prostituée, c'était une fille, rien qu'une fille, pas besoin de la cataloguer. Lui infligeraient-ils le même traitement, à elle ? Abi Righton, vingt-trois ans, prostituée. Elle secoua la tête pour en effacer ces mots. Ce n'était pas elle, elle, c'était Abi Righton, mère de deux enfants, Abi Righton et tout ce qu'on voudra d'autre, nom de Dieu, et pareil pour cette Chantelle, pareil pour Hayley, pareil pour Marie. Juste des gens. En plus, elle allait laisser tomber. À cette période, l'an prochain…

— Abi Righton ?

Jeune. Cheveux frisés. Gros collier, des perles bleues, vertes et dans les bruns pastel. Elle aimait bien ce collier.

— Nous allons entrer ici. Puis-je vous offrir un café ou quelque chose d'autre ?

— Ça ira, merci.

— Je vous en prie, amenez votre bébé. Coucou ?

Mia fit faire un demi-tour à sa tasse en plastique qui se retrouva à l'envers.

La pièce était mieux qu'Abi ne l'aurait cru, un canapé et deux fauteuils, une table, des plantes, une photo de la mer accrochée au mur.

— Nous avons changé la déco, fit la policière. Avant, la salle d'entretien, c'était une vraie cellule.

Elle ne passa pas derrière le bureau, elle s'assit sur le canapé et l'invita à prendre le fauteuil. Elle ne devait pas être beaucoup plus âgée qu'elle. Les perles de son collier avaient une surface rugueuse, comme de la pierre.

— Je suis l'inspectrice Mead, Steph Mead. Elle avait un carnet, mais elle ne l'ouvrit pas, se contenta de regarder Abi en lui souriant. Et donc ?

Elle avait un air encourageant. C'était comme une sorte d'entretien d'embauche, pas du tout comme si l'on était en présence de la police.

— Écoutez, ce n'est probablement rien, enfin, en partie rien, je me suis juste monté la tête, sauf que le premier truc, ce n'est pas rien, je veux dire, c'est cette fille, celle qui a disparu, Chantelle.

— Chantelle Buckley. Vous la connaissiez ? Vous êtes amies ?

— Non… non, pas amies, seulement je l'ai croisée. C'est tout. Je l'ai juste rencontrée. La semaine dernière. Et j'étais prête à venir ici et puis j'ai lu dans le journal qu'elle avait disparu, mais je… enfin, bon, je suis pas venue.

— Vous saviez que nous avions retrouvé Chantelle ? Que nous avons trouvé son corps ?

Elle s'exprimait très gentiment, avec délicatesse, comme si elle révélait une mauvaise nouvelle à un parent de la disparue, en voulant éviter de la bouleverser.

— J'ai su ça, fit Abi. Juste sur Radio Bev, ce matin. Je savais que j'aurais dû venir.

— Bien, enfin, vous êtes ici maintenant, c'est le principal. Avez-vous quelque chose à me dire à propos de Chantelle ?

— Non. Je ne sais pas. Je ne crois pas, non. Sauf que maintenant, ce n'est plus seulement Chantelle, hein ?

La policière l'observa.

— Abi, vous êtes certaine, pour ce café ? lui dit-elle enfin. Cela vous ferait peut-être du bien, non. On dirait que vous avez pas mal de choses à me raconter.

Finalement, elle resta là une heure et elle but deux cafés. Pendant tout ce temps, Mia dormit sans bouger.

Ce n'était pas difficile, pas du tout ce qu'elle aurait cru, de parler d'elle, de ce qu'elle faisait, de tout ça, et puis de Chantelle. Non que ce qu'elle avait à dire à son sujet soit très utile, vraiment, ça, elle le savait, et Chantelle prit moins de temps que le reste. C'était Marie. Quand elle en vint à Marie, l'inspectrice Mead la pria d'attendre, elle sortit un moment et, à son retour, elle avait quelqu'un avec elle, un autre inspecteur, un homme.

— C'est mon collègue, l'inspecteur Garnet, il travaille sur l'affaire Chantelle Buckley, donc si cela ne vous ennuie pas, j'aimerais qu'il entende tout ce que vous avez à nous dire.

Il avait l'air correct. Un peu petit. Elle ne trouvait pas que les policiers soient petits, jamais, mais en civil, il se pouvait que ce soit différent.

— Abi, j'ai appris que vous aviez rencontré Chantelle et il y a deux ou trois choses que j'aimerais vous demander. Mais d'abord, voulez-vous nous parler de Marie O'Dowd ?

— Ouais, d'accord. Écoutez, ça me turlupinait un peu mais… pas comme maintenant. Maintenant, il y a Chantelle. Ça rend la chose…

Ils attendirent. Quoi ? Elle essaya de trouver la bonne manière d'expliquer, mais ses pensées et ses émotions étaient en désordre et depuis qu'elle était entrée ici c'était encore pire. Sauf qu'elle n'allait pas reculer, maintenant. Elle devait au moins cela à Marie.

— … différente, dit-elle enfin. Ce n'est pas une blague, hein, c'est pas « Oh, cette Marie, c'est pas la première fois, elle s'est déjà taillée. Pas mon problème. Elle reviendra. » Bon, enfin, si, peut-être, et peut-être qu'elle va revenir, sauf que maintenant que vous avez découvert cette Chantelle, morte, si vous me posez la question, c'est plus pareil.

# 19.

Ben Vanek coucha trois cravates sur le lit – la bleue unie, la bleu marine à pois blancs et la marron. Il écarta la marron – ennuyeuse –, puis la bleue – la couleur était bien, mais l'étoffe était de qualité médiocre et trop brillante. Mais si la bleu marine à pois blancs était élégante, assez neuve et si elle lui avait été offerte par une ex dont il conservait des souvenirs attendris, elle n'irait peut-être pas car elle était un peu trop chic. Peut-être qu'aucun d'eux ne porterait de cravate.

Serrailler en porterait une. Assurément.

Ben repensa à son ancienne équipe, à la police judiciaire. Des cravates ? De temps en temps, mais le plus souvent on restait le col de chemise ouvert, ou en T-shirt. Et blouson de cuir.

Il écarta la cravate bleu marine à pois blancs. Ouvrit le col de sa chemise. Non, trop décontracté, du moins pour une entrée en matière.

À la fin, il mit la marron, la plus ennuyeuse, et laissa les autres sur le lit. C'était soit le lit, soit le dossier d'une seule et unique chaise, car il n'y avait que deux éléments de mobilier, dans cette pièce. Le reste de la maison n'était pas mieux équipé. Il descendit par l'étroit escalier. Le hall d'entrée était désert. Le salon côté rue comportait une vieille malle, le salon sur l'arrière un fauteuil à accoudoirs, une table de jeu, une télévision. La cuisine, une plaque de cuisson, une table à plateau de formica, deux chaises, un frigo. Et c'était à peu près tout. 27 St Mark's Street. Il s'était installé trois jours plus tôt.

Mais le 27 St Mark's Street était à lui, acheté quasiment sans aucun emprunt, avec tout ce que sa mère lui avait légué en s'éteignant l'année précédente. Elle se savait mourante, après trois rechutes de son cancer, trois séries de traitements effroyables, trois rémissions. Et elle avait insisté pour parler de tout avec son père, et avec Ben, y compris de la somme d'argent qu'elle lui laissait.

« Achète-toi une maison, lui avait-elle répété plusieurs fois. Paie-toi des vacances avec cet argent si ça te chante, profites-en... mais achète-toi une maison. Tu ne le regretteras jamais. »

Elle était morte avant qu'il ne reçoive cette nomination à Lafferton, mais elle aurait approuvé le 27 St Mark's Street, cela, au moins, il le savait. Un alignement de petites maisons victoriennes mitoyennes, de préférence avec cheminée d'origine, c'était exactement le genre de quartier qui convenait à sa mère. Il y avait des cheminées dans le salon côté rue, dans le salon du fond et dans l'une des chambres, même si cette dernière était fermée, et ne l'utiliserait jamais. Du feu, en revanche, il en ferait dans le salon qui donnait sur la rue. Il lui restait de l'argent, il pourrait s'acheter d'autres meubles que ceux qu'il avait apportés de l'appartement qu'il partageait avec deux autres collègues en civil à Telford ; il n'en avait pas encore eu l'occasion, il ne savait pas ce qui conviendrait à cette maison, et les choix qui s'offraient à lui. Il allait d'abord prendre ses marques, et puis il regarderait un peu autour de lui. Ikea ? Les salles de ventes ? Il y avait des rideaux dans le salon côté rue et dans la chambre que le propriétaire précédent avait laissés, des rideaux hideux, mais ils étaient utiles, comme le tapis de l'escalier et le lino dans la cuisine. Il pouvait supporter tout cela, car il avait la maison. Sa maison.

Il décrocha sa veste du clou derrière la porte. Son estomac réagissait comme tous les estomacs réagissent les matins d'une grande première – premier jour à la grande école, à la fac, à l'école de police de Hendon –, un mélange d'excitation, d'attente et de crainte, mais cette fois, l'excitation figurait en tête de liste car c'était différent. C'était nouveau et c'était son choix, le boulot qu'il désirait et qu'il n'avait jamais espéré obtenir. Le boulot de ses rêves.

L'inspectrice qui attendait dans le hall d'accueil du poste portait un jean en velours côtelé rose clair, un foulard à carreaux noué selon la mode et une expression inquiète. Ben décida qu'il lui en faudrait peu, très peu pour être jolie.

— Inspecteur-chef Vanek ?

Elle prononça presque Var-nek.

— C'est exact… mais, euh, si cela ne vous ennuie pas, cela se prononce Van-yek. Désolé.

— Oh, mon Dieu, encore un nom bizarre. Ça va être rigolo, Vanek et Serrailler. Personne n'arrive à le prononcer non plus, celui-là. Je suis Steph Mead.

— Un nom sympa et normal, alors.

Cela ne le gênait pas que les gens estropient son patronyme, cela lui arrivait tous les jours, et en général cela ne gênait pas les autres qu'il les aide à le prononcer correctement. Il nota que le velours côtelé rose était un peu rentre-dedans.

— Je suis votre comité d'accueil. Elle tapa le code de sécurité de la porte à côté du bureau de permanence. Et voilà, un-cinq-six-quatre.

— Il change, je présume.

— Vous recevrez un SMS. Il change de manière aléatoire. Ils montèrent l'escalier en béton aux normes réglementaires. D'où venez-vous ?

— Du Shropshire.

— Quoi, une paroisse de campagne ?

— De Telford.

— D'accord. Enfin, vous constaterez qu'à Lafferton c'est un peu comme partout ailleurs, j'imagine. Sauf que ça chauffe un peu ce matin, on entre directement en réunion sur une affaire… Vous connaissez l'inspecteur principal Franks ?

— Il faisait partie de mon jury lors de l'entretien.

— C'est lui qui en a la responsabilité.

Elle poussa sans ménagement deux séries de portes battantes et poursuivit au bout d'un couloir. La salle de réunion se remplissait. Il entendait le brouhaha habituel. C'était comme un préau d'école, songea Ben Vanek. Les clameurs des enfants à l'heure de la récréation étaient partout les mêmes, où que l'on soit.

— Salut, bonjour, inspecteur-chef Vanek.

Il n'arrivait pas à s'y habituer. Il ne croyait pas réussir à s'y faire un jour. Inspecteur-chef, et plus seulement inspecteur. Et en pleine ascension – sauf qu'il était malvenu d'afficher trop publiquement son ambition, cela, il l'avait appris très tôt.

— Bonjour, chef.

— Bienvenue à bord. Une affaire intéressante, aujourd'hui, écoutez et instruisez-vous.

— Bien, chef.

Il se demandait où était le commissaire. C'était avec Simon Serrailler qu'il était venu travailler, Serrailler dont il voulait imiter la carrière.

— Le commissaire divisionnaire est là ?

Steph Mead leur trouva des chaises. Il y avait neuf personnes dans la salle, et deux autres policiers en tenue qui arrivaient.

— Serrailler ? Il est en congé. Il a dirigé l'affaire du gang Falmer pour la BVIR, la Brigade volante d'intervention rapide… Il y a gagné de jolies vacances.

— Ah.

Elle lui jeta un regard.

— C'est une légende vivante, fit Ben, c'est tout.

— Apparemment. Moi, je ne suis ici que depuis un mois. Je n'ai même pas encore rencontré le bonhomme. Attention, on y va.

L'inspecteur principal Franks commença sans transition, prenant la parole en se dirigeant vers le tableau blanc tout au bout de la salle.

— Chantelle Buckley, 17 ans, vivait à Bevham, avait exercé là-bas et à Lafferton comme prostituée.

Il leur présenta les photographies : Chantelle vivante, vêtue de son abominable blouson vert en nylon, Chantelle captée par une caméra de surveillance à la gare routière et de nouveau à Lafferton, sur la place du marché. Chantelle morte, son corps flottant dans l'eau, telle Ophélie, prise au milieu des racines des saules étêtés. Chantelle sur la table de la morgue. Gros plans. Blessures. Franks poursuivit. Derniers mouvements connus, témoins, famille, connaissances.

— Mobile ? demanda quelqu'un.

— Bonne question. Aucun, à notre connaissance. Pas d'ennemis, pas de grosses dettes, pas de petit ami. Un peu de rivalité entre les tapineuses, comme toujours, vous savez, « elle m'a volé mon client », « dégage de mon coin », que des trucs habituels, rien d'important. Mais il y a quand même de nouveaux macs, qui gèrent de très jeunes filles. D'après une prostituée locale, Abi Righton, Chantelle était venue tenter sa chance par ici car il y avait trop d'étrangères à Bevham.

— De la famille ?

— Une mère, deux demi-frères. Chantelle vivait chez sa mère, et c'est cette dernière qui a signalé sa disparition. S'ils savaient qu'elle exerçait comme tapineuse, ils n'en ont rien dit. Pas de tensions familiales, la mère a épousé le beau-père quand Chantelle avait huit ans, mais il est mort l'an dernier. Elle s'entendait plutôt bien avec ses demi-frères, tous deux mariés et qui vivent ailleurs. Je ne pense pas qu'il y ait quoi que ce soit de ce côté-là.

— C'est l'impasse, alors.

— Il n'y a jamais d'impasse. Nous venons juste de commencer. Il y a une personne qu'on va vouloir entendre… un homme que les filles appellent Dingo ou Les le Dingo. Nous ne connaissons pas son vrai nom. Ce Les, il apporte des thermos de boissons chaudes et des sandwichs aux filles dans la rue, à l'occasion… Je me demande pourquoi…

— Encore un de ces cinglés de croyants.

— Ce n'est pas l'avis des filles. Il faut le trouver. Description : blanc, taille moyenne, cheveux bruns, la cinquantaine, aucun signe distinctif.

— Eh bien, nous y voilà, allez donc le repérer au milieu de la foule !

— Et il conduit une…

— Ford Fiesta ?

— Vous lisez dans mes pensées.

Il y eut un murmure général et les fonctionnaires commencèrent à s'agiter.

— Minute, je sais que vous êtes impatient de sortir d'ici, mais il y a autre chose. Une autre prostituée, Marie O'Dowd… une locale. Elle a été signalée disparue hier par une autre tapineuse, Abi Righton. Abi est allée voir à la caravane où vit cette Marie, et elle a découvert l'endroit saccagé. Il y a un petit ami, et il a un casier… Il désigna la droite du tableau et un cliché d'identité judiciaire de Jonty Lewis. Possession de drogue, un peu de revente, cambriolage avec voies de fait, agression avec coups et blessures.

— Sympa.

— Je veux qu'on me l'amène. Dernière adresse connue : 44 Payton Street. Mais il s'avère que c'est un squat, où il n'y a personne à l'heure actuelle. L'endroit était saccagé aussi.

— Pas évident qu'il y ait un lien, n'est-ce pas, chef ? Je veux dire, en dehors du fait que la fille morte et la disparue sont toutes les deux des prostituées.

— Je suis d'accord. Je ne veux pas qu'on cavale après de fausses pistes. Je veux le tueur de Chantelle Buckley. Il y a des chances pour que Marie O'Dowd ressurgisse… apparemment, cela lui serait déjà arrivé de disparaître quelques semaines. Les choses tournent au vinaigre avec le petit copain, et elle fugue. Bien, ce sera tout, sauf que j'aimerais que vous souhaitiez la bienvenue à votre nouvel inspecteur-chef, Ben Vanek, ça se prononce comme ça, exact ?

— Exact, chef.

— L'inspecteur-chef Vanek travaillera aujourd'hui avec l'inspectrice Mead… ils essaieront de dénicher ce Les le Dingo…

Franks continua en répartissant les tâches – certains devaient assurer la liaison avec la brigade des mœurs de Bevham, d'autres parler aux prostituées locales.

— Mais je ne peux affecter tous les effectifs sur cette affaire… nous avons reçu des rapports ce matin concernant un autre gros braquage de meubles anciens dans une maison de campagne, le village de Milton Copley, à six kilomètres au nord d'ici. C'est la troisième fois en autant de mois. Les collègues en uniforme sont sur place, mais je veux…

Ben Vanek eut un regard vers le velours côtelé rose.

— Bon, dit-il. On ferait bien de s'activer, inspectrice Mead.

— Steph. – Il acquiesça. – Vous connaissez ici ? s'enquit-elle alors qu'ils se dirigeaient vers leur véhicule. Où vous voulez une visite guidée ?

Il aurait préféré ne pas former équipe avec Steph Mead. Elle était dynamique et sûre d'elle, et il subodorait qu'elle serait assez bavarde.

— Vous conduisez, dit-il.

— On se dirige vers ?

— Là où on a découvert le corps.

— Les médico-légaux n'ont pas déjà terminé ?

— Si.

Il crut la voir un peu prendre la mouche, mais elle comprit le message et roula pendant la fin du trajet en silence.

Il ne restait rien d'autre à voir que les rubalises et les marquages habituels sur l'emplacement même, au-dessous des saules. C'était une matinée froide et la surface de l'eau brillait.

Vanek regarda vers l'amont, aussi loin qu'il put, en se demandant où la victime avait basculé dans l'eau, si on l'avait tuée ici ou si on l'y avait jetée et si elle n'avait pas ensuite flotté en descendant la rivière. Il vérifierait dans le rapport du médecin.

Steph Mead se tenait debout près du saule, elle regardait dans l'eau.

— Pas un endroit où achever sa vie.

— Abi Righton, dit-il. Vous avez l'adresse ?

Elle conduisait bien, il lui accordait au moins ça, avec compétence, en douceur.

— Où étiez-vous, avant ?

— Bevham, fit-elle. Dans la police en uniforme. Mais j'ai toujours su que je voulais entrer dans la criminelle. Fallait juste que j'attende le moment. Et vous ?

— Pareil. Quoique j'ai vraiment apprécié mes deux premières années d'îlotier. J'étais à Birmingham. Il s'en passe pas mal, là-bas.

— Pourquoi Lafferton ?

— Je veux travailler avec Serrailler. Je croyais l'avoir dit.

— Vous disiez que c'était une légende vivante. Sérieusement, vous vous êtes porté candidat au poste à cause de lui ?

— Pourquoi pas ?

Elle haussa les épaules, prit un virage et accéléra.

*
* *

— Rebonjour, Abi. – Steph lui sourit. – Voici Ben.

— Mince, qu'est-ce qui s'est passé ? Vous n'avez pas retrouvé Marie, hein ?

Elle recula pour les laisser entrer dans sa chambre meublée.

C'était propre, ce fut la première pensée de Ben, pas rangé, avec des jouets et des vêtements de gamins par terre, mais cela sentait le propre, comme si elle essuyait les surfaces des meubles avec un produit. C'était une chambre aux dimensions correctes, mais ce n'était que cela. Une chambre. Un bambin était assis dans une chaise bébé, et il poussait un morceau de pain dans une flaque de liquide.

— Vous ne l'avez pas trouvée ?

Elle retira une serviette d'une chaise.

— Hélas, non. J'en déduis que vous n'avez pas eu de nouvelles d'elle, vous non plus ?

— Eh bien, je l'aurais dit, non ? Je n'aime pas trop y penser.

— Parlez-moi de cet homme que vous appelez Les le Dingo ?

Il tourna un peu dans la pièce, examina les CD sur une étagère, deux livres pour enfants, un joli mug en porcelaine. Pas de photographies, constata-t-il. Mais enfin, il n'en avait pas non plus, chez lui.

Steph Mead s'était assise à la table, et elle faisait des grimaces au gamin qui la dévisageait, les yeux immenses, soupçonneux.

— Ou bien est-ce Les le Timbré?

Abi haussa les épaules.

— On l'appelle de toutes sortes de noms. Il est correct.

— Il vit à Lafferton ?

— Oui, c'est ce qu'il nous a dit ; une fois, il parlait de l'histoire des poubelles pour le tri sélectif. Il disait que sa rue en avait reçu, que ça le mettait en boule d'avoir à mettre un sac là, et un autre là, sauf que c'était obligatoire.

— Dans sa rue ?

— Il n'a jamais dit laquelle, non. Désolée.

— Et il apporte juste des sandwichs et des boissons chaudes ?

— Ouais. Et si vous voulez que je vous dise pourquoi, je n'en ai pas la moindre idée non plus, mais j'imagine qu'il se sent juste…

— Désolé pour vous ?

— Je ne veux pas de la compassion des gens.

— Vraiment ? Moi, si. – Elle plissa les yeux. – Si j'avais à faire ce que vous faites pour faire bouillir la marmite. Il vous embête ?

— Pourquoi il m'embêterait ?

— Il vous effraie ?

— Quoi, lui ?

Elle s'étrangla de rire.

— Il connaissait Chantelle ?

— Il l'a croisée. Il s'est pointé la nuit où elle bossait, le soir où je l'ai vue. Elle l'a trouvé bizarre. Le minibus de l'Entraide était de sortie aussi.

— Connaissez-vous ces gens de l'Entraide, Abi ? demanda Steph Mead.

Elle voulait qu'il sache bien qu'elle était encore là, comprit aussitôt Ben.

— Qu'entendez-vous par là ? Je ne les connais pas comme je connaîtrais des amis. Je sais d'où ils viennent, comment ils s'appellent.

— Ce sont toujours les mêmes personnes ?

— Il doit y avoir quatre permanents. Damian, il est toujours là. Nicola, Darren.

— Vous savez d'autres choses à leur sujet ?

— Ils n'auraient rien à voir avec tout ça.

— Avec quoi ?

— Chantelle… avec ce qui lui est arrivé.

— Parce qu'ils font partie de l'église ? Ça ne va pas forcément de soi, je regrette.

— Peut-être pas, mais ils n'auraient quand même rien à voir avec tout ça.

— Les le Dingo ?

Elle hésita. L'enfant tourna le regard vers elle.

— Abi ?

Il fronça le sourcil à l'intention de Steph, ce qui signifiait « Laisse-la tranquille, laisse-la réfléchir, qu'elle prenne son temps ».

— Non, dit finalement Abi, il est correct. Il vient nous apporter des trucs depuis que je… que je travaille et il n'a jamais rien dit… vous savez… jamais eu de comportement bizarre avec nous. Il aime bien bavarder, il apporte de quoi manger, mais ça s'arrête là. Les, il ne ferait de mal à aucune d'entre nous.

— À propos de quoi aime-t-il bavarder ?

— N'importe quoi. La météo. Ce foutu gouvernement. Les sujets habituels.

— L'argent ?

— Oh, c'est-à-dire, pourquoi certaines personnes ont tout le fric, ces branleurs de banquiers, tout ça.

— Des conversations assez sérieuses, alors.

— Et pourquoi pas ? Je suis pas bornée, vous savez.

— Non, admit Ben. Je vois ça. – Et il le pensait. Elle n'était pas bornée. – Réfléchissez, Abi. Ne vous a-t-il jamais dit quoi que ce soit susceptible de nous fournir une indication sur l'endroit où il travaille ?

— C'est dans une bibliothèque, lâcha-t-elle.

## 20.

À l'arrivée de Cat, les autres étaient déjà assis dans le salon de la maison du maître de chapelle. Elle avait reçu un appel de l'établissement de soins palliatifs, un accident avait imposé la fermeture de la rocade, de sorte qu'elle avait dû effectuer un détour de six kilomètres pour conduire Sam de l'école à Hallam House, et la circulation, à son retour à Lafferton, était encore bloquée. Elle avait failli appeler pour se décommander, mais sa conscience l'avait rattrapée – sa conscience et sa curiosité. Elle voulait voir Ruth Webber en action.

— Sans intérêt, lui glissa Chris alors qu'elle se garait.

— La ferme.

Ils prenaient le thé, cependant, en bavardant de tout et de rien.

— Nous vous attendions, lui lança Ruth, en feuilletant son carnet. Elle n'était pas sur son propre terrain, ce qui lui aurait facilité les choses pour prendre les choses en main.

Miles Hurley était assis un peu à l'écart, sur une chaise à dos droit, l'air d'être là, mais à titre temporaire. Je n'ai pas encore pris la mesure du personnage, songea Cat, incapable de dire dans quel camp il se rangeait, de quel côté il pourrait basculer sur un sujet donné. Est-il l'homme lige du doyen ou son propre maître ?

Le seul autre membre masculin était Damian Reeve, jeune, crâne rasé, enthousiaste, c'était le baptiste qui avait mis en place le minibus de l'Entraide, assis aux côtés de Sally Pitts, femme pasteur de St Hugh, la disgracieuse église victorienne, voisine de ce que Lafferton n'admettrait jamais comme étant son quartier chaud. Cat s'interrogeait sur Sally. Elle ne voulait jamais trop être mêlée aux affaires de la cathédrale, et St Hugh n'était pas connu pour ses initiatives à caractère social. Savait-elle même que des filles exerçaient leur activité dans sa paroisse ? Sally souffrait d'un excédent de poids, elle avait des dents gâtées et, pensa Cat, à sa manière, elle était aussi dénuée de charme que Ruth Webber. Qu'est-ce que des filles comme Abi Righton avaient à attendre de cette assemblée ?

— Vous me sauvez la vie, merci.

Mais quand Ilona tendit à Cat une tasse de café, Ruth tapota de son Bic sur son carnet.

— Nous devons commencer tout de suite. Bienvenue à tous, et merci du temps que vous nous consacrez. C'est la première réunion du groupe Marie Madeleine… C'est moi qui ai suggéré ce nom, en fait, Marie Madeleine ayant été elle-même une prostituée…

— Ça, en réalité, nous n'en savons rien, objecta Sally Pitts.

— Enfin, peu importent les subtilités des textes, les gens comprendront ce que nous entendons par là, ce nom convient très bien. Tout le monde est d'accord ?

— Cela dépend, j'imagine. – Damian avait une jambe croisée sur l'autre et se grattait une cheville poilue. – Je veux dire, quand vous parlez de Madeleine… – Mais sous le regard fixe de Ruth, il se troubla. – Considérez que cela n'a aucune importance.

Quand Mme Webber prit la parole, Miles Hurley pinça légèrement les lèvres. Et elles restèrent pincées.

— Bien, nous savons pourquoi nous sommes ici, ce à quoi nous espérons parvenir. J'ai pris conscience dès la première semaine de mon arrivée à Lafferton de la présence de prostituées dans les rues, en assez grand nombre, et une présence des plus flagrantes, que personne n'agrée. J'imagine que beaucoup de gens se demandent pourquoi la police n'agit pas, mais en même temps, ce sont des femmes qui ont besoin de quelqu'un pour les aider à se sortir de ce mode de vie épouvantable… et, pour y arriver, elles ont aussi besoin d'une sorte de refuge.

— La police les chasse d'un emplacement à l'autre, remarqua Ilona. Elle fait des descentes.

Ruth eut un rire sec.

— Et à quoi aboutit-elle ? Elles sont de retour dans l'heure. La question n'est pas de les chasser ou de les ignorer. Nous visons autre chose. Si nous pouvions leur proposer un abri, elles auraient un lieu où il leur serait possible de se présenter, de se procurer de quoi manger, d'être en sécurité et au chaud, où elles auraient des choses dont elles pourraient s'occuper, et surtout, nous aurions la certitude qu'elles savent qu'elles font partie de la communauté de la cathédrale au sens large. Ce serait certainement le début d'un retour… du chemin vers la grâce. Ça a été l'un des grands échecs de ces dernières années ici, du moins à mes yeux. La cathédrale a toujours été au cœur de Lafferton, mais dans les faits elle est restée à distance, loin des gens ordinaires. Jésus vint sauver les pécheurs, et nous devons faire savoir à ces filles qu'elles peuvent trouver ici un refuge. Nous serions en mesure de leur dispenser toutes sortes d'informations : sur le logement, la prophylaxie et le dépistage – c'est là que vous entrez en jeu, Cat, naturellement –, sur le conseil psychosocial, le conseil en matière de protection infantile. Et puis il y a la question habituelle de la drogue. Je crois…

— Attendez une minute, attendez. – Damian Reeve avait le visage pivoine. – Vous entassez un paquet d'éléments disparates. Et, vous le savez, beaucoup de ces conseils-là sont déjà accessibles, on ne peut tout bonnement pas prendre la place des services sociaux.

— Les services sociaux !

— Ruth, puis-je émettre une suggestion ?

Miles Hurley regarda froidement autour de lui, en tournant légèrement le dos à Ruth.

Entre ces deux-là, il y a des antécédents, en déduisit Cat. Il ne l'aime pas.

— Loin de moi l'envie de brider l'enthousiasme de quiconque… – Il marqua un temps de silence et lança un coup d'œil autour de lui, avant de détourner le regard, comme un homme qui dit précisément le contraire de ce qu'il pense. – C'est toujours une bonne idée de se fixer un programme clair, d'avoir quelques objectifs spécifiques, accessibles.

— Ne brûlons pas les étapes, marmonna Damian Reeve, en considérant sa cheville.

Il aurait aussi bien pu se tenir ces propos à lui-même.

— En effet. Cat, reprit Miles, auriez-vous quelque chose à ajouter ?

— D'un point de vue médical ?

— Évidemment, dit Ruth en tapotant de nouveau avec son Bic.

— À tous les points de vue, fit Miles avec un petit sourire.

— À l'évidence, certaines de ces filles consultent leur propre généraliste.

— Avez-vous des prostituées sur votre liste ?

— Je suis désolée, Ruth, je ne pourrais formuler aucun commentaire à ce sujet.

— Enfin, oui, bien sûr, j'évoquais cela de manière générale, sans indiquer de noms.

— Même comme cela… Mais si l'on examine la situation plus largement, il existe des centres médicaux de santé sexuelle à l'hôpital Bevham General : des centres d'accueil, je veux dire, pas juste destinés aux patients envoyés par les généralistes.

— Mais je me demande si elles iraient, fit Ilona.

Elle était assise au bout du sofa, silencieuse, alerte, pleine de tact. Elle aurait dû prendre la tête de ce groupe, songea Cat. Mais Ilona était déjà impliquée dans quantité d'initiatives. Elle refuserait d'endosser une tâche supplémentaire, même si Ruth Webber la laissait s'en charger.

— Certaines viendront, d'autres non. Mais Bevham n'est pas Lafferton, bien sûr. Nous n'avons pas de clinique, ici ; nous devrions peut-être, mais ce n'est pas réellement la question, pour nous, à ce jour.

— Et pourquoi pas ?

— En l'occurrence, je doute que l'aspect médical soit de notre ressort, observa Miles.

Cat opina.

— Rien ne presse. Il faut faire cela correctement. Reprenons point par point. Si nous commencions par essayer de déterminer à quel résultat nous espérons aboutir, au juste ?

Il y eut un silence, et plusieurs voix s'élevèrent simultanément. « Un refuge. » « Les amener au Christ. » « Leur proposer quelqu'un à qui parler. » « Faire ce que nous faisons déjà, les secourir là où elles sont, dans la rue… »

Ruth leva la main.

— Quelles sont les priorités ? Mettons un peu d'ordre dans tout cela. Quel est notre but, pour ces filles ? Du point de vue de la cathédrale.

— Ou peut-être, lâcha tranquillement Ilona, de leur point de vue à elles ?

Quarante minutes plus tard, ils s'étaient tous accordés sur la nécessité d'un centre d'accueil. Ruth décida qu'il devrait être abrité dans les locaux de la cathédrale, Miles Hurley s'interrogea sur l'endroit le plus adapté, Ilona et Cat doutaient que les prostituées s'y rendent, précisément parce que ce lieu serait perçu comme étant partie intégrante de la cathédrale et, dès lors, comme ayant une visée religieuse.

— Eh bien, mais évidemment que nous avons une visée religieuse, nous sommes chrétiens, oui ou non ?

— L'Entraide a des visées religieuses, rappela tristement Damian.

— Oui, mais vous n'intervenez que de manière intermittente, alors que nous serions là tout le temps.

— Tout le temps ? s'étonna Miles.

— Vous comprenez ce que je veux dire. Pas juste comme un minibus qui tourne un peu au hasard.

— Nous avons un programme bien établi.

— Oui, Damian, mais je suis sûre que vous saisissez le sens de ma remarque. Elles veulent un endroit où aller quand elles en ont besoin, pas quand vous choisissez d'être là.

Cat lui sourit avec sympathie, mais il semblait s'être replié sur lui-même, incapable d'affronter l'humeur combative de Ruth.

— Donc, je vais commencer par déterminer le lieu où nous pourrions installer ce centre. Qui s'appellera le centre Marie Madeleine, c'est l'évidence. Je suis certaine qu'il existe quantité de locaux que nous pourrions utiliser.

— Je serais heureux de savoir où.

— Je trouverai le bon lieu, Miles. Remets-t'en à moi.

— Je pense, dit-il, que les objectifs et les buts de ce centre ne sont pas encore convenablement définis.

Ruth soupira.

Cat eut un regard circulaire.

— Le terme est peut-être déplacé, ajouta-t-elle avec prudence, mais pourquoi ne pas mener une étude de marché ?

Ilona hocha la tête.

— Par exemple en demandant à ces filles ce qu'elles pourraient désirer ? Absolument.

— Damian. – Damian sursauta, et Miles se tourna vers lui. – Ces filles, vous les connaissez, vous leur adressez la parole. Elles viennent au minibus de l'Entraide.

— Oui.

— Alors il semblerait que vous soyez le mieux placé pour commencer à poser certaines questions. Procéder à ce que Cat appelle – et je pense que c'est exactement le bon terme – une étude de marché. Toute autre approche ne serait pas seulement contreproductive, de notre part, ce serait se montrer condescendants à l'extrême. Évaluons l'étendue et la nature du besoin, sans quoi nous risquerions de simplement nous donner bonne conscience sans rien apporter de bon à ces jeunes femmes. – Il se leva. – Je suis désolé, je dois y aller. Voulez-vous m'excuser ?

Le corps anguleux de Ruth Webber exsudait la tension. Les pages du cahier bruissaient sous ses longs doigts et elle ne croisa le regard de personne, ne réagit pas au départ de Miles Hurley et ne mit pas un terme à la réunion.

Le téléphone de Cat sonna, ce qui les tira tous d'un silence gêné. Quand elle quitta la pièce pour répondre, Damian se leva d'un bond, mais elle n'entendit rien de ce qui s'échangea entre eux. L'appel était sans importance, mais elle proféra un mensonge pieux, invoquant une visite urgente au cabinet, et s'enfuit, sachant qu'Ilona avait parfaitement compris, même si Ruth Webber manquait de la finesse nécessaire pour le comprendre aussi.

# 21.

— Deano ? Tu viens ou quoi ?

Deano Whelan était allongé sur le canapé, il essayait de faire fonctionner la Nintendo avec la télécommande qui était hors d'usage, il le savait. Il avait un paquet de chips et tout allait pour le mieux. Il n'avait pas besoin que Tyler lui hurle dessus depuis le jardin et cogne à la fenêtre.

— Allez, qu'est-ce que tu fabriques ?

Il essaya de monter le son, mais ça ne marchait pas non plus.

L'instant d'après, Tyler ouvrait la porte d'entrée d'un coup de pied.

— Arrête ton boucan, mon père dort. Il va te tomber dessus, putain.

— Alors, il fait les nuits ?

— Non, il est bourré.

— Quoi, à dix heures et demie du matin ?

— T'as séché ?

— Qui demande ça ?

— Pas mon père, en tout cas. Très bien, attends, attends.

Deano se fourra son reste de chips dans la bouche et roula du canapé pour sortir. La roue de sa bicyclette était tordue, alors il alla chez le voisin emprunter un vélo qui était appuyé contre le portail latéral. Les voisins ne rentraient que plus tard.

— J'ai mal à la gorge, fit Tyler Nobes, en faisant une roue arrière et en sautant du trottoir.

— Ah ouais, c'est ça.

— C'est ce qui est écrit sur le mot.

— Quel mot ?

— Celui que j'aurai pour quand j'y retournerai, tête de nœud.

Ils foncèrent au bas de la côte, traversèrent la rue en vitesse, un rapide coup d'œil à droite et à gauche, mais il n'y avait jamais beaucoup de trafic, par là.

— Cette bécane, elle craint.

— Et la tienne, alors.

Tyler repartit. Ils n'avaient pas de plan. Ils n'avaient jamais de plan. Ils roulaient jusqu'à ce qu'ils arrivent quelque part, c'était ça, leur plan, et rien d'autre.

Quelque part, c'était le chemin de halage du canal.

Personne dans les parages. Le froid et la bruine.

— T'as de l'argent ?

— J'ai un clope.

— Très bien.

Mais la bruine se transformait en pluie battante. Tyler tourna et fit déraper son vélo vers la passerelle. Sous la passerelle, ils pouvaient au moins allumer l'unique cigarette que Deano avait sur lui, se la partager, et attendre que le ciel se dégage. Attendre ça ou autre chose.

Ce fut Tyler qui la vit le premier. Il pila avec son vélo, si fort que Deano faillit lui rentrer dedans.

— Quoi ? Qu'est-ce que c'est ?

Tyler scruta la chose jusqu'à ce qu'il comprenne que c'était une personne allongée sur le sol, la tête en bas, les genoux levés. Il vit une partie du visage, un visage blanc, et quelques cheveux noirs.

Il sentit le souffle de Deano dans sa nuque. Il avança d'un pas, d'un autre, jusqu'à ce qu'il voie mieux.

— Ça va ? lui demanda Deano au bout d'une minute.

Mais Tyler s'était encore rapproché de deux pas, jusqu'à être tout près de la silhouette recroquevillée.

Et puis Deano vit, à son tour. Il crut d'abord que c'était un chien. Mais ça ne bougeait pas. Alors ça ne devait être qu'un tas de saletés.

Tyler se pencha dessus.

Au début, Deano crut qu'il pleurait, mais ensuite il vit qu'il était pris de haut-le-cœur, qu'il vomissait sur ses chaussures, en même temps qu'il reculait, le bousculant au passage, au point de le faire presque tomber.

— Merde, siffla Tyler. Nom de Dieu de merde, nom de Dieu de merde, nom de Dieu de merde.

— Quoi ? Quoi ?

Tyler s'agrippa au bras de son ami.

— Il y a…

— Quoi ? Bordel, Tyler, c'est quoi ?

— Un cadavre, un cadavre, il est là, j'ai vu sa tête et…

Et il vomit encore.

Sous la passerelle, la chose parut se balancer sur l'eau.

— Seigneur, souffla Tyler, en tirant son vélo à lui et en le retournant dans l'autre direction.

— Tu fais quoi, où tu…

— Prévenir quelqu'un, hurla l'autre par-dessus son épaule. Allez, ne reste pas là, putain de merde.

Mais avant même que Deano ait pu suffisamment se ressaisir pour grimper sur son vélo et lui emboîter le pas – les mains tellement moites de transpiration qu'il avait du mal à tenir son guidon –, Tyler était déjà loin et presque hors de vue.

# 22.

— T'es perdu, mon pote ? C'est la sortie de secours.

Ben Vanek recula, s'écarta de la porte qu'il avait essayé d'ouvrir en poussant dessus.

— Le réfectoire ? demanda-t-il, le visage écarlate, furieux contre lui-même.

— Au sous-sol, fit l'autre.

— J'imaginais bien. Merci.

Comment pouvait-on avoir vingt-sept ans et demi et rougir encore comme un adolescent après avoir commis une bévue aussi stupide ?

— Je vous connais pas, hein ? Le collègue en uniforme eut l'air subitement sur ses gardes.

— Inspecteur-chef Vanek. Non, mon premier jour ici… ça ne se voit pas ?

— OK, pas de problème, désolé, sergent.

Ça va faire le tour du poste, songea Ben, en dévalant l'escalier au pas de course. Pendant que Steph Mead contrôlait les bibliothèques à la recherche de Les le Dingo, il s'était rendu compte qu'il mourait de faim. Ce poste de police était comme tous les postes de police, avec le raffut des gens qui montaient et descendaient les escaliers, qui poussaient les portes battantes sans ménagement, et les téléphones qui sonnaient. Il aimait être dehors, rechercher les gens, se rendre sur des scènes de crime, adresser la parole à des inconnus. Chaque heure passée devant un bureau à taper sur un clavier était une heure qu'il considérait comme perdue. Il se demanda si Serrailler se laissait déborder par la paperasserie, mais pensa que non. Il ne savait pas quand le commissaire divisionnaire allait montrer le bout de son nez. Ben n'était pas venu à Lafferton pour travailler avec un poulet du calibre de l'inspecteur principal Franks.

À son entrée au réfectoire, il y eut un très léger murmure. Il crut avoir entendu « qui-c'est-d'où-il-vient-l'inspecteur-un-peu-jeunot ». Il était partagé, presque tenté de monter sur une table et de se présenter à la salle. Mais une autre partie de lui-même, celle qui eut le dessus, lui fit prendre un plateau et se glisser dans la file d'attente.

Ce fut seulement quand il emporta son café et son toast qu'il lança un rapide coup d'œil autour de lui, repéra deux officiers de police judiciaire qu'il avait vus lors de la réunion, mais à part cela, il ne vit que des collègues en tenue.

— Sergent…

Ben trouva un siège dans le coin et il allait ouvrir sa petite plaquette de beurre.

— Sergent…

Il ne leva pas les yeux.

Et puis elle fut à hauteur de son épaule.

— Inspecteur-chef Vanek ? – Il se leva d'un bond. – Je vous ai appelé trois fois. Alors, vous ne répondez pas quand on vous appelle sergent ?

Il pria pour réussir à ne pas rougir, mais il savait bien qu'il était déjà pivoine.

— Inspecteur Mead, désolé, j'étais à des années-lumière. Je peux aller vous chercher quelque chose ?

— Ils ont trouvé le corps de Marie O'Dowd.

Il avala d'un trait trois gorgées de café, et prit son toast avec lui.

— Et je crois que j'ai déniché Les le Dingo, ajouta-t-elle alors qu'ils remontaient les marches. Faculté d'enseignement postscolaire. Bibliothécaire senior adjoint à la bibliothèque de sciences humaines. Leslie Blade. J'ai essayé plusieurs bibliothèques publiques… personne, dans aucune d'elles, ni ici, ni à Bevham, du nom de Leslie. À moins qu'il ne soit employé dans un établissement que je n'ai pas encore vérifié, il semblerait que ce soit lui. Et, ajouta-t-elle, alors qu'ils se dirigeaient vers le parking, les collègues en uniforme ont sa plaque minéralogique. Ils l'ont arrêté : il faisait de la drague motorisée.

En traversant la cour, Ben Vanek enfourna les restes de son toast déjà froid et avala le tout en une seule grosse bouchée qui, il le savait, allait lui rester sur l'estomac ces deux prochaines heures.

— Moi, je reste sur l'affaire Chantelle, reprit Steph. Si le petit copain est inculpé, l'affaire Marie O'Dowd sera close à peine ouverte. Ra-soir. Je conduis ?

# 23.

Ce fut le silence qui le réveilla. Il se redressa, désorienté, l'espace d'un instant, puis il se leva et alla regarder dehors.

La bourrasque s'était calmée. Le cottage avait été battu par le vent pendant des jours, mais à présent tout était immobile. Les lourds nuages avaient été balayés, laissant un ciel piqueté d'étoiles lumineuses et une lune immense qui voguait à la surface de l'eau. Cette sensation de paix était extraordinaire.

Simon songea presque à s'habiller et à sortir, mais il n'avait pas bien dormi ces dernières nuits, à cause du vent qui s'était rué sur les carreaux jusqu'à les secouer comme des dents déchaussées. Aussi, rasséréné alors par le calme, il retourna au lit.

Quand il se réveilla, le soleil entrait à flots, et le carré de ciel qu'il entrevoyait en restant allongé était d'un bleu limpide, argenté.

Il était seul. Kirsty était aux prises avec un méchant rhume et, même s'il avait beaucoup apprécié sa compagnie intermittente durant son séjour à Taransay, il était heureux, comme toujours, d'être seul. Le sujet de son départ avait à peine été mentionné, mais elle savait qu'il allait devoir quitter l'île sous peu, et semblait prendre la chose très positivement. Toute cette liaison avait été dénuée de tensions, pensa-t-il en s'habillant – une première dans l'historique de ses relations – et, rien que pour cela, Kirsty McLeod lui inspirait une grande affection.

Vingt minutes plus tard, il avait mis un cake aux fruits, du fromage, un peu de son chocolat noir préféré et une bouteille d'eau dans le sac à dos avec son matériel de dessin, et il se dirigeait vers l'ouest, à travers l'île. Après une heure de marche, il tomba sur une bâtisse délabrée, l'une de ces maisonnettes en pierre de petit exploitant agricole. Un arbre unique et chétif prenait appui contre les murs intérieurs, à moitié plié par le vent. Simon s'installa au soleil.

Il ne régnait jamais de silence complet, ici, il y avait toujours un cri d'oiseau ou le bruissement de la mer, mais sans la moindre brise, c'était paisible comme jamais. Il travailla avec entrain, exécuta plusieurs petites esquisses de la fermette et de l'arbre, avant de s'attaquer à un dessin plus soigneux de ses deux modèles, sous un autre angle. Il mangea et il but, se leva deux fois pour se dégourdir les jambes et, quand il eut le soleil en pleine face, il s'accorda une sieste de quinze minutes. Pendant tout ce temps, il eut conscience d'un sentiment de profond contentement, d'être affranchi de toutes les menues irritations et de tous les légers désagréments, ce qui l'amena à se demander à nouveau si c'était ce qu'il devait faire, où il devait vivre, s'il ne faudrait pas démissionner de la police et passer au moins la moitié de son année à Taransay, en consacrant le reste de son temps à voyager et peut-être avec Cat, s'il renonçait à son appartement. Mais ce fut quand il s'imagina passer à l'acte, emballer ses cartons et confier son appartement à quelqu'un d'autre ou, plus vraisemblablement, le voir devenir un espace de bureaux supplémentaire, qu'il se sentit sûr d'en être incapable. Ce n'était pas l'appartement en tant que tel auquel il tenait tant – bien qu'il y tînt –, mais à ce qu'il représentait, cet espace secret et tranquille, et son point d'ancrage personnel.

Il était tellement absorbé qu'il n'entendit pas tout de suite le bruit du véhicule, jusqu'à ce que celui-ci s'arrête dans le chemin, à quelques mètres de lui et que sa portière ne claque.

— Oui, bonjour ?

Douglas Boyd, l'ami fermier de Kirsty, venait vers lui, avec son long visage ovale d'Écossais rougi par le soleil.

— Qu'est-ce qui ne va pas ?

Serrailler mesurait plus d'un mètre quatre-vingt-dix mais, une fois debout, il constata que Boyd était de la même taille que lui, et le dépassait même peut-être de deux ou trois centimètres.

— Un appel pour vous : ils ont téléphoné deux fois, et ensuite ils ont demandé si quelqu'un pouvait vous localiser.

Simon suivit Douglas vers la jeep, en fourrant ses affaires dans son sac à dos tout en marchant.

— Qui ? Ma famille ?

Douglas démarra, tout en se retournant sur son siège.

— Votre directrice territoriale, à ce qu'on m'a dit. Ils veulent que vous les rappeliez tout de suite.

Pendant le trajet d'une petite dizaine de kilomètres qui les mena en haut de la colline, puis tout en bas de la descente vers le village, il ne prononça plus un mot.

C'est la dernière journée, songea Serrailler, en regardant vers l'endroit où les têtes sombres des phoques dansaient et plongeaient, dansaient et plongeaient dans l'eau argentée.

— Merci de vous être donné ce mal, fit-il à Douglas, alors qu'ils descendaient de la jeep. C'est gentil de votre part.

— Pas de problème.

Il fit face à Simon, lui barrant le chemin.

— Juste une chose, ajouta-t-il et, sans prévenir le moins du monde, il balança son poing dans la mâchoire de Serrailler. Ça, c'est pour Kirsty.

La ligne de Taransay vers l'Angleterre pouvait être capricieuse, mais il réussit à obtenir la communication en moins de deux minutes. Il se massa la mâchoire à une ou deux reprises. Elle était sensible, mais c'était un coup proprement ajusté. Boyd n'avait pas fait couler le sang.

Il avait une place réservée dans l'hélicoptère pour le lendemain matin, il avait bouclé ses bagages et achevé le ménage du cottage. Quand ce fut terminé, il pensa se rendre au pub pour boire un dernier verre et faire ses adieux. Mais que Kirsty soit ou non au courant de la correction flanquée par Douglas, il décida qu'il ne valait mieux pas et il partit plutôt pour une marche solitaire le long de la grève, avant de se mettre au lit tôt, et de dormir bercé par le doux fracas des vagues qui roulaient et refluaient sur les galets.

À dix heures et demie le lendemain matin, il regarda la grise et verte Taransay s'éloigner au-dessous de lui tandis qu'ils s'élevaient dans les airs. Il n'avait pas revu Kirsty McLeod.

# 24.

— Tu sais, Leslie, hier soir, un coup de main n'aurait vraiment pas été de refus. Trois personnes étaient alitées, à cause de ce virus de gastro, et on a failli complètement annuler la répétition. Tu aurais franchement été le bienvenu, tu peux pas savoir à quel point, je veux dire, tu aurais été utile à des tas de choses, mais tu aurais surtout pu ajouter ta voix à la chorale, parce que l'effectif était maigre.

Dix minutes. Il ne pouvait plus aller déjeuner tôt. Il pria pour qu'un étudiant se présente à l'accueil avec une recherche compliquée à laquelle il serait le seul à pouvoir répondre, mais la bibliothèque était silencieuse et ceux qui étaient là ne donnaient aucunement l'impression d'avoir besoin de quoi que ce soit.

— Tu ne veux pas y réfléchir ?

Il se demanda quel serait le prétexte qu'il invoquerait pour tuer June Petrie. Provocation à l'extrême ? Les gens tuaient pour moins que cela, ceux que leurs voisins avaient rendus fous avec de la musique qui jouait trop fort ou un chien qui jappait sans relâche, et ils bénéficiaient souvent de la sympathie d'un juge compréhensif. June Petrie insistant lourdement pour qu'il intègre les Lafferton Savoyards et vienne chanter dans *Le Mikado*, alors qu'il avait clairement précisé, jusqu'à frôler la grossièreté, que ce serait définitivement exclu, cela devait être envisagé comme une forme de provocation extrême, et sur une période de temps prolongée, qui plus est.

Huit minutes.

— Tu n'aurais pas à passer une audition complète, rien de tel, il t'écouterait juste chanter quelques mesures d'une pièce facile, comme un cantique.

— Je ne connais aucun cantique.

— Ou même une comptine.

Quel idiot. Il aurait dû se garder de se lancer dans une discussion avec elle, car elle avait toujours une réponse toute prête, quelle que soit l'objection qu'il soulevait.

— Il te formerait la voix lui-même, il est excellent à ce genre d'exercice. Tu serais sidéré des résultats inouïs qu'il a obtenus, à ses heures. Il avait même…

Six minutes. Il pourrait aller aux toilettes. Le temps qu'il ait terminé et récupéré sa boîte à sandwichs, il serait treize heures. Il n'avait pas vraiment besoin d'aller aux toilettes, mais en y allant, il épargnerait la vie de June Petrie.

Après coup, il s'aperçut qu'il ne les avait pas vus entrer dans la bibliothèque, ils étaient là, à l'accueil, devant lui, un jeune homme, une jeune femme.

— Nous cherchons un Leslie Blade, dit le jeune homme.

— Voici M. Blade, bibliothécaire adjoint du département sciences humaines, débita June Petrie. Qui le demande, exactement ?

Le jeune homme l'ignora. Montra une carte.

— Je suis l'inspecteur-chef Ben Vanek, voici l'inspectrice Mead. Y a-t-il un endroit où nous pourrions vous dire deux mots en privé, monsieur, je vous prie ?

— Qu'y a-t-il, il s'est passé quelque chose de terrible ? Leslie, allez-vous être…

— Il y a le bureau, répondit Leslie Blade. Mais en réalité j'allais sortir déjeuner…

— Vous voulez bien nous y conduire, je vous prie ? fit la jeune femme.

— Est-ce ma mère ? Lui est-il arrivé quelque chose ? Son aide à domicile, Hilary, elle devrait être là maintenant, s'il s'est passé quelque chose.

— À ma connaissance, il n'est rien arrivé à votre mère. Quelqu'un risque-t-il de nous interrompre, ici ?

— Non, le bibliothécaire en chef est de service en fin de journée et tous les autres seront sortis déjeuner. J'allais moi-même les imiter. S'il s'agit des vols d'ouvrages, alors vous auriez intérêt à en parler à M. Dalton, le bibliothécaire en chef, en réalité, il…

— Cela n'a rien à voir avec des vols de livres. Connaissez-vous une jeune femme nommée Chantelle Buckley ?

Quelque part, il avait ce nom quelque part en tête, il fouilla dans sa mémoire.

— Est-ce une étudiante ? Je ne connais pas tous les étudiants par leur nom, ni même les plus âgés, d'ailleurs, nous avons plus de…

— Non, Chantelle Buckley était cette jeune femme dont le corps a été retrouvé dans le canal le week-end dernier. À notre connaissance, elle n'avait aucun rapport avec la faculté. La connaissiez-vous ?

En un éclair, il eut une image de la photographie de la fille à la télévision, diffusée pendant le journal local.

— Monsieur Blade ?

— La fille qui… je ne la connaissais pas. Non.

— Vous ne la connaissiez pas, mais vous l'avez vue, c'est cela ?

Ils lui paraissaient hostiles et il ne comprenait pas pourquoi.

— Connaissez-vous Marie O'Dowd ?

Marie ? Si c'était la même.

— Je connais… j'ai… oui. Si c'est la même Marie. Parfois…

— Parfois quoi ?

Il chercha une chaise autour de lui. Pas eux. Ils ne lui demandèrent pas de s'asseoir. Ils ne s'assirent pas eux-mêmes.

— Je la vois. Si c'est la même Marie. Je ne connais pas leur… son autre nom.

— Leurs autres noms ? À qui faites-vous allusion ?

La fille, maintenant. Elle avait un air qui ne lui plaisait pas, un air ferme, effronté. D'autorité, un air qui trahissait l'autorité. J'ai de l'autorité. Mais elle n'en avait aucune, pas ici. Lui, oui, il en avait.

— Est-il vrai que vous allez à la rencontre de ces prostituées dans la rue, monsieur Blade, que vous sortez souvent aux endroits où elles opèrent, et que vous leur parlez ?

— Je leur apporte à manger… je leur apporte des boissons chaudes et de quoi se nourrir. Il faut bien que quelqu'un se dévoue. On ne doit pas se contenter de les ignorer. Les gens les ignorent parce qu'ils ne veulent pas d'elles par là-bas. Les gens les traitent comme de la vermine.

— Comment les traitez-vous, monsieur Blade ?

— Je leur apporte à boire et à manger. J'essaie de leur venir en aide.

— Pourquoi faites-vous cela ?

— Pourquoi ? J'aurais cru que c'était évident.

— Pas pour nous, intervint la fille.

— On ne doit pas les traiter comme si c'étaient des intouchables.

— Je suis convaincu que c'est une bonne chose... mais il existe des organismes bénévoles qui leur viennent en aide et qui leur apportent à manger. Vous pourriez vous joindre à eux, apporter votre contribution, de cette manière.

Il ne répondit pas. Il n'avait pas envie d'être bénévole dans le minibus de l'Entraide car il n'était pas pratiquant, pas du tout croyant, et eux, ils étaient croyants, ils avaient un programme. Pas lui.

— Vous paient-elles ?

— Bien sûr que non, elles ne me paient pas.

— Je ne pensais pas à une transaction financière.

Le jeune homme le dévisageait, le regard dur, il essayait de le désarçonner, mais le plus curieux, c'est que c'était lui qui avait rougi à cette allusion.

— Non, fit Leslie.

— Non ? Non, vous ne recevez aucun paiement ou, devrions-nous dire, aucune faveur de ces filles ?

— Non.

— Quand avez-vous vu Chantelle Buckley pour la dernière fois ?

— Je ne l'ai jamais vue. Je ne pense pas... enfin, si, sa photographie à la télévision, et elle était dans le journal. C'est là que je l'ai vue.

— Mais pas dans la rue, pour bavarder avec elle, pas pour lui apporter des sandwichs et du café ?

— Sa photographie... elle ne fait pas partie de celles que je connais. L'une des habituées. Je ne crois pas.

— Vous avez été arrêté par l'un de nos véhicules de patrouille, monsieur Blade. – La fille, de nouveau. – De quoi s'agissait-il, au juste ?

— Si vous savez qu'ils m'ont interpellé, vous savez de quoi il s'agit, n'est-ce pas ? Ils ont commis une erreur.

— Quelle sorte d'erreur ?

— Ils ont pensé que j'étais… ils ont suivi ma voiture. J'étais au bout de la rue, là où vont les filles.

— Ils vous ont pris pour un client. En train de faire de la dragué motorisée.

— Oui. Je vous l'ai dit. Ils ont commis une erreur. Je leur ai dit, et ensuite l'une des filles, Abi, elle me connaît, elle le leur a confirmé. Elle les a éclairés.

— Chantelle était là, ce soir-là ?

— Non. Personne. Juste Abi. Je vous l'ai dit, à ma connaissance, je n'ai jamais croisé cette pauvre fille, cette Chantelle.

— Mais vous avez vu Marie ?

— Je connais Marie.

Subitement, il se sentit pris de vertige.

— Bien. Monsieur Blade. Maintenant, je ne suis pas entièrement satisfait de ce que vous m'avez dit, et pas non plus convaincu que vous m'ayez tout dit. J'aimerais que vous veniez avec nous au poste, je vous prie.

— Pourquoi ? Je vous ai dit tout ce que je pouvais vous dire. Je ne peux pas me rendre comme cela au poste de police… Je… je dois prendre mon repas et retourner au travail. Je ne peux pas m'absenter comme cela.

— Je vous prie de venir de votre plein gré, monsieur, mais si vous refusez, nous pouvons aussi vous arrêter.

— Pourquoi ? Vous ne pouvez pas m'arrêter sans raison.

— Ce ne serait pas sans raison.

Il y eut un bruit à la porte. June Petrie, les yeux fureteurs, essayait de voir dans la pièce, de voir Leslie.

— Je me demandais juste si… s'il y avait quelque chose que je puisse faire ? Je me demandais…

— Merci, Mme… ?

— June Petrie. Est-ce que tout va bien, Leslie ?

Il aurait dû la tuer. Là, ils auraient une raison de le conduire au poste.

— Merci, tu n'as pas à intervenir.

La policière referma la porte au nez de June Petrie. Bien, ça, de votre part, songea-t-il. De lui refermer la porte au nez. Bien.

— Avez-vous un vêtement, monsieur Blade ?

— Oui. Une veste. Une veste grise.

Il s'entendait bredouiller.

— Bien, nous irons la chercher pendant que l'inspectrice Mead sortira démarrer la voiture. Passez devant, je vous en prie.

— Mais… je dois donner… je dois prévenir quelqu'un, expliquer… que dois-je dire ?

— Que vous vous rendez au poste de police, monsieur. Cela devrait suffire.

June Petrie rôdait au bout du corridor. Il entrevit un groupe d'étudiants à l'accueil, et deux autres près du contrôle des sacs.

— Je… pourrions-nous…

— Prenez juste votre veste, monsieur Blade.

La tête baissée, les yeux au sol, il se dirigea vers la salle du personnel, le policier sur ses talons, qui le suivit à l'intérieur et qui l'observa tandis qu'il décrochait sa veste.

— Ma boîte de déjeuner…

— Apportez-la.

Il l'apporta.

# 25.

Le visage d'Abi Righton était aussi pâle que dans le souvenir de Cat, les cernes sous les yeux étaient plus sombres, et elle avait des taches autour de la bouche. L'enfant était assis sur ses genoux, en silence.

— C'est simple, elle n'est plus elle-même, vous voyez ce que je veux dire ? Elle n'est pas bien, elle ne s'est pas remise depuis qu'elle a eu ce virus au ventre.

— Elle vomit encore ?

— Pas vraiment.

— Comment sont ses couches ? – Abi haussa les épaules. – Elle mange et elle boit comme d'habitude ?

— Ouais. Enfin… elle chipote peut-être un peu. Non… elle n'a pas l'air bien, c'est tout.

— Et votre petit garçon, maintenant, comment ça va ?

— Il va bien, il est à la crèche.

— Alors, voulez-vous m'asseoir Mia sur la banquette ? Je vais l'examiner. Elle vous a paru fiévreuse ?

Cat l'observa attentivement. L'enfant souriait. Elle ne souffrait visiblement d'aucune douleur, elle n'avait pas l'estomac sensible, la gorge ou les oreilles n'étaient pas roses et il n'y avait aucun signe de rougeur. Les petits yeux regardaient Cat avec suspicion, mais ils étaient clairs, le blanc de l'œil limpide, avec une teinte bleutée tout à fait saine.

— C'est bien, Mia. Tu es une vraie star.

Elle caressa les cheveux de la fillette.

— Je la reprends ?

— Oui, je n'ai plus besoin de l'examiner.

Abi se pencha, attacha Mia dans la poussette, puis lui tendit un gobelet à bec verseur. Mia but.

— Alors, elle l'a encore ce microbe ? demanda-t-elle.

— Je ne pense pas. Asseyez-vous un moment, Abi, quand vous l'aurez installée.

Abi hésita, puis elle obéit, mais une fois assise, elle baissa les yeux sur Mia, avant de les tourner vers le store de la fenêtre. Cat attendit. Elle avait appris depuis longtemps que si un patient avait quelque chose à vous demander à propos d'autre chose qu'un symptôme physique de simple routine, le fait de demeurer silencieuse et d'attendre, de l'écouter, était le seul moyen de lui inspirer suffisamment confiance. La petite fille suçotait le bec de son gobelet. Abi Righton était assise, les doigts entrelacés. Parfois, les silences duraient une éternité.

— Je veux savoir comment en sortir. Je ne veux pas…

Cat hocha légèrement la tête, toujours sans rien dire.

— Vous saviez, pour Marie, docteur ? Et pour l'autre ?

— Je sais ce que j'ai entendu aux informations, oui. Comme tout le monde.

— Je connaissais Marie, je ne connais pas l'autre, là, Chantelle, enfin, je l'ai rencontrée une fois, elle… – Abi eut un regard désespéré vers la fenêtre, comme si elle avait pu trouver là une issue, pour s'échapper. – Peut-être que si elle nous avait écoutées, Marie… on lui répétait toutes. Balance cet inutile de Jonty Lewis. Et maintenant regardez. Ce n'est pas que lui. Je veux me sortir de tout ça et je ne peux pas, vous voyez ?

— Oui, fit Cat avec douceur. Je sais et vous avez raison. Ce n'est pas une vie, Abi.

— Le fait est…

Une fois qu'elle eut commencé à se confier, elle poursuivit, en parlant de son existence dans la rue, des enfants, de sa propre enfance, de son meublé, de Hayley, des événements qui s'étaient produits, de choses que des gens avaient faites, et ensuite de ce qu'elle voulait, de ce qu'elle projetait. Elle parlait très vite, comme si elle ne s'était jamais épanchée de la sorte avec personne. Cat n'avait qu'à l'écouter.

Les dix minutes prévues se transformèrent en vingt-cinq minutes, la file dans la salle d'attente s'allongeait. Mia geignit un peu, puis elle s'endormit dans sa poussette – et rien de tout cela ne comptait, eu égard à la détresse d'Abi Righton, à sa peur et à sa détermination. Quand elle se tut, elle avait l'air épuisée, comme si elle s'était vidée de toute sa vie et de toute son énergie, et elle avait pleuré aussi, mais ses yeux ne paraissaient plus si morts, et son air abattu l'avait un peu quittée.

Cat lui poussa la boîte de Kleenex de l'autre côté du bureau. Abi en prit deux et se moucha.

— Comment vous sentez-vous, maintenant ?

Abi la regarda et haussa les épaules.

— Mieux, dit-elle enfin.

— Oui. Cela aide toujours.

— Désolée.

— Mais enfin, de quoi êtes-vous désolée ?

— Je veux dire… je ne suis pas, genre, malade ou quoi que ce soit. D'un signe de tête, elle désigna Mia. Elle n'est pas malade non plus.

— Je n'en suis pas moins la bonne personne à consulter… du moins en premier lieu. Mais j'aimerais vous faire une suggestion, Abi. Voudriez-vous parler à une conseillère psychologique ? Je pourrais trouver quelqu'un qui aurait le temps de vous écouter et de vous conseiller, de vous soutenir le temps que vous vous sortiez de tout cela. Elle pourrait vous aider à suivre des cours ou ce que vous déciderez, quand vous vous sentirez prête. Vous pourriez la voir toutes les semaines ou à peu près. Je pense que cela vous soutiendrait grandement.

La lassitude s'était peinte à nouveau sur ses traits dès que Cat avait commencé à parler.

— Je ne sais pas… je ne suis pas sûre. Quel style de personne ce serait ? Je n'ai aucune envie que les services sociaux viennent fourrer leur nez dans mes affaires, je les connais tous, ils risqueraient de vouloir me retirer mes enfants.

— Ce ne seraient pas les services sociaux, et personne n'aurait la moindre raison de vous retirer vos enfants. Vous êtes une bonne mère, Abi. – La jeune femme laissa échapper un rire sec. – Mais si… et ce ne sont pas des paroles en l'air. Vous les aimez, vous prenez soin d'eux, vous les nourrissez correctement et, pour vous, c'est leur avenir qui compte. Tout cela fait de vous une bonne mère, à mes yeux, et vous devriez être fière de vous. Ce n'est pas simple. Mais vous savez que vous seriez une mère encore meilleure si vous n'alliez pas gagner votre vie dans la rue. J'ai réellement envie de vous aider, Abi, et vous pouvez toujours venir me voir, bien sûr, mais je pense que vous méritez mieux que le peu de temps que je puis vous consacrer.

— Quand faudrait-il que j'y aille ?

— Je ne sais pas trop au juste... je souhaite vous trouver la personne la plus appropriée qui soit. Voulez-vous me laisser le temps de chercher, et je vous contacte la semaine prochaine ? J'ai quelqu'un en tête, mais il faut que je m'assure qu'elle ait la possibilité de prendre une personne supplémentaire.

Il y eut un long silence. Cat entendit le téléphone sonner à la réception, des voix, quelqu'un qui entrait dans le cabinet de consultation voisin du sien.

— OK, fit Abi. Elle se leva, saisit la poussette, l'air on ne peut plus pressé de partir, gênée plus que contrariée.

— Prenez un autre rendez-vous à la réception... et où pouvons-nous vous joindre ? Il n'est pas impossible qu'organiser quelque chose ne prenne que deux jours.

— J'ai un portable.

— Voulez-vous me donner le numéro ?

Mia se réveilla subitement en sursaut et regarda autour d'elle, l'air déconcerté. Abi se pencha vers elle.

— Non, dit-elle. Je reviendrai. Merci, docteur.

La porte claqua derrière elle.

Cat ajouta une ligne à ses notes concernant Abi sur son écran d'ordinateur, se griffonna un message de rappel dans son bloc-notes et appela le patient suivant. Deux heures plus tard, elle en était encore à rattraper son retard.

— Quelle matinée, fit Bronwen, en arrivant avec un café et un sourire compréhensif, après le départ du dernier patient. Oh, ton frère veut savoir si tu peux déjeuner avec lui.

— Mon frère est dans une île d'Écosse.

— Plus maintenant. Il sera au King's Oak à Stanton à partir de treize heures.

Cat jeta un œil à la pendule.

— Je ne peux pas. Je ne peux vraiment pas. Pas aujourd'hui.

— Bien sûr que si, tu peux, lui répliqua fermement Bronwen.

# 26.

Cela lui faisait du bien, songea-t-il, en considérant la pièce autour de lui, et Taransay appartenait désormais à une autre vie, même s'il en ressentait encore les effets ; il avait fait le plein d'énergie, il avait retrouvé sa détermination. Il avait roulé toute la journée, s'était arrêté dans un hôtel près de l'autoroute pour dîner et, après une courte nuit de sommeil, il était arrivé à Lafferton à temps pour déposer ses affaires à l'appartement et organiser un déjeuner avec sa sœur. Ils s'étaient mis au courant des dernières nouvelles, mais pas complètement. Il essaierait de passer une partie du week-end avec elle à la ferme. Ensuite, il était allé voir la directrice territoriale de la police. À présent, il était de retour, dans la petite salle de réunion avec une demi-douzaine d'officiers supérieurs de la police judiciaire, le soleil brillait entre ces quatre murs, le nouvel inspecteur chef, Ben Vanek, avait l'air, selon les propres termes de Paula Devenish, intelligent, alerte – et assez effronté. « Il meurt d'envie de travailler avec vous, lui avait-elle précisé, alors encouragez-le, Simon… simplement, veillez à ne pas le laisser brûler les étapes. »

Retrouvant chez le nouveau sergent certains traits de caractère qui étaient les siens plus jeune, il accepta, sachant à quel point les revers et la routine du quotidien avaient de quoi émousser l'enthousiasme et l'ambition. Le temps qu'il consacrait à Vanek pourrait encourager cette nouvelle jeune recrue, comme il savait que cela avait encouragé Nathan Coates, son ancien sergent – désormais inspecteur divisionnaire dans le Yorkshire, et plus dévoué à son métier que jamais.

— Comme vous le savez, pour le moment, nous avons les médias sur le dos. J'ai convoqué une conférence de presse demain, parce que je dois intégrer tous les éléments dès ce soir. Si vous rencontrez des problèmes avec les journalistes, signalez-le à l'officier de police chargé des relations avec la presse. Je suis désormais à la tête des opérations de coordination et, pour l'heure, je souhaite insister sur cet aspect, jusqu'à ce que nous disposions d'éléments susceptibles d'entraîner une réévaluation : les deux affaires doivent être traitées séparément. L'inspecteur principal Franks dirige l'enquête Chantelle Buckley. Inspecteur principal Drummond, je souhaite maintenant vous confier l'équipe Marie O'Dowd. Bien sûr, vous vous échangerez vos informations sur tous les facteurs communs aux deux affaires, mais à ce stade, il n'en existe que deux : les deux femmes se livraient à la prostitution, Marie ici, à Lafferton, Chantelle seulement à Bevham, à notre connaissance, jusqu'à l'épisode qui a précédé sa disparition. Et elles ont été toutes les deux étranglées. Marie O'Dowd présentait quelques blessures au visage, cohérentes avec une lutte. Chantelle, aussi. Ce que nous souhaitons éviter, c'est que paraissent dans la presse d'autres éléments sur un tueur en série visant ces filles qui font le trottoir. À titre officieux, toutefois, je reste l'esprit ouvert à toute hypothèse. S'il survient quoi que ce soit qui relie les deux meurtres, au-delà d'éléments vagues ou circonstanciels, l'officier supérieur en charge de chaque équipe informera son collègue. Bien, Dave, jusqu'à présent, de quoi disposons-nous ?

L'inspecteur principal Franks lui tendit des feuilles au format A5, une photographie et quelques phrases imprimées.

— Voici Leslie Blade. L'inspecteur-chef Vanek et l'inspectrice Mead se sont rendus sur son lieu de travail et l'ont interrogé, il a ensuite été ramené ici, sans avoir été placé en état d'arrestation, et soumis à un assez long interrogatoire par l'inspecteur Vanek.

Il passa en revue le contexte.

— Avez-vous abouti à quelque chose avec lui, inspecteur Vanek ? s'enquit Serrailler.

— Chef ?

Le jeune officier se pencha en avant, ne se tenant plus d'impatience, avec sa cravate d'un bleu éclatant oscillant comme un pendule et son visage écarlate.

— Bienvenue à bord. Quel est votre avis sur ce bibliothécaire ?

— Je le crois franchement coupable, monsieur, j'en suis convaincu, je suis persuadé que c'est lui qui a fait ça.

— Qui a fait quoi ?

La rougeur se propagea dans le cou.

— Tué Chantelle et Marie, monsieur.

— Vous enquêtez sur le meurtre de Chantelle, inspecteur chef Vanek. Laissez l'autre affaire à l'autre équipe.

— Oui, mais, monsieur, il aurait aisément pu tuer les deux, et je crois que c'est le cas.

Serrailler se tut un instant, avant de répondre. Il ne voulait pas tuer un tel enthousiasme dans l'œuf ou dénigrer le nouvel inspecteur devant une salle entière d'officiers plus chevronnés. D'un autre côté…

— Quels motifs avez-vous de croire que Leslie Blade aurait tué Chantelle Buckley ?

Simon sentit une certaine atmosphère régner dans la pièce. Il l'avait déjà assez souvent perçue. Ils attendaient que le combat commence, l'ours contre la meute de chiens, et que Vanek se fasse proprement remettre à sa place. C'était parfois ce qui se produisait, surtout au milieu d'une enquête difficile. Chambrer Vanek, voilà qui fournirait un bon motif de décompression à tout le monde, mais Simon se garderait bien de se prêter à ce jeu-là.

— J'ai dit quelque chose de drôle, inspecteur Shastri ?

— Non, monsieur.

— Bien. – Serrailler attendit que l'humeur change à nouveau. Il se retourna vers Ben Vanek. – Vous alliez dire… ?

— Eh bien, il est obsédé par ces prostituées, il leur tourne autour presque tous les soirs, il avait toutes les occasions. Et il cache quelque chose.

— De quel ordre ?

— Je ne sais pas trop. Et puis il a le type.

— Ah. Le type. Ça, c'est une observation intéressante. Avez-vous suivi une session de profilage, inspecteur Vanek ?

— J'ai en effet travaillé avec un profileur, au sein de ma dernière unité, oui.

— Très bien. Quel type d'homme tue des prostituées ?

— Eh bien, cet individu est un refoulé sexuel, il n'a pas de relations féminines, il vit avec sa mère qui est âgée, il ne semble pas avoir beaucoup d'amis… en d'autres termes, un solitaire. Il est très guindé, mais il va bavarder avec des tapineuses la nuit dans la rue…

— Tout cela est sans doute vrai. Mais il nous en faut plus. Avons-nous quoi que ce soit ? Les faits et gestes de ce Blade le soir où l'on a vu Chantelle pour la dernière fois ?

— Il dit qu'il était à son domicile avec sa mère.

— Avez-vous pu confirmer ses dires auprès de cette dernière ?

— Pas encore, monsieur, non.

— Il vaudrait mieux.

— Bien, monsieur.

Vanek fixa le sol du regard.

— Des images de caméras de surveillance ?

— Rien. Il y a une caméra braquée sur le portail de l'imprimerie, qui a filmé des images de Chantelle en train de parler à l'une des autres filles et s'approchant du minibus de l'Entraide. Aucune image où figurerait Blade.

— Sa voiture ?

— Non, monsieur, pas la nuit où Chantelle a été tuée. Nous avons quelque chose avec sa voiture la soirée précédente, quand Blade a été interrogé par un véhicule de patrouille qui soupçonnait une tentative de drague motorisée. Il n'y a en réalité aucune indication qu'il ait ramassé l'une de ces filles. En fait chef, y'a quelque chose de pas net chez ce mec, il est vraiment bizarre.

— Cela ne fait pas de lui un meurtrier.

— Non, monsieur.

— Il est toujours ici ?

— Oui, monsieur, mais je ne pense pas que nous ayons suffisamment d'éléments pour l'inculper.

— Personne d'autre dans le collimateur ?

— Un client s'est présenté… il était avec l'une des autres filles, ce soir-là, et il a vu Chantelle. C'est moins la jeune femme qu'il a reconnue que son blouson vert, il se souvenait de ça. Il nous a laissé une déposition. On n'a rien sur lui : il était sur la bande de la caméra de surveillance, mais plus tôt dans la soirée. Nous allons passer la totalité de la semaine à éplucher ces bandes, centimètre par centimètre.

Quelqu'un lâcha un gémissement.

— Et vous n'allez pas vous arrêter là, et si vous repérez un demi-millimètre de quoi que ce soit, vous rembobinez et vous visionnez la séquence une deuxième fois. C'est le style d'affaire où tout et n'importe quoi peut fort bien avoir été enregistré par les caméras.

— Concernant le rapport du légiste sur Chantelle...

L'inspecteur principal Franks tourna deux pages de son dossier. Serrailler l'observa. Un flic ennuyeux, consciencieux, patient, un peu amer de n'avoir pas été promu inspecteur divisionnaire, mais sans doute réaliste sur ses chances de l'être car, une fois passé inspecteur principal, il n'avait plus montré le moindre signe d'ambitions ou de capacités hors du commun. Rien que de la compétence. Et de la compétence, il leur en fallait.

— Très bien. Voyons la suite. Marie O'Dowd. Elle avait un petit copain, Jonathan – Jonty – Lewis. Drogué, dealer à la petite semaine, beaucoup d'antécédents, coups et blessures, agression... Il s'était apparemment montré violent envers Marie, à l'occasion, elle n'a jamais porté plainte, mais l'une de ses amies confirme, et c'est probablement lui qui a dévasté la caravane où elle habitait. Trouver Lewis est notre priorité numéro un.

— Depuis combien de temps était-elle morte, quand on l'a retrouvée ?

— Le médecin légiste estime que le décès date de trois à cinq jours, disons quatre.

— Monsieur ?

Il y eut à nouveau un léger frisson qui parcourut la pièce. Ils l'avaient catalogué comme un ramenard, le gamin qui lève sans arrêt le doigt en classe. Serrailler aurait voulu qu'ils se trompent, il supposait qu'ils n'avaient que partiellement tort, mais n'avait pas envie de les voir se gausser.

— Sergent ?

— Écoutez... deux prostituées, qui font le même trottoir, qui sont toutes les deux sorties à la même heure ou vers la même heure. Une qui disparaît, que l'on retrouve étranglée, son corps dans le canal, la deuxième qui disparaît, que l'on retrouve étranglée, pas dans le canal mais juste à côté. Je sais, vous avez souligné que l'on maintenait les deux enquêtes distinctes, mais je parierais qu'elles ne le sont pas.

— Je ne suis pas un homme de paris, sergent, mais quoi qu'il en soit, je ne parierais pas contre vous. Ce sera comme je viens de le formuler : les deux équipes enquêtent séparément, mais cela ne signifie pas que je me ferme l'esprit à l'idée que nous recherchions une seule et unique personne. Rien que pour continuer dans le sens de votre intuition, sergent Vanek, si c'est le même homme qui a tué les deux filles, imputeriez-vous forcément cet acte à Blade ?

Vanek eut l'air préoccupé. Mais il n'avait plus de rougeur qui lui montait au visage, à présent, il avait gagné en assurance, il sentait que Serrailler était plus avec lui que contre lui. Il hésita un moment. L'inspecteur principal Franks rangeait des documents dans son dossier, manifestement peu intéressé par les théories d'un très jeune nouveau sergent de police judiciaire.

— Oui, fit Ben Vanek.

— Merci, sergent. Maintenant, l'opinion publique. Nous avons certes un homme ici dans le cadre d'un interrogatoire, mais il ne se trouve pas en état d'arrestation, et il n'a pas été inculpé. Il nous faut nous assurer que l'opinion nous maintienne sa confiance, confiance dans nos actions et dans notre capacité non seulement à trouver le tueur ou les tueurs de ces deux filles, mais à assurer en priorité, dans l'intervalle, la sécurité de tout un chacun, celle des citoyens et celle des filles qui font le trottoir. À partir de ce soir, nous déployons une présence importante et visible : dans le quartier chaud, dans le centre-ville. À ce sujet, j'ai le soutien de la directrice territoriale, quels que soient les moyens requis. Voici comment nous allons procéder.

Ils l'écoutèrent formuler les grandes lignes de ce que serait cette présence policière en uniforme, et où elle se déploierait, avec points d'information, distributions de prospectus et patrouilles d'interpellation. Cela n'engagerait pas directement les services de police judiciaire, mais les équipes d'investigation devaient être briefées.

Au terme de la réunion, Serrailler rappela l'inspecteur Vanek.

— Jusque-là, tout va bien ?

— Chef. Franchement, ça me plaît vraiment. Dès ma première enquête ici, pour moi, c'est super.

— Et de quel point de vue ? Non, vous avez raison. À ce stade, c'est intéressant. Et cela pourrait prendre différentes orientations.

— Affaire classée, Blade les a tuées toutes les deux.

— Ou c'est Lewis qui les a tuées toutes les deux.

— Ou…

— Exactement. Ou ni l'un ni l'autre n'a tué personne. C'est en faveur de cette dernière issue que vous priez, sergent ?

Ben Vanek se fendit d'un grand sourire.

— Pas du tout.

— Bon. Vous recevrez vos ordres de l'inspecteur Franks, bien sûr. Mais regardez où vous mettez les pieds, avec Leslie Blade.

— Bien, chef.

Serrailler ne quitta pas le poste avant dix-neuf heures, alors que les équipes se déployaient déjà, avec des cars de police remplis d'agents en uniforme se dirigeant vers les rues de la ville, « une présence forte et visible, pour calmer et rassurer », selon les termes mêmes de la directrice des unités territoriales. Il rentra chez lui en effectuant un long détour, remarquant des gilets jaune fluorescent partout, le minibus du pôle d'information installant son dispositif d'éclairage, des groupes d'officiers attendant qu'on les envoie dans tel ou tel secteur. À la minute où l'on inculperait quelqu'un, la température chuterait et les heures supplémentaires des policiers seraient réduites, mais d'ici là, les gens voulaient être rassurés et se sentir en sécurité, constater *de visu* que l'on agissait.

En s'engageant dans le Clos de la cathédrale, il se sentit regonflé : cela lui plaisait de se trouver au cœur d'une opération, et il était déterminé à la traiter correctement. Il s'interrogeait sur les intuitions de Ben Vanek. Il en avait lui aussi, mais il avait appris à ne jamais miser uniquement sur elles, et à ne les considérer que comme un seul élément parmi un ensemble complexe de procédures standard. Ces intuitions n'étaient jamais sans intérêt et, quand elles tombaient juste, c'était comme un coup de fouet qui vous permettait de faire face à toutes les situations, si routinières soient-elles. Certaines personnes n'en avaient jamais, ou si elles en avaient, elles les écartaient aussitôt ; d'autres qu'il connaissait avaient agi sur la foi d'une de ces intuitions, cela leur avait réussi, et ils avaient trop misé sur elles durant tout le reste de leur carrière, en croyant posséder un talent singulier dont leurs collègues étaient privés, comme un don de guérisseur ou l'aptitude à pratiquer la rhabdomancie.

Il avait déposé ses affaires à l'appartement un peu plus tôt, mais y avait à peine jeté un coup d'œil. Et là, quand il entra, il n'alluma pas la lumière, mais se rendit tout droit vers les hautes fenêtres qui donnaient sur le Clos. La lumière du jour avait disparu et les réverbères étaient allumés, rayonnant d'une lumière d'or à travers les feuillages d'automne qui bordaient l'allée de part et d'autre. Les projecteurs étaient braqués sur la tour de la cathédrale. Il ouvrit la fenêtre pour laisser pénétrer la fraîcheur du soir. L'air de Taransay était salin et frais – ici, il n'y avait pas de mer, pas de sel, mais l'herbe venait d'être coupée, probablement pour la dernière fois de l'année, de sorte que son odeur montait vers lui comme si elle émanait du fin fond de la campagne. Mais alors même que le Clos proprement dit était silencieux, le soir, le bruit de la circulation subsistait toujours discrètement à l'arrière-plan. Il s'était demandé si se réadapter ne lui prendrait pas quelques jours, mais il se sentit immédiatement chez lui. Pas de décalage.

Il alluma les lampes et regarda autour de lui. Chez lui.

Cat était venue toutes les semaines trier son courrier et lui avait réexpédié les rares missives qui paraissaient urgentes. Le reste était en tas bien rangés, sur la table, et elle avait même à peu près organisé les piles de manière à ce que le courrier manifestement professionnel, la banque et les factures soient dans l'une, le courrier personnel dans une autre, les catalogues et les prospectus dans une troisième. La plus petite des trois contenait les lettres personnelles. Une enveloppe bleue par avion d'un vieil ami du Canada. Une carte de Nathan et Emma Coates, dans le Yorkshire. Une carte du Népal. Il la retourna et lut le mot de Jane Fitzroy. Il le lut une deuxième fois. Regarda la photo de ces montagnes. Jane. Une image d'elle s'imposa soudain à son esprit, aussi nette que s'il venait de la voir juste avant, avec sa chevelure préraphaélite, son visage en forme de cœur, sa bouche généreuse. Jane.

L'horloge de la cathédrale sonna la demi-heure, et ces sonorités se répercutèrent dans le Clos et au-delà. Chaque fois qu'il était parti, il lui fallait un petit temps ensuite pour se réadapter et cesser de l'entendre ; au moment de son retour, elle lui permettait en un sens de se sentir installé, enraciné de nouveau.

Jane.

Il ne lui voulait que du bien. Mais cela n'aurait jamais fonctionné. Personne n'aurait su, songea-t-il, personne ne pourrait jamais s'introduire de manière permanente dans ce monde, cet espace secret.

Il se souvenait de ce que le nouvel inspecteur chef avait dit de Leslie Blade, pas marié, solitaire, ce qui, dans son manuel élémentaire de profileur, en faisait un suspect – un individu « bizarre ». Simon sourit tout seul, songeant à cette Kirsty, au caractère si facile, qui n'avait aucune intention de s'immiscer, et n'attendait même pas de recevoir une carte de lui pour Noël – et il se souvint de l'uppercut cinglant de Douglas. Sa mâchoire en gardait elle aussi le souvenir.

Il lâcha la carte de Jane Fitzroy dans la corbeille à papier, avec toute la pile de prospectus, se servit un whisky, et alla déballer ses affaires.

# 27.

— « Le temps est désormais venu de brûler les feuilles », fit Cat. C'est de Shakespeare ?

— Non, de Laurence Binyon.

Avant l'heure du thé, Cat et Judith avaient ratissé la pelouse de Hallam House, et les feuilles étaient maintenant empilées au fond du jardin, prêtes à être brûlées.

— Ma mère adorait cette corvée, se rappela Cat. Elle aimait tout ce qui avait un rapport avec le jardin, mais surtout cette besogne-ci en particulier, et j'en ignore la raison. Elle disait que cela lui plaisait de mettre peu à peu la totalité du jardin au lit pour l'hiver.

— Cela t'ennuie. Que ce soit moi qui m'en occupe, à sa place ?

— Non. Maintenant, non. Ce qui m'ennuie, c'est qu'elle ne soit pas là, elle aussi… si tu me suis.

— Je te suis.

La lumière avait presque disparu. Dans la maison, Félix était endormi, Sam, dans son lit, lisait *Oncle Galahad au château de Blandings*. Hannah était chez son amie Ellie, qui possédait encore plus de poupées Barbie – avec leurs panoplies – qu'elle.

— Ce que je n'ai jamais pu supporter, c'était papa seul ici. L'endroit était si lugubre et lui, il était si sévère. En général, je retardais le moment de ma venue ici, je m'arrangeais pour qu'il vienne chez nous, plutôt. Maintenant, c'est différent.

— Je te remercie. – Cat posa son râteau, se massa la nuque et les épaules. – Oui. Je pense qu'on a terminé.

— Oserais-je t'interroger sur l'Amérique ?

Judith secoua la tête.

— Je te l'ai dit… tout est réglé. Peut-être plus tard l'année prochaine, et rien que pour deux mois. Rentrons, je dois mettre les légumes.

Mais dès qu'elles entrèrent dans la cuisine, le portable de Cat sonna. Elle retourna dehors pour obtenir un meilleur signal et s'attendait à devoir dispenser un conseil concernant un patient de l'établissement de soins palliatifs.

— Cat ? C'est Miles Hurley. Est-ce que le moment est mal choisi ?

— Ah. Non, ça va. Est-ce que tout va bien ?

— Eh bien, je souhaitais vous parler de toute cette histoire de groupe Marie Madeleine. Croyez-vous que ce soit possible ?

— Bien sûr. Je n'étais pas tout à fait contente de la tournure qu'ont prise les choses lors de cette réunion.

— Effectivement. – Il avait un ton d'une sécheresse légèrement sarcastique. – En vérité, pas du tout.

— Vouliez-vous que je pose la question à quelqu'un d'autre ?

— J'espérais plutôt garder cela entre nous. Êtes-vous libre demain soir ? Je sais que vous êtes accaparée par votre travail, dans la journée. Peut-être pourriez-vous venir prendre un verre vers six heures et demie ?

Elle accepta, en l'avertissant que si elle ne réussissait pas à s'organiser avec les enfants, elle serait contrainte d'annuler.

Mais Judith, comme toujours, fut heureuse de lui venir en aide.

— Je n'arrive pas à m'y habituer… Je suis mère célibataire… moi ? Comment est-ce possible ? C'est un peu insensé.

Judith lui tendit deux verres de vin.

— Un pour toi, un pour Richard. Va lui tenir compagnie. – Cat allait sortir, mais Judith ajouta un mot. – Je pensais essayer d'inviter Simon à dîner. Une nouvelle fois.

Cat hésita. Judith lui avait tourné le dos et remplissait une casserole d'eau, faisait glisser un petit tas de haricots dedans, s'affairait, n'ayant aucune envie de discuter de la chose.

— Bon. Très bien.

Richard Serrailler était assis au petit bureau que sa femme avait toujours utilisé, il annotait des épreuves de la revue médicale qu'il continuait de coéditer. Cat lui posa son verre de vin.

— J'en déduis que le vagabond est de retour, lâcha-t-il sans lever les yeux. Je me demande pourquoi nous versons à nos policiers d'aussi généreux émoluments pour qu'ils s'accordent d'aussi longues vacances.

— Il en avait besoin. Et il replonge tout de suite dans le bain, avec ces deux meurtres.

— Ah, les filles des rues, oui. Les lettres parues dans le journal local sont remplies d'une indignation très vertueuse. Les gens circulent-ils donc sans rien voir ?

— Il est certain qu'ils préfèrent fermer les yeux.

Il laissa ses épreuves et vint s'asseoir en face d'elle.

— Tu as l'air d'aller bien, fit Cat.

Cela ne cessait jamais de la surprendre que le bonheur puisse à ce point transformer quelqu'un.

Il lui jeta un regard pénétrant, mais ignora sa remarque.

— J'ai attelé mon petit-fils à son premier livre du Maître, lui répondit-il à la place.

— P. G. Wodehouse ? Un peu vieux et daté, pour Sam, non ?

— Détrompe-toi, ni l'un ni l'autre. Nous verrons cela. J'ai entendu des rires prometteurs en provenance de sa chambre. J'ai estimé que lord Emsworth constituerait un meilleur point de départ que Jeeves le majordome.

— Il se peut que ton petit-fils ait sauté une génération. Ni Simon ni Ivo n'ont jamais mordu à Wodehouse.

— Et c'était bien bête de leur part. Tu es entré en communication avec ton frère ?

— J'ai déjeuné avec lui avant qu'il ne parte prendre en charge les équipes qui ont la responsabilité d'enquêter sur ces meurtres. Et il m'avait l'air bien, lui aussi. Il travaille à une nouvelle exposition, pour le printemps.

Richard secoua la tête. Il n'avait jamais compris pourquoi Simon était fonctionnaire de police, ou pourquoi il était artiste, ou pourquoi il n'était pas déjà marié depuis des années. Selon Cat, c'était parce qu'il n'avait jamais essayé.

Il la regardait par-dessus ses demi-lunes, et c'était un regard direct et attentif. Comme s'il me considérait comme un spécimen, songea-t-elle. C'est ainsi qu'il nous a toujours tous regardés. Mais pas Judith. Sur elle, il pose un regard tout à fait différent.

— Comment vas-tu, Catherine ?

Elle fut prise de court. Il était difficile de savoir quoi répondre, s'il fallait dire la vérité ou écarter cette question inquisitrice d'un revers de main. Mais avec son père, ce n'était jamais possible.

— Le plus rude, reprit-il, c'est d'essayer de trouver un moyen d'accepter le fait que l'on ne puisse rien tenter pour changer quoi que ce soit. Rien pour influer sur le cours des choses, pour remonter le temps ou pour remettre d'aplomb ce qui ne l'était pas. Rien. Tu n'as probablement pas passé grand-chose sous silence. Tu savais ce qui se tramait.

Elle dut lire entre les lignes – il n'avait rien su, il n'avait absolument pas été préparé à la mort de la mère de Cat et des abîmes de non-dits n'avaient pas été comblés entre eux deux.

— Je me sens tout simplement plombée, avoua-t-elle. Il n'y a rien à faire, et pourtant il faut bien que je tente quelque chose.

— Si j'étais ton médecin, je te demanderais si tu te nourris convenablement, mais je ne le suis pas et, à cet égard, tu es quelqu'un de sensé.

Elle sourit. Au moins, il tentait de l'atteindre. Judith l'avait changé – ou alors, ce qui était plus près de la vérité, elle l'avait aidé à changer –, et à plusieurs titres.

Plus tard, alors qu'elle aidait Judith à remplir le lave-vaisselle, Cat lui en fit part.

— Serais-tu en mesure d'exercer aussi ta magie sur Simon ? lui glissa-t-elle finalement.

Judith était debout, une assiette à la main. Elle n'avait pas vraiment un air sérieux, mais plutôt profondément triste, comme si une ombre de malheur lui avait voilé le visage et l'avait assombri, lui ôtant dans le même temps un peu de sa sérénité habituelle.

— Je ne sais pas, dit-elle au bout d'un moment. Ce qui peut venir de mon côté reste limité. Après, je crois que cela dépend de lui.

Elle glissa le plat dans le support et ferma la porte du lave-vaisselle.

Le lendemain matin, les formulaires d'inscription pour son cours de soins palliatifs étaient arrivés, mais une journée très chargée ne lui laissa guère le temps de les lire convenablement, et elle quitta le cabinet un petit peu avant dix-huit heures trente seulement, en retard pour son verre avec Miles Hurley.

Quand Jane Fitzroy était attachée à la cathédrale et quand elle habitait dans ce pavillon, au fond du jardin tout en longueur de la maison du maître de chapelle, l'atteindre supposait d'emprunter une allée en pierres inégales, assez traîtresse dans le noir sans une lampe torche. Mais à présent elle avait été dallée de neuf, avec de petites lampes placées tout du long, et Miles avait aussi laissé la lumière de la véranda et ses rideaux ouverts, pour la guider.

Cela lui paraissait encore étrange, de s'aventurer ici – elle n'y était plus revenue depuis l'époque de Jane, et ce pavillon recelait de mauvais souvenirs, ceux du jour où elle avait été retenue en otage par l'un de ses patients.

Mais lorsque Miles lui ouvrit la porte, elle constata que l'endroit avait complètement changé, pas seulement dans sa décoration – le mur conduisant au salon avait été abattu, transformant toute cette partie en un volume unique, avec juste le petit bureau à part.

C'était un intérieur quelconque et bien entretenu, sans rien qui le caractérise comme appartenant plus à Miles Hurley qu'à un autre – une espèce d'appartement témoin, songea Cat. Il avait sans doute été meublé par le genre d'individu dont c'était le gagne-pain. Tout était parfaitement confortable, parfaitement neutre, un mélange de couleurs taupe, sable et rose pâle ; tout était neuf mais bon marché, l'ensemble ayant été acheté en un seul lot.

Il n'était pas marié, il était souvent dehors, comme tout le personnel de la cathédrale, il n'avait aucun goût quand il s'agissait de transformer quatre murs en un foyer, et pourtant elle pensait qu'il serait probablement très surpris de se l'entendre dire.

— Je peux vous proposer du vin, du gin ou un spritzer sans alcool.

Elle attendit, assise dans une chaise tapissée d'un lin couleur taupe, pendant qu'il apportait les boissons. L'homme était assez quelconque, mais pas vilain à regarder, avec ses cheveux aux mèches grisonnantes précoces, et ce soir-là il portait un col normal.

— Bien. Le groupe Marie Madeleine… l'hypothétique groupe Marie Madeleine. De quoi s'agit-il, Cat ? Voyez-vous, je croyais que nous allions commencer à explorer les moyens par lesquels la cathédrale parviendrait à transmettre à ces filles dans la rue le message qu'elles sont les bienvenues autant que n'importe qui d'autre, franchement les bienvenues : comment y parvenir, le discours à tenir, et s'il était envisageable de leur fournir une sorte de… je ne sais pas… de lieu d'accueil.

— Et vous pensez que cela n'aura rien d'accueillant ?

Il soupira.

— Puis-je être brutal ? – Elle sourit. – Oui… Ruth. Le problème, c'est Ruth. Elle a toujours constitué un problème. Stephen la laissera le convaincre à coup d'arguments massues de présider ce comité au motif qu'il a déjà bien assez à faire : ce qui est un fait. Mais avec Ruth, si j'en crois mon amère expérience, rien n'est ouvert à la discussion : un comité n'est là que pour avaliser ses propositions, et la plupart des gens s'en contentent, pour avoir la paix.

— Je ne me laisserai pas écraser, Miles. Qu'est-ce qu'un centre d'accueil ? C'est un peu comme un refuge pour les sans-abris, à ceci près que la plupart de ces prostituées ont un toit. Je ne suis pas sûre que la cathédrale soit le bon endroit. Bien sûr, nous ne nous dissocierions pas de toutes les initiatives visant à leur offrir quelque chose, mais il faut que d'autres institutions soient impliquées. Nous devrions viser à nous intégrer dans un groupe, une équipe, qui ait une voix et un rôle, ça, oui.

— C'est un grand soulagement de vous entendre le formuler en ces termes, Cat.

— La question demeure : que faisons-nous ?

— À propos de Ruth ? Nous devons faire preuve d'indulgence. C'est vraiment tout ce que je peux suggérer. – Il fixa le fond de son verre un instant. Elle attendit. – Elle a eu… des ennuis. Bien sûr, ils n'ont pas d'enfants, évidemment, et elle a vécu cela comme une épreuve. Si elle en avait eu, tout cela aurait pu tourner différemment. – Il hésita, mais parut ensuite avoir décidé de ne pas aller plus loin dans les confidences. – Faire preuve d'indulgence, ou alors lui tenir tête… Ça fait déjà un moment que j'ai compris ça. Laissez-moi vous resservir.

Le spritzer, à base d'une espèce de lait frappé aux fruits fouetté avec du soda et de la glace, était bon. La plupart des hommes, en guise de boisson sans alcool, lui auraient servi une vague orangeade. Elle s'interrogea sur sa personne. Il n'était pas homme à se livrer à des confidences personnelles, même s'il était d'un abord facile et ouvert dans la conversation.

— Depuis combien de temps les connaissez-vous ?

— J'étais à Cuddesdon avec Stephen. Il a rencontré Ruth quand il était dans son premier vicariat. Lui et moi, nous faisions partie du même groupe pastoral, dans le sud de Londres, et ensuite il est devenu archidiacre. Rien chez lui ne laissait présager qu'il gravirait aussi haut les échelons de la carrière ecclésiastique, pour être franc.

— J'ai l'impression que vous avez déjà croisé le fer dans le passé, Ruth et vous.

Son visage se crispa et les commissures de ses lèvres tressaillirent.

— Oui, se borna-t-il à répondre. Ce qui me rend cette situation d'autant plus difficile. En fait, je voulais entendre ce que vous en pensiez, car vous êtes quelqu'un d'extérieur. C'est une question très importante, quoique pas aussi cruciale pour les autres, sans doute, qu'elle semble l'être pour Ruth. Mais enfin, je crois que cela demeure un aspect sur lequel nous devrions nous pencher.

— Avez-vous parlé aux autres ?

— Non. Je suis parti du principe que ce serait vous qui auriez l'avis le mieux informé.

— Je suis assez convaincue qu'Ilona serait d'accord avec nous.

— Oh oui. Cette chère, cette bonne Ilona.

Elle perçut quelque chose dans le ton de sa voix qui ne lui plaisait pas du tout, une allusion ou – quoi ? – du sarcasme ?

— Damian sera d'accord : il a son minibus de l'Entraide, quel intérêt aurait-il à voir la cathédrale s'imposer ? Quant à Sally, je crains d'être incapable de la comprendre.

— Personne ne peut.

Il lui sourit, un bref sourire qui disparut aussitôt, laissant son visage exactement tel qu'il était un instant plus tôt.

— Je parierais que nous obtiendrions une majorité, dit-il.

— Je crois que nous devrions débuter la prochaine réunion en affirmant clairement qu'il nous faut avancer avec prudence, que tout est ouvert à la discussion, et que rien ne se décidera dans la précipitation. C'est trop important.

— Et Ruth dira que c'est pour cela que l'Église d'Angleterre n'obtient jamais aucun résultat : parce qu'elle avance toujours prudemment, après de longues discussions.

— J'ai souvent pensé que cela constituait l'une de ses forces.

— Vous êtes une femme selon mon cœur. Bon, l'autre sujet dont je voulais vous entretenir – juste parce que je n'y suis pas directement impliqué – c'est la vie musicale de cet endroit. Parlez-moi de la chorale de St Michael.

Ils bavardèrent encore une demi-heure, en abordant certaines des causes de tensions au sein de la congrégation. Miles Hurley écouta, sans émettre d'opinions claires sur aucun de ces problèmes, comme il l'avait fait à propos du groupe Marie Madeleine. Peut-être se percevait-il comme un intermédiaire, s'efforçant d'amener des factions rivales au dialogue, ou du moins d'empêcher la guerre ouverte. Ce ne serait pas simple, et elle se demanda s'il était la bonne personne, s'il garderait ses réflexions pour lui. Certains êtres, elle ne l'ignorait pas, disent aux autres ce que ces derniers veulent entendre – croient-ils. Miles Hurley pourrait être de ceux-là.

Elle repartit de chez lui, un peu intriguée quant à la raison qui l'avait poussé à lui demander de la voir.

# 28.

— Entrez.

L'inspecteur principal Franks franchit la porte.

— Chef, les relevés ADN.

— Je n'ai pas besoin de vous poser la question, n'est-ce pas ?

— Hélas, non. Aucune piste à ce stade.

Simon se leva et regarda par la fenêtre. L'avant-cour du bâtiment de la police était encore plus animée que d'habitude. De l'autre côté de l'entrée, la presse avait pris ses quartiers. Elle voulait que l'on arrête et que l'on inculpe quelqu'un – c'était toujours ce qu'elle désirait –, si possible à temps pour les journaux de la mi-journée. Il était facile de se laisser gagner par la frénésie qu'elle était capable de faire monter et, avec les années, il avait appris que la garder de son côté, lui dire la vérité chaque fois que c'était possible, pour ensuite lui demander son entière coopération, demeurait la seule façon sensée de traiter avec elle.

Il avait programmé sa déclaration pour onze heures trente et fut ponctuel à la minute près, comme toujours. La salle de réunion était bondée.

— Bonjour. Merci d'être venus. Bien. Nous avons libéré ce matin un homme de cinquante-trois ans, habitant à Lafferton, sans l'inculper, suite à un interrogatoire relatif aux meurtres de Chantelle Buckley, dix-sept ans, et de Marie O'Dowd, vingt-trois ans.

Rumeur immédiate. Des voix lancèrent des questions, des bras s'agitèrent. Serrailler attendit.

— Nous recherchons un homme de vingt-sept ans, Jonathan James Lewis, généralement surnommé Jonty, qui était le compagnon de Marie O'Dowd. Nous voulons l'interroger en liaison avec le meurtre de la jeune Marie. – Il désigna une photo qui venait de s'afficher sur le grand écran derrière lui. – C'est Lewis, mais je crains que cette photo ne soit pas très récente. Vous pouvez vous en procurer des exemplaires auprès de l'officier chargé des relations avec la presse, et je vous serais reconnaissant de bien vouloir lui assurer la plus large diffusion : nous voulons que les citoyens puissent nous communiquer le moindre signalement, ou toute information en rapport. Pas de famille dans la région et, concernant ses éventuelles connaissances, jusqu'à présent, nous avons fait chou blanc. Entretemps, des enquêtes distinctes sont en cours sur les meurtres des deux femmes.

Les questions jaillirent de tous côtés.

— Êtes-vous en train de nous expliquer que les deux meurtres ne sont pas liés ?

— Pouvez-vous nous indiquer pourquoi cet homme de Lafferton a été arrêté avant d'être relâché ?

— Que faites-vous pour rassurer l'opinion ?

— Quelles mesures la police prend-elle pour protéger les autres prostituées qui exercent encore dans nos rues ?

Les deux inspecteurs principaux avaient pris place à ses côtés, le visage impassible, mais Serrailler ne voyait jamais d'inconvénient à être poussé dans ses retranchements par les journalistes – c'était leur métier, ils posaient les questions que le public aurait posées, et ils avaient besoin de savoir. Ils savaient aussi à quel point la latitude qu'il avait de révéler ou de ne pas révéler certains éléments était faible. Il répondait avec soin, sachant qu'il leur avait livré peu d'informations.

— Je pourrais être en mesure de vous fournir davantage de précisions plus tard dans la journée, mais j'ai le regret de vous dire que ce sera tout pour le moment. Toutefois, je vous tiendrai pleinement informés des moindres développements.

Ils se dispersèrent, sachant de quoi il retournait. Ils n'ignoraient pas non plus que Serrailler jouait franc-jeu. Dès qu'il aurait plus de matière, il leur en ferait part.

## 29.

Leslie Blade marcha sans s'arrêter ou sans regarder derrière lui pendant presque dix minutes. Il bruinait et il n'avait pas d'imper, mais il s'en apercevait à peine. Une voiture décrivit une embardée pour l'éviter, en donnant des coups de klaxon lorsqu'il traversa la chaussée et, quand il eut atteint le trottoir d'en face, il se demanda ce qui s'était passé, pourquoi ce vacarme, pourquoi ce regard figé, horrifié de la femme qui le dévisageait. Il n'avait aucune notion du temps, et à peine plus de là où il était, sauf qu'il devait se trouver quelque part entre le poste de police et sa maison ; il ne savait pas du tout s'il rentrait chez lui, s'il allait à la faculté, ce qu'il était censé faire, et qui le saurait, à qui poser la question.

Il y avait eu une espèce de petit-déjeuner, mais il n'avait rien avalé et n'avait bu que quelques gorgées de thé et puis, subitement, c'était fini, ils dressaient la liste de ses effets, ils les lui rendaient, signez ici, signez là, vous êtes désormais libre de partir, par là, monsieur, pas par ici. Libre de partir.

Il y avait un bistrot parmi la rangée de boutiques devant lesquelles il passait. Dino's.

Le bruit de la machine expresso le fit sursauter. Il y avait des gens assis à deux tables et ils le dévisagèrent. Enfin, peut-être pas lui. Peut-être ne l'avaient-ils même pas remarqué. Quelqu'un savait-il ? Comment sauraient-ils ? Hilary savait. Il avait dû appeler Hilary, la prier de rester avec sa mère, lui raconter quelque chose, mais il était incapable à présent de se souvenir quoi.

Libre de partir.

Il prit un café et un toast et s'assit dans le fond à la fenêtre. Des gens défilaient, dehors. N'importe qui pourrait le reconnaître, n'importe qui de sa connaissance.

Subitement, il sentit des larmes lui picoter les yeux. Il leva sa tasse, et sa main tremblait. Le café déborda.

Libre de partir.

Il mordit dans le toast qui lui sembla gonfler à l'intérieur de sa bouche, se transformer en une substance étrangère, molle, étouffante.

Sous son crâne, une brume d'échos et de sensations, mais aucune pensée claire, rien à quoi il puisse se raccrocher et se retenir. Au début, c'était perturbant, mais il avait estimé pouvoir leur venir en aide. Le meurtre des deux filles l'avait atterré, surtout celui de Marie, celle qu'il avait rencontrée. Il ne parvenait plus à se sortir de l'esprit les photos qu'ils lui avaient montrées d'elle, il s'imaginait sans répit ce qui s'était produit, comment, quand, ce qu'elle avait ressenti et tenté de faire. Il avait cru qu'en leur disant tout ce qu'il pourrait leur dire sur les filles, le temps qu'il avait passé avec elles et pourquoi, ce qu'elles subissaient, là, dehors, que ce serait utile, que tout cela avait une chance de les conduire à celui qui… chaque fois. Il lui avait fallu un certain temps pour que s'infiltre dans son esprit cette froide prise de conscience qu'on l'interrogeait comme un suspect, qu'ils avaient son nom, les renseignements le concernant, ses activités personnelles, le tout noté sur un papier, qu'ils le mettaient au défi de leur prouver qu'il n'avait tué aucune des deux filles.

C'était pour cela qu'ils avaient prélevé des échantillons dans sa bouche. C'était ainsi qu'ils prouvaient les choses, maintenant.

Il réussit à avaler cette masse molle et gonflée de toast mouillé au beurre figé, mais cela lui fit mal à la gorge, comme si elle était faite de métal dur descendant au fond de son œsophage.

La porte du café s'ouvrit. Il n'osa pas se retourner. Des gens arrivaient, d'autres s'en allaient, la machine à café sifflait et, dans sa tête, tous les sons étaient amplifiés, comme des martèlements, des hurlements, des cris.

Il ne savait pas quoi faire. Peut-être ne serait-il plus autorisé à réintégrer la faculté. Vous êtes libre de partir. Mais la boue, il est difficile de s'en laver. On l'avait conduit au poste de police, après tout. June Petrie avait tout vu.

La boue, ça colle.

Il était libre de partir mais il n'était pas libre de partir.

Il se rendit au comptoir et se paya une autre tasse de café, mais quand il revint à sa table, il vit qu'il n'avait bu que la moitié du premier. Le toast était froid et il le poussa de côté.

Il avait encore l'odeur du poste de police sur lui, sur ses manches et son col, dans ses cheveux ; une odeur institutionnelle, antiseptique et pourtant malpropre. Il jetterait les vêtements qu'il portait et se baignerait jusqu'à en avoir la peau à vif, pour se débarrasser de cette odeur. Quand il rentrerait à la maison.

Comment cela se déroulerait-il ? Hilary serait là. Sa mère serait là. Il les voyait d'ici, toutes les deux, elles le regardaient, elles l'attendaient, décontenancées, et lui, il entrait. Que savaient-elles ? Il avait eu droit à un coup de téléphone, mais il n'avait parlé qu'à Hilary et il savait qu'il avait été un peu incohérent, juste désireux de s'assurer qu'elle puisse rester avec Norah, et Hilary avait accepté, et elle avait l'air inquiet, mais n'avait pas posé de questions, n'avait pas été indiscrète. Elle était comme ça, Hilary.

Il but de petites gorgées de son café, en tenant sa tasse des deux mains parce qu'elles manquaient encore d'assurance. Le café fumait. Il était déjà venu ici à une ou deux reprises. Cela lui plaisait assez. Ils étaient toujours enjoués, toujours cordiaux. Il entendait le propriétaire à présent, qui papotait avec quelqu'un, et qui lançait une réflexion taquine à un autre client. Le monde ordinaire, songea subitement Leslie. C'est le monde ordinaire et j'y suis retourné. Aucun d'eux ne me connaît. Personne ne sait où j'étais ni pourquoi, et ils n'en sauront sûrement jamais rien. Il ignorait si son nom figurait dans le journal, mais il avait la vague notion que vous demeuriez anonyme, jusqu'à l'inculpation. Et il n'avait pas été inculpé. Il n'avait pas été inculpé. Il serra la tasse si fort qu'il crut la briser dans ses mains.

Ils l'avaient prévenu de ne plus s'approcher des filles, de ne plus leur apporter à manger, de ne plus rouler dans ce quartier le soir. Ils ne pouvaient le lui interdire, lui avaient-ils avoué, seulement l'avertir de s'en abstenir, pour sa propre sécurité, de s'assurer qu'il ne lui arrive rien de mal, qu'il ne s'expose pas encore à des ennuis.

Ils l'avaient interrogé à trois, à différents moments. La jeune femme avait été rude, hautaine, elle essayait de le faire trébucher, et l'autre, le jeune, c'était un impudent. Seul l'inspecteur plus âgé était facile, décontracté avec lui, presque amical, comme si l'on n'était pas au poste de police, comme si on ne l'avait pas arrêté, comme s'ils avaient une conversation confidentielle. Mais rien de tout ceci n'avait modifié ce qu'il leur avait dit. Aucun d'eux ne pourrait lui faire dire ce qu'il ne pouvait dire.

Le seul mot qu'ils avaient répété comme s'ils tapaient sur un clou avec un marteau, sans relâche, c'était « pourquoi ». Pourquoi allait-il voir les filles dans les rues la nuit ? Pourquoi essayait-il de leur venir en aide ? Pourquoi leur apporter des petits colis de nourriture et des boissons ? S'il n'avait pas de motivation religieuse, et s'il ne voulait pas acheter leurs services, pourquoi ? Pourquoi ? Pourquoi ? Pourquoi ? Pourquoi ?

Comment pouvait-il répondre ?

Il n'avait aucune véritable notion du temps qui passait mais il eut l'impression de rester assis là presque toute la matinée, à moitié gelé, ses pensées progressant de plus en plus lentement, au point de se figer. Personne ne lui adressa la parole, personne ne le dérangea. Il ne regarda personne.

Mais en fin de compte, il se leva, laissa une pièce d'une livre sur la table, à côté des tasses, parce qu'il lui semblait devoir payer pour être resté aussi longtemps, et il sortit dans la rue. Personne ne lui lança de coup d'œil. Il attendit, guetta un regard, chercha même à croiser celui de quelqu'un, qui continua cependant à marcher.

Il se sentait fatigué à présent et, le trajet jusque chez lui étant d'un quart d'heure à pied, il se rendit à la station de taxi de la place, s'approcha de la première voiture d'un pas hésitant, se demandant si le chauffeur saurait, s'il l'observerait, s'il refuserait de le conduire.

Mais l'homme se contenta de hocher la tête, et démarra son moteur. Leslie s'adossa contre la banquette et se sentit envahi d'une grande faiblesse, la poitrine serrée, à tel point qu'il dut se concentrer pour respirer. Ils s'arrêtèrent à un passage piéton et une femme jeta un œil dans la voiture. Peut-être qu'elle savait, peut-être l'avait-elle reconnu, au bout du compte. Il s'enfonça dans la banquette. Ils roulèrent. Il glissa un regard par la lunette arrière, mais la femme avait disparu. Il lui sembla y avoir un millier d'arrêts, aux feux, aux carrefours, derrière d'autres voitures, à d'autres croisements, le trajet se prolongea sur des kilomètres, dans le futur, et le conduisit loin, très loin. Il plongea dans un état de transe étrange, à demi-éveillé, le moteur ronronnant comme un animal.

— Quarante-huit ?

Quarante-huit.

— Quarante-huit, oui. Je vous remercie.

Il remarqua la pendule de bord, il savait donc l'heure qu'il était, mais quel jour ? Il était incapable de se souvenir du jour.

La rue était tranquille. Les gens étaient-ils à leurs fenêtres ? Il sentait des yeux l'épier et le suivre quand il s'engagea dans l'allée qui menait à sa porte, des yeux qui le jugeaient, et des langues qui chuchotaient. Il se demanda s'il surmonterait cette honte. La nouvelle allait se propager. La nouvelle se propageait toujours. June Petrie savait. Il ne pouvait s'imaginer June Petrie gardant le silence.

Il farfouilla pour trouver ses clefs, ses doigts lui semblaient avoir perdu toute sensation, quand la porte s'ouvrit.

— Oh, Leslie !

En entendant la voix d'Hilary, pleine de chaleur et de compréhension, il crut qu'il allait éclater en sanglots, mais il se contenta de secouer la tête et entra. Elle lui maintint la porte ouverte.

— Venez dans la cuisine, je vais vous préparer un thé. Vous aurez peut-être envie de vous requinquer.

Avant de la voir, voulait-elle dire, avant d'avoir à monter lui expliquer.

Il la suivit et atteignit une chaise, avant que ses jambes ne se dérobent sous son propre poids.

— Tout va bien, lui affirma-t-elle. Je lui ai expliqué que l'on vous avait appelé, que vous deviez aller travailler quelque part avec un collègue, vous n'aviez pas le temps de lui expliquer, ou alors j'avais mal compris, c'est ce que je lui ai raconté, bête comme je suis. Vous n'avez pas à vous inquiéter.

Il la regarda, mais il était incapable de lui parler. Hilary. Quel âge avait-elle ? La quarantaine, avec, ça, il le savait, un mari et deux enfants, des garçons. Que savait-il d'autre ? Rien d'autre, excepté que sans elle leurs existences n'auraient pas fonctionné aussi aisément. Il sentit une vague de culpabilité monter en lui, d'en savoir si peu sur elle. La considérait-il comme un dû ? C'était le risque. Facile d'y céder.

Il l'observa, elle versa du lait dans le pot à lait, de l'eau dans la théière, sans faire de manières. Cette grande femme blonde en pantalon gris et en T-shirt de couleur vive. Hilary.

— Tout cela, c'était une erreur, dit-il. Ils ont confondu avec quelqu'un d'autre... Ils ont commis une erreur, voyez-vous... Mais ils avaient toutes les raisons de la commettre... J'ai dû me disculper, j'ai dû répondre aux questions, bien sûr. Je ne me plains pas, je ne peux pas leur en vouloir, ils font leur travail, ils doivent faire leur travail.

Elle posa le mug de thé puis elle plaça brièvement sa main sur la sienne. C'était une main douce, mais son contact était bien ferme. Il se sentait les larmes aux yeux, mais elles ne coulèrent pas.

— Elle est devant le journal de midi, lui rappela Hilary, vous savez qu'elle n'aime pas le manquer. Prenez votre temps.

Elle ne le regarda pas, ne s'occupa plus de lui, elle mit des vêtements dans la machine, puis elle plia une panière de vêtements propres et secs, en passant patiemment d'une tâche à l'autre, de sorte que, au bout d'un moment, il se calma, but son thé et sentit son cœur battre moins irrégulièrement, entendit le tic-tac de l'horloge de la cuisine, le bourdonnement réconfortant de la machine, et il comprit qu'il était chez lui, libre.

« Vous êtes libre de partir, monsieur. »

Monsieur.

Il n'était jamais allé au-delà de l'accueil d'un poste de police, et encore, deux fois peut-être au total dans sa vie. Mais ce devait être le cas de la majorité des gens. La majorité des gens ne savait rien de ces salles, de ces conversations, de ces procédures et des odeurs, des bruits, au-delà de l'accueil. C'était comme d'entrer dans un pays étranger, plein de gens dont il connaissait l'existence, comme des acteurs qu'il avait vus à la télévision, vêtus en uniforme ou non, des gens qui circulaient dans des couloirs, chargés de dossiers, et qui franchissaient des portes battantes à la volée. Il s'était senti sale, et coupable, dès l'instant où il avait compris qu'on allait le questionner, l'« interroger », pas seulement lui adresser la parole, dès l'instant où il était entré dans la pièce nue avec cette table, ces chaises et ce sol en lino. Il avait vite compris combien il serait facile de tout admettre, de s'embrouiller, d'oublier des choses que l'on savait parfaitement, dans cet espace anonyme, impersonnel, horrible, entre quatre murs beiges.

« Pourquoi ? » Le mot qu'ils avaient employé, sans relâche. « Pourquoi ? Pourquoi ? »

Il les entendait à cet instant, leurs voix piégées à l'intérieur de son crâne, et il comprit que s'il oubliait leurs visages, avec le temps, s'il oubliait combien ils étaient et certainement s'il oubliait leurs noms, il n'oublierait pas la salle, et son odeur, et leurs voix lui demandant pourquoi.

— Je crois que j'aimerais prendre un bain.

Le besoin d'effacer cette odeur et cette saleté sur sa peau commençait à le démanger.

— L'eau devrait être chaude. J'ai allumé le chauffe-eau pour ma lessive. Allez-y pendant qu'elle regarde son journal et ensuite, vous savez, elle fait une sieste, alors vous avez du temps devant vous.

Elle lui prit son mug, le mit dans l'évier, le rinça, le déposa sur l'égouttoir. Le soleil brillait à travers la fenêtre. La cuisine était propre et rangée. L'horloge égrenait son tic-tac.

Il voulait dire quelque chose à Hilary, qu'il lui était reconnaissant de n'avoir rien révélé, de continuer de vaquer à ses occupations, de ne pas poser de questions, mais il ne savait pas comment.

En montant l'escalier, il entendit la télévision, des voix, le bruit d'une explosion, encore des voix.

Le soleil brillait dans la salle de bains, il baignait l'émail blanc et le mur bleu ciel, mettant en valeur le bord du support à brosse à dents.

Il ouvrit les robinets et, alors qu'il regardait la vapeur s'élever de la surface de l'eau, il commença à fondre en larmes, des pleurs incontrôlables, à sa grande honte. Il resta dans le bain un certain temps, continua de le remplir à ras bord jusqu'à ce que l'eau coule froide des robinets, et ne cessa pas de pleurer en silence.

Mais à la fin, habillé de vêtements propres, il se sentit mieux, comme si de pleurer ainsi – il ne se souvenait pas d'avoir jamais pleuré de cette façon adulte – et de s'être rincé le corps n'avait pas fait qu'effacer l'odeur, la saleté et le souvenir du poste de police et des interrogatoires.

Il descendit. Hilary était partie, sans le déranger, mais il y avait un mot sur la table de la cuisine au sujet du dîner. Sa mère allait s'accorder une sieste.

Il se demanda s'il devait téléphoner à la bibliothèque, ou s'il pouvait sortir s'acheter un journal, mais il n'en avait pas l'énergie, son corps lui faisait l'effet d'être resté sans sommeil et d'avoir soulevé de lourdes charges depuis une semaine et, en outre, il y aurait des gens dans la rue, aux fenêtres, les gens risquaient d'être au courant – ils seraient au courant. Donc, s'abstenant de sortir, incapable de se concentrer sur quoi que ce soit, il remonta calmement à l'étage et s'allongea sur son lit, puis, au bout d'un petit moment, durant lequel il repassa en revue tout ce qui s'était produit, tous les détails de ce qui s'était dit et fait, il ne put s'empêcher de s'endormir, profondément, sans remuer, sans rêver, et se réveilla sans savoir où il était ou pourquoi la lumière décroissait.

Il se rendit dans la salle de bains et but deux verres d'eau, puis s'aspergea le visage et se lava les mains. Il n'entendait que le bruit des voix de la télévision, en provenance de la pièce de devant. Il fallait qu'il aille la voir. Il n'avait aucune idée de ce qu'il allait lui raconter, il se fiait à lui-même pour inventer quelque chose, mais il ne pouvait pas aller rôder à sa porte comme s'il était coupable.

En descendant au rez-de-chaussée, il comprit que les voix n'émanaient pas de la télévision, c'étaient celles de sa mère et d'Hilary, si loyale, si attentionnée, qui n'était pas censée travailler à cette heure-là mais qui le faisait, car elle savait combien on avait besoin d'elle.

Elle sortit de la pièce de devant.

— Vous devez vous sentir mieux, lui dit-elle. Puis-je vous préparer quelque chose à manger ? Il y a une quiche lorraine que je réchauffais pour Mme Blade, avec un peu de salade, mais elle ne mangera pas tout, cela va de soi.

Elle passa tranquillement en cuisine, le laissant prendre son temps, faire ce qu'il voulait sans être bousculé.

— Merci, Hilary, merci, je ne saurais vous dire…

— Vous n'avez rien à me dire. Mais… je crois qu'elle aimerait bien vous voir. – Il avait retardé ce moment, mais elle avait raison, évidemment, elle avait raison. – Cela ne me regarde pas, mais elle a demandé après vous.

— Mais cela vous regarde, Hilary. Tout ce qui concerne ma mère vous regarde. Mais bon, je ne crois pas avoir faim, je vais juste grignoter un peu plus tard.

— Parfait. Je vous laisse le reste de quiche, je l'ai couvert. Il y aura plein de salade.

Il éprouvait envers elle plus de gratitude qu'il ne pouvait en exprimer, gratitude qu'elle ne lui ait pas dit qu'il devait manger quelque chose, qu'elle n'ait pas insisté pour qu'il s'asseye, qu'elle se soit juste contentée de préparer le dîner de Norah sans le déranger.

Norah se retourna dès qu'il entra. Elle avait allumé la télévision, une émission de jeux.

— Oh, Leslie, Hilary vient juste de préparer un petit morceau. Tu veux regarder ça ou est-ce que j'éteins ?

Elle avait son ton habituel. Comme s'il venait de rentrer, comme d'habitude.

Il s'assit. La télévision jacassait à tue-tête, mais pour lui tout cela n'avait pas plus de sens que si l'émission avait été en chinois.

— Où est-ce que tu as dû te rendre, pour la bibliothèque ? – Il la dévisagea. – À Manchester, c'est-ce que disait Hilary ?

— Ah, oui.

C'était donc ce qu'elle avait raconté. Manchester.

Ils regardèrent l'écran en silence, et elle ne se tourna plus vers son fils. Il se demanda à quoi elle pensait, si elle s'était inquiétée ou si elle avait juste accepté la chose, car c'était plus simple. Elle avait assez de batailles à mener.

— Hilary m'emmène voir le spécialiste jeudi, elle t'a prévenu ? Je vais évoquer ce nouveau traitement… il y avait une émission là-dessus, tu te souviens.

Il se sentait désorienté, ne sachant plus si tout cela était bel et bien arrivé ou si, après tout, il n'était pas rentré d'une journée normale à la faculté, tant tout cela avait semblé avoir peu d'impact sur elle. Ce fut seulement la présence d'Hilary à une heure où elle n'aurait pas dû être là qui lui rappela la vérité.

Celle-ci entra alors dans la pièce.

— Voulez-vous que je vous aide à venir dans la cuisine dîner ou dois-je apporter votre couvert ici ?

Norah choisit de rester où elle était. La soirée se poursuivit. Hilary servit le dîner, indiqua à Leslie où elle avait rangé le reste. Rentra chez elle. Après le jeu, la télévision enchaîna sur une comédie, puis un documentaire sur l'Afrique. Ce fut seulement quand on signala un film américain violent que Norah zappa, essaya d'autres chaînes, sans rien trouver d'intéressant.

Quand la pièce retomba subitement dans le calme, il se leva, par peur d'avoir à rester assis avec elle sans aucune distraction, peur des questions qui ne manqueraient pas de survenir, peur qu'elle n'en sache plus qu'elle n'en avait dit. Peur.

— Je crois que je vais me coucher tôt, dit-il. Je suis assez fatigué. Cela t'ennuie ?

Il lui installa sa lampe de lecture, ses lunettes, son verre, un nouveau livre de bibliothèque. Une soirée ordinaire. Il se pencha pour l'embrasser. Elle ne répondit rien. Juste « Bonne nuit, Leslie ».

Il se sentait mal, agité, pas du tout fatigué finalement. Il avait tellement dormi, précédemment, il se demandait s'il aurait jamais besoin de dormir encore, et tout cela tourbillonnait dans sa tête, des fragments d'interrogatoire, des remarques au hasard, le bruit d'une lourde porte qui claquait, le raclement d'une chaise sur le sol nu.

Il attendit une heure, allongé sur son lit, tout habillé, jusqu'à ce que la maison redevienne elle-même, et quand il regarda en bas de l'escalier, il vit que sa mère avait éteint la lumière.

Alors il sortit, en refermant la porte très silencieusement, comme toujours.

# 30.

— Frankie, tu arrêtes de lui faire ça ? Assez, tu la fais pleurer.

Frankie leva sa voiture en plastique en l'air et en frappa de nouveau Mia sur le bras, la leva en l'air et tapa, la leva en l'air et tapa. Mia hurla.

— Je vais te mettre sur le palier et fermer la porte. Maintenant tu arrêtes. Quel besoin tu as de faire des stupidités pareilles ? Joue avec tes camions comme il faut, c'est pour ça qu'ils sont là, et pas pour frapper Mia avec.

Abi retourna à l'évier, où elle rinçait une bassine pleine de leurs vêtements et, saisissant sa chance, Frankie abattit la voiture en plastique, mais cette fois sur la tête de sa sœur. Elle esquiva le coup, et cela lui griffa la joue, provoquant des hurlements encore plus tonitruants.

Abi sauta sur Frankie, qui se faufila de l'autre côté de la table, hors d'atteinte.

L'ennui, c'était qu'il avait presque quatre ans et qu'il grandissait vite, avec une énergie rentrée, prête à jaillir à tout instant, dans une pièce unique. La garderie fermait à midi, mais Frankie avait besoin d'une école à plein temps, il avait besoin d'être occupé, de la présence d'autres enfants – ou du moins d'un jardin où se défouler. Mia, placide en temps normal, était à ce point remontée contre son frère qu'elle hurlait dès qu'il s'approchait.

Et si c'était comme ça dès maintenant, qu'est-ce que ce serait quand Frankie aurait six, huit, onze ans, quand il grandirait, dans la frustration, encore plus susceptible de créer des tracas ? Et s'ils vivaient encore dans une seule pièce, à ce moment-là ?

Mais non, ils ne vivraient plus dans une seule pièce, cela ne se pourrait pas. Elle avait un garçon et une fille, donc ils seraient obligés de lui accorder bientôt un logement de la municipalité. L'ennui, c'était qu'un logement de la municipalité serait situé dans un endroit pouilleux comme la cité Dulcie, ou même aussi loin que Bevham. Elle était déchirée entre l'envie d'un appartement à elle, quel qu'en soit le coût, et la crainte de ce qu'on lui proposerait.

Frankie tapa avec une de ses voitures sur le dessous de la table, très fort, et en cadence.

— Frankie… écoute, tu veux regarder *Bob le Bricoleur* ? Ou autre chose ?

Bam bam bam bam. Hurlement. Hurlement. Hurlement.

— Mais bon Dieu, qu'est-ce qui se passe ?

Hayley frappa et entra au milieu de la bagarre, alors qu'Abi allait chercher Frankie sous la table et le tirait par le bras.

— Il me rend dingue… Je ne sais pas quoi faire de lui.

— Liam, viens ici jouer avec Frankie et ne commence pas à te bagarrer.

Hayley balança sa besace sur la table.

— Tu as entendu ?

— Quoi ?

— Ils cherchent encore Jonty.

— Et alors, quoi de neuf ? Ils vont le trouver. Il a pas la cervelle qu'il faut pour aller très loin.

— Ils ont laissé sortir l'autre type.

— Bon. C'était qui, d'ailleurs ?

Hayley haussa les épaules.

— Ils disent jamais de nom, hein, tant qu'ils l'accusent pas. De toute manière, c'était pas lui, c'est évident.

— Jonty Lewis est capable de tuer une centaine de filles si ça le chante. Quand ils l'auront chopé, ce sera une bonne chose.

— Moi, pour le moment, je m'inquiète pas. Toi, si ?

Abi secoua la tête en détachant Mia de sa chaise bébé.

— Écoute, Abi, cet appart, il est encore libre.

Abi ne répondit rien. Mais elle y avait réfléchi. Elle savait où se trouvait cet appartement, il y aurait plus de place, en attendant que la commune lui propose quelque chose.

— Quoi ? reprit Hayley la regardant droit dans les yeux. Allez, vas-y, qu'est-ce qu'il y a ?

— Je pensais qu'on devrait les sortir.

— Où ça ?

— À Victoria Park, peut-être.

— C'est vrai qu'il ne pleut pas, fit Hayley, dubitative.

— Allez, quoi, espèce de grosse paresseuse, tu n'emmènes jamais Liam nulle part. On pourra leur acheter une glace, si la baraque est encore ouverte.

Hayley soupira.

— Ils jouent bien, quand même, fit-elle, en regardant sous la table.

— Ouais, cinq minutes. Ça vaudrait mieux pour eux qu'ils cavalent dehors. Allez, bouge.

— C'était vraiment dégoûtant ici, avant, fit Hayley quand elles s'assirent sur un banc, une demi-heure plus tard. Ils ont drôlement bien tout arrangé.

Les allées avaient été redessinées, les parterres de fleurs avaient été nettoyés et replantés, et l'aire de jeu des enfants était pleine de nouveaux toboggans de couleurs vives et de tourniquets plantés sur un épais sol de gomme, avec une clôture.

— Nous, on se balançait sur cette espèce de truc en forme de chapeau de sorcière.

— Ouais, c'était vachement dangereux, un gosse s'était tué.

— Sur ces vieux sièges en bois des balançoires.

— Ces chaises en fer qui te rendaient les mains couleur de rouille quand il pleuvait.

— Seigneur, regarde sa figure.

La glace de Mia était étalée comme de la crème à raser sur son menton et sur ses joues.

— Ça va, elle s'amuse.

Frankie et Liam glissaient du haut du petit toboggan, couraient en rond, grimpaient à l'échelle et redescendaient.

— Tu es contente que je vous aie traînés dehors, fit Abi.

— D'accord. N'empêche que ça serait bien.

— Qu'est-ce qui serait bien ? – Hayley regarda un groupe de mères avec leurs poussettes à l'autre bout de l'aire de jeu. – Quoi ?

Elle haussa les épaules.

— Tu sors ce soir ?

— Oui, lui répondit Abi. Ça m'embête pas. Si je croise ce Jonty Lewis, je lui fous un coup de pied là où ça fait mal. Pauvre Marie. Elle méritait pas ça.

— Qui mérite ça ? Qui mérite quoi que ce soit de ce genre ? Liam, attention, tu vas tomber sur le nez, si tu fais ça.

Abi les observait. Ils avaient englouti leur glace, Mia avait fini la sienne et elle se moquait des deux garçons.

— Je crois qu'on devrait y aller, dit Abi.

— Quoi ?

— Dans cet appart.

— Quoi, le prendre ? Toi et eux ? Nous tous ?

— Ouais. Ils ont besoin d'espace, regarde-les. Si je reste encore dans cette foutue chambre, je vais devenir folle. Tu peux te renseigner ? – Hayley était tout sourire, les bras au ciel. – Le seul truc, reprit calmement Abi, tu sais quoi.

— Non, j'ai arrêté, je jure, je ne gâche plus d'argent là-dedans, je suis clean. Je reste clean.

— T'as intérêt à être sérieuse. Faut que j'aie confiance en toi, Hayley, si tu...

— Je te l'ai dit, non ?

— OK, OK.

Elle le pensait, songea Abi, en regardant Hayley, elle le pensait, pour le moment à cette minute, quand elle le disait, comme tous les autres, qui le pensaient tous, comme toujours. Encore un an, peut-être un peu plus longtemps, selon le montant du loyer. Et puis on dégage.

— Et puis on dégage, répéta-t-elle d'une voix forte.

Hayley la regarda de travers.

— On pourrait se faire un chinois, sur le chemin du retour.

— Tu ne sais jamais ce qu'il y a dans ces machins, et de toute manière, ça coûte une fortune.

— Un fish and chips ?

— Non, fit Abi, en se levant. Il y a des haricots et des œufs, chez nous. Ça économise.

Elle sortit plus tôt que d'habitude, bien avant neuf heures. Les clients étaient différents, pas comme ceux de minuit qui étaient allés au pub, ou qui terminaient un service tardif à la conserverie de Bevham et sentaient la viande bouillie. Et beaucoup de filles ne se pointaient pas avant au moins dix heures du soir, donc elle pourrait gagner plus.

Les gosses étaient endormis, à part Frankie qui faisait le fou, et ça l'inquiétait de les laisser. Mais il était parfois mieux en compagnie d'Hayley qu'avec elle ; même si celle-ci ne faisait jamais rien avec eux, un cahier de coloriage, raconter une histoire, ils s'agitaient et finissaient par s'endormir pendant qu'elle regardait on ne savait trop quoi à la télé. Tant qu'elle ne faisait pas autre chose, Abi s'en moquait. Elle avait décroché ? Allait-elle la croire ? Elle était forcée. Ne pas la croire, c'était un choix qu'elle n'avait pas, puisqu'elles allaient partager. Tout en dépendait.

C'était une douce soirée. Elle marcha jusqu'à son coin habituel, à l'angle près de l'imprimerie, mais avant d'arriver là-bas, elle vit les voitures de patrouille garées, et elle fit demi-tour vers le canal. S'ils étaient là tous les soirs, il n'y aurait pas de clients du tout. Mais ils ne pouvaient mettre une voiture de police à tous les croisements, et les clients repéreraient vite où c'était dégagé, où étaient les filles. D'ailleurs, à quoi ils servaient ? Ils feraient mieux de chercher Jonty Lewis. Il avait dû se faire les deux, Marie et cette fille, Chantelle.

Leslie le Dingo ne ressortirait sans doute plus avant un moment. Il ne courrait pas ce risque. Il avait reçu un avertissement l'autre soir. Bizarrement, elle se sentait désolée. Il était étrange, mais pas étrange au point de vous donner envie de fuir en courant.

Elle trouva ce qui lui paraissait un bon emplacement, hors du champ de vision des voitures de patrouille. Il y avait une autre fille qu'elle connaissait, plus loin, sur le trottoir d'en face. Marie lui revint à l'esprit, Marie et l'intérieur de la caravane après qu'il avait tout dévasté. En tout cas, quoi qu'il se soit passé là-bas, c'était son foyer, et il avait tout saccagé, et ensuite il l'avait tuée. Ordure.

Une Toyota ralentit.

Après, ce fut le calme plat. Elle remonta la rue dans un sens, dans l'autre, et revint sur ses pas. Ensuite, elle traversa et se dirigea vers la palissade en bois où l'autre fille s'était adossée et s'allumait une cigarette.

— Ils s'enfuient tous en courant, ils ont la frousse, remarqua-t-elle. Tu as bossé ?

— Un seul.

— Je peux pas vivre comme ça. Foutus flics.

— Ils doivent faire leur cirque, j'imagine, histoire de raconter qu'ils s'activent.

La fille fit la moue, et s'éloigna.

Une demi-heure. Rien. Même pas le minibus de l'Entraide.

Puis quelque chose. Une Jaguar. Plutôt récente. On n'en décrochait pas beaucoup des comme ça, mais quand c'était le cas, ça en valait la peine. Abi s'en approcha rapidement.

Elle avait raison. La Jaguar redémarra à toute vitesse, en la laissant avec un rouleau de billets. Deux cents livres. Elle se demanda s'il savait même combien d'argent liquide il avait et combien il lui avait filé. Il avait été gentil, il sentait l'eau de toilette de luxe, il paraissait inquiet. Elle se l'imagina filant vers l'une de ces grandes baraques derrière une grille, à l'autre bout de la ville, les portes du garage s'ouvrant à son approche, un salon élégant, un plateau de rafraîchissements, une femme.

Deux cents livres.

Elle serait à la maison avant onze heures et demie. Elle avait coupé par la passerelle en continuant par la supérette ouverte toute la nuit, leur avait acheté deux bouteilles de bière, des chips et du chocolat. Ils pourraient s'empiffrer en regardant un film tard. Il fallait se faire plaisir, de temps en temps.

Deux cents livres, pas de souci. Cela la fit penser aux filles qui faisaient dans le haut de gamme, les agences de call-girl à Londres et ce genre de machins. Sauf qu'elles étaient toutes superbes avec des cheveux et une peau fantastiques, l'air classe – des Russes, des Orientales : comment pouvait-elle s'imaginer rivaliser avec elles ? Abi Righton, avec sa vilaine peau, ses cheveux hirsutes, ses dents de travers.

Quand même. Elle palpa le rouleau de billets dans la poche de sa chemise. Ce n'était pas mal.

L'autre fille était partie. L'ennui, c'était que la police faisait peur à tout le monde, encore plus que l'idée de Jonty Lewis qui traînerait quelque part par là. Elle faisait peur aux filles, aux clients. Elle faisait même peur à Les le Dingo.

Dans l'allée qui conduisait au chemin de halage, elle faillit glisser sur une plaque de boue et, en tendant la main pour s'empêcher de tomber, elle se rattrapa à un bout de palissade cassé et sentit quelque chose sous la paume, un morceau de bois déchiqueté ou un clou, elle n'aurait su dire. Cela lui fit mal, assez pour qu'elle s'arrête. Il faisait trop noir pour y voir quelque chose, mais quand elle porta la main à sa bouche, elle sentit un goût salé de sang. OK, bon, la supérette vendrait des sparadraps. Elle suça la coupure une minute, jusqu'à ce que la douleur s'estompe.

Puis elle l'entendit, un sifflement feutré, imperceptible. Ou alors c'était juste le bruissement des buissons. Elle s'arrêta encore et écouta.

Cette fois, c'était un souffle léger, un soupir au lieu d'un sifflement.

Malgré elle, malgré ses nerfs d'acier et sa conviction que c'était Jonty Lewis qui avait tué Marie et probablement aussi Chantelle, même si elle se contrefoutait des ordures de son espèce, en descendant le chemin de halage ou pas, malgré tout cela, elle sentit la panique monter du creux de son ventre et l'envahir tout entière, jusqu'à remonter au fond de sa gorge.

— SSSSSS.

Combien de fois s'était-elle répété de ne pas passer par là avant d'y passer quand même, toujours en pressant le pas, sachant par où prendre, la démarche généralement assurée, devançant facilement tous ceux qui risquaient de traîner dans le coin.

Sa main la lançait, là où elle s'était coupée.

— HHHAAAAAA.

Juste derrière elle.

Elle pivota si vite qu'elle en perdit presque l'équilibre. Elle avait atteint les marches qui montaient à la passerelle. Une fois sur la passerelle, elle pourrait courir plus vite que lui.

— Ici.

En fait, ce n'était que lui, pas Jonty Lewis, pas un inconnu tapi quelque part, qui attendrait de la terroriser. Juste lui.

— Viens ici, viens.

Elle n'irait pas. Elle en avait assez, elle avait bien plus de deux cents livres dans sa poche, elle n'avait pas besoin de son argent, et de toute manière, elle avait beau le connaître, il lui fichait quand même la chair de poule.

Elle gravit les marches deux par deux, mais il était plus rapide qu'elle s'y attendait. Elle le sentit tendre le bras derrière elle, lui saisir la manche et ensuite, d'un geste adroit, comme s'il avait fait cela quantité de fois auparavant, son bras lui crocheta fermement la gorge par-derrière : cette force, cette force extraordinaire, songea-t-elle avec une terrible sensation de surprise, la tirait en arrière, ses pieds raclaient le pont de bois, et descendaient chaque marche, à reculons, à reculons, à reculons, dans l'obscurité.

# 31.

Stephen Webber était assis en train de lire une lettre posée sur la table devant lui. Le chantier du doyenné étant loin d'être terminé, il était contraint de travailler sur cette table au lieu de son propre bureau, et elle n'était pas très bien placée par rapport à la lumière, mais enfin, rien dans cette maison n'était bien à sa place, et il commençait à remarquer que le fait de ne pas pouvoir retrouver les choses, d'avoir ses papiers et ses livres rangés de façon temporaire, il ne savait comment, l'irritait un peu par moments. Dans le grand ordre de l'univers, il était conscient que rien de tout cela ne comptait, mais sa vie depuis sa venue à Lafferton avait été plus stressante qu'il ne l'aurait cru, et s'ils avaient été installés sous leur toit définitif, cela l'aurait aidé à garder la tête hors de l'eau.

Il avait la calme certitude d'avoir raison d'introduire les changements qu'il avait mis en route et il était stupéfait de voir que nombre d'entre eux avaient été accueillis avec une hostilité aussi farouche. Certains jours, il avait l'impression de contenir une vague de colère et de ressentiment, au lieu de conduire l'équipe et la congrégation vers ce qu'il croyait être une nouvelle vie exaltante, et puis il n'avait pas un caractère adapté aux batailles et aux disputes.

La lettre l'avertissait d'un nouveau conflit. Elle était claire, concise, polie et pleine de colère : l'expression d'une profonde inquiétude de l'organiste et chef de chœur, David Lester, formulant son regret de constater que le doyen eût apparemment l'intention de changer les services de la cathédrale de manière si radicale, mettant le chœur sur la touche et la haute exigence musicale qui avait toujours été respectée en péril. Il y avait éventuellement de la place pour la nouveauté et le « populaire », écrivait Lester, mais il n'y en avait aucune pour la médiocrité, aucune pour le plus petit dénominateur commun de la musique et de la liturgie, les cantiques et l'accompagnement. À moins de pouvoir recevoir l'assurance que l'on y mette un terme et que l'on revienne aux anciens critères, il serait obligé de reconsidérer son poste.

Face à une telle lettre, dont le ton froid dissimulait à peine la colère et – il le comprenait – une grande blessure, ainsi qu'un profond mépris du nouveau régime, le doyen sentit monter en lui une bouffée de ce qu'il n'aurait pu décrire que comme du désespoir. Lester était un homme qui affichait son caractère ombrageux, un vrai hérisson dont les piques étaient susceptibles de causer de vives douleurs, et la pensée d'avoir une quelconque discussion avec lui au sujet de la musique n'était pas de celles que Webber avait envie d'affronter. Il estimait que c'était le rôle de la cathédrale de répondre aux besoins changeants des gens, et non de pourvoir aux goûts élitistes du directeur de musique actuel ou aux critères conservateurs d'une congrégation pure et dure. Il venait d'une grande paroisse londonienne où l'âge moyen des fidèles qui assistaient à tous les services avait spectaculairement baissé durant ses fonctions là-bas, à tel point qu'à son départ la plupart avait moins de la quarantaine, et nombre d'entre eux moins de vingt-cinq ans. Au sein de la congrégation de Lafferton, l'âge moyen tournait autour de cinquante-cinq ans, même si le service destiné aux familles était bien fréquenté par des parents avec de jeunes enfants. Mais les étudiants, les adolescents, les célibataires qui avaient la vingtaine ou la trentaine et les jeunes mariés brillaient par leur absence, rebutés – Stephen en était convaincu – par le caractère formel, l'aspect rébarbatif des offices chantés par la chorale traditionnelle, par une musique trop cérébrale, et par une liturgie qui semblait n'avoir absolument aucun point commun avec leur existence, leurs goûts et leurs préoccupations. Il ne doutait pas de pouvoir réaliser à St Michael ce qu'il avait réalisé à All Saints, pousser au changement et à de nouveaux objectifs, et remplir l'édifice d'une foule de gens franchement plus jeunes et plus dynamiques. Cela requerrait de l'énergie et de l'enthousiasme, et beaucoup de collaboration avec le reste de son équipe, et cela signifiait, il ne l'ignorait pas, un rude travail. Mais l'énergie dépensée en batailles avec le régime existant était une énergie gâchée et il n'avait pas l'intention de dissiper ses forces de manière aussi négative et improductive.

Il ne voulait pas se confronter à David Lester. Il envisageait de laisser cette lettre de côté jusqu'au lendemain et d'y répondre aimablement et fermement, sans céder, mais en tâchant de donner l'impression qu'il comprenait ses préoccupations et qu'il préférerait ne pas le voir hors jeu. En son for intérieur, il savait toutefois que Lester ne serait pas long à comprendre que les choses ne reviendraient jamais en arrière, ne seraient plus jamais comme avant et il pouvait fort bien vouloir chercher un poste ailleurs. Également en son for intérieur, Stephen ne serait pas particulièrement désolé de voir David partir. L'homme n'était pas facile et il en existait d'autres que lui qui comprendraient l'intérêt de tous ces changements et qui seraient désireux de commencer à les mettre en œuvre.

Quand il mit la lettre de côté, la porte s'ouvrit brusquement. Ruth entra. Ses cheveux, qui, en temps normal, étaient maintenus par un bandeau ou un ruban, étaient détachés et on eût dit qu'elle avait vigoureusement secoué la tête. Elle portait une jupe et arborait un sourire qui le mit aussitôt mal à l'aise.

— Allez viens, lui dit-elle, en s'approchant de lui pour le tirer par le bras, j'ai eu une idée absolument fantastique, je veux te montrer ça tout de suite, c'est tout simplement parfait, je me suis interrogée là-dessus depuis des lustres mais subitement cela m'est venu. Tu vas voir, tu vas voir.

— Ruth...

— Oh, arrête de bégayer. Allons, Stephen.

— Où veux-tu que j'aille ?

Il hésitait à la suivre, répugnant à se laisser convaincre, quelle que soit son idée, sachant trop bien ce qui se passait.

— La crypte. Allez, Stephen, tu vas tout de suite voir ce que je veux dire. C'est une idée absolument brillante.

Elle le précédait, un mélange de pas de course et de pas de danse vers la porte latérale à côté de la salle capitulaire, qu'elle poussa en lui faisant signe de se dépêcher.

Mis à part les rares visiteurs levant le nez, impressionnés par le grand plafond nervuré, là où les anges sculptés et dorés étaient en suspens, comme s'ils allaient prendre leur envol, l'endroit était presque désert, à cette heure de la matinée. Un aspirateur bourdonnait sur le sol du chœur, hors de vue.

La crypte était derrière, au bout de l'aile ouest, et on y accédait par quatre minces marches de pierre et une grille en fer forgé qui était toujours ouverte. En cet instant, la lumière du soleil oblique traversait les hautes fentes des fenêtres vers le sol dallé. L'espace était peu utilisé. On y rangeait les drapeaux des hallebardiers, roulés sur leur mât, et il y avait un autel ordinaire, avec un seul balustre et un seul prie-Dieu placé devant. L'ensemble avait un air négligé, alors qu'il était nettoyé aussi régulièrement que le reste des lieux.

Ruth avait bondi au bas des marches et se tint alors au centre de la crypte, les bras écartés, avant de tournoyer sur elle-même en une petite danse solennelle.

— Tu vois. Parfait. C'est exactement l'endroit.

— Pour…

— Le refuge… un endroit où les accueillir. Le groupe Marie Madeleine peut le reprendre à son compte et ce sera un lieu où les filles des rues pourront venir obtenir des conseils, elles y seront en sûreté et… tout ce que je t'ai expliqué. C'est un espace mort, personne ne s'en sert, donc rien ne nous en empêche. Je savais qu'il y aurait un lieu, quelque part, j'ai demandé à être éclairée et j'ai été guidée tout droit vers ici. Je songeais le cas échéant à une salle de l'école de musique ou peut-être à une partie de la salle capitulaire, mais ici c'est franchement mieux, parce qu'elles ne se sentiront pas mises à l'écart… Nous sommes au cœur de la maison du Seigneur, tu vois, je pensais que nous…

Stephen s'approcha d'elle, lui posa la main sur le bras.

— Cela mérite mûre réflexion, Ruth. Je ne sais vraiment pas si cela convient ou même si nous aurions l'autorisation de transformer une partie de la cathédrale en une sorte de centre social. Maintenant, le mieux serait d'y aller. Si nous sortions quelque part ? Je peux prendre une petite heure. Si nous allions rouler dans la campagne, nous promener, déjeuner ?

Tout en lui parlant, il la guidait, la main toujours posée sur son bras, pour sortir de la crypte, et retourner dans l'allée centrale, vers la porte latérale ; il sentait sa résistance, mais il restait très ferme, maîtrisant la situation.

— Je ne vois pas du tout ce que tu veux dire par « autorisation » ? Quelle sorte de mot est-ce là, « autorisation » ? Sincèrement, Stephen, tu es le doyen, tu peux faire ce que tu veux.

Quand ils approchèrent de la porte, il remarqua le drôle de

regard que lui lança l'une des personnes chargées du nettoyage, occupées à dépoussiérer les rangées de chaises. Il lui adressa un vague sourire, mais continua calmement à guider Ruth. Il avait une assez grande habitude de ce genre de regards.

Au moment où ils franchirent cette porte, elle se dégagea soudain, s'éloigna de lui en dansant, avec un rire, et lui fit signe de le suivre.

— Allez, viens, si tu ne veux pas qu'on retienne cette vieille crypte étouffante, allons jeter un œil à l'école de musique, c'est ma deuxième option, ce maître de chœur a bien trop de place. Enfin, écoute, comment peuvent-ils justifier de conserver tous ces rayonnages remplis de vieilles partitions avec je ne sais combien de pianos et autres ? Nous allons bientôt bazarder tous ces trucs, on pourra se débarrasser des pupitres, on installera des sièges confortables et ils pourront aménager une sorte de cabinet privé au fond de l'espace de consultation, et puis...

Stephen n'arrivait plus à la suivre, mais il réussit à l'arrêter avant qu'elle ne parvienne aux portes en bois qui conduisaient à l'école de musique, en la rattrapant par le bras et en la retournant.

— Ruth, dit-il gentiment, pourquoi faut-il que tu recommences ? La dernière fois remonte à deux ans déjà, et tu m'avais promis, à moi, et au psychiatre, de ne plus jamais oublier de prendre ton médicament. Mais tu ne l'as pas pris, n'est-ce pas ?

Elle fit une moue enfantine.

— Oh, flûte, Stephen, arrête d'être rabat-joie. Allez, j'ai envie d'entrer là-dedans et de commencer à tout démonter. Nous aurons notre refuge pour ces filles, ici même, tu as sans doute raison, ce serait sûrement beaucoup mieux que la vieille crypte, qui est un peu lugubre, je m'en rends bien compte, maintenant. Ce vieux Stephen, toujours aussi futé, toujours raison, Stephen chéri. Mais tu disais que nous pourrions sortir pour la journée... alors allons-y, non ? Tout ceci peut attendre. Où irions-nous ? Allons déjà au distributeur de billets retirer de l'argent pour nous payer un super gueuleton dans un endroit cher, histoire de nous chouchouter. Nous ne nous faisons jamais véritablement plaisir. Allez... ou alors non, j'irai à la banque, toi tu fonces te changer, je refuse de me faire conduire par un vieux corbeau, un pasteur en costume noir.

— Ruth. Non.

— Essaie un peu de m'en empêcher, pour voir.

— Je t'en prie, viens ici. Les gens nous regardent.

— Quoi, ils veulent que je leur en donne pour leur argent ? Très bien, alors, d'accord, regarde ces gens qui viennent par ici, hé, vous, vous voulez voir ?

Elle avait commencé à ôter sa jupe, balancer ses souliers et la voilà maintenant qui déboutonnait son haut. Stephen l'arrêta dans son élan et lui couvrit les épaules avec sa veste, ramassant ses vêtements épars.

— Viens avec moi, maintenant, nous allons rentrer à la maison et trouver tes comprimés. Il va falloir continuer de les prendre, tu le sais. J'aurais dû m'en apercevoir plus tôt.

— Eh bien, je n'en ai plus, je les ai fourrés dans la poubelle il y a des semaines, je les détestais, tu le sais, tu sais l'effet qu'ils me font, ils me privent de mon âme. Alors tu vas faire quoi ?

Lentement, il réussit moitié à la pousser, moitié à la convaincre d'emprunter l'allée et de retourner à la porte d'entrée de la maison, mais quand ils arrivèrent devant, Ruth laissa échapper un rire hystérique et sonore, et lui échappa de nouveau ; jetant sa veste qui tomba sur la pelouse, elle courut, pieds nus vers Miles Hurley qui traversait en direction du bâtiment abritant les bureaux du diocèse.

— Miles, attendez, hé, je voulais vous voir, justement l'homme que je voulais voir, vous serez de mon côté, vous, attendez, attendez.

Elle bredouillait en courant, en gambadant, en sautillant, mais dès qu'il l'entraperçut, Miles se retourna et s'enfuit, disparaissant par la porte latérale de son pavillon. Ruth s'arrêta net, haussa les épaules et s'assit dans l'herbe, les bras levés au-dessus de la tête dans un geste curieux, comme en signe d'adoration du soleil qui venait de réapparaître.

Stephen la rejoignit d'un air las.

— Assieds-toi, c'est merveilleux, l'herbe est humide. On devrait s'asseoir dans l'herbe plus souvent, on devrait profiter du monde qui nous entoure.

Malgré son discours parfaitement clair et cohérent, on l'aurait crue saoule, ou droguée.

— Oui, dit-il, j'en suis persuadé. C'est pourquoi je voulais sortir. Nous irons marcher sur la lande. Cela te calmera. Et ensuite nous irons déjeuner.

— Je suis calme. C'est juste que je suis aussi très heureuse.

— Je sais.

Il lui tendit la main et, au bout d'un moment, toute souriante, elle la prit.

Cela s'était déjà produit à maintes reprises, mais ce n'était jamais devenu plus facile à accepter pour autant. Il savait quoi faire et très exactement à quoi il était confronté, mais d'une manière ou d'une autre, dans les périodes d'accalmie, quand elle prenait son médicament, qui équilibrait ses humeurs, il oubliait – il oubliait même quelquefois le caractère permanent de son état mental. Les médicaments fonctionnaient. Ils la stabilisaient, et elle avait réussi à résister jusqu'à deux ans et demi à son envie de suspendre le traitement. Chaque fois qu'elle y cédait, il y avait quelques semaines de changements lents, qui passaient inaperçus, jusqu'à ce qu'elle bascule au bord de la folie. Étrangement, cela s'était toujours déroulé de la sorte. Les épisodes dépressifs, qui lui avaient valu plusieurs hospitalisations, ne découlaient apparemment pas d'une cessation du traitement. Stephen ignorait ce qu'il y avait de pire, la folie ou la dépression. Il était aussi profondément soulagé de l'existence de ce médicament, et de son efficacité. Il lui avait demandé pourquoi elle avait arrêté de les prendre, et la réponse était toujours la même : ils stabilisaient ses humeurs, mais ils émoussaient tout, tant le plaisir que la tristesse. Il n'y avait plus ni blanc ni noir, ni ombre ni lumière, lui avait-elle expliqué un jour, rien qu'un gris estompé, omniprésent. À travers tout cela, elle avait dû s'obliger à fonctionner et, la plupart du temps, elle y arrivait, elle se montrait efficace, et même vigoureuse, déterminée à prouver qu'elle était l'égale de n'importe qui. Il avait appris la patience, du moins quand il était avec elle, même si quelquefois sa patience se brisait net, sans avertissement, quand il était en présence d'autres personnes, et sous des prétextes très triviaux.

Cela avait commencé deux ans après leur mariage, d'abord de façon modérée, et elle avait continué d'envisager qu'ils fondent une famille et qu'elle y investisse toute son énergie. Ils n'avaient pu concevoir d'enfants, et une fois que les épisodes maniaco-dépressifs furent devenus plus fréquents et plus sévères, on leur avait laissé entendre qu'avoir des enfants ne serait pas la meilleure chose la concernant – même si aucun médecin n'était jamais venu leur affirmer sans détour que ce serait formellement déconseillé. Au contraire, Ruth avait été catégorique, des bébés, et plusieurs même, la guériraient pour de bon. Il s'était senti piégé entre son désir d'être comblé et heureux, et surtout d'être bien dans sa peau, et la crainte de l'issue si elle mettait un enfant au monde.

Elle n'en avait jamais eu. En son for intérieur, il avait toujours pensé que cela s'inscrivait dans le projet divin, que c'était une réponse à sa prière, même s'il savait que Ruth avait prié en un autre sens, tout à fait différent.

Dans la voiture, en route vers la sortie de Lafferton, elle fredonna, chantonna, et s'empara une ou deux fois de sa main posée sur le levier de vitesse. Il se sentait anxieux, il voulait qu'elle fasse un peu d'exercice au grand air, dans l'espoir que cela finisse par la fatiguer et par l'apaiser, sachant aussi, au vu de son expérience passée, que cela risquait d'avoir l'effet inverse. Elle était parfois restée éveillée quarante-huit heures, tenant le coup grâce à une vague prolongée d'euphorie et de tension nerveuse.

Il attendit qu'ils soient sortis de la voiture et se soient engagés dans le chemin escarpé, sous un soleil brumeux d'automne. Des moutons broutaient dans un champ sur leur gauche, vers l'ouest, et des busards prenaient leur essor à pic au-dessus de leurs têtes, les ailes déployées. Ruth ouvrit grand les bras, en les imitant, et fit plusieurs tours sur elle-même, perdant presque une fois l'équilibre, puis elle accéléra, courant à reculons en lui riant à la figure.

Mais peu à peu l'ascension la calma suffisamment pour qu'elle veuille bien s'asseoir à côté de lui, tous deux adossés contre une levée de terrain, et regarder la tour de la cathédrale pointant dans la brume, à peine visible au loin dans la campagne. Stephen sentit la chaleur de son corps contre le sien, et son énergie. Elle était remontée comme un ressort, prête à se relever d'un bond, à danser, à rire ou à courir. Il sentit un épais brouillard de désespoir s'abattre sur lui, lui masquant presque la vue et le ciel, presque palpable. Il avait oublié jusqu'à quel point cela pouvait aller.

Il était fidèle à Ruth et savait qu'il le resterait, mais il savait aussi que les années avaient tari tout l'amour qu'il lui portait ; il n'avait plus désormais que des affinités avec elle, une grande compréhension, et il n'éprouvait plus que de l'affection, née d'une vie quotidienne faite de coexistence amicale et de projets d'avenir partagés. Ils portaient un regard identique sur quantité de choses, et notamment sur sa mission et la manière dont devaient être gérées les affaires touchant à la cathédrale. Mais vivre avec elle et dans l'ombre de son état mental se révélait exténuant ; cet épisode lui rappelait à nouveau combien cela épuisait son énergie et l'empêchait d'avoir des objectifs clairs.

— Ruth, il faut que tu voies un docteur, tu le sais, n'est-ce pas ? Tu dois te procurer d'autres comprimés.

— Je vais bien. Jamais je ne me suis senti mieux depuis des mois, je me sens libre.

— Si tu arrêtes encore longtemps de les prendre, je crains que tu ne t'effondres. Quand c'est le cas, tu sais que cela se passe très mal. Je n'ai pas besoin de te le rappeler.

— Ça n'arrivera pas. J'en suis sûre. Cela ne pourra plus jamais se reproduire, j'ai surmonté ça, Stephen. Maintenant, allons déjeuner, on commandera tout ce qui nous fera envie, pourquoi pas ? Allons manger à nous rendre malades !

— Ruth…

Mais elle était partie en courant dans le chemin, les bras grands ouverts, comme courrait un petit enfant, et comme c'était en pente raide, au bout d'un moment elle courut de plus en plus vite et sembla incapable de s'arrêter. Il pouvait voir l'endroit où le terrain redevenait plat et quelques arbustes avant le portail de l'aire de stationnement, et il tenta de se précipiter derrière elle pour lui éviter de tomber, mais avant d'avoir pu couvrir une partie de la distance, il la vit plonger dans les taillis, où elle atterrit à plat ventre. Il arriva à sa hauteur, en proie à la plus grande crainte. Elle restait allongée, immobile. Mais quand il se pencha sur elle, terrifié qu'elle ne se soit grièvement blessée ou n'ait perdu connaissance, elle le regarda et éclata d'un rire hystérique, poussant des cris perçants ; elle essaya de se relever mais retomba et rit de plus belle.

Stephen se redressa et attendit, sans la toucher, sans parler, attendit ce qui lui parut des heures, jusqu'à ce qu'elle s'essouffle et redevienne enfin silencieuse, les yeux levés vers le ciel avec un sourire béat.

# 32.

Quelque chose lui faisait mal au ventre. Elle se retourna, remonta les genoux et sombra de nouveau un moment dans le demi-sommeil confus d'où elle avait été tirée, mais ce fut ensuite le bas des reins qui lui fit mal, le martèlement diffus d'une douleur régulière.

Puis le bruit, d'abord assourdi, mais qui devenait de plus en fort, et insistant à ses oreilles.

— Maaaaaman, Maaaaman.

Hayley se redressa en sursaut.

Et maintenant, ce bruit, celui de son fils, elle le comprit enfin, qui répétait son nom avec colère – « Maaman, Maaman » – renforcé par un autre.

— Bon Dieu, Liam, arrête ça, tu veux ? Tu joues à quoi, là, à me taper dans le dos comme ça ? Arrête ça, tout de suite.

Ça cognait aussi dans sa tête.

Elle crut d'abord qu'il faisait encore nuit, puis se rendit compte que les rideaux étaient fermés.

Elle resta assise quelques instants, tâchant de rassembler ses esprits, en se demandant pourquoi elle se sentait aussi mal.

— Maaaman.

Hayley tendit le bras et tenta de lui flanquer une gifle, mais il l'esquiva habilement.

Oui. Oh Seigneur.

Elle avait mis les enfants au lit et ils s'étaient tous endormis direct, mais ensuite la télé était tombée en rade, comme ça lui arrivait souvent : de la neige partout sur l'écran et les haut-parleurs qui crachaient un crépitement d'orage électrique. Elle avait tripoté l'antenne, elle l'avait secouée, elle avait éteint, rallumé, mais ça n'avait rien changé. Elle avait lu un vieux magazine d'Abi et préparé un mug de thé. Regardé les gosses endormis.

Elle aurait bien bu une canette. Ou même quelques-unes. Rien d'autre. Elle avait promis, et elle s'y tenait. Mais une canette ne lui ferait pas de mal. Sauf qu'Abi était sortie, et Hayley passa en revue tous les placards : il n'y avait rien.

Il lui avait fallu lutter un peu contre elle-même, à l'idée de sortir et laisser les gosses seuls, mais c'était juste un saut rapide au bout de la rue jusqu'au pub, elle serait sortie cinq minutes, dix au max, et au retour, ses canettes en poche, ils n'allaient pas se réveiller avant un bon bout de temps.

Sauf qu'elles s'étaient toujours juré de ne jamais le faire. Jamais. Laisser les gosses, c'était pas jouable.

Dix minutes.

Elle avait vérifié deux fois qu'ils dormaient. Ouvert la porte. Attendu. Aucun des trois n'avait bougé. Elle avait fermé la porte au verrou, et elle avait couru.

C'était tout, ça n'avait duré que dix minutes et quelque, et elle était revenue, elle avait cavalé dans l'escalier, à bout de souffle, mais avec trois canettes de cidre fortement alcoolisé dans ses poches et deux sachets de chips à la main.

Ils étaient tous endormis, tels qu'elle les avait laissés. Rien ne s'était passé. Bien sûr que non.

Elle se souvenait d'avoir été très contente, elle avait réessayé la télé, et elle avait marché. Marché. Impossible de piger cette foutue télé d'Abi, mais bon, elle fonctionnait, et elle avait regardé *Enquêtes spéciales*, et après ça la moitié d'un film de science-fiction bizarre, et elle avait bu ses canettes l'une après l'autre, jusqu'à s'embrumer l'esprit.

Ensuite, il y avait eu cette douleur dans son dos, à cause des coups de Liam.

Hayley se sortit du lit et traversa la pièce. Mia était debout dans son berceau, elle la dévisageait. Frankie était sur le tapis avec ses voitures, comme toujours, et Liam l'avait rejoint. Frankie n'avait pas de bas de pyjama. Le jour se levait. Un jour lumineux. Du soleil.

Elle regarda autour d'elle.

Neuf heures vingt.

Elle n'avait pas enregistré tout de suite l'information.

Neuf heures vingt ?

— Abi ? Frankie, elle est partie où, ta maman ? Elle est sortie aux toilettes ou quoi ? Bon Dieu, bonhomme, tu es censé être à la garderie et tout.

Maintenant qu'elle était debout, sa tête la lançait encore plus ; elle fouilla les placards et les tiroirs et finit par dégotter les deux derniers Nurofen d'une boîte et les prit. Elle tâta la bouilloire. Elle était froide. Merde, Abi aurait pas pu mettre de l'eau à bouillir ?

Elle se rendit à la porte, l'ouvrit et hurla sur le palier et dans l'escalier.

— Abi ? Écoute, il est quasiment neuf heures et demie et les gosses sont même pas habillés. Abi ? T'es aux toilettes ou quoi ?

— Maaaman...

Lentement, elle rentra dans la chambre meublée et referma la porte. Liam et Frankie étaient toujours par terre, à faire des bruits de pneus qui crissent. Mia les regardait fixement. De ses yeux noirs immenses. Si jolie. Elle tendit les bras vers Hayley.

Neuf heures et demie.

Elle souleva Mia et, en se baissant, elle eut une sensation de froid malsain, comme de l'eau qui lui coulait dans le dos.

Elle trouva son portable dans la poche de sa veste, pendue au dossier de la chaise, et composa le numéro d'Abi.

Il n'y eut pas de réponse et pas de messagerie. La ligne était tout simplement morte.

Elle se fit un mug de thé et resta devant la fenêtre, le regard fixe, Mia dans ses bras, sans s'occuper des garçons, sans les habiller, la garderie étant la dernière chose qu'elle avait à l'esprit. Mia sentait la couche sale.

La migraine avait disparu et elle avait le cerveau plus clair, mais pas exactement : c'était comme d'avoir un robinet qui coulait à l'intérieur, qui déversait de l'eau et lui rinçait l'esprit, faisant le vide. Tout ce qu'elle était capable de faire, c'était de boire du thé, de regarder fixement par la fenêtre les jardins sur l'arrière des maisons et un chat blanc assis sur la clôture du voisin, au soleil. Mia était silencieuse, elle s'accrochait à elle.

Elle avait pensé que peut-être le thé chaud supprimerait ce froid qu'elle sentait dans ses reins et son ventre, et ce goût amer dans sa bouche, mais cela ne changeait rien, donc à la fin, elle posa le mug dans l'évier et reprit son téléphone.

*
* *

Ce fut effrayant la rapidité avec laquelle tout cela s'enchaîna. L'instant d'avant, elle tapait sur les touches du téléphone et, une minute après, ils étaient là, ils montaient les marches en courant, et la pièce en était remplie, deux en uniforme et deux autres, un homme et une femme, qui arrivaient, en civil, exhibant leurs mandats, envahissant l'espace. Mia pleurait, la figure contre l'épaule de Hayley. Liam et Frankie étaient assis sur le tapis, les mains sur leurs petites voitures en plastique toutes cabossées, mais leurs visages tournés vers la police, figés, le regard immobile.

## 33.

En général, Serrailler gravissait les marches de son escalier jusqu'à son appartement du dernier étage deux à deux. Ce soir-là, il monta au pas, lentement, non seulement parce qu'il travaillait depuis sept heures du matin, mais aussi parce qu'il avait eu beau quitter le commissariat, il n'avait pas pu laisser l'affaire là-bas, elle l'accompagnait et, tout en montant, il revenait sur chaque étape, qui s'imprimait dans son esprit feuillet après feuillet.

Il était presque neuf heures. L'immeuble était silencieux, hormis le bruit de ses pas ; toutes les pièces des étages inférieurs étaient fermées, éteintes. C'était l'un des nombreux bienfaits qu'il y avait à loger dans le seul appartement, tout en haut d'un immeuble entièrement occupé par des bureaux. Quand son travail était aussi exigeant et aussi intensif que cette semaine ou cette dernière quinzaine, ce vide et ce silence lui étaient essentiels pour recharger ses batteries. Il avait consacré toute cette longue journée à parler à des gens et à les écouter, même pendant les deux pauses qu'il s'était accordées pour avaler un café et un sandwich, et maintenant il avait besoin d'un whisky et de sa solitude.

Le salon tout en longueur était calme et tranquille quand il alluma les lampes qui éclairèrent un ou deux tableaux et projetèrent une douce lumière en éventail sur les murs clairs. Il inspira profondément et souffla lentement. Soulagé, il constata que le témoin lumineux ne clignotait pas sur son répondeur ; si quelqu'un avait besoin de lui, au bureau, ils utiliseraient quoiqu'il en soit la ligne de son portable.

Il se demanda s'il allait prendre une douche, puis il se versa un verre et s'accorda une pause, en peignoir ; quand il se fut décidé à en prendre une, la sonnette de l'immeuble retentit.

— Simon ? Oh, je suis tellement contente que vous soyez là. Je n'arrivais pas à obtenir de signal sur mon portable et…

— Judith ?

— Je suis vraiment désolée de vous déranger…

Sa belle-mère paraissait bouleversée.

— Vous n'êtes pas… Montez.

Elle n'avait pas du tout son humeur habituelle, posée, enjouée quand elle pénétra dans l'appartement.

— Je ne vous aurais pas dérangé, je sais combien vous êtes occupé en ce moment, mais Richard est à Londres ce soir et je… – Elle s'assit et prit une profonde inspiration. – J'étais sur le chemin du retour. Je suis allée jouer au bridge et puis j'ai déposé une amie. En arrivant en ville, juste au début des Lanes, mon pneu a éclaté. La voiture est partie dans une embardée et j'ai heurté une borne. Ça va, ça s'est arrêté là, mais la roue est tordue, et ensuite mon téléphone ne marchait pas, alors je n'ai pas pu appeler les dépanneurs. Il n'y avait pas de taxis à la station et je sais que la ville est sûre, mais c'était très calme, avec toutes les boutiques fermées. Je crois que j'ai paniqué.

— Vous avez absolument agi comme il fallait. Laissez-moi régler ça avec la dépanneuse… vous avez les clefs ?

— Oh. Simon, que je suis stupide. Je les ai laissées sur le contact.

— Ne vous inquiétez pas, je doute que quelqu'un puisse aller très loin avec votre voiture. Je vais vous servir un verre… je crois que cela ne vous fera pas de mal.

Dix minutes plus tard, le problème de la voiture réglé, il était assis dans le canapé, en face d'elle, whisky en main.

— C'est la plus belle pièce qui soit.

L'espace d'une seconde, il demeura perplexe, puis il sentit une bouffée de culpabilité monter en lui à l'idée que cette femme, l'épouse de son père, sa belle-mère, n'avait en réalité jamais mis les pieds dans son appartement. Il protégeait sa vie privée et il avait mal perçu son arrivée dans la famille, mais il avait encore honte de lui.

— J'adore… c'est merveilleux d'habiter au niveau de la cime des arbres et d'avoir la vue sur le Clos en contrebas.

— Les maisons géorgiennes sont si élégantes : elles respirent tellement la proportion juste. C'est ça que je voulais dire ? Je ne suis pas sûre de m'exprimer très clairement.

— Je sais que vous redoutiez d'être seule dehors, mais vous ne devriez pas. Vous êtes sans nul doute autant en sécurité dans le centre-ville la nuit qu'auparavant.

— Ce n'est pas rationnel, je sais. Mais la raison n'entre pas en ligne de compte. – Elle ferma les yeux et se cala contre le dossier. – Enfin, je retrouve mon calme rapidement quand même.

— Que faisait papa à Londres ?

— Il est allé à une réunion sur le futur de la revue. Je redoute ce qui va se produire. Ils risquent de considérer qu'il est temps pour lui de renoncer à son rôle de rédacteur en chef, mais cela va sans doute être un rude coup. Il en retire tellement de satisfactions, et cela lui permet de rester dans la course d'un point de vue médical. En plus, il estime avoir encore beaucoup à offrir. Ils ont parlé d'abandonner la version papier et de publier exclusivement en ligne… ce qui d'ailleurs ne le perturberait pas, il est tout à fait à la page.

Elle but une gorgée de son scotch et regarda autour d'elle, les tableaux, d'un œil appréciateur. Sur le mur, derrière la tête de Simon, était accroché le dernier dessin qu'il avait fait de sa mère. Judith le détailla, lança un regard à Serrailler, puis parcourut la pièce des yeux.

— Je vais finir ceci et ensuite vous pourriez éventuellement m'appeler un taxi ?

Elle était assise près de la lampe, ce qui lui adoucissait les traits, lissait les marques ordinaires de l'âge et, en la regardant, il comprit ce qui chez elle avait attiré son père. Judith n'était pas belle, mais elle possédait une chaleur et une douceur de traits et d'expression, associées à une apparence de vive intelligence et de compétence : elle avait l'air d'être capable de gérer les choses, parce qu'il le fallait. Cela le surprit d'autant plus qu'elle ait perdu son sang-froid, ce soir-là. Mais elle n'était certainement pas la seule à être dans ce cas.

Il s'aperçut que c'était la première fois qu'il était en mesure de la voir sans lui en vouloir, en mettant de côté tout ce qui émanait du passé et du souvenir de sa mère et qu'il avait auparavant l'habitude d'amalgamer à leur relation.

— Avez-vous dîné ?

Elle secoua la tête.

— J'allais m'arrêter en voiture au supermarché prendre deux ou trois choses ; mais je vais juste avaler une omelette en rentrant à la maison.

— Laissez-moi vous emmener dîner : mon italien favori est juste au coin.

Son visage trahit la surprise et le plaisir – et, songea-t-il, une lueur de méfiance. Mais elle lui répondit.

— J'aimerais beaucoup... Si vous êtes sûr de ne pas préférer que l'on vous laisse tranquille... Je vous en prie, soyez franc.

— Absolument. En dehors de tout le reste, depuis sept heures ce matin, j'ai pris deux sandwichs et une pomme à la cantine. Accordez-moi deux minutes pour me changer.

Comme d'ordinaire, le restaurant était agréablement rempli de monde, mais le propriétaire donna à Simon sa table préférée. Il n'était plus venu depuis un moment, attristé par le souvenir des fois où il était venu ici avec Freya Graffham, où il s'était assis à cette même place, savourant un Campari et commandant quelque chose sur cette carte qu'il connaissait par cœur depuis si longtemps. Et là, en face de lui, c'était Judith. Il se demanda, non sans ironie, ce qu'en dirait Cat, Cat qui, au cours de l'année passée, avait essayé de l'amener à accepter sa belle-mère, qui l'avait relancé, harcelé, qui s'était disputé avec lui avant simplement de se taire à ce sujet. Et, comme elle aurait été la première à le concéder, ne rien dire risquait beaucoup plus de l'amener à changer d'avis, et à son rythme, que tous les arguments du monde.

— C'est un tel cadeau que vous me faites, s'écria Judith, en lui souriant par-dessus le menu, je ne saurais vous le dire assez. Richard déteste manger au restaurant et, assez bizarrement, Don était pareil, donc à moins d'y aller avec une amie ou avec Cat, je ne dîne jamais dehors. J'aimerais un jambon de Parme aux figues et le *saltimbocca*, s'il vous plaît.

Il commanda, choisit le *fegato alla Veneziana* pour lequel il avait un faible, et une bouteille de leur vin rouge maison, tout à fait buvable.

Au moment où ils terminaient leurs entrées et où Judith levait son verre, très soudainement, elle le reposa.

— Oh, Simon, s'exclama-t-elle, qu'est-ce qui arrive à ces pauvres filles ? Qui leur inflige un traitement aussi horrible ? Je trouve cela intolérable.

Cela lui fit revivre un instant la sombre journée de coordination de ce qui était devenu maintenant une opération de premier plan : les visages de tout le monde lors des diverses réunions – sérieux, incrédules et déterminés –, les photographies des jeunes femmes projetées à l'écran, les rapports sinistres du médecin légiste.

Il secoua la tête.

— Et maintenant une autre ? Y a-t-il une chance pour que cette fille soit simplement partie quelque part, de son plein gré ? Je suis désolée, je ne devrais peut-être pas vous demander cela.

— Pourquoi pas ? C'est ce que tout le monde se demande : toutes les personnes présentes lors de la conférence de presse de cet après-midi, tous les officiers de la police judiciaire… tout le monde dans le pays, sans doute. La réponse officielle, c'est que nous avons des raisons de nous inquiéter de la disparition d'une troisième fille qui exerçait comme prostituée et nous réclamons toutes les informations possibles sur l'endroit où elle pourrait se trouver.

— Et la réponse, la vraie, c'est que vous êtes sûr qu'elle a été assassinée, elle aussi, probablement par la même personne qui a tué les deux autres.

— Plus ou moins. Quoiqu'il subsiste un doute sur la dernière hypothèse : il est possible que Marie O'Dowd ait été assassinée par un individu qui n'a pas tué les deux autres.

— Pourtant, les trois filles étaient des prostituées, deux d'entre elles ont été retrouvées dans le canal ou à proximité, elles…

— J'ai seulement dit que c'était possible.

— Je suis désolée.

— Non, vous réfléchissez comme la plupart des gens risquent de réfléchir. Mais dans l'ordre des choses, nous ne pouvons pas formuler ce type de conjectures. Nous recherchons le petit copain de Marie, qui a des antécédents de violence contre elle, qui a saccagé sa caravane peu avant qu'elle ne disparaisse, qui est un drogué et qui s'est volatilisé. Nous n'avons aucune raison de supposer qu'il ait eu quoi que ce soit contre la première fille assassinée, et nous ne savons pas encore si Abi Righton, la troisième, est morte. « Tueur en série ». Tout le monde a cette formule à la bouche…

c'est compréhensible. Mais en réalité, nous n'en savons pas assez pour l'instant.

Judith le regardait parler.

Il lui sourit.

— Vous n'en croyez pas un mot.

— Quelle est votre intuition ?

Il considéra son assiette vide un moment. De quoi s'agissait-il, en réalité ? S'il n'y avait pas eu Jonty Lewis, il n'aurait pas hésité à adopter le point de vue selon lequel Chantelle et Marie avaient été tuées par le même homme : ce n'était alors qu'une question de temps avant que l'on ne découvre le cadavre d'Abi Righton, ce qui en ferait la victime numéro trois de ce que tous redoutaient – un tueur en série. Mais Jonty Lewis ne pouvait être éliminé du tableau. Il avait le mobile, l'occasion et un casier, et il avait déguerpi. S'il n'y avait pas eu d'autres victimes, l'hypothèse qu'il ait tué Marie aurait coulé de source et elle aurait été presque certainement avérée. Peut-être avait-il tué Chantelle. Mais puisqu'ils évoquaient son intuition, il en doutait.

Leurs plats étaient servis. Le restaurant était plus paisible : Lafferton ne dînait pas tard. Simon se détendit, mais son téléphone qui pouvait toujours sonner l'empêchait de se relaxer complètement.

— Je sais que certaines d'entre elles ont besoin d'argent pour s'acheter de la drogue mais cela ne peut les concerner toutes, n'est-ce pas ? Elles sont si jeunes, Simon… elles ne devraient pas mener cette existence. Personne n'essaie donc de les sortir de la rue ?

Il soupira.

— Les bonnes intentions fonctionnent rarement et les motivations me laissent toujours dubitatif. Les gens du minibus de l'Entraide, par exemple, oui, ils leur apportent des boissons chaudes et ils ont un espace où ces filles peuvent venir s'asseoir, et échanger leurs seringues usagées, mais ils ont aussi une orientation fortement religieuse. Il vaut peut-être mieux tenter quelque chose que rien du tout, et peu importe la motivation, mais ils ont une idée derrière la tête, et les filles ne l'ignorent pas, bien sûr. La surveillance policière n'est pas non plus la réponse… nous ne faisons que les déplacer. À l'occasion, quelqu'un a cinq minutes à perdre pour bavarder avec elles, essayer de les encourager à obtenir de l'aide…

mais où ? Vous avez raison, elles ne sont pas toutes toxicomanes, même si beaucoup le sont. Il y a quantité de trafics, que nous essayons de réprimer, mais cela ne s'attaque pas au cœur de ce problème bien particulier.

— Je n'avais pas compris que c'était un tel problème, ici.

— Peu de gens le comprennent. Si vous ne fréquentez jamais certaines rues...

— Mais un soir, il se trouve que je rentrais tard et j'ai vu une voiture s'arrêter et une fille venir à la portière, puis monter, et j'ai compris...

— Qu'avez-vous pensé ?

— J'ai dû être choquée, je crois. Non que j'ignore l'existence de prostituées...

— Seulement pas dans votre ville.

— Ensuite je me suis sentie coupable... qu'elles aient à faire cela, à cet endroit. Je roulais vers une jolie maison chaude et confortable et elle montait dans le véhicule d'un inconnu, comme cela... et, au bout de tout cela, sa maison à elle, à quoi ressemblait-elle ? Je l'ai entraperçue. Je n'oublierai pas la vision que j'ai eue. Elle ressemblait à une enfant maquillée : vous savez, quand les fillettes mettent les chaussures de leur mère et son rouge à lèvres ? C'était de cela qu'elle avait l'air... Oh, Simon, pourquoi n'agissons-nous jamais avant qu'il ne soit trop tard ?

Il rompit un morceau de pain et le trempa dans le jus de viande capiteux de son assiette.

— Sur le moment, vous n'auriez rien pu faire. Il faut être réaliste. Mais j'admets que l'on devrait consentir un gros effort pour leur procurer une aide adaptée. Et vous avez raison : cela se met toujours en place après une tragédie. Après avoir vu un accident mortel, les gens ralentissent un peu l'allure. C'est le même syndrome.

Judith le regarda par-dessus son verre de vin.

— Vous aimez votre métier, n'est-ce pas ?

— Je l'adore. Même si je déteste beaucoup d'aspects auxquels je dois me confronter.

— Vous avez un bon équilibre, entre votre métier et toujours une exposition en préparation. Cela paraît harmonieux.

— Vraiment ? La plupart des gens ont l'air de croire que l'art a sa place au rayon des hobbys, sauf pour ceux du monde de l'art qui considèrent qu'être policier, c'est franchement curieux.

Elle secoua la tête.

— Je ne crois pas qu'il serait juste que vous n'ayez que l'un et pas l'autre, quelle que soit la part que vous retiendriez. Mettez de côté la nécessité de gagner sa vie : je pense que vous êtes le style d'individu qui a besoin de mener une existence à deux facettes. Elles s'intègrent à un ensemble et se complètent… un peu comme les deux moitiés de la coquille d'une noix.

Il sourit.

— Merci. Je me suis souvent demandé : est-ce que je ne devrais pas seulement me consacrer à cela, renoncer à mon métier principal ? Je ne tranche jamais fermement dans un sens ou un autre.

— Non, et ce ne serait pas conseillé.

— Cela me réconcilie avec moi-même.

— Et vous en avez besoin ?

— Parfois.

Il avait terminé son foie de veau et attendit en silence qu'elle finisse ses dernières bouchées. Ce qu'il venait de lui répondre, il le pensait. Les quelques propos qu'elle avait tenus lui avaient permis de voir clair en lui, et il éprouvait une sérénité qu'il n'avait pas ressentie depuis longtemps.

Le menu des desserts arriva, avec ses garnitures habituelles, mais Judith secoua la tête. Il commanda des cafés.

— Ai-je été complètement irrationnelle, dehors, en paniquant, ce soir, Simon ?

— Bien sûr que non. Vous étiez seule dans une voiture accidentée, vous n'arriviez pas à héler un taxi ou à contacter la dépanneuse, et nous sommes dans une ville où deux femmes ont été assassinées… peut-être trois. C'est l'une de nos plus graves difficultés : rassurer les femmes, leur démontrer qu'elles sont en sécurité, mais en même temps confirmer la véracité de la chose. Je ne peux raconter à personne que l'individu ou les individus qui ont tué ces deux jeunes femmes ne tueront plus ou ne tueront que des prostituées : ce serait irresponsable de ma part de le prétendre. Je crois que vous étiez en sécurité, je le crois réellement, mais je n'en ai aucune preuve. C'est affaire de perception : vous vous perceviez en danger, donc vous étiez effrayée. C'est parfaitement normal.

— Vous vous montrez très rassurant, là.

— C'est mon intention. Mais vérifiez que vous ayez bien votre portable sur vous, et qu'il soit toujours chargé, et ne vous aventurez pas la nuit, seule. Ce sont là des précautions élémentaires que vous devez toujours prendre, comme de sécuriser les portes et les fenêtres quand vous sortez ou quand vous vous couchez. Je sais, je sais… je m'exprime comme un flic.

Elle écuma la mousse de son cappuccino avec sa cuiller.

— Je sais ce que vous ressentez, ajouta-t-elle ensuite, à propos du remariage de votre père, et je voulais vous confier que je comprends vraiment. Ce n'est pas lié à moi… mais à ce que je représente. Je n'estime pas avoir pris la place de votre mère et jamais je ne le voudrais. Je ne serai jamais autre chose que la seconde épouse de Richard, et il ne sera jamais autre chose que mon second mari. Mais en ce qui concerne nos enfants, toute relation est nouvelle, et tout à fait différente. Mon fils se contrefiche de mon mariage avec votre père car c'est un jeune homme qui se contrefiche de presque tout. Vivien, ça l'a perturbée, mais comme elle vit aux États-Unis, la plupart du temps, elle peut se sortir ça de la tête. Pour vous, c'est différent : je vis à Hallam House, où vivait Meriel. Je suis sur votre pré carré. Et sur celui de Cat, bien sûr.

— Et Cat ? reprit-il, parce qu'il ignorait comment lui répondre, et même ce qu'il ressentait. Il avait besoin de rentrer chez lui avec tout ça et d'y réfléchir, comme toujours quand il avait à traiter une situation très chargée sur un plan émotionnel. Il était donc plus facile de questionner Judith à propos de Cat.

— Je crois qu'elle se débat, et pas seulement avec la mort de Chris. C'est dur… trois jeunes enfants, un métier exigeant, tout ce qu'elle endosse par ailleurs. Je l'aide avec les enfants autant que je le peux parce que j'aime cela, et Richard se réjouit de les avoir chez nous… et je crois que cela le surprend un peu. Mais c'est à elle qu'incombe de prendre toutes les décisions, c'est elle le centre de leur existence, à présent. C'est une période très solitaire.

— J'aurais espéré en faire davantage pour ma part, mais dès mon retour de Taransay j'ai été plongé dans tout ceci. J'aurais peut-être dû rentrer plus tôt.

Cela ne lui était pas venu à l'esprit, avant de le formuler.

Ils avaient fini leur café. Le restaurant était presque désert.

— Bon, fit-elle, si vous vouliez bien me raccompagner jusqu'à la station de taxis, je vais en prendre un pour rentrer.

La ville était tranquille, la nuit douce et constellée d'étoiles, et

Simon eut une vision de Taransay, de la plage et de la mer derrière les fenêtres du cottage. Un autre monde.

— J'imagine que vos hommes ratissent la campagne sur des kilomètres à la ronde à la recherche de cette fille portée disparue.

— Oui. Et demain les plongeurs s'attaquent au canal.

— Oh mon Dieu. Elle est morte, n'est-ce pas, Simon ?

Ils s'arrêtèrent aux taxis.

Il secoua la tête.

— J'ai bon espoir que non.

— Bon espoir ?

— Si je n'en avais aucun, je ne pourrais exercer ce métier.

— J'ai lu qu'elle avait des enfants.

— Deux. Très jeunes.

Judith lui posa la main sur l'épaule et l'embrassa sur la joue.

— Je ne saurais vous dire à quel point j'ai apprécié cette soirée… Cela signifie beaucoup, pour moi. Merci.

— Vous vous sentez capable de rentrer chez vous seule ? Je peux venir avec vous, vous accompagner et revenir avec le taxi.

— Ça ira. Plus inquiète du tout, je vous le promets.

Il la croyait. Mais quand elle monta dans le véhicule, elle se retourna vers lui.

— J'aimerais partager votre espoir. Pour elle, lui confia-t-elle posément.

Il retourna en direction de la cathédrale à pied, par les rues désertées, en souhaitant la même chose. Mais à la vérité, malgré ce qu'il avait dû dire à Judith, il savait qu'à présent Abi Righton était presque certainement morte.

Les plats et le vin plus cette marche l'avaient fatigué, mais une fois au lit et après avoir lu une vingtaine de minutes, il demeura allongé, les yeux ouverts. Il ne tirait jamais les rideaux et la lune était presque pleine. Ce n'était pas son métier, ni la pensée d'un autre meurtre de jeune femme, ni ce que lui réservait la journée du lendemain, qui lui emplissait l'esprit – dès qu'il se mettait au lit, il réussissait presque toujours à mettre son travail de côté. Il fallait qu'il tire au clair ce qui avait changé sa relation avec Judith et battu en brèche son sentiment antérieur, si rigide, de ressentiment et de rejet. Il savait que cela avait fort peu de rapport avec elle en tant que personne – comment cela se pourrait-il, alors qu'il ne s'était guère donné de chance de la connaître ? C'était un refus délibéré, obstiné d'admettre cette femme non pas tant dans sa vie qu'à la place de sa mère. Mais ce qu'elle en avait dit l'avait profondément frappé. Il n'était pas homme à admettre facilement une faute, ou à éprouver une honte justifiée après s'être fourvoyé. Mais maintenant, il était forcé de se confronter au fait de s'être mal conduit et d'avoir été coupable d'une grande malveillance. Surtout, il devait admettre que la première personne qui l'aurait averti à ce sujet aurait été Meriel Serrailler, sa mère. Il ne saurait jamais la vérité sur son mariage avec son père, ne saurait jamais pourquoi ils avaient vécu malheureux, durant tant d'années, et pourtant ils étaient parvenus à rester ensemble, mais il reconnaissait qu'elle aurait été contente d'apprendre que Richard avait rencontré quelqu'un d'autre avec qui jouir d'une autre chance, d'une nouvelle vie, quelqu'un qui l'avait adouci et qui avait su arrondir en partie les angles de sa personnalité austère et difficile.

Il avait apprécié sa soirée. Judith avait été de bonne compagnie. Dès lors, à mesure qu'il se faisait à l'idée de la tournure que devaient prendre les choses à l'avenir, il était aux prises avec un certain désarroi.

Il mit un long moment à s'endormir et ce fut un sommeil léger, agité, plein de rêves vaguement dérangeants ; il se réveilla deux ou trois fois en sursaut, en croyant que le téléphone avait sonné ou que quelqu'un l'avait appelé par son nom.

Mais la maison était silencieuse et enfin il se retourna et cessa de remuer, jusqu'à ce que l'alarme de son réveil se déclenche à sept heures.

Personne ne l'avait appelé, personne n'avait fait sonner le téléphone avec une quelconque information. Aucune nouvelle, donc, ni bonne ni mauvaise.

Aucune nouvelle.

# 34.

Après avoir parcouru comme un fou toutes les pièces de la maison et même être descendu à la cave qu'il n'avait jamais inspectée auparavant, Stephen Webber attrapa sa veste et sortit. Leur logement provisoire possédait un petit jardin avec une pelouse pelée et quelques arbustes, mais il y avait un appentis au fond, qu'il visita aussi avant de jeter un œil par une fente de la palissade dans le jardin de la propriété derrière la leur. Mais le bâtiment avait été reconverti en bureaux et le jardin en parking qui, à sept heures du matin, était naturellement vide.

Il avait eu un réveil paisible et il était resté un moment allongé, reprenant ses esprits, prononçant sa première prière de la matinée pour remercier d'avoir traversé « les périls de la nuit ». Après quoi, il se levait toujours le premier et descendait préparer le thé. Ces derniers jours, Ruth avait dormi encore plus profondément que d'ordinaire, à côté de lui, un signe, il le savait, que sa phase maniaque s'inversait et qu'elle risquait de glisser de l'autre côté de la dépression. Mais aujourd'hui elle n'était pas là, et pas dans la salle de bains non plus. La cuisine était déserte et il était clair que personne n'y était entré depuis la veille au soir.

Ce fut alors qu'il s'était rué à l'étage, habillé à la hâte et mis à fouiller la maison. Et maintenant à l'extérieur, en ce froid début de matinée d'automne, il regardait autour de lui, au comble du désespoir, les façades des maisons et les allées du Clos. Un livreur de journaux progressait à vélo de portail en portail, à l'autre bout, mais à part ça, il n'y avait personne dans les parages.

Il ne savait absolument pas où la chercher ensuite, mais il aperçut Maurice, le premier bedeau, qui traversait en direction de l'école de musique pour en déverrouiller la porte, ce qui signifiait que la cathédrale proprement dite était désormais ouverte.

Il en avait toujours le souffle coupé quand il pénétrait dans la chapelle, surtout lorsque l'édifice était désert, avec son plafond voûté dressé vers le ciel, et quand ses propres pas se détachaient avec une netteté et une résonance exceptionnelle dans ce vaste espace. Il s'arrêta, sans trop saisir s'il s'attendait à entendre quelque chose ou à voir Ruth, mais il n'y eut que ce silence extraordinaire, un silence qui respirait, lui semblait-il, avec ces grains de poussière dorés scintillant dans le soleil qui tombait en diagonale de la fenêtre côté est. Il fit lentement le tour, jusqu'au fond de la nef et dans le chœur, jeta un œil aux loges du chœur, ressortit et se rendit au bout de chaque allée latérale, dans la crypte et la chapelle de la Sainte Vierge et, au passage, il scruta chaque rangée de prie-Dieu. Mais il sentait bien à ce silence qu'il n'y avait personne, même si Maurice serait de retour d'ici une minute et si les fidèles qui venaient assister à l'office matinal allaient bientôt franchir la porte latérale au compte-gouttes.

À Londres, quand cela s'était produit, il connaissait plusieurs endroits où elle se rendait quelquefois et il l'avait retrouvée souvent, mais il ne s'était pas encore familiarisé avec Lafferton, et elle non plus, donc il n'avait pas la moindre idée de l'endroit où elle pourrait être.

À Londres, il était en terrain plus sûr car il avait la possibilité de contacter une équipe psychiatrique d'urgence – le médecin de garde connaissait Ruth, connaissait son état, rien ne l'empêchait de solliciter leur aide de temps à autre. Et, ces deux dernières années, elle allait bien, elle était stable, elle prenait son médicament, si bien qu'il s'était détendu, occupé comme il l'était par tout le reste, se fiant à elle. Il ne savait même pas s'ils s'étaient inscrits dans un cabinet de médecine générale dont ils dépendraient – Ruth avait dû vraisemblablement faire le nécessaire, mais il avait oublié si elle l'en avait informé. En revanche, il était sûr qu'elle n'avait pris aucun contact avec les services psychiatriques. Une fois rétablie, elle supposait toujours ne plus jamais avoir à les solliciter.

En ressortant de l'édifice, il vit Miles Hurley venir vers lui, Miles qui était au courant pour Ruth et qui avait soutenu Stephen durant plusieurs années de graves tensions, à Londres.

— Miles…

— Que s'est-il passé ?

— Ruth. Je ne la retrouve plus.

— Bon. Depuis combien de temps a-t-elle disparu ?

— Elle n'était pas là quand je me suis réveillé. Elle a pu juste sortir, ou alors… je n'en ai aucune idée.

— En ce cas, téléphone à la police.

— La police ? Je… nous n'avons jamais eu à aller jusque-là, c'était toujours…

— Stephen, réfléchis. Il y a déjà deux jeunes femmes mortes et une disparue.

— Mais elle… cela ne peut avoir aucun rapport avec Ruth ?

— Téléphone à la police, Stephen. Je dois aller me charger de l'office… Je viendrai te rejoindre dès que j'aurai terminé, mais tu dois les appeler, vas-y, et tout de suite. Je ne cherche pas à t'alarmer, elle est sûrement en train d'errer en ville, elle va revenir, mais ce n'est pas le moment de prendre des risques.

Au moment où il se retourna pour gagner la cathédrale, une Audi argentée démarra de l'avant-cour de l'immeuble situé à l'extrémité du Clos et roula dans leur direction.

— Arrête-le, fit Miles. Fais-lui signe… tu n'as pas besoin de leur téléphoner. C'est le commissaire divisionnaire chargé des enquêtes.

Et, tandis que Stephen demeurait pétrifié, les yeux remplis de panique et d'indécision, Miles s'avança et leva le bras. Simon Serrailler ralentit et immobilisa sa voiture à leur hauteur.

# 35.

Il y eut l'obscurité, mais au centre de ces ténèbres il existait une masse tournoyante, comme un manège. Des étincelles s'en échappaient à présent, elle tâcha de s'y raccrocher, mais ce fut un simple crachotement, puis ce fut de nouveau l'obscurité et elle s'y noya.

Quand elle reprit conscience, la fois suivante, il lui sembla discerner de la lumière aux contours de ces ténèbres et, au bout de quelques instants, elle identifia cette lumière comme étant bénéfique. Mais il y avait aussi la douleur qui, au début, faisait tellement partie de son être qu'elle ne pouvait localiser sa provenance, dire d'où elle venait, plutôt d'ici ou de là, c'était seulement de la souffrance, une souffrance forte et insoutenable. Elle n'avait aucune notion du temps, mais entre les phases d'obscurité tournoyante et les moments de lumière, elle commença à percevoir que le foyer central de cette douleur se situait au sein de cette obscurité, derrière ses yeux, autour de sa tête, à l'intérieur de son crâne, dans son cou et sa poitrine. Elle réfléchit à propos de cette souffrance. Elle sentait ses jambes et puis ses pieds, qui semblaient en être exempts.

Mais ses pieds et ses mains étaient froids. Elle avait froid. Seule la douleur la brûlait.

La notion de temps n'existait pas, mais il y avait l'obscurité, puis c'était la lumière, puis l'obscurité de nouveau, et une soif terrible qui faisait partie de la douleur.

Subitement, elle ouvrit les yeux et il y eut le ciel. Elle bougea un bras, puis sa main et, sous sa paume c'était lisse, froid, humide, glissant. Elle déplaça sa main et le froid, l'humidité se déplacèrent avec elle. Bouger ses mains lui prit un long moment et elle se rendormit, sombra dans ce puits noir, exténuée.

La fois suivante, elle se réveilla mais il n'y avait plus de lumière, c'était de nouveau l'obscurité, et elle avait encore plus froid. La douleur cuisante se fit moins sentir durant un instant, puis elle empira.

Elle agita les jambes. Elles bougeaient facilement, au début, puis son pied se coinça contre quelque chose, et elle ne put plus remuer. Elle bougea les mains et le froid était toujours présent sous ses paumes. Froid. Humide. Glissant.

Lentement, heure après heure, peut-être jour après jour, elle demeura davantage de temps éveillée et de moins en moins longtemps au fond de cette obscurité, elle remuait plus longtemps les mains et les jambes, elle sentait plus longtemps le froid et la brûlure. Lentement, elle finit par penser qu'elle pouvait bouger. Elle ne savait pas où elle était, ou pourquoi, mais elle voulait se déplacer. Il semblait urgent qu'elle change de place, mais pour partir d'où et aller où, elle l'ignorait.

Elle s'anima. La douleur n'affectait pas ses jambes, donc elle les remua encore, mais si elle essayait de déplacer la partie supérieure de son corps, la douleur la consumait et elle était forcée d'arrêter.

Lentement, lentement. C'était comme d'apprendre à se mouvoir. La première fois qu'elle se traîna en avant de quelques centimètres, elle en pleura, avant de s'effondrer à nouveau sur ce qu'elle reconnut alors comme étant un sol froid. Mais la fois d'après, elle ressentit quelque chose de nouveau, de la détermination, de la volonté, et elle se traîna plus loin, de cinq ou dix centimètres, de trente, d'un mètre, et ainsi de suite, en se traînant, en se hissant, et son corps suivait, et ses pieds poussaient. Ce fut quand elle tenta de tourner la tête qu'elle en eut la nausée, à cause de la douleur, aussi la maintint-elle baissée et ne déplaça-t-elle que son corps, un peu plus, un petit peu plus.

Sa soif prenait la forme d'une douleur dans la gorge qui la brûlait. Ses bras étaient endoloris, mais elle tira dessus, encore et encore, et puis il y eut de l'herbe mouillée et de la boue sous ses paumes et l'odeur froide de l'eau.

Cette odeur fit resurgir quelque chose du plus profond d'elle-même – un rappel, un avertissement ? Elle lutta pour cerner la signification de ce message, mais chaque fois il prenait le large, flottant comme une feuille dans le courant. Mais il revenait et, de nouveau, l'odeur de l'eau, l'odeur de l'eau, et l'herbe froide et humide sous les paumes de ses mains.

Elle était maintenant à quatre pattes et elle avait moins de difficulté à bouger de cette façon, au lieu de ramper sur le ventre. Elle parvenait à faire avancer son corps, petit à petit, un genou, ensuite une main, le deuxième genou, la deuxième main, et elle progressa ainsi d'un mètre, peut-être, avant d'être obligée de s'effondrer à nouveau sur le sol.

Et l'odeur était toujours là. L'odeur de l'eau.

L'eau était proche et il lui sembla éprouver une soif émanant de tout son corps, pas seulement de sa bouche ou de sa gorge. Elle se demanda si elle réussirait à trouver l'eau qu'elle sentait, et à la boire.

Elle n'avait aucune idée de l'endroit où elle était ni de là où elle allait, elle savait seulement qu'elle avançait et que c'était une bonne chose, meilleure que d'être couchée comme elle l'avait été dans cette obscurité tournoyante.

Combien de temps ce périple lui prenait-il ? Combien de temps avait-elle progressé péniblement sur les mains et sur les genoux ? Était-elle entièrement seule ou y avait-il des gens, des chiens, des chats, des voitures ? Elle n'entendit rien que le son de sa propre respiration laborieuse, un grognement de douleur de temps à autre, et le frottement mou de ses jambes sur l'herbe. Même l'eau qu'elle sentait paraissait silencieuse. Peut-être était-ce là ce qu'elle allait faire pour toujours, ramper douloureusement, s'arrêter pour récupérer, avancer d'un mètre, s'arrêter et attendre que l'obscurité s'illumine à nouveau. Peut-être.

Elle retomba dans un demi-sommeil, une demi-inconscience, à plusieurs reprises, mais chaque fois, quand elle revenait à elle, elle se remettait à avancer, non de sa propre volonté, mais comme poussée par une machine.

Et puis ce fut la fin de l'herbe et, quand elle étendit la main, elle toucha quelque chose de dur et de rugueux. Elle tâta la chose, lentement, sans pouvoir l'atteindre très haut. C'était froid, pas le froid du métal, un froid plus tiède. Du béton ou de la pierre, songeat-elle, et de se souvenir ce qu'étaient ces objets suscita en elle un sursaut d'espoir et d'excitation. De la pierre. Du béton. Pas d'herbe. Pas de boue.

Mais il y avait toujours l'odeur de l'eau.

Sa main glissa de la pierre et retomba ; la douleur était de retour, cette souffrance redoutable, si cuisante.

Et puis il y eut des bruits venus de nulle part, non loin de là, des bruits. Des voix. Quelqu'un qui appelait. Elle était désorientée, elle aurait voulu appeler à son tour, mais la douleur l'empêchait de proférer un son. Au bout d'un moment, elle réussit cependant à se hisser, sur les mains et sur les genoux et, pendant une seconde, à redresser la tête, puis lentement, à lever le bras, pas haut, mais à le lever, à le lever.

Les bruits cessèrent et reprirent, puis les voix se multiplièrent, il y en avait beaucoup, des voix fortes qui lui emplirent les oreilles, qui l'aveuglèrent, à tel point qu'elle ferma les yeux pour se protéger contre elles.

Mais l'une de ces voix, tonnant au-dessus d'elle, s'exclama :

— Par ici ! Je tombe dessus. Par ici !

# 36.

Les files d'attente s'étaient allongées, du bureau d'accueil jusqu'au bout du couloir et à l'extérieur des portes principales, bien avant l'ouverture de la bibliothèque. De nouveaux étudiants venaient s'inscrire, en début de trimestre, et tout le personnel travaillait à plein régime, traitant les demandes de renseignements, guidant les visiteurs et conduisant ceux qui étaient perdus entre les rayonnages vers la bonne section. Il n'y avait pas de congé pendant la totalité du mois d'octobre, et tout le monde accumulait les heures supplémentaires. Certains s'en plaignaient amèrement – ceux qui, comme le disait June Petrie, auraient préféré que la bibliothèque reste définitivement fermée à tous les prêts d'ouvrages, pour que les volumes ne soient jamais dérangés –, et d'autres aimaient le brouhaha de ces jeunes gens prometteurs, et le défi d'avoir à les aider pour qu'ils deviennent consciencieux et soient bien informés. D'ordinaire, Leslie Blade avait tendance à se ranger dans cette seconde catégorie. Il n'aimait guère l'attitude de certains étudiants envers les livres, n'approuvait pas les tenues débraillées et les chewing-gums mâchonnés, mais il éprouvait une certaine satisfaction à leur montrer comment se conduire dans une bibliothèque universitaire, un savoir qu'ils étaient peu à détenir en arrivant et, quand il constatait, en l'espace d'une semaine à peu près, que la plupart d'entre eux se transformaient en lecteurs et en preneurs de notes silencieux et attentifs, occupant les bureaux en bon ordre, il en tirait une certaine fierté.

Cette année, c'était différent. Cette année, il y allait dans la terreur d'être en quelque sorte reconnu, pointé du doigt par tel ou tel étudiant de la file d'attente, dans la crainte d'un coup de coude moqueur qui courrait tout le long, de têtes qui se tourneraient, de chuchotements. Personne ne savait, personne ne lui avait soufflé mot de ses deux journées d'absence, et pourtant il se sentait de jour en jour plus paranoïaque. Il avait suggéré de rester dans les rayonnages ou au bureau des archives, mais le bibliothécaire le voulait à la réception, car il connaissait bien l'organisation de toute cette semaine ; comme il y avait plus d'étudiants que jamais, il fallait que les choses se déroulent sans anicroche.

Il essaya de n'en regarder aucun dans les yeux, de garder la tête baissée, en se concentrant sur l'écran et sur les renseignements factuels, nom, adresse, année, cours, sujets, directeur d'études. Mais au moins, là, il n'avait pas un moment à lui, et encore moins pour que quelqu'un lui adresse la parole – dès l'instant où ils arrivaient, et jusqu'à la fermeture des portes, ils étaient tous occupés.

Les pauses déjeuner restaient toujours sacro-saintes, quand même. Sans cette heure entière d'arrêt, aucun d'eux n'aurait pu faire face efficacement. Les horaires avaient été reprogrammés et attribués, pas du tout choisis librement. Leslie s'était vu octroyer sa pause entre midi et une heure. Il en était satisfait. Un déjeuner tôt, cela lui convenait, et dès que la pendule indiqua midi, il s'échappa en bas, dans les réserves, avec sa boîte à sandwichs et le journal.

Il avait à peine déballé son premier sandwich au fromage et à la tomate que la porte s'ouvrit d'un coup et il entendit le claquement des chaussures descendant l'escalier, des chaussures à talons hauts, des chaussures de femme. June Petrie prenait sa pause plus tard – ce devait être quelqu'un d'autre. Il baissa la tête et veilla à éviter tout bruissement de son journal ; l'endroit où il mangeait son déjeuner, c'était son affaire, et il songea – mais en cela il avait tort – que, hormis June, personne d'autre ne descendait jamais ici.

Mais c'était June, qui le rejoignit à l'autre bout, hors d'haleine.

— Il fallait que je te dise, je suis sûr que tu as suivi tout cela, apparemment ils viennent de diffuser l'information à la radio locale…

Il imagina un couteau à la pointe acérée la clouant au rayonnage, puis une boule de papier cellophane de ses emballages de sandwichs, fourrée dans sa bouche ouverte, pour la réduire au silence.

— Ils l'ont retrouvée, ils l'ont retrouvée vivante !

Elle avait les yeux exorbités, les joues écarlates. Leslie la dévisagea, sans saisir la signification de ses propos.

— La troisième fille, Abi, c'est son nom, n'est-ce pas, celle dont nous étions tous persuadés qu'elle avait été assassinée, elle aussi. Ils l'ont retrouvée vivante, blessée, grièvement blessée, mais elle est en vie ! Ce n'est pas une nouvelle merveilleuse ? Tu arrives à y croire ?

Abi. Abi Righton. Il n'avait pas été capable de se la sortir de la tête. Il avait fait des cauchemars où son corps flottait dans le canal, et puis les plongeurs, avec leurs costumes noirs et luisants et leurs casques étranges, le hissaient sur la berge. Il se souvenait de son visage tel qu'il était quand ils s'étaient parlé pour la dernière fois.

Abi Righton.

— J'étais sûr que tu aurais envie de l'apprendre.

Pourquoi en était-elle si sûre ? En fait, elle avait raison, bien sûr qu'elle avait raison, bien sûr qu'il avait envie de savoir. Mais pourquoi June Petrie se figurait-elle que cela méritait de l'interrompre dans son déjeuner, de suspendre son travail, de descendre ici le lui annoncer ? Abi Righton était en vie. Qu'est-ce qui l'amenait à le relier en quoi que ce soit avec tout cela ?

— C'est une très bonne nouvelle, admit-il. Ce sera un grand soulagement pour… tout le monde. La police. Tout le monde.

— Ils n'ont pas dit grand-chose… elle est à l'hôpital, elle est grièvement blessée, rien au sujet de ce qui aurait pu se passer. En tout cas, ce n'est pas une bonne nouvelle ? Je me sens tellement mieux, d'avoir appris ça, peu importe qui elle est, ce qu'elle a fait, ce n'est qu'une jeune femme, n'est-ce pas, comme les deux autres, et… elle n'est pas morte.

Elle s'éloigna et monta les marches dans un claquement de talons. Leslie baissa les yeux sur le pain devant lui, avec son liseré de fromage et la rondelle de tomate qui dépassait sur les bords. Abi Righton. Elle avait des enfants, il le savait, elle lui avait parlé d'eux. Des enfants et elle-même le visage d'une enfant, une enfant à la peau cireuse et aux yeux creux. Mince. Le cou squelettique. Il lui avait laissé cette boîte de sachets de thé.

Il considéra le pain un long moment et, à la fin, referma l'emballage tout autour et le rangea dans sa boîte.

# 37.

Les journalistes s'étaient dispersés, afin de préparer leurs papiers, mais leurs camionnettes avec leur équipement était encore regroupées dans le périmètre sécurisé à l'arrière du parking du poste de police. Simon Serrailler regardait en bas par la fenêtre et vit sporadiquement une silhouette émerger du fourgon de la télévision, deux autres sortir par le portail et traverser la rue vers le pub.

Il était rare d'entrer en conférence de presse pour annoncer de bonnes nouvelles. Il s'était senti encouragé quand il avait fait son communiqué, et entendu le brouhaha immédiat, puis la cascade d'applaudissements qu'il suscitait.

— Pouvez-vous nous dire comment va cette fille, maintenant, commissaire ?

— On l'a conduite à l'hôpital général de Bevham où elle a été placée en soins intensifs, mais nous n'avons pas encore de rapport médical. Dès que nous recevrons des éléments, je vous tiendrai informés.

— Dans quel état se trouvait-elle quand on l'a découverte ?

— Nous l'avons trouvée dans un état grave. Elle avait rampé sur une certaine distance le long de la rive du canal ; nous ne savons pas sur quelle longueur. Et un membre de l'équipe de recherches qui avait passé les broussailles au peigne fin a repéré du mouvement. Elle présentait des blessures à la gorge et de graves contusions, et elle souffrait d'hypothermie.

— A-t-elle dit quelque chose ? Prononcé des noms ? Savait-elle qui l'avait agressée ?

— Elle a subi plusieurs pertes de connaissance et, à l'évidence, la priorité la plus urgente était de la conduire à l'hôpital. Non, elle n'a rien dit, et nous ne serons pas en mesure de lui parler avant de recevoir le feu vert de l'équipe médicale. Je n'ai aucune idée du temps que cela prendra, désolé.

— Ses blessures engagent-elles le pronostic vital ?

— À ce stade, je n'en sais pas davantage. Je ne peux que répéter qu'Abi se trouvait dans un état grave.

— D'autres informations ? Aucun signe de l'homme qui a disparu, ce Jonty Lewis ?

— Non, nous avons lancé un avis de recherche à l'échelon national, mais nous n'avons aucun rapport émanant de quelqu'un qui l'aurait vu ou qui aurait entendu parler de lui. Là-dessus, je vous demanderai votre coopération, s'il vous plaît : plus vous montrerez la photographie de Lewis et plus vous diffuserez son signalement, en suggérant aux gens d'être attentifs, meilleures seront nos chances.

— Si Abi Righton parle, vous trouverez le tueur des deux autres filles.

— Pas nécessairement. Nous traitons toujours ces affaires comme deux enquêtes pour meurtre distinctes.

— Considérez-vous l'affaire Abi comme une tentative de meurtre ?

— Tant que nous n'aurons pas interrogé Abi Righton, je ne peux rien ajouter de plus à ce propos. Quand j'aurai une vision claire, je vous en reparlerai.

— Et qu'en est-il des autres filles qui exercent toujours dans la rue ? Nous savons qu'elles sont là : au journal d'hier soir, nous avons vu une interview de l'une d'entre elles, alors qu'est-ce que…

— Oui, j'ai bien conscience de cela. Nous avons déployé des patrouilles de police en force, je suis sûr que vous en êtes informés, et quand elles repèrent des filles dans la rue – des jeunes filles dont nous avons de bonnes raisons de penser qu'elles exercent comme prostituées –, les officiers de police leur parlent, leur conseillent de rentrer chez elles, les avertissent des risques qu'elles courent. On leur recommande également de prendre certaines mesures de sécurité si elles restent dehors… nous ne pouvons les forcer à s'abstenir de sortir : ne jamais se perdre de vue les unes les autres, songer à toujours garder un téléphone portable sur elles, en veillant à ce que la batterie soit chargée, s'échanger aussi leurs numéros respectifs, les nôtres, et ainsi de suite.

— Pas idéal, n'est-ce pas, commissaire ?

— Bien sûr que non. Nous préférerions amplement qu'elles restent toutes chez elles. Mais nous pencherions en faveur de cette solution de manière générale, pas seulement dans la situation actuelle. Bien, ce sera tout, je vous remercie pour votre coopération.

— Commissaire, juste une question supplémentaire.

Serrailler se retourna. Les autres avaient commencé à bouger, mais ils s'immobilisèrent car Des Ricks, de la *Bevham Gazette*, s'était levé, et ils sentaient bien qu'il n'allait pas être question d'un simple détail.

— Oui, Des ?

— Est-il vrai qu'une autre femme, une habitante de Lafferton, a disparu ce matin, et est-il vrai que ce n'est pas une autre prostituée ?

Il se demanda comment l'info sur la disparition de Ruth Webber avait transpiré, alors qu'il avait averti tout le monde qu'il souhaitait tenir la presse à l'écart de tout ça pour le moment.

— Je regrette, pour l'heure, de ne pouvoir commenter la chose.

— Pouvez-vous confirmer qu'il s'agit en réalité de la femme du doyen de la cathédrale ?

Une rumeur parcourut la salle.

Serrailler regarda Des Ricks droit dans les yeux.

— Je n'ai aucun commentaire à formuler à ce stade. Ce sera tout pour l'instant, merci à tous.

Il sortit rapidement, laissant planer derrière lui une atmosphère de spéculations et d'irritation, alors que tout un groupe était en train de se masser autour de Des Ricks.

# 38.

Stephen Webber était rentré à la maison l'air éreinté. Il n'avait livré à la police qu'un compte-rendu sommaire de la pathologie de Ruth, et n'avait pas osé leur avouer qu'elle avait déjà quitté le domicile en plusieurs autres occasions.

— Mais il leur faut la totalité des éléments, Stephen, protesta Miles.

— Ses autres disparitions ont eu lieu à Londres. Et c'était il y a longtemps.

— Deux ans, je crois. Il n'y a pas de quoi avoir honte.

— Elle allait tellement mieux. Il est inutile de leur fournir tous les détails médicaux.

— Je pense que tu as tort.

L'air misérable, Stephen Webber fixa le bout de ses pieds.

— Je dois la chercher, je ne peux pas me contenter de rester à la maison.

— Très bien, mais par où commençons-nous ? Où aurait-elle pu aller ? Vous n'êtes pas ici depuis très longtemps, elle ne connaît pas la ville comme elle connaissait le quartier d'All Saints.

— Nous sommes allés faire une promenade dans la lande. C'est là que je me suis rendu compte de son état, qu'elle était assez… surexcitée. Je pensais qu'une bonne marche lui ferait du bien, que cela l'aiderait. C'est parfois le cas. Donc nous sommes allés là-bas. Elle a adoré.

— Mais c'est à huit ou neuf kilomètres à l'extérieur de la ville et elle est à pied.

— Oui, fit Stephen. Je suppose.

— Mais si tu veux que je te conduise là-bas en voiture, je le ferai, évidemment. Tant que nous n'y serons pas allés, tu ne seras pas tranquille. As-tu évoqué devant la police cette sortie sur la lande ?

— J'aurais dû ? Je regrette, non, je ne leur ai pas mentionné.

Miles monta dans sa voiture en soupirant.

Le temps qu'ils aient marché jusqu'au sommet du talus escarpé, le vent s'était levé, secouant les pins écossais de la crête et chassant les ombres sur les pentes. Leurs voix étaient emportées par les rafales. Ils regardèrent autour d'eux, avancèrent, regardèrent encore.

— C'est à peu près ici que vous étiez ? hurla Miles à un certain moment.

Stephen hocha la tête et s'éloigna de lui, s'approchant d'une zone de broussailles et de nids de poule, descendant tant bien que mal, en jetant des regards désespérés autour de lui. À cette heure-là, un jour de semaine, l'endroit était désert, et la lande s'étendait sur d'autres collines, sur plusieurs kilomètres. Impossible de les ratisser par leurs propres moyens.

Miles resta en retrait, à observer Stephen qui explorait aussi loin que possible, avant de revenir en arrière, la tête baissée contre le vent.

— Viens.

Miles lui fit un signe de la main et ils entamèrent la descente, cinglés par les assauts du vent d'ouest, si violents qu'il leur était difficile de rester droit.

— Que faut-il faire, maintenant ? demanda Webber une fois qu'ils furent de retour à l'abri, dans la voiture.

— Je suggère de rentrer. Elle a fort bien pu revenir, maintenant, tu sais.

— J'ai un terrible pressentiment, Miles. Il lui est arrivé quelque chose.

— Il faut t'enlever cette idée de la tête. Ça ne sert à rien et cela ne fera que t'inquiéter davantage. Il ne sera rien arrivé à Ruth, mais à ton retour, qu'elle soit là ou non, tu dois appeler son docteur à Londres. Tu as besoin du soutien d'une équipe, tu le sais.

Il écouta avec gratitude ce conseil salutaire de Miles. Il avait toujours considéré que celui-ci, quoique secret et impénétrable à certains égards, possédait un sens bien plus clair des buts à atteindre et une nature beaucoup plus pratique que la sienne. Miles savait quoi faire, il prenait une décision et s'y tenait et, s'il se trompait, cela ne paraissait jamais le perturber outre mesure. Il aurait dû occuper un poste plus élevé. Chanoine résident, c'était bien, mais aujourd'hui, Miles aurait dû être doyen lui aussi – dans ses moments de doute, qui étaient fréquents, Stephen considérait qu'il aurait dû avoir la charge de St Michael à sa place. Sa propre nomination en avait surpris plus d'un, et sans doute lui-même au premier chef. Mais Miles lui avait un jour avoué, dans un rare élan de confidence, qu'il ne nourrissait pas de fortes ambitions et qu'il avait toujours préféré être en seconde position. « Y compris à l'école, lui avait-il avoué, sous-secrétaire de mon association d'internes, cela me suffisait, merci. »

Et il était le bras droit de Webber, une oreille précieuse, la voix de la raison et parfois, quoique pas toujours, de la prudence.

Elle n'était pas à la maison et, à première vue, n'y était pas repassée. Il n'y avait pas de messages téléphoniques. Miles alluma la bouilloire et chercha la théière autour de lui.

— Stephen, appelle ta secrétaire et annule tout pour aujourd'hui… enfin, telle que je connais Aisling, elle a dû déjà s'organiser. Et ensuite, tu dois voir si tu arrives à retrouver des attestations de médecin référent ou le numéro d'une consultation du coin quelque part : je ne serais pas surpris que Ruth vous ait inscrits tous les deux auprès d'un cabinet. Quand elle va bien, elle est très efficace.

Miles resta debout pour boire son thé, car il fallait qu'il file à cette réunion avec le maître de chapelle concernant les changements à introduire dans les services de Noël. Stephen avait prévu d'être présent, mais Miles le remplacerait.

— La réunion va être épineuse, le prévint-il, et tu n'es pas à même de surmonter tout cela aujourd'hui. Je te tiendrai informé mais entretemps, efforce-toi de ne pas trop te tracasser. Ruth va revenir… je le sais. Et vous serez tous les deux dans mes prières, avant cette réunion.

Après le départ de Miles, Stephen arpenta la maison, incapable de se rasséréner, et finit au dernier étage, debout devant la fenêtre qui donnait sur les jardins de derrière des maisons voisines, sur le flanc ouest du Clos ; des jardins automnaux, avec leurs arbustes et leurs arbres qui changeaient de couleur, les feuilles qui tombaient, les chrysanthèmes et les asters d'automne disséminés au milieu de parterres de fleurs mourantes. Il ne pouvait pas prier. Cela se passait toujours de la même façon dans des moments pareils, quand le stress personnel reprenait le dessus ; il était seulement capable de s'en remettre à Dieu et de s'en tenir là, comme il l'avait fait depuis le début de sa vie conjugale. En effet, il avait failli annuler son mariage avec Ruth. Ils avaient connu deux incidents, assez mineurs, qui avaient été comme autant d'avertissements des écueils à venir, s'il avait été capable de les voir ou de les percevoir. Ces incidents l'avaient inquiété, mais après coup elle était redevenue parfaitement normale et il avait chassé de son esprit la signification éventuelle de son comportement légèrement étrange, sachant qu'il l'aimait et que l'amour suffisait.

L'amour ne suffisait pas et n'avait jamais suffi et, au bout d'un temps, la culpabilité avait fini par l'envahir petit à petit : il l'avait refoulée, tentant de compenser tout ce qui n'allait pas en gâtant Ruth, en la laissant prendre en main tout ce qu'elle voulait, en lui donnant son mot à dire dans des affaires de la paroisse qui auraient dû être de son ressort à lui, et uniquement du sien. Cela ne se passait pas bien, parfois, et ils avaient eu quelques confrontations, mais Miles était toujours intervenu pour lisser les choses.

Tout était calme. Il descendit au rez-de-chaussée, remonta, redescendit, sortit, marcha jusqu'au bout du Clos vers le portail principal et revint sur ses pas ; les gens lui lançaient de rapides coups d'œil, ne sachant pas s'ils devaient lui adresser la parole ou non. Un garçon à bicyclette passa en flèche, le percutant presque ; il trébucha et faillit tomber au bord du trottoir.

Il pensa qu'il devait regagner son bureau, consulter sa secrétaire, travailler un peu, mais il était si désorienté, si perturbé, il savait qu'il serait de peu d'utilité et donc, au lieu de cela, il se rendit dans la chapelle de la Vierge, qui était toujours tranquille, et s'y agenouilla, s'efforçant de prier pour le retour de Ruth, saine et sauve, et pour qu'on l'éclaire sur la manière d'aborder sa maladie ; mais il ne fit que marmonner quelques mots, puis demeura simplement là, à genoux, privé de toute émotion, considérant l'icône de la Vierge à l'Enfant et les vilains bougeoirs victoriens.

# 39.

— Je veux juste la voir… je lui ai apporté ceci.

— Êtes-vous un parent ?

— Je suis sa meilleure amie.

— Je suis vraiment désolée, mais les visites sont strictement interdites. Elle est très malade, vous savez.

— Pouvez-vous m'expliquer ce qui est arrivé ? Pouvez-vous me dire si ça va aller ? Vous ne pourriez pas juste me laisser passer la tête à la porte, sans rester ni rien, juste la voir, j'ai besoin de la voir.

Hayley aurait voulu étrangler cette femme à l'accueil, elle aurait voulu sauter par-dessus son stupide comptoir et lui taper sur la tête, découvrir dans quelle chambre était Abi et y aller, aller jusqu'à sa porte. Abi voulait sûrement la voir, elle voudrait savoir pour les gosses.

Les gosses.

— Écoutez, il faut que je lui rende visite, elle a besoin d'être tenue au courant, pour Frankie et Mia, elle va s'inquiéter, vous ne pouvez pas comprendre ça, si vous avez une moitié de cervelle ?

— Je comprends que vous soyez bouleversée, mademoiselle…

— Hayley.

— Hayley. Mais vous n'êtes pas obligée de vous montrer impolie. Je me contente de vous indiquer quelle est la situation. Pas de visiteurs. Je vais prendre vos fleurs et les lui mettre dans sa chambre, bien sûr.

— Ouais, bien sûr, tu parles.

Hayley s'éloigna. C'était peine perdue. Elle en avait suffisamment souvent croisé, des bonnes femmes tyranniques derrière des bureaux. Celle-ci portait un insigne. *Chris Eames. Réception.* Elle reprit ses fleurs et suivit l'écriteau indiquant le bar à thé de la Société des amis. L'hôpital était immense. Abi pouvait être n'importe où. Le couloir était plein de gens qui poussaient des chariots, qui portaient des objets et quelques autres marchaient très lentement avec des béquilles ou un déambulateur. Personne ne vous regardait.

Mais le bar à thé n'était pas trop mal, plein de monde, longue file d'attente, mais plus gai que le reste des lieux, avec une vue sur une longue étendue d'herbe devant un autre bâtiment. Un homme aux cheveux blancs, en tunique verte ornée du sigle HopBevSDA servait le thé. Hayley en eut une pleine tasse avec un petit pain tomate-fromage. Rien que de l'avoir sous les yeux, elle se sentait déjà mieux, et puis quelqu'un se leva d'une table, non loin des fenêtres.

Le thé était chaud, le pain frais même si le fromage avait un peu un goût de plastique et, au bout de quelques minutes, elle se calma et oublia *Chris Eames. Réception.*

En revanche, elle n'oubliait pas Abi, elle l'avait à l'esprit du matin au soir, Abi, qui était presque morte et qui avait rampé Dieu sait sur quelle distance, pour trouver de l'aide, Abi, que tout le monde avait crue morte, et qui ne l'était pas.

La chose qu'Hayley savait, c'était qu'Abi, quelle que soit l'état dans lequel elle était, voudrait avoir des nouvelles des gamins.

Mais elle ne voyait pas comment elle allait arriver jusqu'à elle. Elle pourrait lui écrire un mot. Non. Elle ne savait pas si Abi était en mesure de lire, et en outre, elle voulait lui expliquer, lui dire qu'elle n'avait pas eu le choix, qu'ils avaient mis les enfants en famille d'accueil parce que ces connards des services sociaux étaient arrivés et ils ne l'avaient pas crue capable de s'occuper de Frankie et Mia aussi bien que du sien. Et maintenant, ils étaient où ? Avec des gens qu'ils n'avaient jamais vus dans un endroit où ils n'avaient jamais mis les pieds, et quel effet ça aurait sur eux ? Ils auraient pu rester avec elle, chez eux, elle aurait emmené Frankie à la garderie avec Liam et elle aurait gardé Mia auprès d'elle toute la journée. Elle les aimait, les gosses d'Abi. Et une famille d'accueil, elle les aimerait autant ?

Elle mangea son petit pain et elle se sentit peinée à l'idée de ce que ça représentait, de se faire emmener dans une voiture loin de tous et de tout ce que vous connaissiez quand votre maman venait de disparaître, de partir avec des inconnus, sans qu'on vous dise combien de temps ni pourquoi, sans qu'on vous dise que dalle, telle qu'elle les connaissait, les services sociaux. Elle en avait eu, des prises de bec avec eux, dans le passé, et ils étaient pires que des instits, un million de fois pires.

Abi, il fallait qu'elle sache.

Il y avait sans arrêt des gens qui entraient et qui sortait du bar et elle était installée depuis cinq minutes quand une femme en blouse blanche s'approcha d'elle.

— Bonjour. Cela vous ennuie si je m'assieds ici ? C'est juste qu'il n'y a pas de tables de libres.

— Non, je vous en prie, je peux me pousser.

— Merci. Désolée de m'imposer.

— Pas du tout.

Elle était jeune. Son insigne indiquait *Dr Esther Gilman.* Visage sympa, songea Hayley, un drôle d'œil, qui fichait un peu le camp. Jolie peau. De pêche. Un long cou, un peu comme la tige d'un champignon.

Hayley lui lança un coup d'œil, regarda ailleurs, but un peu de thé, jeta à nouveau un œil au Dr Gilman.

— Alors vous êtes docteur ?

— Interne, oui.

— Ah bon.

— Vous êtes venue en visite, vous êtes une patiente en consultation externe ?

Hayley hésita. Elle n'avait pas envie de raconter toute son histoire, mais d'un autre côté, peut-être que ce Dr Esther Gilman l'aiderait.

— Compliqué, dit-elle. Vous voyez… je peux vous raconter ?

— Bien sûr… à moins que ce ne soit une liste de symptômes.

— Bon Dieu, non, je parie que vous en avez déjà par-dessus la tête sans qu'on vous bassine encore à l'heure de votre pause. C'est… vous êtes au courant pour cette fille, c'est mon amie, Abi, celle qu'on avait crue assassinée sauf qu'elle est vivante ?

— J'en ai entendu parler aux infos. Elle a eu pas mal de chance, non ? Cela leur permettra peut-être d'avoir les éléments qu'il leur fallait pour arrêter ce salaud. J'espère.

— Ouais, c'est sûr, et moi donc. Sauf que le truc, c'est qu'elle a été admise ici, dans cet hôpital.

— Oui, sans doute, oui.

— Et moi je suis son amie, elle avait… j'avais ses gosses, quand elle a disparu, et je dois lui en parler, elle doit s'inquiéter à mort, mais j'ai essayé d'aller la voir, de trouver dans quelle chambre elle était, et ils refusent de me dire quoi que ce soit, ils me laissent pas l'approcher.

— Elle est probablement en soins intensifs et sous sédatifs. Ils n'acceptent que les parents proches.

— Elle m'a expliqué, la femme de l'accueil. Mais Abi n'a personne, ses gosses, c'est sa famille, et je crois qu'elle a le droit de savoir ce qui se passe, personne d'autre le lui dira. Vous ne pourriez pas…

La jeune médecin secoua la tête.

— Je suis en gynéco-obstétrique, pour le moment, c'est pas du tout près de là où elle doit être, je regrette.

— Oh. D'accord. Désolée, alors.

— La seule chose que je puisse faire…

Hayley la regarda, l'adjurant intérieurement de poursuivre, de dire qu'elle allait faire quelque chose, l'aider, la conduire à Abi.

— J'aurais sans doute un moyen de savoir où elle se trouve, comment elle va et s'il est possible de lui communiquer un message. Je veux dire, possible en fonction de son état. Je ne peux pas faire plus… je ne peux pas vous introduire en douce enveloppée dans une couverture.

— Ouah, ce serait super, ce serait mieux que de juste laisser tomber, et de la laisser se faire du mouron. Merci, mille mercis.

— Je vous en prie. OK, que je note tout ça. Comment vous appelez-vous ?

— Hayley.

— Hayley comment ?

— Elle saura.

Le Dr Gilman nota au Bic, sur le dos de sa main. Où d'autres choses étaient déjà écrites.

— Dites-lui… un tas de baisers, et que les gosses vont bien. En réalité, je ne sais pas si je dois vous demander de lui en dire plus, peut-être, peut-être pas, il vaut peut-être mieux attendre que je la voie. Ils ont mis ses enfants en famille d'accueil, ces salauds de services sociaux.

— Alors je pense que vous avez raison. Il vaut mieux pour elle qu'elle sache juste qu'ils vont bien, pour le moment. D'accord, Hayley.

Elle se leva, avala le reste de son lait.

— Il faut que je file. Mais je vous promets d'essayer. Je ne sais pas si je vais y arriver, je n'en ai aucune idée… mais dès que j'aurai une minute, je ferai de mon mieux.

Elle le fera, pensa Hayley, si elle peut, elle le fera. Tu sais à qui te fier.

Il lui restait une heure avant d'aller chercher Liam à la garderie. Elle alla au comptoir prendre une autre tasse de thé et un éclair, servis par l'homme à la tunique verte, songeant quel cadeau c'était, d'être assise ici, à regarder cette verdure par les fenêtres, à observer les gens, à jeter un œil sur le contenu de leur plateau, et à s'interroger sur cet homme en tunique. C'était normal, et elle ne faisait pas trop souvent dans le normal.

Quand elle ressortit, le ciel s'était couvert, il commençait à bruiner et, le temps que le bus arrive, sa polaire était mouillée et elle avait froid. Ce serait donc encore une soirée pluvieuse dans la rue, et elle devait y aller, elle n'avait presque plus d'argent et son mandat n'arriverait pas avant quatre jours. L'une des femmes qui occupaient les autres appartements tendrait une oreille attentive, pour Liam. Hayley lui avait raconté qu'elle devait quelquefois travailler en service de nuit, pas le choix, et que son amie était malade. Toutes choses qui étaient vraies. Plus ou moins. Elle ne serait pas sortie plus d'une heure, une heure et demie, et ensuite, si elle ramassait assez, elle rentrerait auprès de Liam.

Elle changea de bus à Bevham et celui pour Lafferton la conduisit au bout de la rue d'Abi, qui était assez proche de la sienne, donc ce fut là qu'elle descendit. La pluie avait de nouveau cessé. Elle se demanda si cette femme médecin s'était déjà renseignée au sujet d'Abi, comment elle allait, si elle savait ce qui était arrivé. Hayley n'avait aucune idée des blessures de sa copine ; aux infos, ils ne disaient rien, la police non plus quand elle les avait appelés. Pourquoi tout le monde la bouclait ? Quel mal ça pouvait faire de l'informer, elle, sa meilleure amie ? Pourquoi y avait-il une espèce de sombre secret ? C'était l'habitude, trancha-t-elle, ils ne disaient rien parce que c'était leur manière de procéder. Ne rien dire.

Elle se souvint quand elle fut tout près de chez Abi qu'elle avait laissé sa jupe noire sécher devant le radiateur électrique et maintenant elle pourrait la porter, pour ce soir, ce serait déjà mieux, elle était plus neuve que le reste de ses tenues. Elle avait du temps. Jusqu'à la garderie, il n'y avait qu'un quart d'heure. En plus, elle devrait sans doute jeter un œil à la chambre d'Abi.

C'était silencieux, vide et bizarre. Ça sentait les gosses et la laque pour les cheveux d'Abi. Hayley s'assit sur le lit une minute. Elle ne savait pas quel sentiment était le plus fort – pour une bonne part, c'était de la peur, peur pour Abi, peur pour elle-même, de la peur, mais elle se sentait aussi tremblante et nauséeuse. Il fallait qu'elle sorte ce soir, et le seul moyen qu'elle connaissait pour se requinquer, c'était sa dose, ou une bouteille de vodka, mais elle n'avait l'argent ni pour l'une ni l'autre.

Abi rangeait parfois un quart d'alcool dans le fond de son placard de cuisine, bien que cela ne soit plus arrivé depuis une éternité. Elle ne buvait pas beaucoup, c'était pas bon pour les gosses, à ce qu'elle disait : une fois que tu commençais, il t'arrivait de finir bourrée, et ils avaient besoin de vous, et comment tu veillais sur eux correctement dans ces cas là ? Elle s'était fait avoir suffisamment de fois, avec Hayley.

Dans le placard, il n'y avait pas grand-chose – un paquet ouvert de crackers Ritz, la sauce tomate des enfants, une boîte de haricots, des allumettes. Dans celui d'à côté était rangée la vaisselle, autour de laquelle elle tâtonna. Pas de bouteille. Mais il y avait une boîte en fer. Elle la sortit de là. *Highland Shortbread.* S'il y restait des biscuits, elle les rangerait dans l'autre placard. Elle prit la boîte. Un truc dedans faisait comme un frottement feutré. Pas des biscuits, ça.

Soixante livres en billets enroulés. Elle savait qu'Abi avait un livret d'épargne à la poste et qu'elle mettait dessus autant qu'elle pouvait pour les gosses et en prévision du moment où elle arrêterait de faire le trottoir, même si Hayley ne croyait pas qu'elle voulait ou qu'elle pourrait, mais Abi y tenait, à son rêve. Soixante livres. Hayley les emporta sur le lit et s'y assit pour compter les billets à deux ou trois reprises. Ça, ça voulait dire un peu de défonce. Ça signifiait qu'elle n'aurait pas à aller travailler ce soir-là. Qu'elle pourrait se payer quelques canettes et de quoi se faire deux joints et rester chez elle avec Liam et une pizza, ce qui vaudrait mieux que de le laisser, même si quelqu'un le surveillait. C'était mieux.

Ce fut sa façon de voir les choses, quand elle glissa l'argent dans son porte-monnaie et prit son sac en bandoulière devant elle. De toute manière, si cet endroit devait être vidé, ce fric risquait d'être fauché, et puis Abi, elle la rembourserait, dès qu'elle serait revenue. Si jamais elle revenait.

# 40.

— Entrez.

— Chef ? Vous avez une minute ?

Simon leva le nez de son ordinateur et se cala dans son fauteuil. Il était à son bureau depuis ces trois dernières heures, lui qui n'avait pas une âme de gratte-papier. L'inconvénient de sa promotion, c'était que, du moins quand il n'était pas en mission au sein de la BVIR, l'unité volante, il était obligé de passer beaucoup plus de temps qu'il ne le souhaitait dans son bureau. Il en avait parlé à Paula Devenish, en lui signalant qu'il allait introduire une modification dans sa méthode de travail, passer plus de temps sur le terrain, plus de temps avec les autres, plus de temps à faire ce qu'il savait faire le mieux – être au cœur de l'action et diriger de là-bas, de l'extérieur, et pas d'ici, de l'intérieur, même si l'essentiel de la planification et du contrôle s'effectuait au commissariat. La directrice territoriale de la police se montra compréhensive, mais l'invita à conserver distance et autorité. Simon avait qualifié ces deux notions d'un mot bref et acerbe.

— Salut, Ben, oui, je vous en prie. À force de fixer ce foutu écran, j'ai le regard vitreux.

Il se leva et s'étira de toute sa hauteur. En dehors de tout le reste, conserver trop longtemps la position assise, c'était mauvais pour son dos. Il considéra le jeune inspecteur, toujours élégamment vêtu avec une cravate du genre classe – il n'avait pas encore adopté le look décontracté sport-tendance-débraillée de l'unité de police de Lafferton. Il suspectait qu'il ne s'y plierait jamais.

— Qu'est-ce qui vous chiffonne ?

— Pour être franc, j'en peux plus de traîner, chef. On m'a prié de retourner à l'hôpital, de voir quand Abi Righton serait en mesure de répondre à nos questions, mais pour le moment c'est peine perdue.

— Vous soumettez cela à l'inspecteur principal Franks, comme vous le savez, Ben.

— Je sais, oui… Je suis juste un peu contrarié. On ne va nulle part.

Serrailler observa le jeune sergent. Bien sûr, il savait ce qu'il aurait dû faire – engueuler Ben Vanek d'avoir eu le culot de venir se plaindre auprès de son divisionnaire. C'est ainsi qu'auraient réagi la plupart des patrons, mais il n'était pas comme la plupart des patrons, et il admettait cette frustration de Ben Vanek, et son impatience aussi, car l'impatience de vouloir avancer dans le travail était une qualité à ne pas négliger simplement à cause du désir mal placé d'un officier supérieur de maintenir sa prééminence hiérarchique. Simon exigeait de l'ordre et de la discipline au sein de son équipe, mais il n'accordait au protocole qu'une faible priorité.

— Nous partageons tous ce sentiment, Ben. C'est frustrant. Cela vous ronge, cela vous use, votre patience est à bout, mais le travail de la police est ainsi fait, vous devriez le savoir. Vous avez de quoi vous éclater, vous enthousiasmer – Abi Righton que l'on retrouve vivante, par exemple – et ensuite vous retombez dans la routine, les interrogatoires, l'attente, l'examen des bandes de surveillance vidéo et, si vous êtes en uniforme, la distribution des feuilles d'information et le porte à porte. Je n'ai pas forcément la capacité de ranimer la flamme.

Vanek haussa les épaules.

— Je me demandais juste si vous n'auriez pas à me confier une mission où je puisse me donner à fond, mais j'imagine que je ne devrais pas vous poser la question.

— Non, vous ne devriez pas, mais je vais vous répondre. J'arrête ici pour aujourd'hui… je me suis vissé à ce fichu bureau tout l'après-midi. Je vais aller à l'hôpital général de Bevham, tenter d'en apprendre davantage auprès des médecins au sujet d'Abi, donc vous allez m'accompagner, au cas où il y aurait la moindre chance de recueillir un mot de sa part. Il n'y en a aucune, mais nous devons persévérer. Ensuite, je souhaite me rendre dans la zone du canal, fouiner un peu. J'aime passer du temps sur une scène de crime, et il est bon pour les hommes en tenue qui assurent la permanence dans les fourgons stationnés sur les lieux de voir ma frimousse. Allons-y.

— C'est super, merci, chef.

Dans l'avant-cour, l'inspecteur principal Franks descendait de son véhicule.

— Je sors en vadrouille, lui annonça Serrailler, sans ralentir, j'emmène l'inspecteur Vanek, si vous n'y voyez pas d'inconvénient.

D'un signe de tête, il invita Ben à monter rapidement à côté de lui dans la voiture et sortit vivement du parking avant que l'inspecteur principal ait pu protester.

— Merci, chef.

Simon savait que Vanek était un passionné – certains auraient dit trop passionné, mais de son point de vue, on ne l'était jamais trop. Les angles du personnage s'arrondiraient bien assez tôt, mais il voulait s'assurer que le cynisme ne prenne pas le pas à ce moment-là. Il avait vu trop de jeunes inspecteurs de police judiciaire perdre leur enthousiasme et leur ambition, s'installer dans une routine trop facile. Il repensait à Nathan Coates, et une image de son ancien adjoint lui traversa l'esprit – une tignasse en balai brosse, un visage qui donnait l'impression d'avoir été aplati par un coup de pelle, un jeune homme intelligent, travailleur, un individu ordinaire, en pleine ascension au sein de la police du Yorkshire, qu'il avait rejointe en quittant Lafferton et qui deviendrait inspecteur divisionnaire dans quelques années. Nathan n'avait jamais perdu son tranchant et son goût d'écolier pour le métier, sans rechigner à la routine banale et monotone des périodes les plus mornes. Il n'était pas dans les attributions officielles d'un commissaire divisionnaire de s'intéresser à un jeune sergent, une nouvelle recrue, et de s'assurer qu'il ne perde pas son enthousiasme, mais cela ne gênait guère Serrailler.

— Alors, Ben, quelle est votre impression sur tout ceci ?

— Sur quel aspect en particulier, monsieur ?

— Deux prostituées mortes, toutes deux assassinées, une prostituée laissée pour morte. Même *modus operandi*. Même tueur ?

— Oh, sans aucun doute.

— Pourquoi ? Vous devez tout remettre en question, tout, jusqu'à ce qu'il ne subsiste plus l'ombre d'un doute.

— Vous voulez dire que vous pensez qu'il y a plus d'un tueur, monsieur ? Vous ne pouvez pas réellement croire cela.

— Je ne peux pas ? Et pourquoi ? Vous avez entendu parler des meurtres copiés, je présume.

— Eh bien, oui... D'accord, mais pour copier le premier meurtre, un deuxième meurtrier aurait dû connaître sacrément plus de détails sur ce qui s'est commis que ce qui n'en a été révélé.

— Exact.

— Il n'y a pas encore eu de rapport médical officiel sur cette Abi Righton, donc nous ne savons pas exactement comment elle a été attaquée.

— Nous savons qu'elle a subi de graves blessures à la gorge.

— Ce qui tend à désigner le même individu.

— D'un autre côté, la strangulation est une méthode de meurtre courante, surtout quand ce sont des hommes qui tuent des femmes.

— Exact. Je miserais tout de même un paquet sur l'idée que c'est le même bonhomme.

— Ce n'est pas un jeu, sergent.

— Non, monsieur.

Serrailler écrasa l'accélérateur et l'Audi bondit en avant pour doubler un poids lourd. Ben Vanek laissa échapper un sifflement approbateur.

Simon eut un large sourire.

— Vous avez raison. J'adore cette voiture, admit-il. Et le petit copain de Marie O'Dowd qui s'est volatilisé ?

— Il l'avait déjà soumise à des violences, il a saccagé sa caravane, de fureur, c'est un consommateur de drogues... S'il n'y avait qu'elle, je dirais affaire classée. Mais... Il a perdu les pédales avec sa copine. Il avait des antécédents à ce titre. Quelle raison aurait-il eue de tuer d'autres prostituées ?

— Et celle qui n'est pas une prostituée ?

— J'ai l'impression d'être mis sur le grill comme lorsque je me suis porté candidat au poste. Laissez tomber, chef.

Serrailler s'esclaffa.

— Exprimez le fond de votre pensée.

— Mme Webber, c'est juste une personne portée disparue... sauf que tout le monde est sur les nerfs à cause des autres. Elle ne rentre pas dans le moule.

— Parce qu'elle n'est pas une prostituée ?

— Elle n'était pas dans le quartier du canal, elle…

— Comment le savez-vous ? – Ben Vanek soupira. – Très bien, je vous fiche la paix, fit Serrailler, en s'engageant dans l'entrée du centre hospitalier de Bevham. Je ne veux pas me montrer sadique, je me sers juste de vous comme d'un réactif, ça m'aide à clarifier mes idées.

Abi Righton était dans une salle à part du service des soins intensifs, et un policier en uniforme était posté devant sa porte.

— Attendez-moi ici, fit Serrailler à Ben, je vais m'organiser avec l'infirmière de service.

Quelques années plus tôt, quand il était venu rendre visite à sa sœur Martha, Simon connaissait un certain nombre de membres de l'équipe médicale, mais l'infirmière présente aux soins intensifs était une nouvelle, et guère impressionnée par son statut de policier.

— Je suis désolée, monsieur, elle est sous sédatifs et nous ne pouvons accepter que l'on fasse irruption comme cela.

— Madame, je comprends, mais vous comprendrez aussi, je le sais, qu'Abi pourrait fort bien détenir des informations vitales pour nous. Dès qu'elle en sera capable, nous devons lui parler. Il lui adressa son sourire le plus séduisant. Je sais que vous avez les intérêts de vos patients à cœur, bien sûr, j'en suis convaincu… elle est votre priorité, mais ne voyez-vous pas aussi les choses de mon point de vue ?

Mais son sourire, le geste qu'il eut pour écarter la mèche blond cendré qui lui retombait sur le front, et tout le charme qu'il puisa en lui n'eurent aucun effet.

— Quand elle sera en état– si elle est en état – de parler à quelqu'un, vous en serez averti. Et maintenant, si cela ne vous ennuie pas… un flic qui encombre ce service, c'est plus que suffisant, et trois, c'est franchement la foule.

Elle se retourna et s'éloigna.

Serrailler fit grise mine.

— Rien à en tirer, dit-il à Vanek.

Mais au moment de quitter le service, ils croisèrent un médecin que Simon connaissait de vue.

— Roger… serait-il possible de vous dire un mot ?

— Laissez-moi deviner…

— Voici mon collègue, l'inspecteur-chef Vanek. Je connais la version officielle, mais pourriez-vous me donner une idée du délai nécessaire pour qu'Abi Righton se rétablisse suffisamment pour nous parler ? C'est urgent.

— Parler, c'est là le problème. Elle a été quasi étranglée, vous le savez… ses cordes vocales, sa trachée, son larynx souffrent de vilaines contusions et d'inflammation.

Simon lâcha un gémissement.

— Lésions cérébrales ?

— Pas à notre connaissance, non… l'IRM a l'air normal. Mais nous en saurons davantage plus tard. Elle n'est pas hors de danger. Elle a subi une déshydratation, une hypothermie et elle a été profondément en état de choc, sans compter les blessures physiques. Je ne peux vous laisser la voir.

— Nous pourrions éventuellement lui poser des questions auxquelles elle répondrait d'un signe de tête… peut-être même nous noter quelque chose sur un carnet ?

— Possible. Mais pas pour le moment.

— Quand ? Allons, Roger, aidez-moi, là. J'ai probablement affaire à un tueur en série. Il faut que nous remontions sa piste avant qu'il ne tue encore. Je vous promets que nous saurons nous montrer délicats, pas question de la bousculer, je ne suis pas du tout hostile à ce que vous soyez là pour surveiller toute la séance.

Le docteur se massa le menton.

— Je vois ce que vous voulez dire, mais je ne veux tout de même pas m'engager. S'il y a une chance pour que vous puissiez lui parler, je vous appelle, mais laissez-moi faire.

Abi Righton émergea d'un brouillard où des images étaient tour à tour proches puis lointaines, changeaient de forme et s'éparpillaient en mille morceaux comme des éclats de verre ; le plafond blanc, la lumière tamisée filtrant par le store à lattes semaient en elle la confusion. Lorsqu'elle ouvrit les yeux, ce qu'elle vit lui était inconnu, et un étrange bourdonnement persistait autour d'elle, à côté d'elle et dans sa tête, et un tic-tac comme celui d'une horloge ou d'une machine. Les instruments enregistraient quantité de choses, mais pas ce qui se produisait à l'intérieur de son crâne, pas ses sentiments confus et les images qu'elle ne parvenait pas à saisir. Mais à une ou deux reprises, elle eut la sensation que ce flou se dissipait et, quand elle ouvrit les yeux, elle comprit presque qui et où elle était, mais pas pourquoi, ni la raison pour laquelle elle était incapable d'avaler avec l'impression que sa langue était énorme à l'intérieur de sa bouche, ni pourquoi son cou, sa gorge et sa mâchoire la brûlaient.

Les moments où elle était consciente durèrent plus longtemps et elle se dégagea, elle s'en saisit, comme si elle se raccrochait à une barre, et comme si le fait de les tenir fermement allait d'une façon ou d'une autre la secourir et tout clarifier, et puis elle saurait. Elle saurait.

Le docteur examina les résultats, les enregistrements des appareils, puis regarda Abi, aussi pâle qu'une phalène, sur son oreiller, les yeux creusés, le corps maigre et bizarrement plat sous les tuyaux, les attaches et les câbles.

Cependant, pour la première fois depuis qu'on l'avait admise ici, le médecin avait un espoir, aussi vague et fuyant que le pouls d'Abi, qu'elle réussisse à se rétablir.

# 41.

À huit heures vingt, Serrailler garait sa voiture sur la voie d'accès au portail principal de l'imprimerie. Plus loin, une unité mobile, identique à celle à laquelle il venait de rendre visite en centre-ville, était stationnée sur l'accotement, avec des lampes à arc et deux fourgons de la télévision, conférant à tout ce périmètre une apparence aussi artificielle qu'un plateau de tournage. En ville, des officiers de police en tenue distribuaient des papiers d'information aux passants ; ici, l'intention était différente. L'unité devait remplir à la fois la fonction de point de départ pour les policiers en patrouille et les équipes de recherche, et être en même temps comme un moyen de dissuasion vis-à-vis des prostituées et de leurs clients – mais aussi vis-à-vis du tueur.

Simon avait eu l'intention d'y amener Ben Vanek, mais après un signalement de Jonty Lewis, le sergent avait été rappelé par son inspecteur principal, et il était donc seul.

— Bonsoir, tout le monde. Il grimpa les marches du fourgon, dans lequel deux officiers s'accordaient une pause autour d'une tasse de thé, et un autre assurait la permanence téléphonique. L'endroit était exigu, mais fonctionnel, avec un système de télévision en circuit fermé, un écran leur affichant des mises à jour sur toutes les affaires, et un espace annexe pour interroger quiconque les contactait avec des informations ou des préoccupations précises.

Il y eut un discret branle-bas de combat et des « Chef » murmurés.

— On se détend, je venais juste voir comment ça se passe.

— C'est calme.

— Les tapineuses en ont plutôt marre, chef. Elles sont sur le trottoir, mais elles n'ont aucune envie de se retrouver près de nous, pour des raisons évidentes, donc elles se sont installées bien plus loin en bas de la rue principale, ce qui rend les clients assez méfiants.

— Nous leur gâchons le métier.

— Et vous faites aussi en sorte de veiller un peu plus à leur sécurité, les gars, dites-le leur.

— Ouais, c'est ça, comme si elles nous écoutaient, chef.

— Aucune info de personne ?

— Pas vraiment. Deux personnes se sont présentées, elles ont jeté un œil, pris un prospectus.

— Des nouvelles de la jeune Righton, chef ?

Ils se tenaient debout, ils l'entouraient, ils bavardaient, ils lui proposèrent un thé. C'est là un bon exercice pour leur doper le moral, à défaut d'autre chose, songea Serrailler. Il aimait bien se trouver au milieu d'eux aussi souvent que possible et, en cela, Paula Devenish l'avait toujours soutenu. « J'apprécie les flics qui n'apprécient pas leur bureau », c'était ainsi qu'elle l'avait formulé, mais ils savaient l'un et l'autre qu'un officier exerçant une responsabilité d'ensemble sur des affaires de premier plan avait souvent bien du mal à s'échapper du commissariat.

Il resta quelques minutes, leur posa des questions, écouta attentivement leurs réponses et leurs avis. Ils connaissaient bien ce quartier et les filles qui faisaient le trottoir ; ils avaient l'œil pour les détails et pour tout ce qui sortait de l'ordinaire, un œil nettement supérieur au sien.

— Bien, je vais aller marcher sur le chemin de halage.

— On vient avec vous, monsieur.

— Non, merci, ça ira. Pendant ce temps, essayez de convaincre ces filles que si nous les déplaçons, c'est pour leur bien… même si elles ne nous croient pas.

Elles ne les croyaient pas, en effet. Elles étaient prêtes à risquer une rencontre avec un tueur, car elles avaient besoin d'argent, généralement d'argent pour la drogue, parfois juste d'argent. Elles n'étaient pas stupides, la plupart d'entre elles tâchaient d'être prudentes, elles connaissaient la musique et elles se surveillaient mutuellement, mais elles étaient toujours là, à faire le trottoir, à espérer des clients, à prier pour que ceux avec qui elles partiraient soient

« normaux ». Si votre situation était suffisamment désespérée, songea-t-il encore, en marchant vers le chemin de halage, vous preniez toutes sortes de risques.

C'était une soirée humide et douce d'octobre, avec une légère brume qui dérivait sur l'eau noire du canal comme un esprit quittant un cadavre. L'air sentait la verdure.

Il y avait des officiers de police sur les deux rives, non loin de la zone éclairée autour du deuxième fourgon et deux ou trois autres hommes un peu plus loin ; après quelques mots, il les dépassa, marchant lentement, s'arrêtant tous les quelques mètres, regardant autour de lui dans cette obscurité épaisse, humant l'air. Pourquoi certaines filles traînaient-elles autour du chemin de halage ? La plupart d'entre elles s'en tenaient aux artères principales, et montaient dans la voiture du client. Quelqu'un *voulait* peut-être venir ici... quelqu'un dont le véhicule était reconnaissable ? Un client à pied ? Il y avait quelques sièges en bois, sans dossier, sur ce chemin. Et sous l'un d'eux il y avait une forme sombre et humide. Il alluma sa torche, le cœur battant, un peu ridiculement. De sa main gantée, il tira sur cette forme. Un sac plastique détrempé. Il contenait un gros paquet de sachets de thé.

Il continua, vers la passerelle. Une rubalise jaune et noir cernait la scène du crime et un agent se tenait au pied des marches.

— Chef.

— Bonsoir. Alors, tout est calme ?

— Très calme. Ça me fiche la chair de poule, pour être franc.

— Je vais passer dessous et jeter un œil.

Sa torche illumina le petit espace froid et mouillé sous les marches où gisait le corps de Marie O'Dowd. Les médico-légaux avaient balisé l'emplacement et tendu là aussi une rubalise. Qu'était-il arrivé ? Qui l'attendait là, tapi dans l'ombre ? Le jules ? Ou quelqu'un d'autre ?

La terre humide du sol était ponctuée de quelques touffes d'herbe sur le bord, un peu argileux. Il s'imaginait une fille venant jusqu'ici avec un client pour une passe. Vraisemblable ou pas ? Tout était possible, dans ce monde fétide.

Ils avaient retracé le chemin parcouru par Abi, qui s'était traînée par terre ou qui avait rampé. Il s'achevait juste sous les marches de la passerelle, pas tout à fait au-dessous, mais il y avait aussi des marques du côté des buissons, derrière le chemin de halage. Le courage et la volonté à l'état pur de cette fille entêtée inspiraient le respect. Son agresseur l'avait-il laissée pour morte, ou avait-il été surpris, et s'était-il enfui ? Mais on n'avait trouvé aucun indice d'un individu quittant les lieux en hâte : s'il avait franchi la passerelle en courant, la pluie et le va-et-vient quotidien – dans la journée, cette passerelle servait de raccourci – auraient effacé ses traces.

Plus il pensait aux trois filles, plus il croyait qu'elles n'avaient pas été agressées par la même personne, mais ce n'était qu'une intuition, il n'avait aucune preuve matérielle, hormis le fait que l'on n'avait relevé l'ADN de Jonty Lewis que sur Marie, et pas sur les deux autres. Les médico-légaux avaient déjà emporté et examiné les vêtements que portait Abi Righton. Ils recelaient des traces d'ADN, mais sans rapport avec celui de Lewis.

Il confia les sachets de thé à l'agent, avec des instructions de suivi. Il s'enfonça ensuite dans la nuit. Une fois à l'écart de toute cette présence policière, c'était très silencieux.

Si Lewis ne s'était pas inscrit dans le schéma, c'eût été facile. Le même tueur, habité d'une haine ou d'une forme de rancœur envers les prostituées, avait assassiné les deux, et laissé la troisième pour morte. C'était Lewis qui détraquait toute la mécanique. Trouver Jonty Lewis…

Il fit demi-tour. Trouver Lewis et prier pour qu'Abi Righton soit en mesure de parler.

Ce fut seulement quand il atteignit la voiture qu'il se souvint de la quatrième femme. Ruth Webber qui, une heure encore auparavant, manquait toujours à l'appel.

Ruth Webber. L'épouse du doyen, vingt ans plus âgée que les autres filles, et pas une prostituée.

Que diable pouvait-elle avoir à faire avec tout cela ? Un lien quelconque ? Ou était-elle, simple coïncidence comme l'avait souligné Ben Vanek, « juste une personne portée disparue de plus » ?

Il allait se diriger vers le poste de police et ensuite rentrer chez lui, mais il se rendit compte qu'il allait être pris dans la toile d'araignée des affaires en cours, et il avait besoin d'une pause ; il emprunta donc la route de campagne et la direction de la ferme de Cat. Il ne l'appela pas pour la prévenir, mais ce n'était pas une soirée de chorale. Elle serait chez elle. Mis à part leur déjeuner à son retour de Taransay, il avait été trop occupé pour les voir. Ils lui avaient manqué – jusqu'à ce qu'il s'immobilise dans l'allée et qu'il voie les lumières allumées, il n'avait pas pleinement compris à quel point.

Cat descendit l'escalier en courant, en prononçant son nom.

— Tu ne peux pas imaginer combien je suis heureuse de te voir.

Pendant une seconde, il crut qu'elle allait éclater en sanglots.

— J'ai essayé de visser une ampoule dans l'applique de l'étage supérieur, mais c'est vraiment haut, je n'ai jamais pu y accéder, et je dois fouiller dans les vieilles boîtes de rangement qui sont là-haut. C'était toujours Chris qui devait s'occuper des lampes hors d'atteinte…

Il ouvrit grand les bras et la serra contre lui.

— C'est bon. Je suis là et je suis grand. Viens.

Elle rit à moitié, en le précédant à l'étage, mais son rire était un rire de soulagement.

— Ce sont des choses comme celles-là, tu sais… pas les grands trucs, juste les petites choses stupides, comme de ne pas être capable d'atteindre une douille de lampe. Ça peut paraître pitoyable.

— Pas pour moi.

— Et papa est passé tout à l'heure, j'aurais pu lui demander, mais je n'y ai pas pensé.

Il y avait assez de lumière en provenance de l'étage inférieur pour remplacer l'ampoule.

— J'avais besoin de retrouver des vieux documents sur les soins palliatifs. J'ai bientôt mon entretien préliminaire pour ce cours à King's College. Je n'ai pas forcément besoin de lire tout cela de façon exhaustive, mais je veux convenablement me préparer.

Elle ouvrit un tiroir de classement, y jeta un œil, en ouvrit un deuxième, le claqua.

— Dieu sait où ils sont. Je ne pense pas être capable de tout inventorier ce soir, et de toute manière, je préfère parler avec toi. Tu bois quelque chose ? Tu dînes ?

— Je n'ai rien mangé… un sandwich, ça m'ira.

Dans la cuisine, il alluma la bouilloire et trouva la cafetière.

— Je ne peux pas boire de vin, on risque de m'appeler.

— Moi, si, et on ne m'appellera pas.

Elle sortit une bouteille du frigo.

— Omelette aux champignons ? Il reste aussi du crumble aux pommes.

Il s'affala sur le vieux canapé et ferma les yeux une seconde, savourant la chaleur et les odeurs familières de la cuisine.

— Je suis désolé de ne pas être passé plus tôt.

— Mon Dieu, quand tu as ce style de boulot en cours, je ne m'attends pas du tout à te voir. Des avancées ?

— Pas vraiment. On attend que la fille qu'il n'a pas réussi à tuer soit en mesure de nous parler. Elle a une sacrée chance d'être en vie. Abi Righton. C'est une courageuse, celle-là.

Cat repensa à la jeune mère, frêle et farouchement protectrice, qui était venue chercher réconfort à son cabinet. Oui, en effet, Abi était courageuse. Cat éprouva une tristesse terrible. Elle ne comprendrait jamais pleinement l'existence des prostituées. Et aucun membre du groupe Marie Madeleine non plus.

— Et maintenant, Ruth Webber, dit-il. Elle ne menait pas une vie de combat pour s'affranchir, pour en finir avec le trottoir, et pour offrir mieux à ses enfants.

— Il se peut qu'il n'y ait aucun lien. Tu connais Ruth… As-tu la moindre idée de la raison de sa disparition ? Est-ce volontaire ?

Il y eut un long silence. Elle découpait des champignons, cassa trois œufs, prit du pain dans la corbeille et sortit le beurre du frigo.

— Je ne connais pas grand-chose du contexte de la cathédrale, reprit-il, non sans prudence, mais j'imagine que ce ne doit pas être la grande joie, en cette période.

— C'est un euphémisme. L'endroit est déchiré par les coteries : le nouveau doyen et sa bande d'un côté, la vieille garde et l'essentiel de la congrégation de l'autre. C'est le bazar.

— Et où Mme Webber trouve-t-elle sa place dans ce tableau ? Nulle part ?

— Oh si, un peu partout. C'est Mme Vanité de St Michael.

— Les romans de Trollope n'expliquent pas sa disparition.

Cat redevint silencieuse, elle étalait le beurre en rond dans la poêle.

Simon connaissait les silences songeurs de sa sœur. Il se prépara son café, se servit. Les œufs battus grésillaient dans la poêle brûlante.

— Peux-tu m'indiquer si c'est l'une de tes patientes ? lui demanda-t-il.

— Le doyen et Mme Webber sont tous deux inscrits au cabinet. Je ne peux t'en dire plus.

— Il pourrait s'agir d'une enquête pour meurtre.

— Allons, Sim, tu connais les règles. Mais je vais te dire une chose : en réalité, je ne les ai jamais reçus comme patients. Soit ils ne se sont jamais présentés chez nous, soit ils ont consulté Russell. Et c'est tout ce que tu sauras. Maintenant, dis-moi, toi, crois-tu qu'il y ait un lien entre la disparition de Ruth Webber et les autres ?

Il haussa les épaules.

— Cela paraît peu vraisemblable, n'est-ce pas ?

— Je garde l'esprit ouvert. J'espère simplement qu'elle va réapparaître quelque part, saine et sauve, et que nous puissions nous concentrer sur notre vrai boulot, parce que si tu me poses la question, officieusement, je dirais qu'on se disperse. Dieu sait que nous avons assez de personnes portées disparues comme ça… encore un ce matin, un ado, qui a sans doute fui un père en colère, aucun lien concevable avec les meurtres.

— Mais Ruth Webber est une femme.

— Oui, mais comment puis-je avoir la certitude que le tueur ne s'attaque pas maintenant aux ados ? Ou aux femmes respectables entre deux âges ? Ou que le tueur ne soit pas un ado ? Quelle que soit mon intuition profonde, la réponse, c'est que je n'en sais rien.

Il changea de sujet pour évoquer les enfants.

— Ils doivent croire que je suis sorti de leur existence, j'imagine, entre l'Écosse et ça maintenant. Je suis tout de même arrivé à envoyer à Sam un texte assez joyeux, l'autre jour.

— Il ne m'a rien raconté. Tu as reçu une réponse ?

— « Salut Sim bisou Sam. » Un truc dans ce goût-là. Il va bien ?

Le visage de sa sœur s'assombrit.

— Demande-moi comment va Hannah, réponse, super bien. Parfaite. Très occupée, Hannah. Demande-moi pour Félix : robuste, en forme et très occupé à l'approche de ses trois ans. Mais Sammy…

— N'oublie pas son âge… et sa nouvelle école.

— Oui, je vois des garçons de onze, douze ans qui sont carrément des adolescents. Sam n'en est pas encore là. Pour te répondre, primo, il est plutôt petit pour son âge. À l'école, ça a l'air de bien se passer, pour ce qu'il veut bien m'en dire. C'est le hic : il ne me dit rien. Sur à peu près tous les sujets, je n'arrive pas en tirer un mot. Il n'est pas malpoli, il est juste silencieux, et Sam a toujours été un bavard, tu le sais.

— C'est son âge, sa nouvelle école et Chris lui manque. Rien de plus grave que ça.

— Ce qui fait déjà pas mal d'un coup.

Elle paraît plus âgée, songea-t-il, même si peut-être son visage portait les marques indélébiles du chagrin, et d'autres, plus temporaires, dues à la fatigue.

— Il se réfugie dans un livre ou dans un jeu informatique. Il se disputait tout le temps avec Hannah, et maintenant il se contente de l'ignorer totalement. Cela me pousse à m'interroger sur la nécessité éventuelle de renoncer à ce cursus sur les soins palliatifs.

— Mais non, bien sûr que non, et tu le sais.

Elle versa de la crème liquide dans le pot.

— Je crois que je vais goûter un peu de ce crumble. Un peu de réconfort.

— Parle-moi de ce cursus.

Elle lui présenta les grandes lignes du diplôme de King's College et tout le changement qu'elle attendait de sa collaboration avec Imogen House.

— Judith m'a proposé de prendre les enfants quand j'irai à Londres. Je ne pourrais pas me débrouiller sans elle… enfin, sans eux.

Il se demanda si elle savait que Judith et lui avaient dîné ensemble. Si oui, elle n'en laissa rien paraître. Il supposa que Judith, pleine de tact, était partie du principe que cela devrait venir de lui, s'il voulait que Cat le sache.

Il se redressa contre le dossier.

— Je ne vais pas rester trop tard, j'ai besoin de dormir.

— Tu as bien dormi, en Écosse ?

Il ne lui avait rien dit à propos de Kirsty McLeod.

— L'air, là-bas, c'est du chloroforme.

— Tu es le bienvenu si tu veux coucher ici.

— Merci, mais j'ai besoin de mon lit. En plus, s'il arrive quelque chose, on va m'appeler et ça va réveiller tout le monde.

— Tu crois qu'il arrivera encore autre chose ?

Il se leva et s'étira.

— C'est ce que nous redoutons tous.

— Entretemps, je suppose que ces filles sont toujours là, dehors.

— Quelques-unes. Ils n'ont plus l'air d'acheminer les étrangères de Bevham, les macs ne veulent pas d'ennuis.

— Ils n'ont pas peur que le tueur migre là-bas ?

— Il ne le fera pas. C'est une affaire locale. Il a son pré carré.

Elle en frémit.

— Tu sais, quand nous avons tenu cette première réunion… cette histoire du groupe Marie Madeleine : les gens parlaient du risque inhérent à la prostitution, les MST, la violence, la drogue, le risque général de tomber malade rien qu'en passant ses nuits dans la rue. Et le « risque moral », comme Ruth Webber n'arrêtait pas de le répéter. « Le risque moral. » Mais personne n'a envisagé cela.

— Vous auriez peut-être dû. C'est déjà arrivé.

— Tout ce projet semblait un peu naïf, et Ruth avait une telle ferveur d'évangéliste à propos de tout cela. Mais bon, c'était une évangéliste. Et maintenant elle a disparu. Pourquoi une femme comme celle-là s'en irait-elle… comme cela ? Tu as parlé à Stephen Webber ?

— Le sergent qui l'a interrogé l'a senti assez réservé, sans pouvoir en cerner la raison. Il n'a pas refusé de répondre aux questions, il n'était pas réticent, il y avait juste… quelque chose. Mais ce style d'événement produit de drôles d'effets sur les gens. Ils se ferment, ils paniquent, ils déblatèrent à n'en plus finir sur rien, ils sont pris de nausée en face de toi, ils deviennent très nerveux. C'est imprévisible. Tu risques de le revoir ?

— Qui, Stephen Webber ? Tu veux dire, à titre professionnel ?

— Non, là-bas, à la cathédrale.

— J'essaie d'éviter. Les soirs de chorale, il ne se montre guère, et si je vais à l'office du matin, c'est en général Miles Hurley qui le prend en charge. Tu risques davantage de tomber sur le doyen que moi, étant donné que tu habites à cent mètres.

— Exact. Tu crois que ce mariage est solide ?

— Je dirais que c'était un mariage peu ordinaire. Pas d'enfants. Je crois que la détermination de Ruth à diriger la cathédrale après l'avoir mise sens dessus dessous et réorganisée à sa manière pourrait être une sorte d'activité de substitution. Mais c'est de la psychologie de bas étage. À ma connaissance, ils ne voulaient pas avoir d'enfants. Pourtant, ils n'ont pas l'air d'être brouillés. Je doute qu'elle soit partie suite à une dispute.

## 42.

Quelqu'un lui braquait une lampe dans les yeux et le tapait du bout du pied dans les côtes, pas très fort, mais avec insistance, un petit coup, un petit coup, un petit coup, un éclair, un éclair, un éclair. Il roula sur lui-même et s'enfouit la tête au creux du bras, mais les coups de pied continuèrent, plus bas, dans les reins. Au moins, il ne voyait plus cette lumière.

Sa tête était confuse et douloureuse, comme d'habitude, et il avait le corps tout endolori, avec un sale goût dans la bouche.

— DÉGAGE.

Merde. Il roula plus loin et heurta quelque chose de dur.

— Tu sors d'ici. DÉGAGE.

Il réussit à ouvrir les yeux. Il avait roulé contre le mur.

Le coup suivant le cueillit très bas.

— Va te faire foutre !

Jonty Lewis se redressa subitement, avec une détente violente de la jambe gauche, mais l'autre, qu'il ne connaissait pas, esquiva d'un bond.

— Debout, fous le camp, Lewis.

Il était arrivé ici quelques nuits plus tôt – deux ? Quatre ? Il ne savait pas trop. Il avait marché, il avait fait du stop, et encore du stop, et on l'avait débarqué d'un camion, sur le bas-côté. Il se souvenait de ça. Ensuite, il avait trouvé son chemin vers les abords de la ville et la décharge derrière le parking où il savait qu'ils se retrouvaient tous. Il faisait noir et humide, mais ils étaient bien là. Il avait piqué une liasse de billets au premier poids lourd qui lui avait fait faire un bout de chemin. Le chauffeur était parti pisser et il était resté dans la cabine, et ils étaient là, sous un chiffon graisseux roulé dans le vide-poche de la portière. Il en avait presque éclaté de rire. Le type était revenu, il lui avait même acheté une canette de Coca, et puis il l'avait déposé au rond-point.

Il ne savait pas du tout combien il avait piqué, mais il y avait assez. Il les avait retrouvés et il s'était payé un fix, et puis un autre, et il leur avait dit qu'il paierait pour dormir par terre dans le squat. C'était la dernière chose dont il se souvenait, à part un souvenir flou, beaucoup de bruit et sa tête qui tournait.

Et là, il avait de nouveau la lumière dans la figure. Un éclair, un éclair, un éclair.

Ce n'était pas la lumière du jour – c'était une putain de torche qui l'aveuglait.

— Mais bordel…

Ensuite, on le poussa brutalement, on le coinça contre le mur, il sentit des mains autour de sa gorge et un type à l'haleine de serpent lui hurlait au visage.

— Tu vas sortir, d'accord, passqu'on veut pas d'étrangleur à la con par ici, vu ? Alors tu gicles.

— Quoi ? De quoi tu parles ? Qui c'est, l'étrangleur ?

— Toi, c'est toi, t'es un putain d'étrangleur, t'as tué ta copine, t'as buté les autres, t'es une vermine.

Jonty réussit à le repousser en lui donnant un coup de genou. L'homme glapit et lâcha un juron.

— OK, qu'est-ce que tu déconnes, là ? Qui s'est fait étrangler ? La copine de qui ?

— La tienne, tête de nœud. C'est quoi, son nom ? Marie ? Celle-là. Et les autres.

Jonty secoua la tête pour s'éclaircir l'esprit et une douleur lui vrilla la nuque et le sommet du crâne comme un éclair.

— Bon Dieu, mec, je pige rien à ce que tu racontes. Marie ? Quoi, Marie ? Marie, elle va très bien.

— Non, pas du tout, elle est morte et tu l'as étranglée, ils l'ont dit, c'était partout aux infos, mec, elle est morte, et il y a les autres putes, elles sont mortes, d'accord, c'était partout aux infos.

— Écoute – Il se massait le crâne. Il était incapable d'intégrer la chose. – Écoute… Marie. Comment tu le sais ?

— Je viens de te dire, c'est…

— Marie O'Dowd, c'est le nom de ma copine, c'était pas elle.
— C'est ce nom-là. Je le savais. Le même nom irlandais.
— Elle est pas morte.

Il se frotta les yeux, le visage, puis il se passa la main autour du crâne et dans la nuque, comme s'il avait pu intégrer une pensée normale, à force de massage. La pièce puait. Il regarda l'endroit où il était allongé, sur un matelas en mousse crasseux avec un journal roulé en guise d'oreiller, et les tas de détritus par terre, des aiguilles, du verre brisé, de vieux lambeaux de serviettes ensanglantés, des tasses envahies de moisissure.

— Merde, fit-il.
— Ouais, c'est ça.
— Tu es sûr ?
— Pourquoi j'inventerais ? Comment je le saurais ?
— Merde.
— De toute manière, t'es foutu.
— J'ai étranglé personne.

L'homme haussa les épaules. Jonty n'avait aucun souvenir de l'avoir déjà vu, mais si, sans doute, sans doute qu'il était là depuis le début. Il le suivit en bas, en rajustant la ceinture de son jean. L'escalier était cassé par endroits, et la rambarde se décrochait du mur.

— Ma veste, dit-il, et, le temps d'un éclair, tout devint limpide comme le cristal. Il regarda autour de lui dans le couloir sombre, puis il se retourna et remonta les marches en courant, se trompa de pièce et fit irruption dans une autre où trois ou quatre personnes étaient allongées, dans les vapes, par terre, et il entra dans la suivante, et c'était là qu'il y avait le matelas mousse et l'oreiller en papier journal. Et sa veste en jean en boule près de la plinthe. Il l'attrapa et tâta les poches, toutes, et dans la poche poitrine de droite, où le bouton était parti, ses doigts palpèrent le rouleau de billets. Personne n'avait pris la peine de fouiller ses affaires. Personne.

Trois minutes plus tard, il était sorti dans la rue et marchait d'un pas rapide. Il n'avait aucune idée de l'endroit où il était. Il ne reconnaissait rien, maisons, boutiques, la rue devant lui. Rien. Il faisait noir et il faisait froid. Il marcha plus vite, il voulait se purger la tête, il voulait un verre, il voulait un fix et il voulait comprendre si ce qu'il avait entendu ou croyait avoir entendu était vrai. Toutes les deux ou trois minutes, il glissait les doigts dans sa poche pour palper le rouleau de billets. Puis il tourna brusquement au coin d'une rue et vit le pub, le Cosworth Arms, et il eut un déclic.

Il n'y avait que deux ou trois types au bar, mais l'un d'eux partit quand il s'approcha et le barman lui lança un regard noir.

— Une pinte de Strongbow et un scotch.

L'homme tendit la main. De l'argent. Enfoirés, il en avait de l'argent, il avait l'air de ne pas avoir d'argent ? Peut-être bien, oui. Ouais, d'accord, il avait l'air. En tout cas, il croyait.

Il se retourna et se dirigea vers les gogues. Ce fut seulement une fois entré dans un box qui sentait le créosote qu'il sortit le rouleau de billets et en tira deux, plia les autres et les rangea dans sa poche intérieure. Il devait bien y avoir deux ou trois cents, là.

De retour au bar, il tendit un billet de dix et prit ses boissons. Il y avait une table dans le coin opposé, avec un journal sur un des sièges.

*LA CHASSE CONTINUE POUR L'ÉPOUSE DISPARUE*
*DU DOYEN DE LA CATHÉDRALE*

Il lut jusqu'au bas de la page, très vite. À chaque paragraphe, on faisait allusion à d'autres femmes portées disparues et qu'on avait retrouvées mortes. Marie était citée quatre fois. Vers la fin, il y avait son nom à lui. La police continuait à rechercher *Jonathan – Jonty – Lewis, âgé de 27 ans, petit ami de la jeune femme assassinée, Marie O'Dowd, recherché pour être interrogé en relation avec ce meurtre.*

Il finit son cidre en trois gorgées et retourna au bar en chercher un autre. Quelques autres clients étaient entrés, mais personne ne faisait attention à lui, et le barman lui servit ses deux verres en lui accordant à peine un regard. C'est donc qu'il n'y avait peut-être pas sa photo. Peut-être que l'état de crasse dans lequel il était, ses vêtements, ses cheveux sales suffisaient à expliquer pourquoi les gens évitaient de le regarder et s'écartaient. Il savait de quoi il avait l'air.

Marie. Donc l'autre type ne se trompait pas. D'abord, Jonty n'y avait pas cru, mais c'était là, sur le papier, et il savait pourquoi la police voulait le voir. Parce qu'il avait un casier, parce qu'il avait saccagé la caravane… Sauf qu'il ne l'avait pas tuée. Il ne l'avait plus revue, depuis qu'il avait réduit sa caravane en miettes. Marrant, ça. Il ne se rappelait pas grand-chose des derniers jours, mais il se souvenait de cette soirée-là, comment il se sentait, ce qu'il avait dit et fait, dans sa tête, c'était aussi clair que dans un film.

Mais il ne l'avait pas tuée. Alors quel salopard avait fait ça ? Un malade quelconque qui s'attaquait à des femmes rien que pour le plaisir, un pervers. Pas lui. Et c'était si clair et net qu'il n'était pas difficile de décider de ce qu'il allait faire. Marie. Il n'arrivait pas à se faire à cette idée. Elle allait revenir, fidèle à elle-même. Marie ne pouvait pas être morte et enterrée.

Deux minutes plus tard, il était dehors dans la rue et il cherchait une voiture qui l'emmènerait à Lafferton.

# 43.

Même si Leah Wilson plaçait toujours son réveil sous un oreiller sur le tapis à côté du lit, la sonnerie ne manquait jamais de réveiller Geoff. Ce matin-là, il gémit, comme d'habitude, se retourna et ramena le coussin sur sa tête alors qu'elle se faufilait dans la salle de bains, en catimini, pour essayer de lui laisser un peu plus de temps de sommeil. Elle referma la porte doucement, parce qu'au moindre bruit les garçons se réveillaient, se levaient d'un bond et se mettaient à brailler dans toute la maison, empêchant Geoff de dormir ne serait-ce que quinze minutes de plus. Quinze secondes, c'était déjà trop demander.

Elle se sentait assez coupable d'être celle qui travaillait, maintenant, sans lui gâcher encore plus l'existence en mettant en piste Alfie et Jake dès cinq heures et demie du matin, parce qu'après ce serait trois heures de raffut, avant que le trio ne doive se mettre en route pour accompagner Alfie à l'école. Au moins, Geoff pouvait laisser Jake à deux ou trois portes de là, chez sa mère, sur le trajet – ça leur laissait un peu de temps ensemble, à Alfie et lui. Molly préparait un petit-déjeuner à Jake, et elle donnait aussi à manger à Geoff, à son retour de l'école. Devant son bacon et sa saucisse, il commençait son épluchage habituel du journal local pour voir quels boulots se présentaient, autrement dit aucun, du moins aucun qui lui convienne, avant de se diriger vers la ville et l'agence pour l'emploi. Où là aussi il n'y avait que des offres de boulots qui n'en étaient pas.

Il faisait encore noir. Ces matins-là, sur tout le chemin pour aller au travail, il faisait noir et encore une heure après qu'elle ait pointé, ce qui lui donnait l'impression d'être au milieu de la nuit. Les mois de printemps et d'été étaient les plus agréables, elle adorait le trajet en vélo dans les rues tranquilles, quelquefois sous un beau soleil chaud et matinal – et même s'il faisait gris et s'il pleuvait, le fait qu'il fasse jour changeait tout.

Il y a trois mois, elle partait pour son boulot de femme de ménage à l'imprimerie juste une demi-heure avant que Geoff ne la rejoigne pour son premier tour de service là-bas, mais maintenant, au travail, ils ne se croisaient évidemment plus jamais ; ils n'avaient plus jamais l'occasion de boire une tasse de thé matinale en vitesse et d'avaler un petit pain au bacon, en se tenant au courant pour les garçons. Ils n'arrivaient toujours pas à croire qu'ils aient été si nombreux à être licenciés d'un seul coup. Geoff avait travaillé treize ans à l'imprimerie, alors quand la rumeur avait circulé, il avait pensé que son poste serait plutôt préservé – il était l'un des plus qualifiés, là-bas, il y était entré direct après l'école, les rouleaux de papier, il ne connaissait rien d'autre. Mais cela n'avait pas pesé lourd. Il avait touché une prime de licenciement assez raisonnable, mais il n'y avait pas eu de remerciements et aucun effort pour les aider à trouver un autre boulot. Pendant deux semaines, il était resté à regarder fixement par la fenêtre du salon, comme un blessé de guerre, tâchant de s'habituer à des journées vides, après treize années de train-train quotidien sur un seul et unique lieu de travail. Il s'était mis à prendre le journal et à marcher d'un pas lourd jusqu'à l'agence pour l'emploi, mais avant même d'y aller il savait qu'il n'y aurait rien – rien en imprimerie, cela allait sans dire, mais rien d'autre non plus. Il n'avait aucune qualification en informatique, à part l'utilisation de son ordinateur à la maison, il n'avait aucune autre formation que l'imprimerie et, même quand il en arriva au stade où il comprit qu'il accepterait tout, n'importe quoi – il n'avait pas de fierté –, il ne trouva toujours rien. Leah avait son boulot de nettoyage, qui avait toujours servi pour les extras, Noël, des vacances et des cadeaux, et l'entretien de sa petite voiture, mais maintenant c'était pour les entretenir, tous les quatre, ça et l'allocation de demandeur d'emploi. Sa voiture avait rapidement disparu et l'argent était à la banque. Elle avait sorti le vieux vélo, Geoff l'avait réparé et, au bout d'une semaine, elle avait commencé d'apprécier, et puis elle remarquait que son tour de taille avait un peu fondu. Il était content de garder les garçons jusqu'à son retour, à onze heures du soir, et plus tard, quand elle sortait prendre son service au pub, il y avait toujours Molly. Mais Molly voulait trop mettre son grain de sel dans leur manière d'élever les garçons, alors Leah n'avait pas envie que Molly les prenne plus que nécessaire.

C'était dur quand même – non pas tant d'avoir deux boulots, que de faire un service très tôt et un autre tard, du coup elle n'avait jamais de nuit de sommeil complète, sauf le samedi soir quand elle n'allait pas au pub ou quand elle ne faisait pas le nettoyage et là, elle pouvait se ménager une grasse matinée. Geoff était génial pour ça. Il levait les garçons et il les emmenait faire les courses, et puis il leur offrait leur régal de la semaine, le petit-déjeuner au supermarché. S'il faisait beau, ils allaient ailleurs, au parc ou chez le frère de Geoff, que Leah puisse dormir jusqu'à onze heures et demie, et il restait encore le temps de préparer le dîner pour leur retour. Sans dimanche matin, elle n'aurait pu tout mener de front.

La maison était encore silencieuse. Elle préparait le thé et elle prit deux tranches de pain avec de la margarine. Avec les garçons, elle prenait des céréales, mais maintenant qu'ils achetaient la marque la moins chère, elle avait arrêté, parce qu'elles avaient un goût de sciure. Les garçons ne remarquaient rien. Elle laissait la bouilloire pleine et mettait la table en vitesse. Elle aimait bien avoir la radio allumée le matin, histoire de se donner un coup de fouet, mais cela ne valait pas la peine de risquer que les garçons entendent – autant que Geoff en profite aussi longtemps qu'il pouvait. Geoff fut le seul à entrer dans la cuisine, les cheveux hirsutes, pas rasé, quand elle fut prête à y aller.

— J'en ai pour une minute. D'accord, mon amour ?

— Ouais, je vais pas me recoucher.

— Qu'est-ce qui ne va pas ?

— Je m'inquiétais, si tu veux savoir.

— Bon, eh bien, non, il faut pas. T'inquiéter, ça te procurera pas un travail. Quelque chose va se présenter, tu peux pas chercher plus que tu ne cherches.

— Pas ça. – Elle retira sa veste du dossier de la chaise. – Écoute, ne prends pas le chemin du canal. Tu sais pourquoi. Je n'aime pas l'idée que tu traverses cette passerelle. Prends le chemin le plus long, si ça te retarde un peu, c'est pas important.

— C'est justement le genre de choses qui fait qu'on vire les gens, d'être en retard sans bonne raison, et si je me fais virer...

— Ce n'est pas sans bonne raison, hein ? S'ils ne sont pas au courant que…

La bouilloire se mit à siffler. Il lâcha deux sachets de thé corsé dans sa tasse.

— Tu ne peux pas essayer d'en prendre juste un ? Je sais que les sachets de thé ne sont pas chers, mais on en consomme déjà un sacré paquet.

— Non, je peux pas. Il y a des choses que je peux pas faire et boire un thé qui ne soit pas fort, c'en est une, tu le sais bien. Sauf qu'on parlait pas de ça.

— Faut que j'y aille. Écoute, je te dis une chose. En ce moment, de passer par là, pour moi, c'est plus sûr que ça n'a jamais été. Tu as vu comment c'est, là-bas ? Des voitures de police, des flics qui marchent par deux le long du chemin de halage, des gros projecteurs, un fourgon de police à l'entrée de l'imprimerie. Tu courrais plus de risque en plein Scotland Yard.

Geoff s'assit et remua son thé.

— Si tu le dis.

— Je suis pas crétine.

— Non.

— Mais j'y vais. Juste à l'heure…

Elle embrassa Geoff dans la nuque et elle allait sortir par la porte de derrière, quand elle entendit une cavalcade sur le palier. Geoff grogna. Puis il dit, très vite, comme s'il tenait les mots déjà prêts et comme s'il avait été incapable de trouver le bon moment pour les dire.

— Si je trouve pas de boulot bientôt, tu sais, on va devoir vendre la Sprite.

Leah, qui se dirigeait vers la porte, s'arrêta net.

— J'irai me taper vingt ménages s'il le faut, avant qu'on se débarrasse de la caravane. C'est la seule chose qu'on a, la seule chose qu'on…

— Je sais. Sauf que…

— Sauf que rien. Elle vaut même pas grand-chose.

— Dans les mille ou deux mille.

— Dans tes rêves. De toute manière, continue de rêver, parce que pas question de la vendre. En plus, il y a déjà un boulot qui t'attend quelque part avec ton nom écrit dessus… attends un peu.

— C'est l'ennui. Attente, foutue attente.

Les garçons se précipitèrent dans la cuisine. Leah fila.

À moins qu'il ne pleuve à verse ou qu'il y ait un gros coup de vent, elle aimait bien son trajet tranquille à vélo, jusqu'au travail. Elle était contente de réfléchir en pédalant, même si c'étaient trop souvent des pensées inquiètes sur l'absence de boulot et le manque d'argent, sur le moral de Geoff, sur le futur. Ce matin-là, elle essaya de se sortir de la tête ce qu'elle avait dit sur la vente de la caravane, mais ça refusait d'en sortir. Ils s'étaient acheté cette Sprite l'année de leur mariage et ils étaient allés partout avec, presque tous les week-ends, partis pour la mer, les collines, des festivals. Aux vacances de Pâques et d'été, ils étaient allés jusqu'en Irlande et au bord des lochs écossais, mais depuis la naissance des garçons, c'était généralement le bord de mer. Ce n'était pas seulement des vacances pas chères, c'était des vacances familiales, c'était amusant, c'était l'aventure, la liberté. Quand Geoff avait passé ses journées dans le vacarme de l'imprimerie, partir le vendredi après-midi quelque part dans un endroit tranquille, deux journées et deux nuits entières, c'était le meilleur moyen pour lui de se détendre.

Elle le pensait. S'il y avait d'autres boulots de ménage, elle les prendrait. N'importe quoi, pour ne pas avoir à vendre la caravane.

Depuis des jours, de savoir qu'elle roulait le long du chemin de halage, Geoff, ça le tracassait, mais en pédalant dans la rue qui menait au canal, elle vit le fourgon de la police qui était maintenant stationné en permanence à l'entrée. Un matin, il y avait eu des chiens avec leurs maîtres-chiens qui flairaient le long des buissons – pas ce matin. Elle aimait l'odeur du canal, une odeur liquide et verte qui lui rappelait quelque chose de son enfance – peut-être les vieux étangs où ils avaient passé tellement de temps pendant leurs longues vacances d'été. On ne ferait plus ça maintenant, laisser ses gamins jouer n'importe où, devant des kilomètres d'eau profonde, mais les choses étaient différentes à l'époque. Ils se surveillaient les uns les autres. Il ne s'était rien passé. Même si elle n'allait pas laisser les garçons partir tout seuls comme ils l'avaient fait, son frère et elle.

Elle repensait à comment c'était, à l'époque, de faire les fous près des étangs, quand elle sentit quelque chose tirer brutalement sur sa roue arrière. Elle se retourna en vitesse, croyant qu'elle l'avait prise dans une racine d'arbre ou que les rayons s'étaient voilés, mais à ce moment-là, elle était déjà tombée de vélo et quelque chose lui écrasait la bouche, on la traînait à l'écart du chemin de halage, sous la passerelle. Elle se débattit en donnant des coups de pied désespérés, mais le bras, car elle savait que c'était un bras, resserra son étreinte. La dernière chose qu'elle entendit, ce fut un bruit d'éclaboussure, la chute de quelque chose dans le canal, et la dernière chose qu'elle vit, ce fut l'obscurité sous le pont.

À quelques centaines de mètres de là, sur la zone en dur au-dessus du canal, les vitres de la camionnette de la police étaient embuées par la présence de douze agents en tenue qui terminaient leur service et s'apprêtaient à passer le relais à l'équipe de jour.

À l'imprimerie, les autres employés de l'équipe de nettoyage arrivaient à pied, à vélo, en voiture par le portail principal.

Chez eux, Geoff Wilson débarrassait les assiettes du petit-déjeuner et montait à l'étage, essayait de persuader les deux garçons de se brosser les dents et de se débarbouiller au lieu de sauter du haut des lits jumeaux et d'y grimper de nouveau. Avant d'avoir à s'en occuper tous les jours, il n'avait jamais compris tout ce que cela réclamait, au jour le jour, de faire passer deux petits enfants du stade d'animaux à celui d'êtres humains civilisés, et il s'étonnait que Leah ait pu s'en charger en y passant moitié moins de temps que lui, et apparemment avec moitié moins d'effort.

# 44.

— Emmène-nous là ou ça se passe.

— Oh oui, par pitié ! Je vais devenir barjo si on ne bouge pas de là.

La voiture de patrouille avec les deux agents à son bord exécuta un demi-tour spectaculaire et se dirigea vers la rocade, loin de la rue où ils étaient stationnés dans l'attente qu'il se passe quelque chose, près de l'imprimerie.

— Minute, c'était quoi, l'appel que t'as eu, un code rouge ?

— Nan, mais peu importe pourvu que j'aie une décharge d'adrénaline.

— Vas-y mollo, quand même… J'ai entendu une rumeur, le divisionnaire serait dans le quartier.

— Serrailler y est toujours, dans ce foutu quartier. Je pensais qu'un divisionnaire était censé rester en sécurité au poste, sans s'exposer.

— Depuis quand Serrailler fait ce qu'il est censé faire ? C'est un franc-tireur, il aime bien mettre les mains dans le cambouis. Je pense que c'est une bonne chose : il sait où s'accomplit le véritable boulot, au contraire de certains. Ça n'a jamais été un gratte-papier.

Sur la rocade encombrée de poids lourds, c'était l'heure de pointe pour aller à l'école et au travail, mais Louis Wills dépassa tout ça en troisième file. Il aimait bien conduire et activer les choses.

— Tu crois qu'il est gay ? demanda Nick.

— Quoi, le divisionnaire ? Aucune chance.

— Pas marié, pas loin de la quarantaine…

— Plein d'hommes sont pas mariés à quarante ans… ça fait pas d'eux des pédales. Pourquoi il devrait être marié ?

— J'ai pas dit ça.

— En tout cas, j'ai entendu dire qu'il avait été pas loin de se mettre à la colle avec cette inspectrice qui a été assassinée.

— Je savais pas ça, moi.

— Bon, on y va. Y'a des chances que ce soit une fausse alerte.

— OK.

Le supermarché était animé, mais la vision de deux policiers en uniforme attirait toujours l'attention des gens, qui se montraient curieux, ou un brin anxieux ; le service clientèle les fit accompagner depuis le rez-de-chaussée jusqu'au bureau du directeur en quelques secondes.

— Monsieur Meacher ? J'ai cru comprendre que quelqu'un de chez vous avait signalé avoir vu une personne recherchée ?

Le directeur était jeune et portait une cravate Bart Simpson dont le policier espérait que c'était un cadeau de ses enfants.

— C'est ça. On a eu l'info il y a une heure, le responsable du service de nuit avait laissé une note. Une employée du personnel des caisses a cru reconnaître cette Mme… Warren, c'est cela ? Ou Wilson. Celle qui a un rapport avec l'église.

— Webber. Oui ? À quelle heure était-ce ?

— Elle était aux caisses vers deux heures ce matin à peu près… Nous sommes ouverts vingt-quatre heures sur vingt-quatre, comme vous le savez probablement. Marlene DeAddio, caisse numéro sept. C'était assez tranquille – comme toujours à deux heures, même si nous avons bien des gens qui s'arrêtent en venant de la rocade – donc la caissière avait plus de chances qu'en journée de penser reconnaître cette femme… enfin, en s'aidant des photos dans les journaux et à la télévision, j'imagine.

— Pourquoi personne ne nous a appelés ?

— Marlene n'a rien signalé avant de venir pointer à la fin de son service, juste après six heures. Elle y avait repensé, et elle est allée à la cantine du personnel où elle a trouvé un journal avec la photo : elle en a conclu que c'était bien elle. Alors elle a informé le responsable de service, qui m'a laissé une note.

— Tout de même, il aurait été plus utile qu'on nous appelle aussitôt. Bien, est-ce que cette caissière est encore là ?

— Non, non, elle est partie, doit être au lit, je suppose.

— Bon, il va nous falloir l'adresse de son domicile, je vous prie. Avez-vous une caméra de surveillance du magasin ?

Le directeur prit l'étui d'une cassette sur son bureau.

— Ceci couvre le rez-de-chaussée de dix heures à six heures. Je savais que vous me le demanderiez… je ne regarde pas *Brigade volante* pour rien.

Il sourit de toutes ses dents, qui étaient gâtées.

— Nous aurons aussi besoin de la vidéo de la sortie du magasin et des parkings.

— Oups ! Bien sûr, vous les aurez. Je vais arranger cela. Puis-je vous faire apporter un café ? Un petit pain au bacon ?

— Non, merci, monsieur Meacher. Juste l'adresse de la dame et les enregistrements. Quelqu'un d'autre a-t-il reconnu cette femme ?

— Personne n'a rien dit. Mais aucun employé n'aurait été susceptible de la voir, sauf peut-être un employé de rayon, si elle en a croisé un. Aucune de ses collègues caissières n'a signalé l'avoir vue.

— Il n'empêche, il nous faudra une liste détaillée des renseignements concernant toutes les personnes qui étaient au travail ici vers deux heures ce matin, s'il vous plaît, et peu importe à quel endroit elles se trouvaient.

— OK d'ac'. Tout cela va prendre dix, quinze minutes…

— Nous pouvons attendre.

— Vous êtes sûrs que vous ne voulez pas une boisson ?

Les agents échangèrent un regard.

— Merci, d'accord, un thé, ce serait pas mal.

— Et un café, merci. Les deux avec du lait, du sucre.

— Un muffin ? Un toast ?

— Non, merci. Juste les boissons, ce sera très bien.

— Nous aurions pu aller au café, fit Nick quand ils furent seuls dans le petit bureau sans fenêtre.

— Il ne veut pas qu'on se montre trop, ça flanquerait la frousse aux gens.

— Je ne comprends pas ça. Ça devrait être rassurant, de nous voir.

Louis lui lança un regard en coin.

Geoff Wilson prit le bus pour se rendre en ville. Pendant des années, il n'était pas monté dedans, jusqu'à son licenciement, mais à présent, le prix de l'essence étant ce qu'il était, la voiture restait presque tout le temps garée. Le bus lui allait très bien, l'arrêt n'était pas loin, mais les horaires n'étaient pas fiables et, du coup, il avait loupé deux rendez-vous. Quand vous étiez en quête d'un emploi, il fallait être présent, et si vous n'étiez pas à l'heure, on ne vous accordait pas de seconde chance. Maintenant, il partait avec une demi-heure d'avance, juste au cas où.

Ce matin-là, pourtant, il n'y eut pas de retard, et il arriva donc à Hunt Square et à l'agence pour l'emploi avec tellement de temps devant lui qu'il erra un peu dans le coin, puis alla prendre une tasse de thé dans le café cradingue du coin. Pourquoi les agences pour l'emploi opéraient-elles dans le quartier le plus dégueulasse de la ville ? Personne ne venait à Hunt Square dans un autre but que celui-là – même la boutique de l'association caritative était condamnée, maintenant. Mais le café était plein et la clientèle qui le fréquentait n'était pas constituée des clochards habituels de l'agence pour l'emploi, c'étaient des types ordinaires comme lui, y compris deux qu'il connaissait de l'imprimerie, et même d'autres plus chics en costume. La récession avait frappé partout, plus rien n'était proposé aux individus diplômés, à part dans l'informatique, et même ces emplois-là, sur le terrain, se faisaient rares. Geoff eut son thé et regarda autour de lui, en songeant au nombre de formations, de compétences et d'années d'études qui se retrouvaient probablement massées dans ce café à cette minute, et à tout ce gâchis. Comment dire à vos gosses de continuer à fréquenter l'école, de faire de leur mieux, de réussir, de renoncer à ci ou à ça, afin de se créer un super avenir, alors qu'ils auraient cet endroit à vous montrer du doigt, pour vous prouver que vous aviez tout faux ?

Il resta là, à la fenêtre, à regarder dehors à travers la buée. Dans les années 1970, quelqu'un avait décidé que Lafferton avait besoin d'un quartier commerçant moins cher, et on avait construit cet endroit, le béton avait surgi de terre, avec un parking à plusieurs étages occupant tout un côté. C'était la seule partie des lieux encore en fonction, à part ce café, un prêteur sur gages et l'agence pour l'emploi. La place proprement dite était envahie de mauvaises herbes, ses dallages cassés annexés par les gosses avec leur skate. Lafferton avait toujours été le mauvais emplacement pour ce style de dépotoir bas de gamme – mais le bon emplacement existait-il ? Quand c'était laid, c'était laid partout.

Il était arrivé avec dix minutes d'avance sur son rendez-vous, sans bien comprendre pourquoi, car il s'attendait à ce que cela se déroule comme tous les rendez-vous précédents – une conversation agréable avec un jeune type au visage grêlé d'acné et à la cravate ficelle, qui lui annoncerait ensuite qu'il n'y avait rien pour lui et que même les postes vacants de magasiniers étaient tous pourvus. Mais aujourd'hui, le jeune type avait été remplacé par une femme en tailleur jaune vif, un peu trop de rouge à lèvres, dont l'insigne indiquait *Yvonne Moon* ; elle gratifia Geoff d'un sourire radieux avant de baisser les yeux sur les papiers devant elle.

— Alors, monsieur Wilson, comment allez-vous ?

— Pas mal, merci.

— Vous gardez le moral, j'espère ? Je sais combien cela peut être déprimant, cette recherche d'emploi. – Il se demanda si elle le savait réellement. – Enfin, tout ça, c'est juste une question de temps, remarquez.

— Et le temps, justement, j'en manque pas, hein, c'est ça ?

Elle sourit de nouveau.

— Je crois juste que vous risquez de ne plus en avoir tant que cela de libre, dans le futur, monsieur Wilson, reprit-elle ensuite, car il se pourrait que j'aie quelque chose pour vous.

Éboueur ? Aller peindre des lignes jaunes sur les routes ? Nettoyer les toilettes ? OK, OK, tout ça, il acceptait.

— Vous avez beaucoup d'expérience dans l'imprimerie.

— Oui. Comme pas mal d'autres.

— C'est cela. Mais apparemment, de tous nos inscrits, c'est vous qui semblez avoir la plus longue expérience dans ce métier, à ce que je vois. Surprenant.

— Pourquoi surprenant ?

— Eh bien, vous n'êtes pas si vieux.

— J'ai commencé directement à la sortie de l'école.

— Bien.

Elle retourna une feuille de papier, lut celle qui se trouvait dessous, la retourna aussi. Et puis elle releva les yeux, de nouveau avec son grand sourire.

— Avez-vous entendu parler de Delf and Wimborne ?

— Oui, ils exécutent des petits travaux – on leur refilait des tâches qui n'étaient pas assez grosses pour nous – prospectus, magazines paroissiaux, papier à en-tête, ce genre de trucs.

— Eh bien, ils ont un poste vacant. Cela vient de rentrer, ce matin, et j'ai immédiatement fait le rapprochement avec votre fiche. – Il se redressa sur sa chaise. – Ils veulent un opérateur machine qui puisse aussi tenir lieu de chauffeur de camionnette en cas de nécessité. Avez-vous un permis de conduire vierge, avec tous ses points ? Il est inscrit que oui, ici.

— Un permis propre comme un sou neuf.

— Et la conduite d'une camionnette ?

— De petites camionnettes, oui. Je n'ai pas de permis poids lourd.

— Ce ne sera pas utile. Maintenant, j'ai là une liste des machines dont ils sont équipés : en réalité, il vaudrait mieux que vous y jetiez un coup d'œil vous-même.

Elle lui fit glisser la feuille et il la lut, lentement, en vérifiant tout. Que du matériel qu'il aurait pu piloter les yeux fermés. Il sentit sa gorge se serrer et son cœur cogner. N'importe qui d'autre aurait été tout aussi qualifié que lui pour ce poste, c'était quelques niveaux en dessous de ce qu'il faisait précédemment, et un peu en décalage, mais ce n'était pas non plus du nettoyage de cuvettes de WC.

— Et le poste est toujours vacant ?

Son sourire clignota comme une enseigne au néon.

— Comme je disais, ça vient de rentrer. J'aimerais organiser un entretien aujourd'hui, si vous cela vous est possible.

— Oh, pour être possible, c'est possible.

Il attendit que le sourire se remette à clignoter et lui sourit en retour.

Deux heures plus tard, il marchait sur un nuage. Il ressortit des bâtiments industriels appartenant à Delf and Wimborne, Imprimeurs. Il avait pris deux bus pour s'y rendre, c'était à l'autre bout de Lafferton, et ensuite il avait marché une quinzaine de minutes – il faudrait vraiment qu'il aille travailler en voiture –, mais ça en valait la peine : il aurait marché cent cinquante kilomètres pour être accueilli comme il l'avait été. Tony Delf lui avait affirmé qu'ils avaient de la chance de l'avoir trouvé, et tout le monde avait l'air ravi. L'unité de production fonctionnait à cheval sur le rez-de-chaussée de deux bâtiments, et le studio de création graphique et les bureaux se trouvaient à l'étage. L'endroit bourdonnait d'activité, les machines sortaient des milliers de brochures, de programmes de théâtre, de prospectus et de faire-part de services religieux de mariage. Le bruit n'avait rien à voir avec le raffut des grosses imprimeries, mais c'était une rumeur familière et, aux oreilles de Geoff, une vraie musique.

Il exécuta quelques pas de danse dehors, au milieu de la cour ; ensuite, alors qu'il rejoignait l'artère principale à pied, il appela sur le portable de Leah. Il avait songé une nanoseconde à attendre d'être rentré à la maison pour lui annoncer, voir son visage, mais il était incapable de patienter, et sa voix quand elle entendrait la nouvelle, ce serait presque aussi bien.

Et puis, quand il lui aurait annoncé, il rentrerait l'apprendre à sa mère, et ensuite aux garçons – même si cela leur passait au-dessus de la tête – et voir ce qu'ils pourraient organiser pour fêter ça, se faire livrer quelque chose, ou tous sortir chez Pizza Hut, pourquoi pas. Les garçons, ça leur plairait, et s'ils étaient heureux, Leah et lui seraient heureux aussi. L'une des conséquences les plus positives, ce serait qu'elle puisse lâcher l'un de ses deux boulots – il savait lequel ce serait, le pub. Cela ne l'ennuyait pas de se lever tôt, cela ne la gênait pas de faire le ménage ; toute leur bande avait l'air de bien rigoler, à son ancienne imprimerie. Le pub en revanche, c'était un travail éreintant, et il fallait être agréable avec des gens désagréables. Elle pourrait leur remettre sa démission le soir même.

# 45.

Jonty Lewis se laissa aller contre le dossier de la chaise en fer et ferma les yeux. Il avait la tête douloureuse. Ils l'avaient abandonné durant ce qui lui avait semblé une journée et une nuit entière devant un gobelet en plastique de thé froid. La salle d'interrogatoire n'avait qu'une seule fenêtre, une fente étroite en haut du mur ; il y avait une odeur, sans qu'il ait pu en discerner précisément la nature, et de toute manière, c'était le cadet de ses soucis. Il regrettait de ne pas être resté au squat ou de ne pas être sorti se balader.

Il n'empêche, Marie morte, c'était un problème. Il n'y avait pas cru, même l'article dans le journal, il n'y avait pas cru, tant qu'il n'était pas entré au poste de police, qu'il n'avait pas dit qui il était et là, ils l'avaient empoigné comme s'il allait leur fausser compagnie et ressortir. Ensuite, on l'avait balancé ici, deux personnes étaient venues et reparties, et maintenant il attendait. Il attendait. Il attendait. Cela lui donnait le temps de réfléchir – trop de temps. De penser à Marie. Il paniquait, parce qu'il essayait de se rappeler son visage et il ne pouvait pas, il y avait une ligne, un contour dessiné tout autour d'elle, mais à l'intérieur c'était vide, comme un découpage bizarre. Marie. La dernière fois qu'il avait vu Marie... Mais sa cervelle avait cessé de fonctionner. Il but une gorgée de thé. De thé froid.

Du désinfectant. C'était ça, l'odeur. Du désinfectant et de la vieille cigarette. Il donnerait n'importe quoi pour un pétard.

Sauf que les revoilà, le gars irlandais et la femme inspecteur, avec sa grosse figure.

— Très bien, Jonty, on va boucler ça. Vous avez eu une dispute avec votre petite amie, Marie O'Dowd. Elle est partie travailler : c'est une prostituée professionnelle, elle vous fournissait sans doute l'argent nécessaire pour votre came, je me trompe ? Vous avez mis sa caravane en pièces parce que vous étiez saoul, défoncé ou les deux, et ensuite ça ne s'est pas arrêté là, vous êtes allé la retrouver sur son trottoir, vous l'avez traînée jusqu'au chemin de halage du canal et vous l'avez étranglée. Exact ?

— Non. Non, sans déconner, c'est tout faux. J'ai pas tué Marie, je savais même pas qu'elle était morte, avant ce matin.

— Qu'est-ce qui vous a poussé à venir au poste, alors, Jonty ? Mauvaise conscience ? Vous ne pouviez pas continuer à vivre en sachant ce que vous aviez fait ?

— Non. J'aurais pas pu effectivement, si je l'avais fait, sauf que je l'ai pas fait.

— Ou vous vous êtes juste livré à un petit calcul, si je me rends, ça me vaudra peut-être une peine négociée, c'est pas ça ? Une sentence moins lourde ? Eh bien, ça marche peut-être, parfois, avec les vols à la tire, mais ça ne marche pas pour un meurtre, Jonty.

— Je vous l'ai dit. Je n'ai pas tué Marie.

— Je suppose que vous allez nous raconter que vous l'aimiez trop.

Il haussa les épaules. Il n'en savait rien. L'aimer ? Aimer Marie ? C'était quoi, ça ? Mais il l'avait bien aimée, plutôt beaucoup, et il n'allait pas la tuer, l'étrangler. Il n'osait même pas y songer, les mains d'un type serrant le cou de Marie. Il en avait la nausée.

— Dites-nous pourquoi vous avez saccagé la caravane de Marie, Jonty.

Il restait silencieux, tâchant de démêler tout ça. Comment ils savaient ça ? Pas compliqué. Évidemment, ils étaient allés sur place, ils avaient trouvé la caravane, et c'était qui la première personne à laquelle ils avaient pensé ? Il avait des antécédents pour des histoires de ce genre, la mère de Marie avait dû leur raconter que c'était lui, elle lui collerait n'importe quoi sur le dos, elle et ses amies. S'il disait que c'était lui, eh ben quoi ? Pour eux, une chose en amenait une autre. Mais s'il leur disait que non et s'ils avaient une preuve… ils pouvaient en avoir une preuve ? Probable. Il n'avait pas fait gaffe, il avait sûrement dû coller ses mains partout et laisser des empreintes, ou il s'était coupé et il avait laissé du sang. Il ne se souvenait pas de grand-chose.

— J'étais en rogne.

— Pourquoi ?

— On s'était disputés.

— Sur quoi ?

Il ne se rappelait pas. Cette soirée-là, c'était du brouillard, dans son cerveau.

— Jonty ?

Il haussa les épaules.

— Vous vous disputiez souvent ?

— Ça nous arrivait. Comme à tout le monde.

— Mais là, c'était plus sérieux. A-t-elle menacé de vous foutre dehors ? Avait-elle quelqu'un d'autre ? C'était ça ?

Non. Il savait que non – pas qu'il se souvienne, mais Marie n'aurait pas fait ça. Elle n'aurait pas osé.

— Non.

— Alors quoi ? Allez, Jonty, crachez le morceau.

— Quoi ? Très bien, je l'ai démontée, sa caravane, mais ensuite j'ai laissé tomber, je me suis barré.

— Où êtes-vous allé, Jonty ?

— Me souviens pas.

— Mauvaise mémoire que la vôtre, hein ? Et Marie, où est-elle allée ? – Allée ? Elle était partie ? Il avait vaguement l'impression qu'il était seul dans la caravane, mais il ne pouvait en être certain. – Travailler ? Vous vous êtes assuré qu'elle aille gagner de l'argent pour vous défoncer, avant de saccager son domicile ? Ça s'est passé comme ça ? Sauf qu'à ce moment-là, vous vous étiez mis dans un tel état, vous en vouliez plus, vous vouliez cogner, donc vous êtes allé la retrouver. Vous étiez en rage contre Marie, c'est ça ?

Un haussement d'épaules.

Et la femme prit le relais.

— Écoutez, Jonty, nous savons un paquet de choses sur vous, nous en savons beaucoup sur ce qui s'est passé ce soir-là. Maintenant, nous avons juste besoin de comprendre pour Marie. Qu'est-il arrivé, au juste ? Vous l'avez suivie ? Vous l'avez retrouvée par hasard peut-être, et quand vous l'avez vue, un déclic s'est produit dans votre tête, parce que vous étiez encore en colère ?

— Je ne l'ai pas tuée.

— Très bien, vous lui avez fait quelque chose ? Vous l'avez frappée ? Vous aviez peut-être juste l'intention de lui flanquer une bonne correction, mais tout a mal tourné, vous avez perdu les pédales ?

— Non. Je ne l'ai pas vue. Je me suis payé sa caravane, mais j'ai jamais revu Marie. Elle…

— Elle quoi ?

Subitement, le brouillard s'est éclairci et il se souvint de l'avoir vue sortir de la caravane, dans des habits différents, c'était ça, elle s'était changée, elle avait mis sa tenue de travail, jupe courte et tout.

— Jonty ? Allez.

— On s'était disputés, je me souviens pas à cause de quoi, c'est la vérité, je me souviens pas de grand-chose, sauf que je me souviens maintenant, elle s'est changée et elle est sortie.

— Partie travailler ?

Il opina.

— Commode, ça. On vient de s'en souvenir. Pourquoi vous ne vous en êtes pas souvenu avant ?

Il ne répondit pas.

— Et ensuite vous avez saccagé la caravane ?

— Doit être ça.

— Ensuite, vous vous en êtes pris à elle.

— Non. Je l'ai pas vue. Je vous l'ai dit. Je n'ai jamais revu Marie, je ne l'ai jamais touchée, je ne l'ai jamais tuée, d'accord ?

— Vous connaissiez Chantelle, Jonty ?

— Chantelle qui ?

— Chantelle Buckley.

— Jamais entendu parler d'elle.

— Ou Abi ? Abi Righton. Vous deviez connaître Abi, c'était une amie de Marie.

— Ouais, je connais Abi.

— Qu'est-ce que vous avez fait à Abi, Jonty ?

— Abi ? Seigneur, elle n'est pas morte elle aussi, non ? Nom de Dieu.

— Allons, Jonty, où est-ce que vous étiez ?

— Je jure devant Dieu que je le savais pas. Pour Marie, et pour elle non plus. J'y arrive pas, c'est trop pour ma tête, je vous l'ai dit.

— Où étiez-vous, la semaine dernière, Jonty ? Nous avons prévenu les télés, les journaux, la totale, avec votre photographie, nous avons demandé aux stations de radio de nous contacter... Quelqu'un a bien dû vous voir, même si vous avez vécu à la dure quelque part. Ce qui semble être le cas, si l'on en croit votre apparence.

— J'étais dans la maison de quelqu'un.

— Super. La maison de qui ? Quelle adresse ?

— Quelque part vers l'autoroute. Au nord.

— Ça fait grand, comme périmètre, ça, Jonty.

— J'connais pas l'adresse.

La grosse figure soupira.

— Vous êtes resté quoi... combien de temps ? Des jours ? Plus d'une semaine... mais vous ne connaissez pas l'adresse ? Marrant, ça.

— C'est un squat.

— Vous voulez dire une fumerie de crack.

Ça, c'était le type.

— Un squat, comme j'ai dit.

— Et combien de temps y êtes-vous resté, dans ce squat ?

— J'en suis ressorti ce matin. Je suis venu ici, non ? Dès que j'ai su.

— Su quoi ?

— Pour Marie.

— Donc vous êtes venu nous dire que vous l'avez tuée et que vous vous livrez.

— NON ! Non, je n'ai pas touché Marie, je n'ai pas vu Marie, je vous ai dit... Écoutez... Ah, laissez tomber. Laissez tomber, bordel de Dieu.

— Très bien, Jonty. Nous allons en rester là pour le moment. Entretien terminé à onze heures vingt-cinq.

— Je peux y aller ?

— Non, vous ne pouvez pas y aller. Qu'est-ce qui vous permet de penser que nous arrêtons les gens pour suspicion de meurtre, pour ensuite les laisser repartir ?

Ils sortirent.

Cinq minutes plus tard, ils le coffraient.

À midi, la petite salle de conférence accueillit Serrailler, les deux inspecteurs principaux placés à la tête des deux enquêtes distinctes, et l'inspecteur dirigeant l'équipe chargée de la disparition de Ruth Webber.

Serrailler regarda autour de la table. Ils étaient fatigués. Il le voyait sur les visages – fatigue et frustration, sentiment d'inutilité, et l'idée qu'en tout état de cause, qu'il s'agisse d'un tueur ou de plusieurs, ils étaient à la traîne, et pas qu'un peu.

— Bon, avant que je n'entende vos rapports, écoutez-moi. Je sais exactement ce que vous ressentez, croyez-moi, car je ressens la même chose. C'est le genre de situation qui pousse les bons flics à boire et désespérer. Je sais. Je sais aussi que vous donnez tout ce que vous avez. Je sais que les gars sur le terrain travaillent comme des brutes et, pour le moment, il semblerait que cela ne progresse pas vite et que l'on n'aboutisse à rien. Je veux quand même maintenir des procédures d'investigation parallèles, mais pas séparées. Toutefois, j'ai peu de doute, les deux meurtres et la tentative de meurtre de ces prostituées sont liés. Même quartier, même *modus operandi*, probablement le même mobile, quel qu'en soit la nature. Je suis sûr que la disparition de Mme Webber n'a aucun rapport, et maintenant que nous avons eu un signalement probable, j'en suis même encore plus convaincu, mais elle n'a toujours pas réapparu. Et tant qu'elle ne refait pas surface, nous ne pouvons être certains qu'il n'y ait aucun lien avec les autres affaires. Que se passe-t-il avec Jonty Lewis ?

Franks secoua la tête.

— Je viens d'écouter les bandes de l'interrogatoire, chef, et un rapide compte-rendu. Il n'avoue rien, il n'a pas vu Marie après avoir saccagé sa caravane, il ne savait même pas qu'elle était morte, avant ce matin. S'il ment – et il n'y a pas meilleur menteur qu'un drogué –, il est convaincant. Mon intuition viscérale, c'est qu'il n'a rien fait, mais si c'est lui, il y a de fortes chances qu'il n'ait tué que Marie, et comme nous croyons que c'est la même personne qui a tué également Chantelle, ça paraît bancal. Pourquoi aurait-il tué Chantelle ? Il ne la connaissait pas, il ne l'a jamais rencontrée, en tout cas d'après ce que nous savons.

— Il connaissait Abi Righton, en revanche.

— Exact… mais que signifie « connaître », dans ce contexte ? C'était une amie de Marie, elles travaillaient dans le même coin.

Jonty était plus ou moins le petit ami de Marie. Ils ne s'organisaient pas de douillettes parties à trois. Et quand il a appris qu'Abi aurait pu être morte, il a eu l'air authentiquement secoué. – L'inspecteur Franks s'appuya au dossier de sa chaise. – Je ne mords pas, chef. Ça me plairait, ça collerait joliment, bien ficelé et tout, mais je n'y crois pas.

— Il semblerait que nous n'ayons rien pour le retenir.

— Ce n'est rien que des présomptions, tout ça. Je ne vois pas pourquoi il serait venu nous rendre visite, s'il les avait tuées, Chantelle et elle, et s'il avait agressé Abi. Il était défoncé, planqué dans une fumerie de crack, quelque part en retrait de l'autoroute. Il est venu ici pour se disculper.

— Il a un casier, bien sûr.

— Vol avec voies de fait et coups et blessures, exact... et possession, et revente. Cela ne fait pas de lui un tueur.

— Ça le rend violent.

— Pas suffisant, chef. Nous n'avons pas assez d'éléments contre lui.

— D'accord, mettez Vanek et Mead dessus. Refaites une tentative avec lui, un dernier tour de piste, en y allant à fond... S'il est coupable, je veux qu'on le fasse craquer.

— Bien, chef.

— OK. Ensuite, je souhaite que l'on revienne sur cet autre individu que nous avions appréhendé... le bibliothécaire. Nous sommes sûrs de lui ?

— Honnêtement, monsieur, tout ce dont nous disposions pour l'interroger, c'était le fait qu'il avait un comportement curieux envers ces filles : il se voulait leur ami, il leur apportait à manger et à boire, et ainsi de suite. Une manière singulière d'occuper ses soirées, mais ce n'est pas un crime. D'un autre côté, il cadre.

— Avec le profil ?

L'inspecteur hocha la tête.

— Solitaire. Pas marié, pas de relation intime, ni aujourd'hui, ni jamais, d'après ce que nous avons pu vérifier. Vit avec sa mère très âgée. Reste claquemuré. D'un abord timide. Un peu glacial. Bizarre manie qu'il a là, vous ne croyez pas ? Si vous voulez répandre le bien autour de vous et venir en aide aux filles qui font le trottoir, vous rejoignez les minibus de l'Entraide, l'Armée du Salut ou autre, que sais-je. Avons-nous abouti à quelque chose, avec lui ? Non. Les gars disent que c'était comme d'interroger une pelote de ficelle : bien serrée, mais quand vous dévidez la pelote, vous vous retrouvez avec des mètres de... eh bien, de ficelle, et un vide au milieu.

— Eh bien, il y a au moins quelqu'un ici qui a suivi des cours de psychologie ! Pas de prélèvements ?

— Pas de mobile, chef.

— Je ne suis pas d'accord. Je crois qu'il pourrait y avoir un mobile. Une aversion des femmes, une peur des femmes, une peur du sexe, la haine des prostituées associée à une forme de culpabilité quant à leur présence là-bas... Bien, ne me regardez pas comme ça. Je sais, je sais, cette fois, celui qui a suivi des cours de psycho, c'est moi. N'empêche, je crois que j'aimerais bien en remettre une couche avec ce bibliothécaire, mais là ce n'est pas un interrogatoire musclé qu'il faut, il faut y aller en douceur. Y mettre quelqu'un de futé, pas l'un de vos taureaux de concours.

— Comment ça, chef ?

— Vous voyez ce que je veux dire. Très bien, Andréa ?

— Oui, commissaire. Nous avons visionné les bandes de vidéosurveillance du supermarché et...

On frappa un petit coup à la porte et quelqu'un glissa un papier à Serrailler avant de s'éclipser. Il le lut en vitesse, le sourcil froncé, puis il écarta sa mèche blonde, ce geste inconscient qu'il avait quand il était stressé.

— Nous avons une autre disparue. Leah Wilson, vingt-neuf ans, femme de ménage à l'imprimerie, service du matin. Elle ne s'est pas présentée à son travail, son mari a essayé de l'appeler à onze heures dix, portable éteint. Et elle s'est rendue sur son lieu de travail à vélo, depuis la cité Cherrywood, par le chemin de halage du canal.

Il y eut un silence bref, total.

— Andréa, un rapide récapitulatif, et ensuite je dois y aller.

— Bien, commissaire. La vidéosurveillance, comme je le disais, montre ce que nous croyons être Mme Ruth Webber, mais l'image n'est pas bonne, et la caméra extérieure du supermarché ne filme que de dos cette femme qui, selon nous, devrait être Mme Webber. La caissière qui l'a reconnue nous en a donné une meilleure description, pour être franc. Nous allons convoquer M. Webber pour qu'il visionne les bandes, nous procédons au porte-à-porte et à des contrôles de véhicules dans toute la zone du supermarché, nous avons le signalement de toutes les personnes présentes en même temps que cette femme – pour certains, grâce à leur paiement en carte de crédit – ce qui ne représente pas grand monde, car il était deux heures du matin. Tous ces gens se montrent très coopératifs. Et nous écumons les boutiques et tous les autres endroits où cette femme qui pourrait être Mme Webber se serait rendue. Chou blanc à ce stade, mais une radio locale lance un avis à tous les conducteurs qui auraient circulé dans les parages à cette heure-là, et il y a une nouvelle photo d'elle en train d'être imprimée, diffusion prévue dès ce matin. Nous avons une équipe qui se rend à la cathédrale, interroger les gens sur place, le révérend excepté. Ou le doyen… je ne sais plus comment il se fait appeler.

— Le doyen. Merci, Andréa, bon travail. Ça fait beaucoup de choses à gérer, mais je veux tout savoir sur ce qui s'est passé. Quelqu'un a dû remarquer cette femme qui sortait toute seule du supermarché à deux heures du matin avant d'aller on ne sait où. Ne rien négliger et tout vérifier. Je passerai plus tard, parler aux équipes sur le terrain.

Il sortit. Les autres le suivirent en silence.

# 46.

Cat émergea d'un profond sommeil, déconcertée par le bruit qu'elle entendait, avant de se rendre compte que c'était la sonnerie de son téléphone. Elle n'était pas de permanence pour Imogen House, et le temps où elle effectuait des gardes de nuit pour le cabinet était révolu, il lui fallut donc quelques minutes de plus que d'habitude pour achever de se réveiller. C'était les vacances de milieu de trimestre et les enfants étaient partis quatre jours chez les parents de Chris dans le Derbyshire. Ils voyaient trop peu cette branche de la famille, jugeait-elle, et ils allaient s'offrir un gros rattrapage avec leurs oncles, leurs tantes et plusieurs cousins. Pour la première fois, elle se sentait contente d'avoir un peu de temps toute seule à la maison.

— Docteur Deerbon, dit-elle. – Il y eut un silence assez long pour qu'elle répète son nom puis : – Allô, qui est à l'appareil ?

— Cat… je suis franchement désolé… je sais qu'il est… très tôt.

— Je suis navrée, je ne…

— Stephen Webber. Je me rends compte qu'il est, quoi, pas encore cinq heures, je crois, je suis franchement désolé, je…

Elle s'assit. Il était cinq heures moins dix, il faisait encore nuit noire. Stephen Webber avait l'air désemparé, comme incapable de reprendre correctement son souffle.

— Stephen, qu'est-il arrivé ? C'est Ruth ?

— Oui. Non. Oh, mon Dieu.

— Respirez profondément. Lentement. Bien. Maintenant… que s'est-il passé ?

— Je vous remercie, merci, Cat. Ce n'est... rien. Il ne s'est rien passé.

— Elle n'est pas rentrée ?

— Non. – Il soupira, un long soupir épuisé. – Non, et nous n'avons aucune nouvelle de la police. Mais... il y a quelque chose que je... je crois que vous devez être tenue au courant. Je crois devoir vous le dire.

— À moi ?

— Oui, s'il vous plaît... Il faut que je vous parle de cela. Je ne peux en parler à personne d'autre. C'est-à-dire, parce que vous êtes médecin, un médecin que je connais...

— Voulez-vous venir me voir au cabinet dès l'ouverture ? Je commence les rendez-vous à neuf heures mais si vous aviez la possibilité de venir, disons, à huit heures et demie...

— Oh.

— C'est un problème ?

— Je me demandais, je ne suis pas sûr de pouvoir supporter de me rendre dans un cabinet médical. Je me sens...

— D'accord. Écoutez. J'avais plus ou moins prévu de me lever tôt pour le premier office du matin, donc voilà ce que je vais faire : je pourrais venir chez vous juste après, il ne sera que sept heures et demie environ, cela nous laisse amplement le temps. Je pourrais éventuellement vous demander une tasse de café ?

— C'est Miles qui se charge du premier office, vous savez, je ne vais pas...

— Je sais, mais vous serez chez vous ?

— Oui, je suppose.

Il avait l'air en proie à une totale confusion.

— Alors je vous vois là-bas. Maintenant, essayez de vous accorder deux heures de sommeil, Stephen.

— Merci, infiniment. Je vous suis reconnaissant. Merci. Je vais essayer, oui, mais... merci.

Elle devait raccrocher, elle sentait qu'il serait resté encore un bout de temps à l'autre bout du fil, désemparé.

Après une vingtaine de minutes où elle ne réussit pas à se rendormir, elle se leva et descendit au rez-de-chaussée. La chaleur de la cuisinière Aga quand elle en souleva le couvercle pour mettre la bouilloire à chauffer était réconfortante, la chatière claqua lorsque Méphisto rentra de ses chasses nocturnes. Elle hésita à allumer son ordinateur et à travailler une heure mais préféra opter pour le canapé, où Méphisto ne tarda pas à la rejoindre, et pour le roman de Marylinne Robinson, *Gilead.* Mais de temps à autre, en buvant son thé à petites gorgées, elle relevait la tête et regardait le rideau ondoyer légèrement dans le vent d'automne, en songeant aux enfants, se demandant si Félix s'inquiétait d'être loin de chez lui, dans une maison dont il se souvenait à peine, se faisant du souci à propos de Sam, et perturbée par l'appel de Stephen Webber. C'était un début de journée pénible. Mais en montant dans sa voiture pour se rendre à l'office religieux du matin, il lui vint à l'esprit qu'il y avait un sujet sur lequel elle n'avait pas broyé du noir, et c'était Chris. Elle était incapable de décider si c'était une bonne chose ou non.

« Dieu tout-puissant, à qui tous les cœurs sont ouverts, tous les désirs sont connus et aucun secret ne demeure caché : purifie les pensées de nos cœurs grâce à l'inspiration du Saint-Esprit, que nous puissions t'aimer de la manière la plus parfaite, et glorifier ton nom sanctifié, à travers Jésus-Christ notre Seigneur... »

Miles Hurley avait une bonne voix, se dit-elle, agenouillée au deuxième rang de la chapelle de la Vierge, claire, sans aucune tonalité chantante, bien modulée. Et les voix comptaient, surtout dans la nef de la cathédrale dont l'acoustique cueillait chaque mot et le portait jusque sous ce vaste plafond, de sorte que les tremolos, les notes suraiguës ou les basses tonitruantes ne faisaient guère impression. Il y avait une dizaine de personnes dans la petite chapelle, les mêmes que d'habitude – une vieille dame de la maison de retraite qui marchait à une allure d'escargot, sur ses cannes, deux personnes qui venaient d'achever leur service de nuit, d'autres qui entamaient très tôt leur journée de travail. Elle connaissait la plupart de vue, et quelques-uns de nom. C'était cet office, plus que tout autre, qui l'avait soutenue durant les mois redoutables de la maladie de Chris et la période sombre consécutive à sa mort. Trop hébétée pour prier convenablement, elle avait souvent répété ces répons mécaniquement, éprouvant simplement le besoin d'être en ce lieu qui avait été le cadre de son existence durant de si nombreuses années, où elle s'était mariée, où ses enfants avaient été baptisés, où l'on avait conduit sa mère et sa sœur à leur dernière demeure. Elle avait chanté dans une dizaine de concerts ici, en avait écouté d'autres. Elle aimait cette cathédrale, et les changements qu'on lui imposait de force avec une telle hâte étaient pénibles et perturbants. Elle se demandait à présent, en écoutant Miles Hurley prononcer la prière de repentance, à quel point il était engagé dans ces changements, car il avait eu beau travailler en rapport étroit avec Stephen à Londres, il avait moins l'âme d'un modernisateur et d'un évangéliste charismatique que le doyen. En tout état de cause, il paraissait plus cultivé, avoir meilleur goût, posséder un plus grand sens de l'importance de la qualité de la liturgie et de la musique. Stephen Webber ne se chargeait d'aucun office du matin ou du soir – pour occasionnels que soient ces derniers – où le livre de prières de 1662 était encore employé : quant à savoir si l'un de ces services survivrait encore longtemps, c'était impossible à prévoir. Il avait déclaré ne pouvoir se résoudre à « proférer des archaïsmes si peu compris ». Mais ils étaient bien plus nombreux à les comprendre qu'il ne se l'imaginait – certainement la quasi-totalité des habitués de la congrégation –, à les comprendre et à les aimer énormément.

En général, même lors d'un office délivré aussi tôt, l'officiant saluait les fidèles à leur départ, mais ce matin-là, Miles se dépêcha de quitter la cathédrale, de sorte que Cat fut à la porte d'entrée des Webber juste avant sept heures et demie.

Elle était habituée à voir des gens en état de choc, des gens en situation de détresse, leur univers bouleversé par un accident, un décès, une nouvelle épouvantable, mais elle n'en demeura pas moins surprise du changement intervenu chez Stephen Webber. Il avait le visage gris, des poches creusées par le manque de sommeil sous ses yeux qui donnaient l'impression de s'être enfoncés dans son crâne, avec cette expression lasse, ce regard étrange et vide reconnaissable chez ceux qui tentaient de préserver une contenance, sans grand succès.

La cuisine était un capharnaüm. Elle se demanda s'ils avaient une aide à domicile, car Stephen ne s'occupait visiblement de rien. Il regarda autour de lui, cherchant les tasses et la bouilloire et, quand il trouva cette dernière sur un plateau, il renversa le tout, qui tomba du plan de travail.

— Stephen, si vous vouliez ramasser tout ça… attention de ne pas vous couper… je vais préparer du café. Avez-vous une pelle et une balayette ?

De nouveau, il regarda autour de lui, l'air désemparé, si bien qu'en fin de compte, elle le fit s'asseoir à la table et trouva tout elle-même. Cela lui prit du temps.

— Merci. Je regrette, je crains d'être dans le pétrin. Je suis incapable de fonctionner normalement, je ne sais pas au juste ce que je devrais faire, mais je ne devrais pas vous prier de venir ici et ensuite attendre de vous que ...

Elle posa la cafetière et deux tasses.

— C'est très bien. Vous prenez ce moment sur votre temps de travail, j'espère. Comme vous dites, vous êtes incapable de fonctionner, ce qui est complètement normal. Prenez tout cela calmement, ne vous soumettez pas à un surcroît de stress.

— Miles m'a soulagé d'une partie de mon travail pour le moment. Sans son aide, je ne sais pas où je serais... et sans l'aide de tout le monde. Les gens sont très bons.

Sa voix était atone et d'une infinie lassitude et, quand il prit sa tasse de café, sa main tremblait.

— Stephen, vous disiez que vous souhaitiez me confier quelque chose.

Il observa la table fixement, frottant le bois de l'index, en petits cercles, en petits cercles.

— Il s'agit de Ruth ou de vous ?

— Je ne sais pas au juste de quoi... si je dois vous dire quoi que ce soit.

Elle attendit un long moment, en buvant son café. Les cheveux de Stephen, striés de fines mèches grises, se clairsemaient, elle voyait cela. À peine quelques mois auparavant, c'était un doyen jeune d'allure, vigoureux, énergique qui s'était présenté à son poste. Et maintenant, l'énergie et la motivation avaient disparu.

— De Ruth, lâcha-t-il enfin, en levant les yeux vers elle. Ruth est maniaco-dépressive... depuis quelques années. Non, ce n'est pas vrai. Depuis de nombreuses années. Elle l'a peut-être toujours été. Je l'ai épousée sans avoir pleinement perçu l'étendue de son mal et je me suis souvent posé la question de savoir ce que j'aurais fait si...

Il lui raconta toute l'histoire avec une certaine cohérence, comme si, s'étant lancé, il gagnait en confiance et retrouvait une certaine force. Cat l'écouta, attentive aux récits d'hospitalisation, Ruth ayant été internée après des crises de comportement maniaque qui avaient mis en danger d'autres personnes autant qu'elle-même, et des crises de dépression suicidaire, avec à la clef deux ou trois tentatives de mettre fin à ses jours, l'une d'elles ayant failli réussir. Son récit retraça selon un schéma habituel le parcours de quelqu'un découvrant progressivement son état, acceptant de l'aide et un traitement, rechutant à l'arrêt de ce traitement parce qu'il rendait la vie, ainsi qu'un patient le lui avait révélé un jour, « semblable à de la flanelle grise ». Il y avait eu une équipe de gestion de crise, un bon généraliste londonien, une prise en charge hospitalière apparemment correcte. Et, à travers tout cela, Stephen avait bataillé pour préserver l'équilibre de sa femme et dissimuler son mal aux autres. Il estimait clairement que c'était un fardeau qu'il devait supporter seul, et il n'était pas moins clair qu'il avait à la fois peur et honte.

Il s'interrompit, but d'un coup son café qui refroidissait et secoua la tête à plusieurs reprises, comme s'il s'efforçait de s'éclaircir les idées. Mais le soulagement inévitable d'avoir ainsi parlé jusqu'à l'épuisement était évident, au relâchement de ses épaules et à sa manière de se tenir voûté sur sa chaise.

— Stephen, avez-vous signalé cela à la police ?

— Non. J'en étais incapable : en un sens, cela me paraissait... déplacé.

— Absolument pas. Il faut le leur signaler, vous devez y aller dès ce matin. Je vais vous conduire au commissariat en voiture.

— Non, s'il vous plaît, j'en suis incapable, je ne peux entrer là-bas...

— Pourquoi non ? Ils ont besoin de savoir, et urgemment. C'est très, très important, par rapport à la disparition de votre femme.

— Pas forcément.

— Mais si. Deux jeunes femmes ont été assassinées, une autre y a presque laissé la vie, et ensuite votre épouse a disparu...

— Mais ce n'est pas pareil, elle n'est pas... comme ça.

— Bien sûr que Ruth n'est pas une prostituée, mais la police ignore tout de son état mental, de sa santé, donc elle organise une recherche à grande échelle en ayant toujours à l'esprit l'hypothèse qu'elle soit morte, elle aussi. Ils ne peuvent présumer que cet individu ne s'attaquera jamais qu'à des prostituées. Mais s'ils savent ce que vous venez de m'apprendre, cela modifie la manière dont ils vont traiter la chose. Ils savent déjà que quelqu'un correspondant à sa description a été vu au supermarché au milieu de la nuit...

— Cela ne peut pas être elle.

— Pourquoi cela ?

— Ils m'ont demandé d'aller voir ces bandes de vidéosurveillance…

— Et vous y êtes allé ?

Il la dévisagea. Ses yeux étaient embués de larmes.

— Hier, je n'ai pas pu faire face… j'ai dit… je leur ai répondu que j'avais… qu'il y avait… j'ai dit que j'irais aujourd'hui.

— Bien. Je vais vous emmener. Vous allez regarder ces bandes, et ensuite vous leur répondrez. Stephen, il le faut. C'est votre devoir.

À présent, les larmes lui dégoulinaient sur les joues, mais en silence. Elle tendit la main et la posa sur la sienne.

— Tout va bien aller. Ils comprendront et ils vous aideront. Mais vous ne pouvez pas leur cacher cela.

Il secoua de nouveau la tête violemment. Il était clair que toute aptitude normale à penser avec lucidité l'avait abandonné.

— Écoutez, Stephen. Vous savez que mon frère est responsable des enquêtes de police ? Cela vous aiderait-il que je lui demande de venir ici vous parler… rien que lui ? Il est probablement encore chez lui : je peux m'arranger pour qu'il vienne, tout de suite. Pour vous, ce serait plus facile et il vous conduirait sans doute au commissariat en voiture, de sorte que vous puissiez visionner ces bandes. Vous savez que vous y êtes obligé.

— Ne pouvez-vous pas… vous le leur diriez ?

— Non, fit-elle gentiment. Vous savez que c'est impossible.

Un quart d'heure plus tard, Simon était assis en face de Stephen Webber, il le regardait avec calme et compréhension, adossé contre son siège, comme s'il avait tout son temps pour l'écouter. Cat partit pour son cabinet, après avoir suggéré que Stephen vienne la consulter, elle ou son collègue, Russell Jones, afin de subir un bilan de santé. Elle se nota dans un coin de sa tête de lui ménager un rendez-vous plus tard dans la journée, de toute urgence.

Elle montait dans sa voiture quand Miles Hurley franchit la porte de la maison du maître de chapelle, en face, hésita, puis la rejoignit d'un pas rapide.

— Quelque chose ne va pas ? Dois-je aller le voir ?

— Non. Il voulait juste me poser une question et comme j'étais à l'office de ce matin, le moment était bien choisi.

Elle ignorait ce que Miles savait, mais ce n'était pas à elle de lui communiquer quoi que ce soit, et elle ne voulait pas que l'on interrompe Stephen en plein entretien avec son frère.

— Si vous en êtes sûre…

— J'en suis sûre.

Il hésita.

— Il faut que je voie le premier bedeau, mais je serai par ici toute la journée. Si Stephen a besoin de moi.

Elle eut un sourire évasif et démarra.

# 47.

Ben et Steph furent devant la maison à huit heures. Leur arrivée sur le pas de la porte coïncida avec celle d'Hilary.

— Que puis-je pour vous ?

— Inspecteur-chef Vanek, inspectrice Mead, police de Lafferton. Nous espérions pouvoir nous entretenir avec M. Leslie Blade.

Hilary se rembrunit.

— Eh bien, il ne sera sûrement pas encore parti pour son travail. Avez-vous sonné ?

— Nous étions sur le point.

Elle inséra sa clef dans la serrure et jeta un rapide coup d'œil par-dessus son épaule.

— Si vous voulez bien attendre un instant, je vous prie, je vais appeler M. Blade.

Elle ne les invita pas à entrer, et repoussa la porte jusqu'à la refermer presque complètement.

Vanek haussa les épaules.

— Je m'interroge sur la pertinence de cette démarche, pour être franc.

— Vous en avez fait part ?

— À l'inspecteur principal ? Oui. Apparemment, ça venait de plus haut.

— D'après moi, il patauge. C'est mon avis.

— Qui ne pataugerait pas ?

— Eh bien, moi, mais bon, je ne suis pas divisionnaire et je ne suis pas l'officier de police en charge du dossier, hein ? Et je n'ai aucune envie de l'être non plus et vous ?

— Ah moi, si, c'est sûr. Si j'avais la chance d'avoir une affaire comme celle-là. Un jour…

Steph Mead leva les yeux au ciel.

— Qu'est-ce qu'elle fabrique ? Elle s'arrange pour qu'il s'échappe en escaladant la barrière derrière la maison?

— Vous voulez que je fasse le tour ?

— Nan, il aurait pas ce culot. Petit garçon à sa maman celui-là.

Il s'écoula plusieurs minutes avant que Leslie Blade ne se présente à la porte, vêtu d'un pantalon gris et d'une veste sport, pour le travail.

— Bonjour.

— Bonjour, monsieur. Je me demande si nous pourrions entrer un instant ?

— Pas vraiment. Ce n'est guère commode. Que puis-je pour vous ?

— À l'intérieur, cela vaudrait mieux, monsieur Blade… vous savez comment sont les voisins.

— Je ne vois aucun inconvénient à vous parler ici.

— Très bien. Nous aimerions que vous veniez avec nous, si voulez bien.

— Où cela ?

— Au poste, monsieur. Nous avons quelques questions sur lesquelles nous aimerions revenir avec vous.

— Je vous ai indiqué tout ce que je savais, absolument tout. Il n'y a rien que je puisse ajouter car je ne sais rien de plus, monsieur l'inspecteur. Depuis ma venue au poste de police, rien d'autre ne s'est produit, que je sache. Rien qui soit en rapport avec moi, j'entends. Je suis désolé de ne pouvoir être d'un plus grand secours, j'aimerais en savoir plus au sujet de ces pauvres femmes, j'aimerais être capable de vous conduire à l'individu qui commet ces actes terribles, mais cela m'est impossible.

— C'est compris, mais nous souhaiterions quand même revenir sur vos déclarations, monsieur Blade.

— M'arrêtez-vous ?

— Non, monsieur. Vous viendriez avec nous de votre plein gré.

— Alors si je ne suis pas en état d'arrestation, je vous serais reconnaissant de partir et de me laisser aller travailler. – Vanek était sur le point d'ouvrir la bouche, mais Leslie Blade éleva légèrement la voix. – Sous réserve qu'en fin de journée, je vienne au poste et que je reprenne avec vous tout ce que vous jugerez bon de reprendre. Mais je n'ai rien à ajouter, je ne peux pas soustraire davantage de temps à mon travail, nous sommes en nets sous-effectifs, en ce moment, et c'est pour nous la période la plus chargée de l'année. Ma proposition vous paraît-elle acceptable ?

Vanek hésita, et là encore Blade éleva légèrement la voix.

— Vous n'avez pas à craindre que je me dérobe, sergent.

Non, songea Vanek, je n'ai aucune crainte. Vous vous présenterez. Vous êtes un type correct, même si vous êtes un peu bizarre, et vous n'avez rien à voir avec ces meurtres. Si cela dépendait de moi, nous ne serions même pas venus ici.

— Merci, monsieur Blade, dit-il. Ça ira. À quelle heure pensez-vous venir au poste ?

— Cette semaine, je travaille en horaires fractionnés. De dix à quatorze heures, et puis de dix-huit à vingt-deux heures. Ce sera donc entre quatorze heures trente et quinze heures.

Dans la voiture, Steph Mead s'interrogea.

— Ce n'était pas un peu risqué ?

— Il se présentera. C'est le genre.

— J'espère que vous ne vous trompez pas. Et maintenant ?

— Le canal. Il y a l'intervention des plongeurs, ce matin.

— Vous vous figurez qu'ils vont trouver quelque chose ?

— Pas Mme Webber, c'est sûr.

— Pas si elle faisait ses courses à minuit. Curieux, quand même.

— Toute l'histoire est curieuse, dans sa totalité. Ça ne mène nulle part, Steph, et à moins de réussir à parler avec Abi Righton, ça le restera. C'est frustrant, merde.

Trente secondes plus tard, le téléphone de Vanek sonna. Il écouta, puis répondit « On arrive » et se retourna vers Stéphanie Mead, qui conduisait.

— Il y a un Dieu. – Il était tout sourires. – On a droit à cinq minutes avec Abi Righton.

Stephen Webber avait identifié la femme sur les images de vidéo-surveillance avec une quasi-certitude, à la caisse, puis devant le magasin, d'où elle s'éloignait à pied, avec deux sacs plastique. La veste grise qu'elle portait était la même que celle de Ruth et, malgré le flou des images, tout, ses cheveux, ses mouvements, lui ressemblait sans le moindre doute.

— Dieu merci, ne cessait-il de répéter, Dieu merci. C'est si bon, c'est un tel soulagement, merci mon Dieu.

Serrailler était venu lui aussi revoir ces bandes, et veiller sur le doyen, préoccupé par sa fragilité après sa longue confession angoissée du matin. Cat lui avait brièvement parlé en partant, l'avertissant que Webber était proche de la rupture. Et là, Simon le raccompagnait dans son bureau, où la secrétaire avait servi le thé – un thé avec une théière, des tasses et leurs soucoupes – réservé aux visiteurs de marque.

— Merci infiniment d'avoir bien voulu effectuer ce petit travail, monsieur le doyen. Je vous suis très reconnaissant et vous vous rendez compte, n'est-ce pas, quelle bonne nouvelle c'est ? Je sais que vous n'en mesurez pas encore la portée, parce que nous n'avons pas encore retrouvé votre épouse, mais le fait qu'elle ait été filmée en train de faire des courses à Lafferton, fût-ce en pleine nuit, signifie qu'elle était en vie à cette heure-là, et c'était plusieurs jours après sa disparition. Dans toutes les autres affaires où les jeunes femmes ont été assassinées, ou ont failli l'être, elles ont été tuées très peu de temps après leur disparition. Nous savions que votre épouse ne correspondait pas au profil des autres et cela confirme qu'elle était très probablement partie de son propre chef. Étant donné ce que vous m'avez révélé tout à l'heure, cela paraît encore plus vraisemblable. Vous avez donc une raison d'être optimiste.

— J'ai toujours eu une raison de l'être, commissaire, je crois en Dieu, Dieu ne nous délaisse jamais.

Simon ne répondit rien, simplement étonné qu'une telle foi, empreinte d'une telle confiance, n'ait pas été apparente avant cette minute. Il regarda Webber boire son thé. Il paraissait tendu, anxieux et fatigué, il était sur les nerfs ; il avait tout du gars qui manque totalement de confiance et d'optimisme, d'espoir et de foi en quoi que ce soit. Mais vivre avec une épouse maniaco-dépressive, essayer de conserver un secret tout en continuant d'endosser de nouvelles fonctions très prenantes, voilà qui ferait prendre un coup de vieux à n'importe qui. Il en parlerait à Cat plus tard. Elle lui expliquerait plus en détail ce que signifiait l'état mental de Ruth Webber, d'un point de vue comportemental et relationnel. Pour l'heure, il attendit que le doyen ait bu une seconde tasse de thé et lui semble un peu rasséréné, puis il le fit reconduire en voiture chez lui.

Une demi-heure plus tard, il était dans son Audi, en direction du canal, et quand il s'arrêta sur l'accotement et regarda autour de lui, il trouva que cela ressemblait à s'y méprendre à un décor de cinéma. La zone tout entière avait été clôturée de rubalises et les badauds étaient éconduits, ou du moins contenus derrière ces bandeaux par des policiers en tenue, déployés en nombre. Mais il vit aussi des gens qui regardaient depuis les fenêtres de l'imprimerie donnant sur l'arrière.

Il descendit la pente herbeuse jusqu'au chemin de halage, mais alors qu'il était sur le point d'aller rejoindre les plongeurs qui achevaient leurs préparatifs près de la passerelle, quelqu'un l'appela par son nom. La directrice de la police se dirigeait aussi en bas vers la berge, avec à ses côtés un agent que l'on sentait hésitant, comme s'il ne savait pas s'il devait la traiter en femme et lui prendre le bras, ou en officier de la haute hiérarchie policière et la laisser se débrouiller.

Simon Serrailler, lui, se demandait comment se sentiraient les équipes, sous le regard de leurs deux officiers de commandement.

— Simon.

— Madame, bonjour. Je suis désolé, je n'ai reçu aucun message m'informant de votre venue.

— Je n'en ai pas envoyé.

Elle se tenait à ses côtés sur le chemin de halage, les yeux tournés vers les trois hommes sur l'autre rive dans leur combinaison de caoutchouc noire, qui ajustaient leur masque de plongée. Il ne lui jeta aucun regard. Il sentait bien au ton de sa voix qu'elle n'était pas là pour lui adresser des louanges.

Il y eut une gerbe d'éclaboussures quand le premier homme-grenouille se jeta dans l'eau, puis une autre et une troisième.

Tout était silencieux, tout le monde observait, et attendait.

— Quelle profondeur ? demanda Paula Devenish.

— C'est l'un des canaux les plus profonds d'Angleterre… environ cinq mètres.

Un plongeur refit surface, mais s'enfonça aussitôt de nouveau.

Serrailler se sentit mal à l'aise. Ne rien trouver signifierait qu'il lui reviendrait de décider jusqu'à quel niveau en aval on devrait demander aux plongeurs de poursuivre leurs recherches, combien de temps il serait justifié de les retenir. Si la femme portée disparue, Leah Wilson, avait été assassinée alors qu'elle longeait le chemin de halage à bicyclette, près de la passerelle, alors l'agression se serait produite sous le nez des brigades de surveillance policière. Le tueur aurait-il couru un risque pareil ?

— Puis-je demander que l'on vous apporte un café du fourgon, madame ?

— Non merci. Je m'interrogeais. Avez-vous envisagé de faire appel à un profileur ?

— J'y ai pensé, oui.

— Je sais que vous n'en raffolez pas, mais à ce stade, cela permettrait éventuellement de dégager une cohérence à partir de certains éléments épars, de faire converger les points de vue, de donner à vos investigations une nouvelle direction. Il faut un œil extérieur, vous ne croyez pas ?

— Oui. Nous avons eu une jeune femme excellente, à la BVIR, à plusieurs reprises : elle nous a fourni un profil assez exact du pyromane de la région du sud-ouest. Elle travaille depuis Liverpool : elle sera sûrement plus ou moins au courant de notre affaire, naturellement.

— Personne ne peut plus l'ignorer, n'est-ce pas ? Nous récoltons une assez mauvaise presse, Simon.

— Oui.

En effet. Les médias affichaient une hostilité croissante, exigeant des résultats, des arrestations, des réponses, des renforts, un nouveau chef des opérations, des mesures de sécurité publique accrues, plus de police dans les rues, et ils attisaient dans l'opinion une peur frénétique, une suspicion et un sentiment anti-policier. L'officier chargé des relations avec la presse, au commissariat, était soumis à une pression extrême et cela ne ferait qu'empirer, jusqu'à ce qu'ait lieu une arrestation. Si le meurtre d'une troisième jeune femme se vérifiait, les gros titres ne seraient pas plaisants à lire. Les camionnettes de la télévision étaient campées devant le poste de police en permanence désormais, tous les mouvements à l'entrée et à la sortie étaient filmés et enregistrés, et Serrailler subissait leur harcèlement matin et soir. Il était d'avis de ne jamais les exclure, mais maintenant, il perdait leur soutien et il le savait. On menaçait de programmer une émission spéciale d'ITV sur les meurtres, les disparitions et l'absence de progrès, et des affiches avaient fait leur apparition proclamant : « Les femmes de Lafferton ont le droit de marcher dans la ville en sécurité ».

Au début, les gens étaient choqués et leur sympathie était sincère, mais les meurtres ne visaient que des prostituées et ces événements qui ne les touchaient pas de près ne suscitaient pas d'identification de leur part. Après la disparition de Ruth Webber, ils s'identifièrent aux victimes. Serrailler avait veillé à ce que la presse reçoive des copies des images de vidéosurveillance du supermarché, mais lors du dernier point presse, il avait eu conscience, non sans malaise, que la réaction ne serait pas entièrement positive. Entre signaler quelqu'un et le retrouver, il y avait un pas.

Et là, posté devant le canal par cette fraîche matinée d'automne, sous un ciel d'un bleu éclatant, Simon se sentit subitement transporté à Venise. C'était l'odeur, naturellement, cette vague odeur verte, et le doux miroitement de l'eau sombre. Il n'était plus retourné depuis un certain temps dans cette chambre qu'il louait à Ernesto et, à cette minute, il se promit, quand tout cela serait terminé, qu'il s'accorderait quelques jours de congé là-bas, avant que les brumes et les froidures de l'hiver ne descendent sur la cité. Il sentait d'ici le café, il entendait le silence extraordinaire de cette ville sans voitures où vous discerniez le bruit des pas sur les pavés et les voix nettement perceptibles qui flottaient par les fenêtres ouvertes. Il était comme transporté par ce souvenir quand, au même instant, le chef de la police murmura, passa devant lui, puis il entendit un éclaboussement et un cri d'un des plongeurs qui faisait surface. Un autre l'aidait à soulever quelque chose.

## 48.

Les appareils bipaient et ronronnaient, mais cela mis à part, un grand silence régnait dans la petite chambre située à l'écart. Ben Vanek et Steph Mead étaient assis de part et d'autre du lit d'hôpital surélevé, et une infirmière se tenait au pied. Le médecin spécialiste avait indiqué qu'Abi ayant repris connaissance trois fois, ayant fait preuve d'une certaine vivacité, et les résultats s'améliorant, fût-ce lentement, il était disposé à les laisser entrer, patienter et, si le moment se présentait, lui adresser la parole.

— Mais pas de questionnement agressif, absolument aucune pression, comprenez-vous ? Sinon, vous sortez et je ne vous laisse plus revenir avant un bon moment. Elle ne sera pas en mesure de vous parler, vous en êtes conscient ? Sa gorge a subi de graves lésions. Mais si l'occasion se présente, il se peut qu'elle ait un geste, en guise de réponse : parfois, c'est une bonne idée de suggérer au patient de cligner une fois pour oui, deux fois pour non, ce genre de chose. Mais limitez vos questions au strict minimum et ne lui dites rien qui soit susceptible de la stresser.

Ils étaient assis là depuis un quart d'heure, à boire un café tiède et à attendre, à écouter les appareils, et à regarder Abi. Elle était de la couleur des draps. Ses cheveux étaient coiffés, le visage dégagé, elle avait des canules qui lui sortaient du nez, et des tuyaux, des drains et des perfusions. Elle avait la gorge bandée depuis le menton. Ils ne pouvaient rien voir de ses blessures. Mais la chambre était paisible, et maintenant que la survie d'Abi était probable, l'humeur était à l'optimisme tranquille.

Vanek était sorti passer deux ou trois coups de fil, mais il était revenu et rien n'avait changé ; leur attente revêtit un caractère irréel, comme s'ils étaient en suspens dans le temps. Seules les machines continuaient leurs contrôles, leurs relevés, leurs contrôles et leurs relevés.

Soudain, Abi se réveilla, ouvrit des yeux qui, une fraction de seconde, demeurèrent vides, puis se remplirent de peur. Elle déplaça un tout petit peu sa main gauche. L'infirmière s'approcha, vérifia les relevés, et la toucha doucement.

— Bonjour, Abi, tout va bien, vous êtes à l'hôpital.

D'un geste, Ben Vanek arrêta Steph Mead, qui allait se lever.

Abi ne bougea pas la tête, mais ses yeux balayèrent attentivement la pièce, s'imprégnant de la présence de l'infirmière, du plafond, du lit, des appareils et lentement, lentement vinrent se poser sur les policiers. Ben sourit, mais sans un geste.

— Bonjour, Abi, dit-il calmement. Je m'appelle Ben. Et voici Steph.

Rien, pendant un moment, puis un discret tressaillement des lèvres, quelque chose dans ses yeux, qui n'était plus de la peur.

Vanek lança un regard à l'infirmière, qui confirma d'un signe de tête.

— Abi, vous ne pouvez rien dire, mais pouvez-vous lever la main ? Ou votre doigt ?

Elle fit les deux.

— Merveilleux, Abi, savez-vous où vous êtes ?

Sa main remua.

— Ne vous inquiétez surtout pas, car vous êtes absolument en sécurité. Vous souvenez-vous que je viens de vous dire mon nom ?

Le doigt se leva une nouvelle fois.

— Je suis officier de police, et Steph aussi. Nous ne sommes pas ici pour vous créer la moindre anxiété, nous sommes là pour vous demander s'il vous serait possible de nous aider. Si vous ne voulez pas, le cas échéant, nous pouvons revenir. Si vous préférez que nous ne vous posions plus de questions pour l'instant, levez juste le doigt une nouvelle fois.

Aucun mouvement.

— Merci, Abi, vous souvenez-vous de quoi que ce soit, l'élément le plus infime, concernant ce qui vous est arrivé ?

Ses yeux se voilèrent et elle remua la tête sur l'oreiller, en proie à une soudaine agitation.

— Pouvez-vous lever le doigt pour dire oui, je vous prie.

Après une longue pause, durant laquelle elle ferma les yeux, puis les rouvrit et regarda l'infirmière, qui lui sourit, Abi leva le doigt.

— Bien. C'est formidable. Abi, vous avez été agressée. Vous étiez près du canal, quelque part, et quelqu'un vous a attaquée. Vous souvenez-vous de quelque chose à ce sujet ?

Là encore, l'agitation, les yeux fermés. L'infirmière regarda les moniteurs.

— Trois ou quatre minutes, pas plus, dit-elle.

— OK, fit Vanek. Stéphanie Mead lança un regard plein de respect à Ben. Il gérait ça si bien qu'elle estimait devoir rester en dehors, pour ne pas causer à Abi Righton plus de confusion ou de détresse.

— Je ne veux pas vous épuiser, là, tout de suite, nous reviendrons plus tard. Mais juste une question de plus. Levez la main ou le doigt pour oui, d'accord ? Avez-vous vu l'individu qui vous a attaquée ? L'avez-vous vu, ou entendu, ou reconnu de quelque manière que ce soit ? C'est réellement important.

Abi leva la main et le regarda droit dans les yeux.

Vanek attendit, mais elle resta immobile. Après un long silence, il finit par reprendre.

— Merci, Abi. Tout cela nous est d'une grande aide. Bien, nous allons partir, maintenant, et nous reviendrons quand les médecins estimeront que vous serez capable de le supporter. Je suis désolé d'avoir à vous poser d'autres questions, mais il faut que nous arrêtions cet individu, vous comprenez ?

Subitement, elle se mit à remuer la tête en tous sens, elle leva la main, essaya de la secouer, de le regarder avec une expression qu'il fut incapable de déchiffrer, mais qui n'était pas de la peur, à son avis. Il lança un regard à l'infirmière.

— Quelque chose ne va pas, Abi ? demanda cette dernière, mais c'était Ben que la jeune blessée regardait ; sa main s'agitait encore sur le lit, et elle essayait maintenant de lever la tête.

— Voulez-vous nous dire quelque chose ?

Elle hocha la tête, l'air anxieux.

— C'est en rapport avec l'agression ?

Elle bougea la main et tenta de secouer la tête.

— Ne vous tracassez pas, Abi, tout ira bien… Je ne sais pas comment l'aider, fit Vanek.

Mais Steph, qui scrutait le visage désespéré de la jeune fille, saisit tout à coup de quoi il retournait.

— Abi, essayez-vous de nous demander si vos enfants vont bien ?

Soulagement, détresse, enchantement, un étrange amalgame d'émotions parcourut tour à tour le visage d'Abi Righton.

— Oui ?

La main tapota les draps.

— Eh bien, ils vont parfaitement, ils vont vraiment bien et on veille sur eux. Vous n'avez pas à vous inquiéter à leur sujet, du tout.

Les yeux de la jeune femme se remplirent de larmes.

— Bon, nous allons partir et vous laisser prendre un peu de repos. Vous, concentrez-vous juste sur votre rétablissement, d'accord ?

Là encore, le vacillement fugitif d'un sourire.

— Je vais vous dire, fit Steph et elle posa brièvement sa main sur celle d'Abi : aujourd'hui, je vais me renseigner sur vos enfants et, quand nous reviendrons, je pourrai vous tenir informée. Les dernières nouvelles. Mais je sais qu'ils vont bien. Pas de problème.

— Je suis contente que vous lui ayez parlé de ses enfants, fit l'infirmière, mais sa mémoire est encore intermittente parce qu'elle savait déjà : un médecin est venu hier lui dire qu'ils allaient bien. Elle avait vu une amie d'Abi, apparemment. Mais Abi ne s'en est pas souvenue. Je vais rédiger une note : « Mémoire incertaine ».

Une fois dehors dans le couloir, Ben prit Steph par le bras.

— Bien vu, fit-il. Télépathe ou quoi ?

Elle eut un grand sourire. Elle était contente.

— Donc, elle se souvient un peu de l'agression. C'était quelqu'un qu'elle a reconnu. Tout ce qu'il faut, maintenant, c'est trouver qui.

Ils atteignaient le parking de l'hôpital quand le portable de Vanek sonna.

— Vanek… Oui… Ah. Intéressant. Où ça exactement ?… Y a-t-il quelqu'un, là-bas ? OK, on trouvera. On est en route.

— Quoi ?

— Vous connaissez des jardins ouvriers derrière Grange Meadows… là où le canal rejoint la rivière ?

— Bien sûr que je connais, mon grand-père a possédé l'un de ces jardins jusqu'à sa mort : j'y ai passé des heures là-bas, avec lui.

— Alors vous prenez le volant.

— Qu'est-ce qui se passe, là-bas ?

— Un petit vieux allait nettoyer un peu son jardin pour commencer sa journée et il a vu une femme près d'un des appentis, de l'autre côté : une femme correspondant plus ou moins à la description de Ruth Webber.

— Je parie que ce n'est pas elle. Que ferait l'épouse du doyen de St Michael installée dans un abri de jardin ouvrier ?

— Alors où est-elle ?

— Dans le canal, fit Steph.

Ces jardins avaient l'air en triste état et négligés, en fin de saison, avec leurs tuteurs à haricots tels des wigwams dénudés et une partie de la terre déjà retournée, prête pour l'hiver. Les cabanes paraissaient désertes, mis à part deux ou trois personnes qui se tenaient sur le seuil de leur porte ouverte et regardaient le policier qui traînait devant une remise, à l'autre extrémité. Le véhicule de patrouille était garé sur le chemin à proximité, mais il n'y avait aucun autre signe d'activité policière.

— Bien, fit Vanek, qu'est-ce que nous avons, là ?

— La police scientifique est en route, alors il vaut mieux faire attention, persifla l'homme en uniforme.

Vanek le regarda de travers, mais sortit un paquet de gants en latex de sa poche, les enfila et tendit les autres à Steph Mead. Le policier s'écarta et leur ouvrit la porte de l'appentis.

Il y régnait une odeur vaguement sucrée, ça sentait aussi le bois et le terreau, mais l'endroit était propre et rangé.

— Apparemment, ce jardin est vacant, cette année, donc personne n'utilise la cabane. Un verrou extérieur ferme la porte, mais pas de cadenas.

À l'intérieur, dans le fond, il y avait un lit grossièrement composé de sacs et d'une vieille couverture rouge, avec un coussin. Une vieille chaise tout en bois et une petite table se dressaient sous la fenêtre, qui semblait avoir été nettoyée récemment. Une brique de lait, un mug en porcelaine, des sachets de thé, deux assiettes en plastique et une lampe torche étaient posés sur la table. Il y avait aussi une bible et un Bic.

Vanek prit la bible et l'ouvrit, mais il n'y avait pas de marque d'identification. Il sentit le lait, qui n'avait pas tourné.

— Rien pour se restaurer, dit-il. Mais si c'est ici qu'était Ruth Webber, où sont les provisions qu'elle a achetées ? Nous savons qu'elle avait des sacs de supermarché.

— Elle a pu les manger.

— Ça ne colle pas. Il n'y a pas de restes, pas de sacs plastique... et autre chose, il n'y a aucun équipement de chauffage ici et dernièrement ça s'est pas mal refroidi, la nuit. – Vanek retira ses gants et sortit. – Merci, dit-il au policier de garde, nous n'avons plus besoin de rien.

Quand ils partirent, le fourgon de la police scientifique s'arrêta derrière la voiture de Ben et celui-ci arrêta la jeune femme qui se dirigeait vers l'arrière de son véhicule pour y prendre son équipement.

— Salut. Inspecteur Vanek. Vous me prendriez des empreintes, dès que possible ? Nous avons un jeu de celles de Mme Webber, relevées chez elle, donc nous aurions tout de suite de quoi les confronter.

— Vous croyez qu'il y en aura ? demanda Steph Mead en démarrant la voiture.

— J'en doute.

— Retour au commissariat ?

— Oui. Je veux réfléchir à ce que nous allons raconter à Leslie Blade avant qu'il n'arrive.

— Vous pensez qu'il se pointera ?

— Oui.

— Vous avez vu le chef aujourd'hui ?

— Non, je pense qu'il était sorti, descendu voir ce que fabriquaient les plongeurs. Pourquoi ? Il vous plaît ?

— Serrailler ? J'y ai jamais pensé.

— Bien sûr que si, toutes les femmes du commissariat y pensent.

— Comment le savez-vous? Vous venez d'arriver. D'ailleurs, c'est vous qui étiez tout feu tout flamme pour bosser avec lui.

— Je le suis toujours. C'est un super flic.

— Ça marche pas si super que ça, pour lui, en ce moment, hein ?

— Vous vous croyez capable de mieux faire ?

— Non. Sergent ? Vous savez jouer aux fléchettes ? demanda Steph.

— J'y jouais. Je n'étais pas mauvais, non plus, mais j'y ai plus joué depuis une éternité. Pourquoi ?

— L'équipe du poste organise un match amical demain soir et il nous manque un homme.

— Quoi, vous jouez ?

— Quand j'ai dit un « homme »… Je suis le capitaine de l'équipe, en fait.

— Ben merde alors.

— Quoi ?

Il s'esclaffa.

— Vous m'invitez à sortir avec vous, inspectrice Mead ?

Elle vira au rouge pivoine, mais il fut incapable de dire si c'était de gêne ou de colère.

— Non, pas du tout, je vous invite à venir jouer aux fléchettes par équipes, sergent Vanek.

— Où ? Au poste ?

— Non, nous jouons au Cross Keys, vers les Lanes. À sept heures pétantes.

— Contre qui ?

— La brigade des stups locale.

— D'accord, vendu.

Steph Mead frappa le volant et accéléra.

Une invitation ? Ben Vanek se posa la question. Ou juste un match de fléchettes ? Il s'aperçut que l'une ou l'autre solution lui conviendrait tout à fait.

# 49.

Leslie Blade partait du principe qu'Hilary ne savait rien de ses visites tardives de la nuit aux filles des rues. En fait, elle le savait depuis longtemps, depuis que Cliff et elle étaient rentrés un soir du cinéma en voiture, et qu'ils l'avaient aperçu. Elle avait alors supposé qu'il avait eu un rapport sexuel avec l'une d'entre elles, et cela ne l'avait pas particulièrement choquée ou même surprise. Leslie était célibataire, il avait une existence difficile, avec une mère invalide, il n'avait jamais eu l'occasion de se trouver une épouse ou même une petite amie, du moins pas à sa connaissance. Il paraissait tomber sous le sens qu'il éprouve de temps en temps le besoin de fréquenter une prostituée.

Hilary était une femme réaliste, et ne s'érigeait jamais en juge. Mais elle avait plus ou moins délibérément repris le même itinéraire, quelques semaines plus tard, en rentrant d'une sortie avec deux amies, et là, elle avait revu Leslie, sous le réverbère près de l'imprimerie, au vu de tous, et il versait un liquide d'un thermos pour l'une des filles qui tenait un gobelet. Hilary avait continué sa route, elle avait effectué le tour du rond-point, elle était revenue sur ses pas, et il était encore là, il tendait ce qui ressemblait à des éclairs qu'il sortait d'un sac plastique, et cette fois il y avait trois filles, toutes debout autour de lui, qui fumaient et qui discutaient.

Après quoi, Hilary avait établi le rapport avec toute cette nourriture qui remplissait le frigo et les placards – bien plus que Norah et Leslie ne pourraient certainement en avaler. Donc, il ne recourait peut-être pas aux services de ces filles, finalement, à moins qu'elles ne le paient en nature pour la nourriture et la boisson. Il s'occupait d'elles par bonté de cœur et elle le savait un homme bon.

Quand la première fille avait été retrouvée assassinée, Hilary avait été aussi horrifiée que le reste de Lafferton, mais avec le second corps, elle s'était mise à s'inquiéter.

Et puis Leslie lui avait téléphoné du poste de police.

Hilary y avait réfléchi, et n'avait réfléchi qu'à ça et à rien d'autre d'ailleurs, nuit et jour, en veillant sur Norah, en conduisant, de chez elle à chez eux et de chez eux à chez elle, et assise devant son petit-déjeuner et son thé, en regardant la télévision, allongée dans son lit… Elle n'avait pu se résoudre à croire que le tueur soit Leslie, pas une fraction de seconde – il n'était capable d'aucune sorte de violence –, mais elle comprenait parfaitement bien pourquoi la police avait eu à le questionner. Il n'aurait pas été bon qu'ils ne l'interrogent pas. Il passait du temps avec les filles, il bavardait avec elles, il était dans le quartier, c'était un homme tout seul. Bien sûr, ils devaient l'interroger. Mais il n'avait rien fait. Hilary aurait misé sa vie là-dessus. Vous pouviez aussi bien soupçonner son mari, le gentil Cliff.

Norah n'avait rien dit, pas un seul mot. Elle regardait les informations à la télévision deux fois par jour, donc elle était forcément au courant, pour les meurtres, mais elle ne les avait jamais évoqués devant Hilary. Une ou deux fois, elles avaient regardé ensemble, mais à la diffusion du reportage, là encore, Norah n'avait rien dit. Leslie était changé, à son retour de ce qu'il avait appelé son « voyage professionnel ». Il n'était jamais expansif ou très gai, mais il était devenu encore plus sombre et silencieux que d'habitude ; et il y avait quelque chose chez lui, une nervosité peut-être, qu'Hilary avait remarquée. Il ne lui avait parlé que de questions domestiques et elle ne l'avait pas poussé au bavardage. Et puis les policiers étaient venus voir Norah…

Pourquoi Leslie allait-il parler aux filles dans la rue, pourquoi leur apportait-il des sandwichs, des cakes, du thé et du café, Hilary n'en avait aucune idée. Mais quand les deux inspecteurs étaient venus chercher Leslie, elle avait été surprise de la colère qu'elle avait ressentie. Ne l'avaient-ils pas suffisamment interrogé la fois précédente ? Et si quelqu'un avait regardé dans cette direction ou était passé devant le portail, il aurait reconnu des policiers – ils étaient reconnaissables à un kilomètre, même ceux qui étaient en civil.

Quand elle était entrée annoncer calmement à Leslie que deux inspecteurs étaient sur le pas de la porte, pour le voir, mais qu'elle n'avait pas estimé devoir les convier à entrer, il s'était contenté de hocher la tête, il avait fermé d'un claquement sec le Tupperware de son déjeuner et il était sorti leur parler, en tirant la porte derrière lui. Norah prenait son thé et elle écoutait la radio, mais elle avait dû entendre la porte. Hilary était allée tout droit la rejoindre, lui demander si elle voulait sa deuxième tasse. Norah lui avait répondu que non, mais à part cela, rien. Leslie s'en était allé, comme d'habitude, en disant au revoir à sa mère, en demandant à Hilary si elle voulait qu'il fasse quelque chose, et en fermant soigneusement le portail. Au vu de leur conversation, c'était comme si personne ne s'était présenté à la porte d'entrée. Il n'avait fait aucune allusion aux inspecteurs, et Hilary non plus. Mais elle avait entendu une partie de ce qui s'était dit, assez pour savoir qu'il avait accepté de se rendre au poste de police plus tard ce jour-là. Assez pour l'inquiéter.

Elle avait préparé une salade d'œufs, pour le déjeuner, avec des patates tièdes en mayonnaise, et elle avait pris son assiette pour partager son repas avec Norah, comme d'habitude. Elles regardèrent le journal télévisé de treize heures.

— Oh non ! s'écria involontairement Hilary. Ils ont récupéré la bicyclette de cette mère de deux enfants qui a disparu, Leah Wilson, dans le canal. Ils ont intensifié les recherches pour retrouver son corps. Je ne comprends pas, dit-elle, en posant sa fourchette dans son assiette Je ne comprends rien à tout ceci. Que se passe-t-il dans notre société ?

— Toutefois, ce n'était pas une prostituée, fit Norah très calmement.

Hilary la regarda avec intérêt, mais la vieille femme, la tête penchée sur son assiette, découpait un morceau de tomate en petits dés. Elle ne leva pas les yeux, fût-ce brièvement.

Quand il travaillait en horaires fractionnés, Leslie prenait quelquefois la voiture et consacrait ses heures de liberté à se charger des courses nécessaires pour la maison. Hilary lui remettait une liste, il se rendait dans le plus vaste des trois supermarchés de

Lafferton, il prenait un en-cas sur place et continuait ensuite en vaquant à ses affaires en ville. Sachant qu'il était attendu au poste de police, elle avait d'abord hésité à lui confier une quelconque liste de commissions, puis elle se rendit compte que cela paraîtrait curieux, et elle en nota une très courte, de certains articles dont ils n'avaient pas un besoin urgent. S'il n'avait pas le temps, ce serait sans importance et elle ne poserait pas de questions.

La journée s'écoula comme à l'ordinaire. Elle nettoya, se chargea de la cuisine, de la lessive, aida Norah à prendre un bain, l'emmena faire une lente promenade, le tour du jardin, contempler les asters d'automne et les roses qui s'accrochaient encore dans les profondeurs automnales. Norah enchaîna sur sa sieste. Elles firent une partie de Scrabble, la grille de mots croisés, regardèrent la télévision.

Les jours où Leslie travaillait en nocturne, Hilary restait jusqu'à six heures. Tout de même, elle se demandait si cela ennuyait Norah, ces heures où elle restait seule. Mais elle avait toujours deux ou trois livres de bibliothèque, ses grilles de mots et la télévision. Elle appréciait peut-être cette solitude. Elle pouvait appuyer sur un bouton d'alarme qui contacterait un central, qui alerterait à la fois Leslie et Hilary. Mais Norah n'avait jamais eu à s'en servir.

Hilary s'aperçut qu'elle s'était inquiétée presque depuis le début de la journée, elle qui n'était pas une inquiète : le caractère égal, joyeux, il n'y avait pas grand-chose qui la perturbait. Mais là, elle n'était pas enjouée, elle était anxieuse, et ses pensées ne cessaient de revenir à Leslie et à la police, à Leslie et ces filles dans la rue.

Ben Vanek et Steph Mead avait fait un petit pari, selon lequel Leslie Blade ne se présenterait pas. À quinze heures vingt, le sergent de permanence les appela pour les prévenir qu'il était là.

— Ha ! Vous me devez un thé et un pain aux raisins, s'écria Ben en descendant. Je savais qu'il obéirait. S'il affirme qu'il honore un rendez-vous, il s'y tient.

— Il y a rendez-vous et rendez-vous, sergent.

Leslie Blade était calme. Le visage un peu pincé, les yeux mornes. Il s'assit, le dos raide, sans un regard circulaire autour de la pièce, sans les fixer, mais l'œil perdu quelque part à mi-distance entre eux et lui, par-dessus la table qui les séparait.

De prime abord, la tonalité de l'interrogatoire fut la même que précédemment : pourquoi allait-il parler à ces filles et leur apportait-il à manger, avait-il eu des relations sexuelles avec elles, s'était-il rendu près du canal les soirs où Chantelle, Marie et Abi avaient été agressées et, si oui, leur avait-il longuement adressé la parole ces soirs-là, les connaissait-il toutes si bien que cela. Ses réponses étaient les mêmes, formulées fermement à voix basse. Il n'y avait pas d'incohérence dans son récit, ils avaient vérifié auprès de sa mère et ils n'avaient pas la sensation qu'il essayait de leur cacher quelque chose.

— Vous n'êtes pas marié, monsieur Blade, si je ne me trompe ? lui demanda ensuite le jeune inspecteur chef.

— C'est exact.

— Puis-je savoir pourquoi ?

— Je n'ai jamais souhaité me marier. Et je m'occupe de ma mère.

— Eh bien, votre mère a aussi une aide à domicile. Votre mère s'opposerait-elle à votre mariage ?

— Je ne l'imagine guère, non. Si elle approuvait... la dame.

— Pour les rapports sexuels, comment faites-vous ?

Il rougit, l'air en colère, mais ne répondit rien.

— Allons, vous êtes un homme, vous avez des besoins normaux, nous avons tous des besoins normaux. Avez-vous déjà eu recours aux services d'une prostituée ?

— Non. Jamais.

— L'envisageriez-vous ?

— Non.

— Désapprouvez-vous leur activité ? Elles vendent du sexe. Jugez-vous que ce soit immoral ou dégoûtant ?

— Je crois... c'est une vie très misérable, pour les filles qui y sont forcées.

— Mais cela ne vous dégoûte pas ?

— Les gens qui prennent ces filles pour des proies...

— Oui ?

— Me mettent en colère.

— Ces filles vous mettent en colère ?

— Oh non.

— Pensez-vous que leurs actes méritent punition ?

— Non. Ce n'est pas notre... mon rôle de les juger.

— Et les autres femmes ? Les deux femmes disparues ? – Leslie eut l'air interdit. – Vous leur aviez adressé la parole ?

— Pas que je sache. Je suis certain que non.

— Savez-vous où elles sont ?

— Non.

— L'une d'elles roulait à bicyclette, et on a retrouvé cette bicyclette dans le canal, ce matin. C'est vous qui l'avez jetée dedans ?

— Bien sûr que non. Enfin, pourquoi aurais-je… ? Non, ce n'est pas moi. Je ne me suis pas du tout approché du canal… depuis… la disparition de ces jeunes femmes.

— Et pourquoi non ?

Il y eut un silence, puis Leslie répondit d'une voix plus forte.

— Parce qu'elles n'y sont plus… parce qu'elles étaient mes amies et deux d'entre elles sont mortes… par respect pour elles. Parce que tout le quartier grouille de vos hommes et si je ne montre ne serait-ce que ma figure là-bas…

— Oui ?

Mais il se tut de nouveau, se recroquevilla sur lui-même comme s'il redoutait ses propres emportements.

L'entretien continua plus de trente minutes. Par la suite, Steph Mead fit la remarque que cela lui avait fait l'effet d'interroger un mur. Ils s'accordèrent une pause devant la porte, tous deux épuisés.

— Il ne craquera pas, conclut-elle.

— Parce qu'il n'y a pas de quoi craquer. Nous n'aboutirons nulle part parce qu'il n'y a nulle part où aboutir. J'en ai marre. On le relâche.

— D'accord.

Ils retournèrent dans la pièce. Leslie semblait ne pas avoir bougé du tout, ni même avoir à peine respiré. Il était assis sur sa chaise, le corps en avant, les bras sur la table, le visage plus pâle, mais dénué d'expression.

— Très bien, monsieur Blade, j'accepte volontiers de vous libérer. Nous n'aurons plus besoin de vous.

Leslie Blade regarda le sergent, comme s'il n'était pas tout à fait certain d'avoir entendu ses propos, ou de leur teneur. Puis il soupira, et se prit le visage dans les mains. Ils attendirent.

— Monsieur Blade ? Puis-je vous apporter une tasse de thé ? Un peu d'eau ?

Il y avait toujours une carafe d'eau sur la table, et des gobelets en polystyrène, mais comme toujours, elle était tiède et elle sentait l'égout.

Leslie Blade secoua la tête.

— OK. Je vais vous raccompagner. Merci pour votre coopération. Et si quoi que ce soit vous revenait en tête concernant ces femmes qui sont mortes… n'importe quoi, des propos qu'elles auraient pu vous tenir, surtout concernant leurs clients, je vous en prie, appelez-moi.

Il lui tendit sa carte. Leslie Blade la prit sans un mot et la glissa dans sa poche.

Quand il tourna au coin de la rue, il la ressortit et la jeta dans une poubelle.

# 50.

Chaque fois que Serrailler tenait la presse informée, elle venait plus nombreuse en salle de conférence. Cet après-midi-là, la salle était bondée, avec plusieurs journalistes debout dans le fond. Il y eut le brouhaha habituel, puis le silence s'instaura. Ils n'étaient pas d'humeur clémente. Il résuma l'arrestation et l'interrogatoire de Jonty Lewis, « un homme de Bevham, âgé de vingt-sept ans ».

— Cet homme a été libéré sans inculpation hier après-midi. Nous avons de nouveau interrogé un homme de Lafferton, âgé de cinquante-trois ans, qui a été lui aussi libéré sans qu'aucune charge ne soit retenue contre lui.

— Commissaire, pensez-vous…

— Les questions, ensuite, je vous prie. Je n'ai aucune information à vous fournir pour le moment sur une femme de Lafferton portée disparue, Mme Ruth Webber, quarante-trois ans, mais nous avons des nouveautés concernant l'autre femme, Mme Leah Wilson, âgée de vingt-neuf ans. Ce matin, des plongeurs de la police ont récupéré une bicyclette dans le canal, vers la passerelle, il a été confirmé qu'elle appartenait à Mme Wilson, et la dernière fois qu'elle a été vue, elle roulait en direction de l'imprimerie : elle a été filmée par une caméra de surveillance à l'angle de Freeman Avenue et de Corley Road, à cinq heures quarante-sept du matin, approximativement. Nous n'avons pas retrouvé Mme Wilson et, pour le moment, nous ne disposons d'aucune information sur l'endroit où elle se trouverait. Bien, des questions ?

— Vos plongeurs cherchent-ils le corps de Mme Wilson dans le canal ?

— Nous avons une équipe d'hommes-grenouilles et diverses autres équipes de recherche tout le long du canal et du chemin de halage ; nous avons réquisitionné des forces de police d'autres régions pour nous assurer de disposer d'assez de monde sur le terrain et…

— Il y avait plein de policiers sur le terrain quand Mme Wilson est passée en vélo. Et maintenant elle a disparu.

— Croyez-vous que Mme Wilson soit morte, commissaire ?

— Je ne me fonde jamais sur des suppositions de cette sorte.

— Allons, vous avez le vélo, cette femme était dessus, on ne l'a pas retrouvée : c'est un nouveau meurtre, non ?

— Navré, je ne tire jamais de conclusions hâtives. N'essayez pas de me faire dire ce que je n'ai pas dit.

— Commissaire Serrailler, vous avez maintenant arrêté et relâché deux hommes sans les faire inculper. Y a-t-il un autre individu qui cadrerait avec ces affaires ?

— Pas pour le moment, non, mais nous suivons évidemment toutes les pistes possibles.

— Qu'est-ce que cela signifie, au juste ?

— Ce que je viens de dire. Nous étudions les bandes de vidéosurveillance de tout le trafic véhicules et piétons dans le quartier où exercent les prostituées, nous interrogeons toutes celles qui font encore le trottoir, tout en faisant évidemment le maximum pour les convaincre de s'abstenir.

— Avez-vous reparlé à Abi Righton ?

— Non, mais les médecins nous ont assurés qu'elle se rétablissait suffisamment pour que cela nous permette un autre entretien demain. J'espère qu'elle nous apportera des informations essentielles en temps voulu, mais à l'évidence elle est dans un état grave et nous ne sommes en mesure de lui parler que lorsque les médecins nous y autorisent.

— Commissaire… soyons francs, vous n'aboutissez nulle part. L'admettrez-vous ? Vous n'avez aucun indice, ni sur ces meurtres, ni sur la tentative de meurtre, ni sur les deux femmes portées disparues. C'est la pagaille. Le reconnaissez-vous ?

— Que nous n'ayons encore inculpé personne de meurtre, c'est exact. Que ce soit la pagaille, non.

— Et l'absence d'indices ?

Serrailler eut un geste de dédain et se tourna vers un autre journaliste.

— Croyez-vous que la disparition de ces deux autres femmes et les meurtres des prostituées soient liés ? Je sais que l'on vous a déjà posé la question, mais à la lumière de ce signalement concernant Mme Webber ?

— Je n'aime pas me perdre en conjectures. Pour l'heure, toutes ces affaires restent traitées séparément.

— Je me pose la question commissaire, avez-vous conscience de l'état d'esprit du public ? Les gens sont assez remontés.

— Je mesure pleinement leurs préoccupations, le fait qu'ils s'inquiètent pour leur sécurité et qu'ils soient très impatients que l'on engrange un résultat, ou plusieurs résultats, et que l'on mette un terme à tout cela. Je le suis aussi, je vous l'assure. Ne sous-estimez pas la conscience qu'a la police de tous ces aspects. Je suis déterminé à obtenir des résultats, mes équipes travaillent vingt-quatre heures sur vingt-quatre, et sous une forte pression. Mais nous identifierons l'individu ou les individus qui ont commis ces crimes terribles contre ces jeunes femmes.

— Et si vous ne les identifiez pas ? Votre tête est sur le billot, n'est-ce pas, commissaire ?

Paula Devenish lui téléphona deux minutes après qu'il eut regagné son bureau, et il vécut dix minutes inconfortables, même si elle insista à plusieurs reprises sur le fait qu'elle lui accordait son entier soutien, à lui et à ses équipes, et qu'elle voulait lui faire savoir qu'il conservait toute sa confiance… Mais le message implicite était le même que celui qui transparaissait de la conférence de presse : elle voulait des résultats, elle voulait savoir pourquoi il n'y en avait eu aucun, si tout ce qui était possible avait été entrepris, si les services de tous les officiers de police judiciaire avaient été convenablement employés, si l'on avait vraiment remué ciel et terre.

— Nous avons l'opinion sur le dos, Simon.

Comme s'il n'en avait pas conscience, songea-t-il en raccrochant.

Il se retourna et regarda par la fenêtre dans la cour du poste de police les médias rassemblés dehors, et il se sentit envahi par la lassitude, comme s'il se vidait de toute son énergie, de toute sa résistance, mentale et physique. Il ne s'était plus nourri convenablement depuis plusieurs jours, il n'avait avalé que des sandwichs et du café, et une pomme, à l'occasion ; il savait qu'il se conduisait en imbécile et, qui plus est, qu'il ne suivait pas ses propres conseils. Il chapitrait les autres pour qu'ils se nourrissent et boivent correctement, s'accordent des pauses, et n'abusent pas de la caféine. Il était la preuve évidente *a contrario* de la justesse de ces conseils.

*
* *

Une heure plus tard, il entra dans la salle de police, en priant tous les chefs d'équipe de le rejoindre.

— Nous sommes tous fatigués, nous rongeons tous notre frein, et d'avoir la presse sur le dos, cela ne nous aide pas. Je comprends complètement, croyez-moi. Nous n'aboutissons apparemment à rien, nous avons accumulé les heures, et non seulement nous ne sommes pas récompensés pour ce travail éreintant, mais en plus nous n'avons pas de chance. La chance, ça existe, sans que l'on puisse toujours miser dessus, mais pour le moment, elle nous a abandonnés. Bien, dans la mesure du possible, je veux que tout le monde prenne une pause. Quand vous aurez terminé vos horaires de service normaux, et sauf événements imprévus, vous rentrez chez vous. Vous rentrez, vous prenez un repas convenable et nourrissant, vous buvez un verre, mais un seulement, et vous décompressez. Vous vous couchez tôt, et demain vous vous sentirez quelqu'un d'autre. C'est très important. Je vais dételer tôt. Demain, espérons qu'on avancera, mais je veux que vous examiniez absolument tout, une fois encore. Essayez de vous sortir de l'esprit tout ce sur quoi vous étiez en train de travailler, l'ensemble de ce contexte. Vous jouez avec vos gosses, vous discutez avec votre compagne ou votre compagnon, vous sortez faire une bonne promenade, vous regardez un mauvais film… Ne regardez pas les infos. J'ai toute confiance en chacun d'entre vous et l'absolue conviction que nous allons aboutir. Nous allons trouver qui a tué ces femmes, nous découvrirons ce qui est arrivé à celles qui ont disparu. Nous allons en finir. Bien, merci, les gars. Maintenant, tous chez vous, et dès que possible.

Normalement, à la fin de chaque journée d'une grosse enquête, il partait en se sentant fatigué, parfois épuisé, mais toujours sur la brèche, toujours prêt pour le lendemain matin, toujours optimiste.

Mais au cours de ces derniers jours, en quittant le commissariat pour rentrer chez lui, il s'était senti de plus en plus exaspéré, abattu. Rien n'était pire que ces éléments qui ne s'emboîtaient pas, et il avait le sentiment de pousser contre une porte pendant que quelqu'un d'autre, de bien plus fort, poussait en sens contraire, de l'autre côté.

Il n'avait pas envie de rentrer directement à l'appartement, il avait envie de compagnie – le canapé de sa sœur, pour s'y affaler avec Méphisto ronronnant à ses côtés, un verre dans la main et des odeurs de cuisine. Mais quand il téléphona chez Cat, il tomba sur le répondeur. Il réessaya deux fois, surpris qu'elle ne soit pas là, mais renonça, sans prendre la peine de laisser un message ou d'essayer son portable. L'une après l'autre, les équipes quittaient le poste, comme il le leur avait suggéré, s'accordant une pause. Les fourgons étaient encore dans les rues, les patrouilles d'agents en tenue et de véhicules de police restaient nombreuses sur le terrain, le quartier du canal était maintenant investi par des effectifs redoublés, mais pour ce soir, les équipes d'enquêteurs avaient besoin de cette coupure. Pour ce soir.

Il resta assis là quelques minutes. Ben Vanek et Steph Mead partirent ensemble, montèrent dans la même voiture et démarrèrent. L'inspecteur principal Franks et son épouse, une civile qui travaillait comme experte auprès de la police scientifique, spécialisée dans les scènes de crime, partirent à pied avec deux autres, sans doute vers le pub. Il le savait, ils ne refuseraient pas qu'il se joigne à eux, mais il était sensible à leur besoin de se détendre entre eux, de causer boulot ou d'oublier tout ça, et de parler de lui s'ils en avaient envie. Il n'allait pas les gêner.

Il était extrêmement rare que le fait de ne pas avoir un large cercle d'amis le préoccupe. Les amis qu'il avait étaient loin de Lafferton, disséminés non seulement dans tout le pays, mais dans le monde entier. Pour le reste, il était heureux tel qu'il était, et avec sa famille.

Sa famille.

Il décrocha de nouveau son téléphone.

Judith lui ouvrit la porte de Hallam House, un foulard bleu noué derrière les oreilles, vêtue d'un jean et de ce qui lui parut être une vieille chemise de son père. Elle avait quelques gouttes de peinture blanche sur le visage.

— Ah très bien. Maintenant je peux m'arrêter et nous préparer un truc à manger. Quelle chance.

— Mais qu'est-ce que vous fabriquiez ?

— Je repeins la petite chambre. C'est généralement là que dort Félix, maintenant, mais ce soir il est avec Hannah, et il mérite mieux que ces vieux murs beiges.

— Pourquoi vous en chargez-vous ?

— Vous voyez votre père s'en charger, vous ?

— Bien sûr que non, mais vous pourriez appeler quelqu'un.

— Quel gâchis d'argent. J'ai toujours fait de la décoration quand Don était en vie. J'ai même peint les plafonds et posé le papier mural, mais j'étais un brin plus jeune. Cela me plaît. J'écoute des émissions intéressantes à la BBC, sur Radio 4, des trucs de philo et sur la vie en Croatie.

Ils étaient dans la cuisine.

— Bon, il va quand même falloir que je fasse appel à quelqu'un pour le plafond. Je connais les limites de mon âge.

— Vous voulez que je m'y mette ?

— Vous peignez les plafonds, vous ?

— J'ai peint mon appartement tout entier, du sol au plafond. J'ai même poncé et verni les parquets. Laissez-moi m'occuper de votre plafond. Ce n'est qu'une chambrette minuscule, je peux terminer la première couche ce soir.

— En échange d'un dîner ?

— Marché conclu.

— Vous ne pouvez pas garder votre costume.

— Papa est plus ou moins de ma taille. Je peux enfiler cette chemise, si vous me trouvez un vieux pantalon. Ceux qu'il porte l'été, en coton, iront très bien.

En moins de dix minutes, il était sur l'échelle, un pot de peinture blanche derrière lui, et dispensant de grands coups de rouleau. Cela produisait un bruissement soyeux et doux, et l'air nocturne de l'automne qui entrait par la fenêtre ouverte se mêlant à l'odeur de peinture ajoutait au plaisir que cette besogne lui procurait. Juste après neuf heures, Judith l'appela pour dîner. Il acheva de donner ses derniers coups de rouleau dans l'angle du fond, et descendit au rez-de-chaussée.

— C'est fait. Demain matin, ce sera sec, et demain étant un samedi, à moins que quelque chose ne nous tombe dessus au commissariat, je viendrai terminer. Après avoir dîné, je monterai laver le rouleau.

— Mais non, laissez cela à votre assistante. Merci, Simon, j'apprécie énormément. Maintenant, je vais prendre un peu de vin. Et vous ?

— Vous auriez une bière ? Priez pour qu'on ne m'appelle pas.

— J'ai cuisiné un jambon, hier, donc ce sont des restes, mais pas les frites.

Elle lui tendit sa bière et le décapsuleur.

— Ce n'est pas la soirée de chorale de Cat, fit-il. Est-elle à Imogen House ?

— Non, elle est partie avec une amie à l'hôtel de ville de Bevham écouter Mozart. Richard est à la réunion de sa loge maçonnique, donc c'est agréable d'avoir un peu de compagnie. Je suis heureuse que vous estimiez pouvoir vous inviter, Simon.

Judith ne lui posa pas de questions, n'insista pas pour qu'il parle de son travail, ou de rien de personnel, en partant du principe que s'il en avait envie, il lui en parlerait. Il se sentait à l'aise en sa compagnie, désormais, quoique la relation qu'il avait avec son père ne soit guère facile, et il suspectait qu'elle ne le serait jamais.

Ils dînèrent agréablement, causèrent politique et peinture. Il évoqua Taransay. Et puis il s'entendit se confier à elle :

— Il y avait une fille assez agréable, là-haut. Kirsty McLeod. – Judith remplit son verre de vin, sans commenter. – Nous avons vécu un moment plaisant. Pas de nœuds, pas de complications.

S'il avait confié tout ceci à sa sœur, elle lui aurait demandé tout de suite s'il avait la moindre conscience, pourquoi il laissait les femmes s'imaginer qu'elles signifiaient quelque chose à ses yeux alors que ce n'était jamais le cas, ce qu'il se figurait en considérant encore une conquête de plus comme un dû, s'il allait un jour se comporter avec sérieux envers une femme… Judith le laissa simplement parler. Il finit sa bière. Il y avait un peu de mousse au chocolat et elle pela puis découpa un kiwi et ajouta quelques litchis.

— J'aime assez les repas improvisés, lui avoua-t-elle, ils donnent souvent lieu à de merveilleuses combinaisons inédites, par le plus grand des hasards.

— En effet. Je ne suis pas convaincu que la mousse au chocolat et les litchis en soit une, pourtant.

Elle rit, puis elle le regarda un instant, le visage soudain pensif.

— Ne laissez jamais personne vous convaincre qu'en dehors du mariage ou d'une relation au long cours, la vie serait insupportable. Je n'y ai jamais cru, vous savez. À la mort de Don, je ne voulais plus me remarier, et je ne l'espérais plus. À part qu'il me manquait terriblement, j'étais en réalité assez contente d'être toute seule. Je ne cherchais personne mais l'occasion se présente. Ou pas. Je m'exprime comme l'une de ces rédactrices du courrier du cœur. Désolée.

— Non, pas du tout.

— Merci.

— Je préférerais que vous n'en parliez à personne, toutefois. Je me passerais volontiers des pressions familiales.

— Absolument. Et vous n'en subirez aucune de ma part, Simon… à supposer même que j'en aie le droit, ce qui n'est pas le cas.

Il débarrassa, elle prépara un café et ils l'emportèrent dans le petit salon. Les épais rideaux étaient tirés, les lampes allumées.

— On a l'impression que c'est l'hiver, remarqua-t-elle. Ce qui me plaît assez.

Ils étaient assis l'un en face de l'autre. La maison était très silencieuse. Simon songea aux trois enfants, endormis à l'étage, des enfants qu'il aimait tendrement et pour lesquels il se faisait parfois beaucoup de souci.

— Comment va Sam, à votre avis ? demanda-t-il. Cat s'inquiétait à son sujet.

Elle soupira.

— J'aimerais le savoir. Je crois que c'est un petit garçon perturbé et c'est sans doute une réaction à la mort de Chris : ce ne serait pas surprenant du tout. Il n'en parle jamais, alors qu'Hannah, si. Elle n'a aucun mal à dire qu'elle aimait son papa et elle n'a pas envie qu'il soit mort, aucun mal à pleurer un bon coup pour se sentir mieux ensuite. Pas Sam. Peut-être y a-t-il autre chose, mais quoi, je n'en ai aucune idée. Il est à la veille de l'adolescence, bien sûr, et je ne suis pas sûr qu'il se soit bien fait sa place à St Michael. Mais il était toujours très bavard, et il ne l'est plus maintenant. Il est parfaitement poli et agréable, mais il a baissé le rideau de fer.

— Je dois le sortir, un de ces jours. Il aime bien marcher avec moi. Mais pour le moment, ce n'est pas possible.

— Je me demande…

Elle n'alla pas plus loin. Il y eut le bruit de la voiture de Richard dans l'allée, et le téléphone de Simon sonna.

— Serrailler.

Il écouta, en levant la main pour saluer son père lorsqu'il entra. L'appel fut bref.

— Oh, Simon, ce ne sont pas encore d'autres nouvelles épouvantables ?

— Au contraire, la rassura-t-il, envahi par le soulagement. Ruth Webber vient de se présenter à son domicile. Son mari vient de prévenir le poste, il y a dix minutes.

— Est-ce qu'elle va bien ?

— Pour autant qu'ils sachent. Quelqu'un la verra dans la matinée. – Il glissa son portable dans sa poche. – Judith, pensez-vous que je puisse bénéficier d'un deuxième café avant de prendre le chemin de la maison ?

— Je me joins à toi, fit Richard. Surpris de te trouver ici, d'ailleurs, Simon.

— Oui, fit ce dernier, et moi donc.

# 51.

Stephen Webber était debout devant la fenêtre de son bureau, au milieu des cartons qui n'étaient pas censés être déballés avant l'installation dans le doyenné. Il était minuit vingt et il avait laissé Ruth en haut, couchée mais pas endormie, et presque complètement silencieuse. Il était descendu parce qu'il avait senti les larmes lui monter aux yeux et savait que, s'il devait pleurer, il fallait qu'il pleure seul. Il n'avait pas allumé de lampe, mais il y avait assez de lune pour qu'il puisse voir un peu la pente du jardin, jusqu'à la palissade blanche qui luisait comme de l'os. Un chat – pas le leur mais un chat inconnu –, au poil roux, était assis face à lui au milieu de la pelouse, l'œil topaze, impassible.

Il retira ses lunettes et s'essuya les yeux. Ses larmes étaient des larmes de colère, de soulagement, d'exaspération, et elles coulaient surtout parce qu'il n'avait pas su trouver les mots et, quoi qu'il en soit, ce qu'il ressentait, il ne pouvait l'exprimer devant Ruth. Elle avait frappé si doucement à la porte de la cuisine, alors qu'il se préparait un thé, qu'au début il n'avait pas pleinement identifié ce bruit. Quand il avait ouvert, elle n'avait rien dit, elle était simplement passée devant lui, elle avait considéré la cuisine un moment, comme si elle essayait de se familiariser avec les lieux, puis elle s'était assise à la table. Elle portait un vieil imper qu'il ne reconnut pas, et elle était sale, les cheveux gras et aplatis sur la tête, les mains malpropres. Ses souliers étaient détrempés.

Il sut immédiatement qu'elle avait très profondément sombré dans la dépression. L'expression du visage était éteinte, les yeux sans aucune lueur, les épaules légèrement voûtées. Elle ne disait rien, elle ne le regardait pas.

Il avait posé une tasse de thé devant elle, mais elle ne fit pas mine de la boire.

— Ruth, lui avait-il dit. Oh, Dieu merci, tu es en vie.

Elle lui avait lancé un coup d'œil, une ombre de perplexité passant sur son visage.

— Ils t'ont cherchée… là-bas…

Mais il ne lui en dirait pas davantage, elle ne saisirait pas, n'avait pas besoin de savoir tout ce qui s'était produit.

— Bois ton thé. Tu as l'air d'avoir froid.

Elle haussa les épaules.

— Tu es épuisée… tu as marché longtemps ?

Elle approcha la tasse et en scruta le fond, sans essayer de la porter à ses lèvres.

Ce fut alors qu'il comprit qu'il lui fallait appeler la police et qu'il se rendit compte que, s'il ne quittait pas la pièce, il allait fondre en larmes – c'était ça ou se mettre en colère. Une fois, ça lui était arrivé, elle avait disparu à Londres, pendant plus de vingt-quatre heures, et avait été ramenée par un voisin qui l'avait vue en train de marcher dans le noir, le long d'une route à grande circulation. Il lui avait hurlé dessus, mais c'était comme de hurler contre une sourde muette. Il n'avait absolument pas réussi à l'atteindre.

C'était la même chose cette fois-ci, mais il n'avait pas hurlé. Il l'avait persuadée de boire la moitié de sa tasse de thé, puis il l'avait conduite à l'étage, lui avait fait couler un bain et l'avait laissée. Après avoir téléphoné à la police, il était remonté, il avait trouvé la porte de la salle de bains ouverte, des serviettes humides sur le sol, et la lumière encore allumée. Quand elle allait bien, Ruth était une maniaque du rangement. Ce soir-là, il était évident qu'elle n'avait pas remarqué l'état dans lequel elle avait laissé cette salle de bains.

Elle était au lit, recroquevillée sur le flanc, le dos tourné. Il savait qu'elle ne dormait pas, mais les larmes l'avaient submergé, et il était redescendu au rez-de-chaussée, se poster à la fenêtre, en proie au désespoir.

Une demi-heure plus tard, il était toujours là, engourdi, à peine capable de réfléchir, quand on frappa légèrement à la porte latérale.

— Stephen, j'ai vu ta lumière encore allumée… Est-ce que tout va bien ?

Miles Hurley entra, les vêtements mouillés. Webber n'avait pas remarqué qu'il avait plu presque tout le temps pendant qu'il était resté debout devant cette fenêtre.

— Mon pauvre ami, tu sembles avoir reçu un choc terrible.

Stephen avait eu soudain la sensation que ses jambes allaient se dérober sous lui, et il s'assit pesamment sur l'une des chaises de la cuisine.

— Oui, dit-il. Ruth est de retour.

— Oh, Dieu merci ! Va-t-elle bien ? Stephen, si j'osais te le proposer, je crois que tu devrais prendre un whisky. Puis-je t'en servir un ?

— Tu as peut-être raison. Oui.

Il allait se lever, mais Miles lui posa une main sur l'épaule et le fit se rasseoir.

— Je sais où il est. Alors, qu'est-il arrivé ?

— Elle est entrée ici, voilà. Épuisée. Très déprimée. Elle a l'air de quelqu'un qui a vécu de façon rudimentaire ces derniers temps, ce qui serait le cas, si la police ne se trompe pas au sujet de ces jardins ouvriers. Mais tu sais ce que c'est, Miles. Elle n'a rien dit. Elle est à peine capable de parler, quand elle est ainsi.

— As-tu téléphoné à un docteur ?

— Non, non. Je vais m'en occuper. Demain. Je vais m'en occuper. Mais elle est couchée. Elle n'ira nulle part à l'heure qu'il est et il ne lui arrivera rien de mal d'ici demain matin. Je ne peux pas sortir chercher un médecin et risquer de la laisser dans la détresse… pour le moment, ce ne serait d'aucune aide.

Miles posa deux verres sur la table remplis de doses généreuses de whisky, et trouva une carafe qu'il remplit d'eau.

— Tu as peut-être raison. Qu'a dit la police ?

— Pas grand-chose. Elle m'a remercié de les avoir prévenus. Ils enverront quelqu'un dans la matinée. Ils doivent venir vérifier, j'imagine.

— Certainement. Mais après cela, ce n'est plus leur problème. – Il but. – Je suis très soulagé, Stephen, mais je suis aussi désolé qu'on en arrive de nouveau là. Cela te soumet à une telle tension. J'aurais vraiment cru que cela se serait stabilisé, maintenant… Je pensais que l'installation ici lui avait fait du bien.

— Et moi aussi. Je ne sais pas quoi faire. J'ai le sentiment de l'avoir trahie. Peut-être n'aurions-nous jamais dû déménager, peut-être n'avait-elle pas pris ses marques, ici.

— Elle paraissait avoir tout à fait pris ses marques. Ne te jette pas la pierre.

Stephen remua son whisky dans son verre, en le regardant miroiter.

— De toi à moi, Miles…

— Cela va sans dire.

— Oui. Bien sûr. De toi à moi, je suis complètement las de tout cela. Je ne peux tout simplement pas supporter l'idée que cela continue encore et encore à l'avenir, d'avoir tout le temps à lui courir après, de ne pas me fier à elle, d'essayer d'accomplir ce travail, d'essayer de… d'exercer une réelle influence ici… alors que j'ai tout le temps le cœur qui bat la chamade, rien que de penser à elle. Je me sens vidé, absolument vidé.

— Écoute, pourquoi ne pas prendre quelques jours de congé ? Et même partir quelque part ? Une fois qu'elle aura consulté les médecins, etc. Je peux m'occuper de tout, ici.

Webber secoua la tête.

— Elle ne viendrait pas, et ils estimeront peut-être qu'elle a besoin d'être hospitalisée. Je ne sais pas si… mon Dieu, j'espère que s'ils jugent la chose nécessaire, elle l'acceptera. La faire interner, c'est…

— Je sais. Mais si elle est internée, cela te permet de faire une pause. Tu en as besoin, Stephen. Tout va très bien se passer et en douceur.

— Tu as assez à faire. Je ne peux pas non plus me décharger de mes obligations sur toi.

— Tu le peux et tu le dois. Je suis très résistant. Tu devrais le savoir. – Miles se leva et finit son verre. – Maintenant je vais au lit. Et tu aurais intérêt à m'imiter. N'essaye pas de batailler, Stephen. Je suis là. Tout le monde va se mettre au boulot. Mais ce soir, remercions Dieu que Ruth soit de retour à la maison. Pour l'heure, ce n'est pas rien, comme diraient les jeunes.

# 52.

Pour le moment, c'était sans espoir. La police était omniprésente, de vraies mouches à viande, partout dans le quartier, à tel point que si l'une des filles descendait dans la rue, on lui demandait de circuler – « avertissement amical », etc. Hayley avait essayé quatre ou cinq soirs dans le centre-ville, avant de bouger vers Hunt Square, mais c'était mort, et sinistre, en plus. C'était là que traînaient les alcoolos. Le centre, pour un client, à l'occasion, ça allait, mais plusieurs rues étaient désormais devenues piétonnes, ce qui réduisait le nombre de clients éventuels, et la police était là elle aussi, à distribuer des tracts avec la photo des filles mortes, de quoi vous faire froid dans le dos.

En plus, elle n'était pas contente de son organisation pour Liam. La femme qui le surveillait d'une oreille quand elle était sortie s'était mise à aller boire des coups au café. Ça l'effrayait. Elle repensait à la période Abi. Entre elles, elles se faisaient confiance.

Alors maintenant, elle restait chez elle et elle n'avait plus d'argent, à part ses indemnités de femme seule avec un enfant à charge et ses allocations chômage, qui ne duraient jamais longtemps. L'argent qu'elle avait pris dans la boîte d'Abi avait disparu depuis longtemps.

Elle regardait une série crétine de l'après-midi à la télé, quand son portable sonna. Elle arrivait tout juste à s'acheter encore du crédit.

— Allô. C'est Hayley ? Hayley Duncan ?

— Qui la demande ?

— C'est Gwenda Mayo, des services sociaux. C'est vous, Hayley ?

— C'est moi.

Elle faillit raccrocher. Elle n'avait rien dire à cette conne qui avait emmené les enfants d'Abi.

— Bon, merci. Hayley, je me demandais si j'aurais pu venir vous rendre visite ?

— Non, merci. Vous n'allez pas me prendre aussi mon garçon. Liam va bien.

— Hayley, écoutez, bien sûr que je ne veux pas vous le prendre. Mais il s'est présenté quelque chose et je dois vous voir.

— Quel genre de chose ?

— Ce n'est pas l'idéal d'en discuter au téléphone, mais cela concerne les enfants d'Abi Righton, Frankie et Mia.

— Je connais leurs noms. Que leur est-il arrivé, qu'est-ce que vous avez fabriqué, encore ?

— Il ne leur est rien arrivé, Hayley, mais je dois vous parler d'eux, s'il vous plaît.

Si c'était au sujet de Frankie et Mia, elle allait être obligée de la voir, cette foutue bonne femme.

— OK. Venez maintenant, si vous voulez.

— Merci, Hayley. Je serai là d'ici une demi-heure.

Elle mit moins d'une demi-heure. Hayley avait commencé à débarrasser la table et à mettre les casseroles sales dans l'évier, pas qu'elle fît cas des services sociaux mais parce qu'elle n'allait pas se laisser juger sur la propreté de l'appartement. Ils n'hésiteraient sans doute pas à invoquer tous les prétextes pour lui retirer Liam, même des tasses à café sales. Mais quand Gwenda arriva, elle ne regarda même pas autour d'elle.

— Puis-je m'asseoir ?

Hayley retira des trucs qui étaient sur la chaise.

— Bien, vous savez que les enfants d'Abi ont été placés. – Hayley ne réagit pas. – Bon, les gens qui sont en charge d'eux, Brett et Louise, sont de très bons parents d'accueil et ils s'occupent vraiment bien de Frankie et Mia. Ils adorent les avoir chez eux et ils sont très expérimentés. Mais ils ont du mal à instaurer une relation avec les deux, surtout avec Frankie. Et il réclame tout le temps après vous. Vous et votre petit garçon. Et quand il prononce votre nom, il est tout à fait clair que Mia comprend, elle aussi.

Hayley se sentit envahie par quelque chose qui lui montait des entrailles jusque dans la gorge. Elle n'était pas sûre de ce que c'était, de la détresse ou de la colère, des larmes ou l'envie de défoncer la porte à coups de pied.

— Je l'avais dit que j'aurais pu les garder, non ? Avec moi, ils auraient été super bien, et maintenant regardez ce qui se passe, merde, pauvres gosses. Enfin, s'ils veulent me voir, moi et Liam, vous devez le leur permettre, c'est ce qu'Abi voudrait et vous n'avez aucun droit de les en empêcher, vous…

— Hayley, c'est pour cela que je suis ici. Parce que je pense que ce serait une très bonne idée, je crois qu'ils devraient vous voir. Je peux vous emmener là-bas aujourd'hui, si vous voulez venir. Brett et Louise pensaient que vous auriez pu venir prendre un thé et Liam jouerait un peu avec Frankie… et si cela fonctionnait bien, alors vous y retourneriez, vous rétabliriez le contact avec eux. Surtout au vu de l'amélioration très nette de l'état de santé de leur mère.

— Quoi, vous voulez dire que si elle était morte, il nous aurait pas permis de nous revoir ?

— Eh bien, elle n'est pas morte. Elle réagit au traitement maintenant, donc même si cela nécessite encore du temps, si son état continue de s'améliorer, il y a toutes les chances pour qu'elle finisse par récupérer les enfants auprès d'elle… Sauf imprévu, bien sûr.

— Qu'est-ce que vous entendez par là ?

— Cela signifie que tout dépend de quantité de facteurs, comme de savoir s'il y aurait pour eux un appartement adapté ou un autre logement disponible, du temps qu'il faudrait avant qu'elle ne soit capable de s'occuper d'eux toute seule ou si elle aura besoin d'aide, au début. Cette décision ne dépend pas uniquement de moi, je ne peux pas répondre oui ou non. Comme je l'ai dit, il y a beaucoup d'autres facteurs. Quoi qu'il en soit, vous allez venir ? Je crois que ce serait vraiment d'une grande aide.

— J'adore ces gosses comme j'adore le mien. Essayez un peu de m'en empêcher. Et si vous changez d'avis, je ne vais pas me laisser faire, je vous préviens.

— Personne ne va vous en empêcher, Hayley, personne n'en a envie. Bien au contraire. Je viendrai vers quinze heures trente, si cela vous convient ?

Après le départ de cette femme, Hayley songea qu'elle avait peut-être été injuste. Elle n'était peut-être pas aussi malveillante que certaines autres. En tout cas, elle avait évité de mentionner une chose, leurs moyens de subsistance, à Abi et elle. Il était question des enfants, il était question de s'assurer qu'ils soient bien, et ça plaidait en sa faveur. Pas de jugement. Elle écuma tous les pots, toutes les boîtes et les tasses de l'appartement, et avec ce qu'elle dénicha et ce qui pouvait lui rester, elle réunit quatre livres soixante-dix. Elle lui demanderait si elles pouvaient s'arrêter, acheter à Frankie et Mia une bande dessinée et des bonbons, et puis il faudrait aussi un petit quelque chose pour Liam.

Avant d'aller le chercher à la crèche, elle se sentit subitement si bien qu'elle alluma la radio, fit le ménage, la vaisselle, rangea tout ce qui traînait, nettoya les vitres, passa l'aspirateur, épousseta partout jusqu'à ce que tout ait l'air impeccable. Elle se sentait pleine d'énergie. S'il y avait une chance pour qu'Abi obtienne un appart correct de la municipalité, peut-être qu'elles en auraient un ensemble. En sortant de l'hôpital, Abi aurait besoin d'aide, même si Hayley ne savait pas trop quelle était l'étendue des dégâts. Elle avait acheté le journal local à plusieurs reprises, et n'avait pas arrêté d'écouter Radio Bevham, pour tâcher d'en savoir plus, mais ils répétaient qu'elle souffrait de « graves blessures », rien d'autre.

Elle ne savait pas trop à quoi s'attendre avec la famille d'accueil. Elle n'en avait encore jamais rencontré. La maison était plus petite qu'elle ne l'avait imaginée et la femme, Louise, un peu plus jeune. Aimable.

— Bonjour, Hayley, ravie de vous rencontrer. Je suis réellement contente que vous ayez pu venir. Frankie vous a réclamée tout le temps, ça devenait assez perturbant. Je ne lui ai pas annoncé que vous seriez ici aujourd'hui, j'espère que cela ne vous ennuie pas, juste au cas où vous auriez eu un empêchement de dernière minute ou autre… enfin, vous comprenez. Elle se baissa. Bonjour, Liam. J'ai une surprise pour toi, tu veux entrer ?

Il y avait une pièce tout en longueur issue de la réunion de deux à l'origine, avec la partie salon sur le devant et une salle de jeu dans le fond, dont les portes-fenêtres donnaient sur un jardin étroit, tout en longueur aussi. Hayley aperçut une balançoire et un toboggan. Mais elle avisa alors Frankie par terre à côté d'un circuit de voitures. Le temps d'une fraction de seconde, le visage de l'enfant resta dénué d'expression, complètement vide, comme s'il n'osait pas réagir à une présence, quelle qu'elle soit. Et puis il vit Liam. Elle n'avait encore jamais saisi ce que signifiait la phrase « son visage s'est illuminé », mais maintenant elle savait. Frankie se rua vers elle, la plaqua aux genoux, tandis que Liam sautait sur son camarade, de sorte qu'ils se retrouvèrent tous les trois entassés les uns sur les autres, avec Hayley qui pleurait et les deux petits qui rigolaient.

— Et voici Mia, fit la femme, et elle souleva la fillette, qui jouait par terre avec un chien en plastique.

— Salut, fit Hayley entre deux sanglots. Salut, Mia, salut, mon cœur, c'est moi, c'est Hayley et Liam.

Elle tendit les bras et la fillette s'y agrippa, refermant ses jambes autour d'Hayley aussi fermement qu'un singe se cramponnant à un tronc d'arbre.

Les garçons se séparèrent et ne furent pas longs à se bagarrer affectueusement sur le tapis, en riant et en hurlant.

Les trois femmes les considérèrent, le sourire aux lèvres en permanence. Louise prit plusieurs photos avec son portable. Elle prépara le thé et elles s'installèrent à la table, en regardant les garçons jouer à la bagarre et à la course de petites motos sur le parquet ; Mia, sur les genoux d'Hayley, lui lançait de temps à autre un regard inquiet, afin de se rassurer. Hayley lui donna à manger du quatre-quarts.

— Mon Dieu, j'aimerais tant qu'Abi soit là. J'aimerais juste qu'elle les voie comme ça. Cela lui ferait plus de bien que tous les trucs de l'hôpital.

— Vous pourriez prendre des photos pour lui montrer. Je vais les charger dans l'ordinateur et vous les imprimer.

Elle est sympa, songea-t-elle. Un physique ordinaire, jolis yeux, cheveux roux, un jean et un sweatshirt. Quelle sorte de gens prendraient les enfants des autres, sans savoir combien de temps ils resteront, sans savoir à quoi ils ressemblent ? Pas elle. Elle s'occuperait de Frankie et Mia, mais c'était parce qu'elle les connaissait depuis toujours, ils étaient comme ses propres enfants.

Elle aurait aimé qu'ils soient ses enfants.

Louise avait ouvert les portes et les garçons se précipitèrent dehors dans le jardin où ils commencèrent à tournoyer en vrombissant et en faisant des bruits d'avion. Mia les regardait et riait, mais en se cramponnant toujours à Hayley.

Gwenda Mayo l'observait.

— Elle va bien, vous savez, dit-elle. Elle est très heureuse, ici.

— Sauf que ce n'est pas pareil, hein ? Ce sont des inconnus. Je ne suis pas une inconnue.

— Non.

— Abi va se rétablir, elle s'occupera d'eux. Une fois sortie de l'hôpital, elle ira bien, elle est solide, Abi, elle va lutter, pour ses gamins.

— Et personne ne dit autre chose, Hayley. Je veux simplement m'assurer qu'ils vont bien et qu'ils sont heureux tant qu'ils restent ici.

— D'accord.

Mais elle serra Mia très fort. Elle appréciait la femme de la famille d'accueil et les enfants allaient bien, ça, elle le voyait. C'étaient les services sociaux qui avaient besoin de le savoir.

Louise imprima quatre photos, vraiment bonnes, des photos drôles des enfants, et les lui remit.

— J'ai le droit de revenir, d'amener Liam ?

C'était à Louise qu'elle s'adressait, mais cette dernière dut consulter l'autre du regard, Mayo, comme si elle était incapable de décider par elle-même, ce qui agaça Hayley, et ce fut Mayo qui répondit.

— Je suis convaincue qu'on pourrait arranger cela, Hayley, mais voyons comment vont les choses.

— Les enfants vont bien, regardez les garçons, regardez cette petite. Pourquoi n'iraient-ils pas bien ? Je voudrais être capable de parler d'eux à Abi, pas juste une fois, je suis… d'une certaine manière, ici, je la remplace, vous voyez ?

— Eh bien, j'ai un rendez-vous, nous allons donc devoir en rester là pour aujourd'hui.

Gwenda Mayo se leva.

— Je me demandais : peut-être Liam pourrait-il rester jusqu'à la fin de la journée ? Frankie et lui s'amusent tellement bien. Vous pourriez revenir le chercher plus tard ?

— Je ne crois pas que ça marcherait, Louise. Je ne peux pas aller chercher Hayley, j'ai des engagements pour le restant de la journée, maintenant, et elle n'a pas de voiture. Vous êtes assez loin de l'endroit où elle habite. Ce n'est pas commode, voilà tout.

Tu ne veux pas, en conclut Hayley, c'est pour ça que c'est pas commode. Tu as peur de me laisser venir ici sans toi au cas où je les embarquerais ou un truc dingue de ce genre. Des malades du contrôle, voilà ce que vous êtes, tous.

Le pire, ce fut de décrocher Mia. Elle s'agrippait, elle se cramponnait, et ensuite Liam ne voulut pas se séparer de Frankie. Il fallut se battre et à la fin, Hayley était en larmes elle aussi. Louise avait les traits tirés, l'air bouleversé. Mme Mayo était la seule à insister, à les presser de sortir, à dire au revoir, sans se soucier de leur état.

Dans la voiture, Liam suça son pouce, assis sans rien dire. Hayley savait ce qu'il ressentait. Elle n'osa pas parler non plus, elle se raccrocha juste aux photos, au cas où Mme Mayo aurait voulu les lui confisquer.

— C'était bien, pour les enfants, bon qu'ils se voient. Cela valait la peine, dit Gwenda Mayo arrivée à la porte de Hayley.

Hayley prit Liam par la main.

— C'est ça, fit-elle, et si ça vaut la peine une fois ça vaut la peine d'autres fois. Alors je vous appellerai.

Elle entra et referma la porte sans se retourner.

# 53.

La permanence du soir était toujours peu prisée, car la bibliothèque était pleine à craquer d'étudiants et, au début de l'année universitaire, ils occasionnaient davantage de travail car ils ne savaient pas se repérer, entre les rayonnages ou avec les procédures informatiques, ils faisaient la queue à l'accueil pour poser des questions interminables, n'étaient guère familiarisés avec les règlements, refusaient de les respecter ou s'en plaignaient, lâchaient leurs sacs dans les pieds de tout le monde et, de manière générale, empêchaient les membres du personnel de continuer à s'occuper de ce qu'ils considéraient comme leur véritable travail. Un collègue plus jeune qui manifestait davantage de sympathie envers les étudiants avait un jour accusé June Petrie d'être bien plus heureuse quand l'endroit était plein de livres et vide de gens. June Petrie partageait cette préférence avec Leslie et, pour une fois peut-être, une seule et unique fois, ils étaient instinctivement en phase.

Ce soir-là, c'était encore plus la cohue que d'habitude, car en milieu de semaine il y avait des conférences tardives et, à la fin de ces cours, les étudiants s'entassaient à la bibliothèque. June et Leslie étaient tous deux à leur poste, au comptoir d'accueil et, à un moment donné, il avait dit sèchement à un jeune que s'il continuait de faire la queue avec son iPod sur les oreilles d'où s'échappaient des sonorités métalliques, ce qui agaçait tout le monde autour de lui, il le raierait des listes jusqu'à la fin du trimestre.

— Vous n'avez pas le droit. Vous n'en avez pas le pouvoir.

— Oh si, j'ai le droit et oh si, je l'ai et oh si, je le ferai. Maintenant veuillez avoir l'amabilité d'éteindre cette chose, je vous prie.

June Petrie lui lança un coup d'œil. Cela ne ressemblait pas à Leslie d'être irritable, et encore moins d'élever la voix. Il était toujours d'un caractère égal et patient, même quand quelque chose le contrariait. Mais ces derniers jours, il n'était plus lui-même. Il parlait peu, que ce soit à elle ou au reste du personnel, il avait commis une ou deux erreurs, oublié certaines choses, ce qui était totalement inhabituel de sa part. Leslie Blade était un homme méticuleux, avec une insistance presque pointilleuse sur le détail exact. Maintenant, il semblait soit perturbé, soit soucieux, ou simplement absent, comme s'il était à moitié conscient du monde et des gens autour de lui.

June était au courant des rumeurs qui avaient circulé et avait exprimé son mépris à leur égard, haut et fort, à la fois par loyauté naturelle envers un collègue de longue date et parce qu'elle n'y croyait tout simplement pas, ne pouvait pas y croire. Leslie, suspect d'activité violente ou simplement illégale ? On aurait pu en rire si toute l'affaire n'était pas si troublante et si pénible. Quand ces femmes assassinées étaient des prostituées, c'était déjà lamentable, mais cela paraissait loin de sa vie à elle, des vies de la plupart des gens de Lafferton. Maintenant, on avait annoncé aux informations, plus tôt dans le courant de la journée, que l'on avait retrouvé le corps d'une femme mariée, mère de deux enfants, une femme qui était simplement en route pour son travail, et cela changeait tout. Si Mme Leah Wilson, dont le corps était dans le canal, avait pu être agressée, étranglée et jetée là – à quelques mètres de policiers regroupés en masse avec leurs fourgons –, alors cela risquait d'arriver à n'importe qui. June Petrie refuserait même de traverser le parking de la faculté toute seule, en faisant partie de l'équipe du soir.

La police avait interrogé deux hommes avant de les relâcher, et ensuite l'un d'eux avait de nouveau été questionné. C'était alors que la rumeur disant qu'il s'agissait de Leslie avait commencé de circuler. Personne ne comprenait pourquoi. Personne ne comprenait rien. Mais la rumeur persistait et Leslie essuyait des regards singuliers. Les gens gardaient leurs distances. Seule June se comportait de manière inchangée à son égard, uniquement parce que tout cela n'était absolument pas crédible.

Leslie. Il semblait avoir le visage amaigri. Si elle pouvait le convaincre de rejoindre le groupe des Savoyards, cela lui ferait le plus grand bien, il nouerait des relations avec des gens nouveaux, cela lui apporterait une forme de vie sociale. Elle était certaine qu'il n'en avait aucune et ses prétextes paraissaient toujours un peu fallacieux. Elle allait lui en toucher encore un mot ; mais pas maintenant, l'endroit grouillait encore d'étudiants – elle le retrouverait dehors, quand il prendrait sa pause.

— Où sont les plans ?

— Les plans ? Si vous voulez parler de la section géographie, cela se situe dans le bâtiment Sir Geoffrey Cass, de l'autre côté du parvis, vous prenez le...

— Je ne suis pas en géographie, je suis en physique. Je voudrais juste un plan de l'endroit.

— L'endroit ? La voix de Leslie Blade se durcit.

— Lafferton, ici, quoi.

— Jeune homme, si vous voulez un plan de Lafferton, je vous suggère...

June s'interposa.

— Vous pourriez prendre votre pause, maintenant, Leslie. Alors, vous disiez que vous vouliez un plan ?

Leslie s'effaça, mais quand June eut expédié l'étudiant avec l'adresse de la librairie WH Smith du centre-ville, il lui posa la main sur le bras.

— Je suis parfaitement capable de me débrouiller pour expliquer à ce...

— Je sais que vous en êtes capable, bien sûr que vous en êtes capable, vous sembliez juste un peu las. Je comprends vraiment, avec ces petites demandes de renseignement idiotes que nous ne devrions pas avoir à traiter, en réalité. Je pensais que vous voudriez avoir un peu la paix, loin de ces énergumènes.

— Je prendrai ma pause quand ce sera l'heure.

Il lui répliqua si sèchement qu'elle s'éloigna vers l'autre extrémité du comptoir d'accueil et décida de ne plus l'approcher quand il s'accorderait sa pause ; elle ne lui suggérerait certainement pas une fois de plus que cela lui plairait d'adhérer au groupe des Savoyards.

Après vingt et une heures, les grappes d'étudiants se firent plus clairsemées et la bibliothèque devint plus calme ; il ne resta plus que des blousons et des stylos oubliés, et la masse des livres à classer sur les chariots prêts à être rangés dans les rayonnages le lendemain. Ils auraient dû finir à vingt-deux heures, mais sortaient rarement avant la demie, et si June vit Leslie franchir la porte qui conduisait aux réserves à la minute précise où sa pause débutait, pour sa part, elle n'en prit aucune. L'équipe était en sous-effectif : le collègue manquant n'était pas malade, c'était un départ non remplacé. Les réductions de personnel, c'était les réductions de personnel. La bibliothèque était toujours l'une des premières à en pâtir.

De prime abord, elle ne remarqua pas que Leslie n'était pas revenu, à la fin de sa pause. Une file d'attente de dernière minute au comptoir et un étudiant qui avait vomi partout sur l'une des tables avaient imposé aux deux autres collègues de la salle de lecture principale de courir en tous sens pour tâcher de remettre de l'ordre, après la cloche de la fermeture.

— June, Leslie est rentré chez lui plus tôt ? Il n'est pas revenu de sa pause.

— Pas que je sache et, en tout cas, en allant à la salle du personnel, il serait passé par ici. Je ne l'ai pas vu.

— Moi non plus.

June Petrie et Mélanie échangèrent un regard, en silence.

— Je ferais mieux d'aller vérifier.

— Voulez-vous que je vous accompagne ?

— Non, non, finissez de ranger.

Les réserves étaient plongées dans l'obscurité, mais il y avait de la lumière dans l'escalier ; c'était Leslie qui avait dû l'allumer en descendant. June hésita, puis elle l'appela. Il n'y eut pas de réponse et le silence devant elle fut si complet qu'elle en fut troublée, et elle retourna demander à Mélanie de l'accompagner, finalement. Elles s'avancèrent avec prudence, en allumant chaque néon. C'était toujours le silence. Leurs pas résonnèrent entre les rayonnages.

Il prenait toujours sa pause à la fenêtre qui donnait sur les dernières rangées de livres, et ce fut là qu'elles le retrouvèrent, avec son thermos et son paquet de biscuits intacts. Il était assis sur son haut tabouret habituel et sa tête reposait sur le rebord, devant lui.

— Oh, fit doucement June. Leslie ?

Elle tendit une main, la retira.

— Il vaut mieux ne pas le toucher, fit Mélanie.

Elle se pencha sur lui et elle écouta. Puis elle regarda June.

— Appelle quelqu'un, lui dit-elle, et une ambulance.

# 54.

Stephen Webber paraissait avoir vieilli de trente ans, songea Cat. Il était livide, ses yeux avaient un reflet vitreux et éteint et son visage était dépourvu de toute expression.

Il apporta deux tasses de café et une assiette de biscuits sur un plateau. Ruth était recroquevillée en boule sur une chaise en face de Cat, le visage détourné, le bras levé, comme pour se protéger. Stephen lança un regard à sa femme, puis au Dr Deerbon. Il ne dit rien, il ébaucha simplement un mouvement de la tête et sortit. Il avait dit à Cat qu'il lui avait fallu une heure pour persuader Ruth de se lever, de prendre une douche et de s'habiller, et plus longtemps encore pour qu'elle accepte de la voir. Elle avait par deux fois tenté de sortir de la maison au lieu d'accepter une visite, de sorte qu'à la fin il avait été contraint de fermer les portes à clef. En lui confiant tout cela, il avait les yeux remplis de larmes. Cat était aussi inquiète pour lui que pour Ruth. Des médicaments lui redonneraient à elle une certaine stabilité, mais sur Stephen, l'effet était plus profond et risquait de s'avérer moins facile à traiter. Il avait vécu trop d'années de tension, et la combinaison d'une résurgence de ce cauchemar et de son nouveau poste le soumettait à une pression redoutable.

Au bout d'un long moment, il avait réussi à convaincre sa femme de venir s'asseoir au salon où Cat attendait, mais Ruth avait refusé de la regarder, elle était simplement allée se recroqueviller sur une chaise.

Au préalable, Stephen avait promis qu'il tenterait n'importe quoi, qu'il donnerait n'importe quoi pour éviter à Ruth d'endurer l'angoisse et l'humiliation d'un internement et d'une hospitalisation contre sa volonté.

— J'ignore tout des établissements psychiatriques d'ici, fit-il, mais dans cette unité de soins à Londres, elle était incroyablement désemparée, elle a détesté. J'étais terrifié à l'idée qu'elle mette fin à ses jours, même si c'est un aspect qu'ils surveillent en permanence.

— Si on juge qu'elle risque de causer du mal aux autres ou à elle-même, alors l'hôpital est l'endroit le plus sûr qui soit. Vous le savez, Stephen.

— Mais si cela la rend malheureuse, désespérée, si elle trouve cela intolérable ?

— Nous devons trouver pourquoi il en est ainsi, et je vais essayer de m'y employer. Avant toute prise de décision, une équipe psychiatrique viendrait évaluer son état.

— Une fois qu'elle sera de nouveau sous médicaments, elle ira mieux.

— Mais ce ne sera pas immédiat. Il faut un moment pour que le traitement exerce convenablement son effet – peut-être une ou deux semaines – et d'ici là, je veux qu'elle soit dans un endroit sûr.

— Elle ne fera de mal à personne.

— Si ce n'est à elle-même.

Il se frotta les yeux et se détourna.

Cat était en désaccord avec lui, avec eux deux, depuis leur arrivée à Lafferton. Elle n'aimait pas sa façon d'envisager sa charge d'ecclésiastique, ou l'absence de sensibilité de Ruth, elle détestait les changements qu'ils instauraient à la cathédrale et leurs projets pour le futur. Mais elle était capable de mettre tout cela de côté : elle était en outre profondément désolée face à une maladie toujours difficile à supporter, et attristée par l'anxiété que cela provoquait chez lui. Son opinion sur St Michael mise à part, elle considérait qu'il n'était pas la bonne personne pour ce poste, pas en ayant à prendre soin d'une femme aussi malade. Le fait que Ruth ait été stable pendant deux ans ne signifiait rien. Son mal était incurable et il subsistait toujours la probabilité qu'elle arrête ses comprimés sans crier gare. Avec pareille maladie, c'était presque une donnée de fait.

Le salon avait l'aspect lugubre d'une pièce qui n'appartient pas à ses occupants, le mobilier un peu dépareillé, les bibliothèques vides, les murs sans photos. Les rénovations du doyenné ne seraient achevées que d'ici deux semaines, mais il semblait peu probable que Ruth soit en état de surveiller tous les travaux ou même pour emménager.

Cat but son café à petites gorgées et elle attendit. La maison était silencieuse. Ruth était immobile. Un rai de soleil automnal mordoré s'allongeait comme une lance sur le tapis. Elle allait dire quelque chose quand Mme Webber déplia son corps et la regarda.

— C'est assez inutile, fit-elle.

— Qu'est-ce qui est inutile ?

— Votre présence ici. Je sais que vous ne pensez pas à mal.

— Ruth, je suis ici en tant que médecin. Je veux vous aider.

L'autre haussa les épaules.

— Les gens sont gentils.

— Je ne suis pas ici pour être gentille, je suis ici pour vous aider à aller mieux. Vous comprenez, n'est-ce pas ? – Silence. – La vérité, c'est que, lorsque vous disparaissez, comme vous l'avez fait pendant plusieurs jours, c'est très perturbant, non seulement pour vous, mais aussi pour Stephen, et cela cause quantité de problèmes.

Ruth soupira.

— Je n'ai pas l'intention de créer des problèmes.

— Je le sais.

— Vous voyez ? C'est pour ça qu'il vaudrait mieux pour tout le monde que je ne sois pas là du tout.

— Je ne pense pas que Stephen aimerait faire partie de ce « tout le monde ».

— S'il vous disait la vérité, ce serait le cas.

— Cela vaudrait-il mieux pour vous ? C'est le sentiment que vous avez à l'égard de vous-même ?

— Bien sûr.

— Et vous avez souvent ressenti cela, auparavant ? – Silence.– Mais ce n'est pas votre état d'esprit normal, n'est-ce pas ?

Mme Webber laissa échapper un rire bref, amer.

— C'est quoi, un état normal ?

— Pensez à votre humeur comme à un pendule. Je suis certaine qu'on vous a déjà dit cela. Votre pendule est actuellement au plus bas. Depuis combien de temps êtes-vous déprimée ? Des jours ?

— Je n'ai jamais connu autre chose.

— Mais si. C'est difficile de s'en souvenir, mais si. Puis-je vous donner ce café.

— Non, merci.

— Un biscuit ?

— Je n'ai pas faim.

— Quand vous refaites surface, vous avez faim alors ?

— Je vous l'ai dit, je ne refais jamais surface.

— Vous souvenez-vous de ce qui a déclenché votre besoin de quitter le foyer ?

— Non.

— Savez-vous où vous êtes allée ?

— J'ai trouvé un endroit. Une cabane. Il faisait froid, la nuit. Mais j'aimais bien être là-bas, vous savez... vous êtes capable de comprendre cela ? C'était silencieux, j'étais... je n'avais à penser à rien, rien à faire. Personne d'autre. Je pensais rester peut-être là-bas.

— Qu'est-ce qui vous a décidée à rentrer chez vous ?

— Le froid. Et puis j'ai entendu des voix.

— Savez-vous à qui étaient ces voix ? Des gens qui vous cherchaient ?

— Mon Dieu, je n'aurais pas dû dire ça, hein ? – Elle se leva et se mit à marcher dans la pièce, très agitée, en se frottant les paumes, et puis en balançant les bras et en secouant la tête. Malgré sa minceur, elle était forte. Grande, des bras musclés. – Pourquoi est-ce que je ne peux pas la fermer ? Des voix me disant de faire des choses. Je suis si stupide. Je suis nulle. Je mérite d'être morte.

— Ruth, vous vous sentiriez plus calme si vous étiez assise.

Mais elle continua d'arpenter la pièce.

— Il y a eu des gens que l'on a assassinés, poursuivit-elle en marchant, vous le saviez ? Des femmes. Ces pauvres filles, dans les rues, celles pour qui nous allions agir. Elles ont été assassinées, toutes, quelqu'un vous l'a dit ? N'est-ce pas une punition, n'est-ce pas justice ? Nous disions que nous allions les aider et nous n'en avons rien fait. Mais elles sont mieux là où elles sont. C'est dommage qu'elles aient dû mourir comme ça, c'est dommage qu'elles n'aient pas choisi. Je peux choisir. J'ai beaucoup de chance.

— En avez-vous vu certaines ? Ces filles, dans la rue ?

— On les a pourchassées.

— Pourchassées ?

— Les policiers. Ils chuchotent derrière leur dos. Ils persécutent ces filles.

— Ruth, il y a beaucoup de policiers dans les rues à cause de ces jeunes femmes qui ont été assassinées. Il serait bien plus scandaleux qu'ils n'y soient pas. Vous sentez-vous plus heureuse en faisant les cent pas ?

— Je ne sais pas ce que « heureuse » veut dire.

— Plus calme, alors.

Ruth s'arrêta net.

— Oui, dit-elle. Plus calme, je connais. Parfois, quand je suis en haut du pic, je donnerais tout pour être calme.

— Vous voyez, ce que vous me dites montre que vous avez une bonne perception de vos propres sentiments et de la manière qu'ils ont de changer brutalement. Si vous deviez choisir, où aimeriez-vous vous situer, idéalement ? Vers plus de calme ? Vers un trop-plein d'énergie ?

Ruth s'assit, cette fois tout au bord de la chaise, et elle se pencha en avant, en observant Cat attentivement.

— Vous voulez dire, morte ou vivante ?

— C'est ce qu'il vous semble ? L'une ou l'autre de ces alternatives ? Je pensais peut-être à euphorique ou déprimée. Ou alors à un entre-deux ?

Son interlocutrice demeura silencieuse un long moment, le regard fixe. Cat était incapable de comprendre si elle était entrée dans l'état d'inertie, sans émotion, qui faisait partie de la dépression profonde, ou si elle essayait de faire fonctionner son cerveau afin de considérer ces choix.

— Je sais ce que vous essayez de faire, dit-elle enfin.

— Mais encore, Ruth ?

— Me pousser à dire que je veux vivre dans cet endroit gris et sans aucune musique où l'on a gommé tous les angles, d'où l'on a effacé toute couleur. Si je dis que c'est là que je veux aller, vous m'amènerez à accepter de prendre vos comprimés. Mais je ne vais pas vous le dire parce que je ne pourrais pas le supporter, ce gris, ce gris, ce gris, pas de sentiment, pas de bonheur, rien. Si c'est ça ou la mort, je veux être morte.

— Ruth, ce n'est pas ça ou la mort. Nous devrions être en mesure d'équilibrer votre traitement de manière à ce que vous soyez simplement normale… calme et normale, pas trop euphorique, pas trop déprimée.

— Mais vous n'y parviendrez jamais, n'est-ce pas ? Personne n'y parvient jamais. Ne faites pas semblant.

— Voulez-vous me laisser essayer ?

— Et que ferez-vous si je refuse ? – Elle rit. – Ne prenez pas la peine de me répondre, je sais. C'est comment, dans celui-là ? Des murs beiges et des gens qui hurlent ou des murs verts et plein de zombies ? Vous êtes déjà allée dans un de ces endroits ?

— Oui.

— Quoi, pour y séjourner plusieurs semaines d'affilée ? Ne mentez pas.

— Non. Pas pour ça. Je n'ai aucune envie d'être obligée de vous envoyer dans un hôpital, Ruth, mais si vous ne me laissez pas vous prescrire ce médicament que vous promettrez de prendre, pour votre propre sécurité, j'y serai contrainte. Je sais que vous le comprenez.

— Vous vous exprimez comme les autres.

— Je suis désolée. Je vous offre une chance, et ce faisant, je cours un risque. Je me demande si je dois tenter le coup, ou si vous allez me faire faux bond.

Cat se leva et alla regarder à la fenêtre, en partie pour réfléchir aux risques qu'elle prenait, mais surtout pour donner le temps à Ruth de comprendre et d'essayer de choisir. Elle estimait que cela en valait la peine. Si elle rejetait cette planche de salut, elle allait devoir appeler l'équipe de crise et une ambulance. Elle serait internée et devrait intégrer l'unité psychiatrique de Bevham.

Elle attendit. L'une des raisons pour lesquelles elle n'avait jamais souhaité se spécialiser en psychiatrie était sans doute justement liée à tout ceci – attendre, soutirer des mots à quelqu'un qui répugnait à les prononcer.

Peut-être Mme Webber était-elle sur le point d'accepter, peut-être pas, mais Cat n'eut pas le loisir de l'apprendre car Stephen Webber entra, avec un regard anxieux d'abord vers sa femme, puis vers le docteur, qui maudit son intrusion inopportune, mais ne put rien faire d'autre que sourire.

— Je dois sortir, j'ai une réunion avec le bedeau et ensuite je dois me rendre aux bureaux du diocèse. Je me demandais... si je ne devrais pas...

— Oui, je crois que vous devriez continuer, Stephen, l'interrompit calmement Cat, en espérant simplement qu'il parte. Mais il resta là, en les regardant tour à tour, le visage pétri d'angoisse.

— Je vais faire ce qu'on me dit, lui promit son épouse, comme une bonne fille. Va à ta réunion.

Il était visiblement incapable de se décider.

— Oui, dit-il, mais il ne bougea toujours pas.

Pendant un moment, aucun des trois ne fit plus rien, ne dit plus rien, mais ils paraissaient en suspens dans un vide redoutable d'incertitude. Puis Mme Webber se leva, alla vers son mari et lui effleura délicatement le visage.

— Stephen. – Il posa la main sur la sienne. – Je te l'ai dit, je déciderai ce que conseille le Dr Deerbon. Ce sera très bien. Je t'en prie, ne t'inquiète pas.

Depuis son arrivée, c'était la première fois que Ruth se montrait maîtresse d'elle-même, ce qui rendit Cat soudain pleine d'espoir.

Il sortit. Elle avait apporté une partie des médicaments nécessaires avec elle, et elle rédigerait une ordonnance pour le reste. Mme Webber la suivit dans la cuisine, où elle lui versa un verre d'eau et lui tendit le comprimé.

— Mangez aussi quelque chose… deux de ces biscuits.

Elle observa la manière qu'elle eut de s'exécuter, aussi obéissante qu'une enfant.

— Bien. Ça va bien se passer, Ruth. Je sais que c'est dur, mais vous allez surmonter ça. Je suis ici pour vous soutenir. Qu'allez-vous faire maintenant ? Ce n'est pas bon que vous restiez seule longtemps.

— Je vais aller au lit. Je me sens comme si je n'avais pas dormi depuis un an.

En fait, Cat devina qu'elle avait probablement dormi trop souvent durant cette phase de dépression, mais pour le moment, si elle dormait, elle était en sécurité.

— Je vous appellerai dans la soirée. D'ici là, voici mon numéro de portable. Si vous avez besoin de quoi que ce soit, si vous voulez que je revienne ou juste me parler, vous m'appelez. Maintenant, d'ici au retour de Stephen, y a-t-il quelqu'un d'autre à qui vous puissiez suggérer de venir chez vous et d'y rester ?

— Je n'ai besoin de personne. Je vais dormir.

— Je vais monter avec vous, alors, vous accompagner jusqu'à votre lit, pour plus de sûreté. Vous n'avez pas pris ce médicament depuis un certain temps, cela peut vous rendre un peu groggy.

Ruth fit la moue.

— Oui.

Ses mouvements étaient encore lents, comme si ses membres pesaient lourd. Le Dr Deerbon attendit qu'elle soit passée dans la salle de bains et se soit dévêtue, puis elle la regarda se glisser, s'enfouir sous les couvertures, comme si elle s'enterrait.

Cat laissa un mot à Stephen et, dans la voiture, appela l'unité psychiatrique pour les prévenir de se rendre auprès de cette patiente plus tard dans la journée, avant la prochaine visite qu'elle lui ferait elle-même. Elle s'assit quelques minutes, en se demandant si elle avait agi comme il fallait, inquiète de ce qui se produirait si tel n'était pas le cas. Mais elle avait horreur de procéder à l'internement d'un patient à moins que ce ne soit inévitable. Mme Webber était prête à tout pour ne pas aller à l'hôpital, et peut-être que sa capitulation et la reprise de son traitement seraient le début d'un lent retour à la stabilité.

Au lieu de démarrer, Cat sortit de sa voiture et traversa la pelouse vers la porte latérale de la cathédrale. Les accordeurs étaient là, ils enchaînaient leurs séries de sonorités bizarres, de bruits en apparence inharmonieux, en travaillant sur les registres de l'orgue. Elle se glissa sur un banc, sur le côté, inclina la tête et pria, pour Ruth d'abord, et ensuite pour son frère, pour une avancée décisive dans la toile d'araignée des investigations en cours.

Quand elle quitta la cathédrale, elle eut un message téléphonique lui indiquant que l'équipe psychiatrique verrait Mme Webber d'ici une ou deux heures et, comme elle avait son portable en main, elle appela Simon.

— Serrailler.

— Salut, c'est moi, juste un mot en vitesse.

— Oui, vraiment en vitesse. Tout va bien ?

— Super. J'appelais juste pour te dire courage et haut les cœurs et tout ce que tu voudras et si tu veux dîner, je suis à la maison tous les soirs de la semaine sauf jeudi, où j'ai ma chorale comme d'habitude.

— Bon Dieu, si je pouvais prendre une soirée.

— Je sais. Mais mon offre est là, sur la table, avec de la viande et deux légumes.

— Merci. Les petits, ça va ?

— Ça va. Garde le sourire.

Simon avait semblé plus abattu au téléphone, plus las qu'il ne l'était d'ordinaire au milieu d'une affaire complexe. Il appréciait d'être au cœur des événements, il savourait ses responsabilités et trouvait du plaisir à motiver tout le monde, à maintenir un bon moral chez chacun, afin qu'ils travaillent tous plus dur et avec volonté, jusqu'à l'issue finale. Ce qu'il détestait le plus, c'était cette frustration, cette manière de tourner en rond à l'infini et la crainte très réelle et toujours présente qu'il se produise autre chose.

# 55.

Quand Stephen Webber sortit de la salle capitulaire, Miles Hurley, qui arrivait dans le couloir, leva la main.

— Bon. J'espérais t'attraper.

— Miles, je suis en route pour le diocèse…

— Non, tu n'y vas pas, Aisling vient de me remettre un message pour toi : ils veulent prendre d'autres dispositions.

— Ah.

Le doyen s'arrêta net et parut perdre toute notion de là où il était ou de ce qu'il devrait faire. Il avait enchaîné les tâches, sans relâche, car il s'était en quelque sorte programmé à cet effet. Et maintenant, il était désarçonné.

— Et il y a deux ou trois sujets que je souhaitais aborder, maintenant que tu as une demi-heure de liberté.

— Je dois retourner auprès de ma femme. Ce serait préférable.

— Je t'accompagne. Comment va-t-elle, ce matin ?

— Cat est venue la voir… elle semble… elle a accepté de reprendre ses comprimés… Je crois que cela devrait aller. Je ne sais pas.

Miles lui posa brièvement la main sur l'épaule.

— Le Dr Deerbon sait ce qu'elle fait mais je suis un peu surpris qu'elle n'ait pas décidé d'hospitaliser Ruth un jour ou deux, juste le temps qu'elle se stabilise.

— Ruth déteste ça : elle est prête à tout pour éviter l'hospitalisation.

— Mais elle a connu une vilaine rechute, Stephen, et franchement, si j'ose dire, c'est très injuste envers toi.

— Non, non. Je suis capable de prendre soin d'elle. Je refuse de la remettre dans un hôpital contre sa volonté, plus jamais.

— Tu es un homme bon, Stephen, mais il faut que tu penses à toi. Enfin, peut-être que certains d'entre nous peuvent un petit peu le faire pour toi. C'est en partie la raison pour laquelle je souhaitais m'entretenir avec toi.

Ils entrèrent dans la maison et aussitôt Stephen se mit à rentrer et sortir des pièces, en regardant partout.

— Je dois juste monter vérifier dans la chambre, dit-il, et il gravit les marches deux à deux.

Quand il redescendit, un instant plus tard, Miles était dans la cuisine, il remplissait la bouilloire et préparait deux tasses.

— Elle dort, Dieu merci.

— Bien. Alors, Stephen, j'en viens au fait. Je crois qu'il convient de lâcher les rênes quelques temps. Franchement, tu parais éreinté et tu es débordé. Je compte te décharger un peu du fardeau que tu as sur les épaules. Il y a toute la question du lancement de cette collecte de fonds pour un centre d'accueil : c'est d'une extrême importance et tu es tout simplement incapable d'endosser cela pour le moment…

Ils passèrent au salon où Stephen écouta un Miles Hurley confiant lui exposer ce qu'il lui proposait, et il sentit monter en lui une vague de gratitude et de soulagement, qui allait de pair avec le sentiment de sa propre inaptitude. Miles était tellement plus compétent, si organisé, si capable. Il aurait dû être nommé aux commandes. Cette opportunité était peut-être pour lui un don de Dieu. L'idée d'avoir à se débattre avec tout cet ensemble de nouvelles initiatives, tout en se faisant du souci pour Ruth, dans son état actuel d'extrême vulnérabilité, avait été très lourde pour le doyen. Et maintenant, il voyait une porte par laquelle il s'échapperait peut-être, et honorablement, du moins pour un temps.

— Tu dois être en mesure de pouvoir te consacrer au bien-être de Ruth. Pourquoi ne pas partir quelques semaines, une fois qu'elle se sentira mieux. Cela vous ferait un bien immense.

Stephen soupira.

— Je ne suis pas sûr. Ruth risque de ne pas vouloir… Je crois qu'il vaudrait mieux que nous restions tranquilles ici. Et nous avons le déménagement au doyenné qui s'annonce.

— Eh bien, je serais toi, j'y réfléchirais. Ce n'est pas juste pour les autres. Si tu es épuisé et seulement à moitié disponible, c'est presque pire que d'être complètement absent.

— C'est ça l'impression que je t'ai donnée, Miles ?

— Ces derniers jours, franchement, oui. Je sais que tu préfères que je te dise la vérité.

Commode, pour toi, songea Webber, commode, pour un homme qui n'a que son travail, sans liens et sans responsabilités. Commode, pour toi. Mais Miles l'avait toujours soutenu, même s'il avait aussi parfois tenté de le mener en le secondant.

— Ce poste aurait dû être le tien, admit-il alors.

— Oh non. La situation me plaît telle qu'elle est.

Stephen en conclut qu'il était soit poussé par Miles, soit poussé par Ruth, qu'il n'était pas et n'avait jamais été son propre maître. Il se sentit impuissant et contrarié, comme si souvent.

Ruth était allongée sur le dos, éveillée, mais elle ne tourna pas la tête ou ne réagit pas à l'entrée de Stephen dans la chambre.

— Puis-je t'apporter quelque chose ? Un thé ? As-tu faim ?

— Il aurait mieux valu que je ne revienne pas.

— Mieux valu pour toi ou pour moi ?

— Tu aurais dû me laisser me suicider, il y a des années. Tout ce qui s'est produit depuis, c'est de ta faute.

Il soupira. Il s'assit sur la chaise au chevet du lit et il essaya de lui prendre la main, mais elle la retira.

— Ce n'est pas toi qui parles, Ruth, c'est ta maladie. Tu n'es pas toi-même.

— Oh. Qui suis-je alors ? Pas cette personne allongée ici. Pas Mme la doyenne ? Pas Ruth Webber ?

— Tu es malade et déprimée… tu n'as pas réellement envie de mourir, tu n'as jamais eu cette envie et, quand tu seras de nouveau bien, tu le comprendras.

— Tu aurais dû me laisser me supprimer.

— Le suicide est un péché. Je le crois. Quoique je sois convaincu que si l'on se supprime quand l'esprit…

— … quand l'équilibre de l'esprit est dérangé. Ha.

— Oui. Alors là, c'est certain, c'est différent. Mais tu sortiras de ce puits affreux, tu seras en mesure d'y voir de nouveau clair dans ta vie. Il faut seulement le temps que le médicament exerce son effet, seulement un peu de temps. – Ils gardèrent tous les deux le silence. – Miles a suggéré de prendre le relais si nous partions… prendre des vacances quelque part. Il estime que tout se déroulerait aussi bien, et Dieu sait si je pense qu'il a raison. En tout état de cause, je commence à croire qu'il aurait dû prendre mon poste. Voudrais-tu aller quelque part ? Nous avions passé un moment merveilleux en Suisse, si tu…

— Je n'ai pas perdu la mémoire.

— Nous prendrions le train, nous passerions une semaine à Wengen, nous descendrions, nous irions… où tu voudrais. Ou alors plus loin ? Tu avais envie d'aller en Nouvelle-Zélande ?

— Ah oui ? Je me demande pourquoi.

— Vais-je dire oui à Miles ?

Silence.

— C'est difficile pour moi, Ruth. Je veux t'aider et tu ne me le permets pas.

Silence.

— Je ne sais pas où me tourner.

Silence.

Après quelques instants, il ressortit sans bruit.

# 56.

Abi était adossée à des oreillers, les yeux clos. Un ou deux appareils avaient disparu, ainsi que l'un des tuyaux. Quand Hayley fit le tour du lit pour aller s'asseoir sur la chaise de l'autre côté, son amie ouvrit les yeux, parut un instant préoccupée, puis elle sourit. Elle était moins pâle, et ses yeux paraissaient moins enfoncés dans leurs orbites.

— Salut, Abi, tu as l'air beaucoup mieux !

Hayley se pencha et lui fit un léger baiser. Abi leva la main et lui toucha le bras.

— Je suis de retour dans une minute, dit l'infirmière. Elle est incapable de parler, mais elle va beaucoup mieux, vous avez raison sur ce point. Toutefois elle se fatigue, alors ne vous emballez pas.

— J'ai quelque chose à te montrer, lui annonça Hayley, et ça va te faire tellement plaisir, tu peux me croire.

Elle ouvrit son sac et en sortit l'enveloppe dans laquelle elle avait glissé les photos que Louise lui avait données.

— Tiens.

Elle la posa sur le lit, près de la main de son amie.

Cette dernière regarda l'objet un instant, puis souleva lentement le rabat et essaya d'en attraper le contenu, mais au bout du compte, Hayley dut le faire pour elle.

— Qu'est-ce que vous lui avez dit ?

Des larmes coulaient sur les joues d'Abi quand l'infirmière franchit la porte.

— Ce sont ses gosses. Des photos… Elle ne savait pas s'ils étaient heureux ou quoi, et là, elle a des photos d'eux. Vous en pleureriez aussi.

— Je crois. Laissez-moi jeter un œil.

— Abi, je les ai vus, j'ai emmené Liam. Ils vont super bien, ils sont vraiment super.

Les larmes continuèrent de couler, tandis qu'Hayley lui racontait tout ce qu'elle se remémorait de sa visite, les plus petits détails au sujet de Frankie et Mia : ce qu'ils portaient, ce qu'ils avaient dit, comment ils lui avaient semblé, la maison, les gens… Elle parla jusqu'à en avoir la bouche sèche et Abi observait son visage, comme si, en le scrutant avec assez de force et en revenant aux photographies, elle parviendrait en un sens à faire surgir ses enfants dans cette chambre.

Hayley parlait encore lorsque la porte s'ouvrit. Elle sut que c'était un flic. Ils se figuraient qu'en n'étant pas en uniforme, personne ne les reconnaissait.

— Je risque de devoir y aller, mais toi tu gardes ça, elles sont pour toi. Je vais aller les revoir, Abi, et je t'en apporterai d'autres. Et puis écoute, une fois que tu seras sortie, il y aura peut-être un appart, la femme des services sociaux m'a dit que tu aurais la priorité maintenant. Bon Dieu de merde, tu le mérites pas ?

Ben Vanek et Steph Mead s'aperçurent tout de suite qu'Abi avait fait de nets progrès, même s'ils avaient été avertis qu'elle restait encore très souffrante et que sa gorge garderait peut-être des lésions irréversibles. La sonde naso-gastrique qui la nourrissait ne lui avait pas été retirée.

— On lui a apporté quelques photos de ses enfants, cela lui a fait un bien fou, cela ne se voit pas ? expliqua l'infirmière.

Abi déplaça la main vers les clichés toujours couchés sur le lit, et Steph s'approcha pour regarder.

— Ils sont super, Abi. Ils ont l'air d'aller vraiment bien.

La jeune malade hocha la tête et sourit, mais ses yeux débordaient de larmes.

— Ne la fatiguez pas : elle a eu beaucoup de motifs d'excitation et je ne veux pas que sa tension monte.

Les inspecteurs s'assirent côte à côte sur les chaises disposées au chevet du lit.

— Abi, vous souvenez-vous de la dernière fois que nous sommes venus ici ?

Elle hésita, ses yeux se voilèrent.

— La première fois que nous sommes venus, vous étiez dans les vapes, si vous vous rappelez, il y a deux jours… Savez-vous quelle question nous souhaitions vous poser ?

Au bout d'une seconde, elle hocha lentement la tête.

— Je sais que vous ne pouvez pas parler, mais vous pouvez faire signe de la tête, secouer la tête. Je veux comprendre si vous vous rappelez quoi que ce soit de la nuit de votre agression. Est-ce un tant soit peu plus clair dans votre esprit ?

Elle hésita et son visage s'assombrit, sous le coup de l'anxiété.

— Ne vous tracassez pas… faites juste de votre mieux. Alors, essayez de vous représenter ce dont vous vous souvenez. Vous êtes dehors. Il fait nuit. Y a-t-il d'autres filles dans la rue ?

Elle avait fermé les yeux. Elle plissa le front. Ouvrit les yeux, mais son visage était dénué d'expression.

— Quelque chose vous revient ?

Avec délicatesse, Vanek insista, lui demandant si elle se souvenait s'il faisait beau ou humide, si elle portait sa jupe en cuir, son anorak, si elle se tenait au coin de la rue, près de l'entrée de l'imprimerie, si le minibus de l'Entraide se trouvait dans les parages ? Elle n'avait pas eu de réaction jusque-là, mais à ces mots, « minibus de l'Entraide », il y eut une lueur…

— Vous vous souvenez du minibus de l'Entraide ?

Un long temps d'arrêt.

— Vous voyez de quoi je parle ?

Un léger hochement de la tête.

— Bien. La dernière fois que vous êtes sortie travailler, cette nuit-là, celle où vous avez été agressée, avez-vous vu le minibus de l'Entraide ?

Un autre long temps d'arrêt, puis elle fit non lentement de la tête. Vanek était content. Ils savaient que le minibus n'était pas de sortie ce soir-là.

— C'est bien. OK ? Et donc si le minibus n'était pas là, qu'en était-il de Leslie ? Comment vous l'appelez ? Les le Dingo.

Signe de tête affirmatif.

— Il était dans le coin ? Vous a-t-il apporté des sandwichs, à vous, les filles, et une boisson, ce soir-là ? Vous le voyez ? Sous le réverbère, où il se tient d'habitude, près de l'imprimerie ? Était-il là ?

Au bout d'un moment, elle secoua négativement la tête. Elle avait fermé les yeux et son visage avait pâli. Vanek avait besoin de lui arracher le maximum d'informations possible, tout de suite, avant qu'elle ne soit trop épuisée.

— Combien de clients ce soir-là ?

Elle haussa les épaules.

— L'un d'eux ? Vous souvenez de l'un d'eux s'arrêtant ? Des voitures ?

Ils insistèrent sur les marques et les couleurs des véhicules, tentèrent de lui décrire des hommes – grand, petit, blond, brun, gros, mince, vieux, jeune, habitué, nouveau. Mais elle était incapable de répondre.

L'infirmière passa la tête à la porte, lança un regard à sa patiente.

— Cinq minutes, prévint-elle.

— Vous souvenez-vous où vous étiez ? Était-ce dans la rue ?

Un temps. Puis un non de la tête, très ferme, et une soudaine expression de peur.

— Était-ce au bord du canal, alors ?

Elle paraissait agitée.

— Oui ?

Un signe d'acquiescement.

— C'est bien, une bonne fille. Vous étiez sur le chemin de halage ?

Un autre.

— Étiez-vous sur la passerelle ?

Elle regarda autour d'elle, battant des cils, visiblement encore effrayée.

Steph Mead intervint.

— C'est bon, Abi, c'est fini et vous êtes en sécurité. Mais plus vous pourrez vous rappeler de choses, plus cela nous aidera à capturer l'individu qui a fait ça. Maintenant, avez-vous vu quelqu'un ? Je sais qu'il faisait nuit, mais avez-vous vu un homme ?

Un temps. Un oui de la tête.

— Était-ce quelqu'un que vous connaissiez ? L'avez-vous reconnu ?

Un léger hochement de tête.

— Quelqu'un que vous aviez déjà croisé ?

Rien.

— Un client régulier ?

Acquiescement.

— L'aviez-vous déjà croisé sur le chemin de halage ?

Même signe de tête.

— Je vais vous proposer quelques descriptions : si vous êtes trop fatiguée pour hocher la tête, levez juste un doigt pour oui, et pour non, vous ne bougez pas. Il est jeune ?

Rien.

— Plus âgé ?

Rien.

— Il est grand ?

Rien.

— Et sa voix ? Vous souvenez-vous de sa voix ?

Abi leva le doigt, une fois.

— Est-ce une voix anglaise ?

Oui.

— Une voix forte ?

Rien. Puis elle se mit à enchaîner plusieurs gestes de la main, qu'ils ne réussirent pas à déchiffrer. Elle referma les yeux.

— Nous ne pouvons pas trop continuer, marmonna Ben.

— Qu'y a-t-il, Abi ? s'enquit Steph, calmement.

Abi remua de nouveau la main, puis son doigt, sur le drap, avant de prendre l'une des photos et d'y tracer une ligne avec son index.

— Oh, elle veut écrire quelque chose, fit Steph. Elle tourna la page de son carnet sur une feuille vierge et le lui tendit, avec son stylo. La jeune femme sourit, hésita, puis écrivit un mot lentement. Son écriture était lente et peu assurée, mais quand elle lui rendit le bloc, il était clairement écrit : *feutrée.*

— Il parlait d'une voix feutrée ?

Elle opina, à plusieurs reprises.

— Merci, cela nous aide vraiment, Abi, essayez de continuer encore un tout petit peu. Maintenant, vous avez vu ses yeux ?

Rien.

— Avait-il une barbe ou une moustache ?

Le doigt ne bougea pas.

— Et ses cheveux ? A-t-il des cheveux bruns ?

Subitement, ses yeux brillèrent et son visage fut illuminé par une révélation.

— Des cheveux blonds ?

Un non de la tête.

— Cheveux bouclés ?

Là, elle s'agita. Elle tira le bloc à elle, et elle hésita. Ferma les yeux un moment. Puis elle dessina quelque chose et retourna le bloc, pour qu'ils voient bien son dessin.

Vanek l'examina. Se rembrunit. Passa le bloc à sa collègue.

— C'est sa tête ? La forme de sa tête ? Oh, je saisis, il est chauve ?

Abi reprit le bloc.

Elle dessina le contour d'une tête, avec un visage primitif, comme le dessin d'un enfant. Les oreilles, le nez, la bouche. Mais ensuite elle dessina une forme sur le sommet du crâne, et cette forme descendait très bas.

— C'est une cagoule ? Il portait une cagoule… un blouson à capuche ?

Violente dénégation de la tête. Abi dessina encore quelque chose.

— Je n'arrive pas à comprendre, Abi. Je vois bien une forme, mais…

Sous cette forme, elle écrivit lentement. MISTER. Et ensuite, l'écriture se fit flottante, car sa main faiblissait : MISTER BONNET.

Vanek se leva et posa la main sur celle d'Abi.

— C'est absolument magnifique, Abi, vous êtes une championne. Maintenant, vous allez bien vous reposer. Vous avez bien travaillé.

Il fit un signe de la tête à Stéphanie Mead.

— On y va.

# 57.

La pièce était bondée et tout le monde était attentif. Depuis des jours et des jours, ils passaient les moindres détails au crible. Des appels au public avaient généré des centaines de coups de téléphone.

— Et ne négligez pas ce qui peut sembler un peu bizarroïde, comme l'appel d'un loufoque, avait souligné Serrailler. Dans le doute, vous faites suivre. Parfois, les gens loufoques détiennent un élément d'information, même s'ils ne s'en rendent pas compte.

Le porte-à-porte avait continué sans relâche, des tracts avaient été diffusés, la presse encourageait au maintien de ces affaires en première page, même en l'absence d'informations nouvelles.

Mais il était difficile de ne pas se décourager quand toutes les pistes aboutissaient à une impasse : l'unité était au bord de la rupture et tout le monde était épuisé et de mauvaise humeur. Serrailler avait pris l'habitude de sortir courir tôt tous les matins, rien que pour évacuer un peu de sa propre tension.

— Bien, écoutez-moi. Et regardez.

À l'écran, il s'afficha un agrandissement du dessin d'Abi Righton, avec ce qu'elle avait écrit. « BONNET. MISTER BONNET ». Plus tard ce jour-là, Vanek retournerait à l'hôpital, cette fois avec le spécialiste des portraits-robots, dans l'espoir qu'ils puissent obtenir une image plus claire de ce Mister Bonnet.

— Nous ne pensons pas que ce dessin soit censé représenter ce Mister Bonnet : c'est juste le moyen pour Abi Righton de nous montrer le type de couvre-chef que portait son agresseur. La tâche ne va pas être facile, parce que beaucoup de jeunes gens portent des bonnets de ce style. Mais ce dessin sera repris dans les médias, et nous allons demander à toute personne connaissant un homme qui porte un bonnet de nous contacter. Quand nous aurons un portrait-robot avec ce bonnet, il sera aussitôt repris en affichettes. Cela peut paraître bien maigre, mais nous n'avons rien d'autre, et c'est déjà mieux que d'apprendre qu'il porte des baskets. Bien sûr, à la minute où cela sera rendu public, tous les types qui ont porté des bonnets de ce style vont arrêter d'en porter : pourtant, ce qui compte, c'est ce dont les gens se souviennent *avant* la date d'aujourd'hui. Quelqu'un qui a souvent porté un bonnet, même s'il l'a balancé depuis à la poubelle. Par ailleurs, trois d'entre nous vont travailler avec le profileur, dans une demi-heure. Si nous en tirons quelque chose, n'importe quoi, je vous demanderai de revenir ici, un peu plus tard. Entretemps, s'il vous plaît, n'oubliez pas qu'il pourrait exister d'autres pistes, tout à fait différentes, alors n'excluez pas tout ce qui ne se rattacherait pas à la piste du bonnet. Dernier point, Leslie Blade, le bibliothécaire de la faculté d'enseignement postscolaire, a eu une crise cardiaque peu après son deuxième interrogatoire, il est au Bevham General : c'était moins une, mais il devrait s'en sortir. Nous ne pouvons lui reparler pour le moment, même si nous avons un motif de le faire, mais nous ne l'avons pas encore effacé de nos tablettes. Bien, ce sera tout, gardez le sourire, accrochez-vous… Et puis, aujourd'hui, je le sens bien. On va l'avoir : coup de bol ou travail policier minutieux, ou un peu des deux plus vraisemblablement.

Cinq minutes après la diffusion aux journaux télévisés de l'information concernant Mister Bonnet, un membre de l'équipe recevait un appel d'une personne qui refusait de donner son nom.

— Pouvez-vous nous communiquer un numéro où vous contacter, alors ?

Un silence.

— Non, fit-elle ensuite. Si vous vous mettez à me demander tout ça, je ne dis rien.

La fille paraissait hésitante et soupçonneuse.

— OK, c'est bon. Vous dites que vous détenez des informations pour nous ?

De toute manière, on retrouvait l'origine de tous les appels, quoi qu'il en soit. Mieux valait amener les gens à dire ce qu'ils avaient à dire.

— Ouais. Je viens de voir ça aux infos, à propos des meurtres et de ce que disait Abi.

— Oui. Connaissez-vous Abi Righton ?

— Non. Ouais. Enfin, plus ou moins.

— D'accord.

— Sauf que, vous connaissez le minibus de l'Entraide ? Il vient… il fait des rondes la nuit : c'est une église ou quelque chose du genre qui l'envoie.

— Oui, nous sommes au courant.

— Il y a un type là-dedans… Damian. En général, il est dedans. Presque tous les soirs.

— Oui ?

— Eh bien, il porte un bonnet. En hiver, en tout cas… pas toutes les fois, mais souvent il en porte un. Un bonnet comme celui du dessin.

Ben passa la tête à la porte de Serrailler, incapable de contenir l'excitation dans sa voix quand il lui transmit l'information.

Serrailler le regarda en silence un moment.

— Vous êtes sérieux ?

— Chef ?

— Le jeune homme de l'église baptiste qui s'occupe du minibus de l'Entraide porte parfois un bonnet ?

— Apparemment : vous aviez raison, c'est notre chance.

— Quoi ? Le bonnet ? Le minibus ? Le type qui porte un bonnet dans le minibus ?

Ben Vanek tripota la poignée de la porte, peinant à formuler une réponse. Il y avait des moments où il était incapable de déchiffrer le commissaire.

— Ne glandouillez pas à la porte comme ça.

— Désolé, chef.

— Bien. Avez-vous examiné cette information dans le détail ? Quelqu'un l'a-t-il fait ? – Il y eut un silence. – Damian Reeve est responsable du minibus de l'Entraide. D'accord ? C'est lui qui le conduit, c'est le chef d'équipe ; en général, il sert au comptoir, et il a toujours le temps de parler aux filles ou à ceux qui viennent le voir.

— D'accord.

— Et où se gare-t-il ?

— Dans le quartier chaud ? Soit devant l'accès de l'imprimerie soit dans Back Street, juste au-dessus du canal.

— Combien de personnes travaillent dans ce minibus, le soir, en règle générale ?

— Deux, chef. À l'occasion, je crois qu'il peut y en avoir trois, mais en général c'est deux.

— Donc Damian Reeve aurait facilement eu la possibilité d'arrêter de préparer des boissons chaudes et de confectionner des sandwichs ou de réchauffer des petits pains fourrés à la saucisse au micro-ondes, de laisser son collègue du minibus se charger du travail – et ce, en plusieurs circonstances – puis de descendre au canal, de longer le chemin de halage pour…

— Je vois où vous voulez en venir.

— Mais j'espère bien que vous voyez où je veux en venir.

— Désolé, chef.

Serrailler soupira.

— Tant que je vous ai sous la main : a-t-on des nouvelles de l'état de Leslie Blade ?

— Je vais contrôler.

— Et tant que vous y êtes, récitez donc une prière pour qu'il soit en voie de guérison, car les crises cardiaques sont fréquemment la conséquence d'un état de stress extrême, et la question se posera de savoir si ce ne sont pas nos interrogatoires qui ont provoqué un tel stress.

Le jeune inspecteur-chef s'éclipsa, en refermant promptement la porte derrière lui, et il alla propager la nouvelle de la mauvaise humeur du patron dans tout le département de la police judiciaire.

Le patron n'en ignorait rien. Damian Reeve aurait éventuellement été capable de se créer une opportunité. Juste éventuellement. Mais c'était peu vraisemblable. Toutes les prostituées connaissaient ce Damian, et certaines d'entre elles avaient vu Mister Bonnet traîner dans les parages. Mais aucune d'entre elles n'avait lié Mister Bonnet à Damian. Et aucune n'avait été en mesure d'identifier Mister Bonnet, ou même de le décrire. La police se raccrochait désespérément à des semblants d'informations… Simon irait s'excuser auprès de Vanek et donner un coup de pouce au moral des équipes. Elles en avaient besoin. Elles allaient éplucher des centaines de milliers d'e-mails et de messages téléphoniques au sujet d'hommes qui portaient parfois un bonnet, une entreprise suffisamment décourageante pour ne pas essuyer en plus les engueulades du patron.

# 58.

June Petrie ne savait pas du tout à quoi ressemblerait le domicile de Leslie Blade. Elle n'en avait aucune idée. Elle tentait de se le représenter, tandis qu'elle franchissait prudemment les feux tricolores et tournait à droite. Elle ne connaissait de ces logements que leur allure extérieure : des rues entières de maisons mitoyennes ponctuées ici ou là d'une maison indépendante. Mais à quoi ressemblerait l'intérieur ? Très rangé, et très propre ? Ou plutôt un dépotoir ? Démodée ? Elle opta pour cette dernière hypothèse. Leslie vivait avec sa mère, c'était sans nul doute sa demeure, son mobilier à elle. Il y avait une aide à domicile, ça, au moins, elle était au courant, mais cette femme, Hilary, se chargeait-elle d'une partie du ménage, sous une forme ou une autre, ou cela incombait-il à Leslie, elle n'en avait aucune idée.

Elle avançait lentement, en scrutant les numéros, qui étaient curieusement agencés, de sorte qu'elle dut revenir sur ses pas avant de trouver le bon. L'endroit paraissait correct. Des rideaux propres. Pas grand-chose en guise de jardin, mais le peu qu'il y avait paraissait entretenu. La peinture n'était ni vieille ou écaillée ni neuve. À regarder cette maison, on n'aurait pu deviner qui vivait là : il était seulement plus que probable que ce n'était sûrement pas une famille avec enfants.

Elle avait apporté une carte signée de tout le monde, un chrysanthème en pot et un CD. Elle n'avait pas téléphoné. Si elle dérangeait, elle déposerait juste le tout. Mais Leslie avait quitté l'hôpital, elle le savait parce qu'elle avait vérifié en téléphonant au Bevham

General, et c'était bon signe. Si vous risquiez de faire une autre crise cardiaque, on ne vous autorisait pas à sortir.

Ce fut Hilary qui lui ouvrit. Leslie, lui dit-elle, était avec sa mère.

— Il appréciera de recevoir une visite, mais pour cette fois, que ce ne soit pas trop long, si cela ne vous ennuie pas ? C'est juste qu'il sort à peine de l'hôpital et qu'il est assez fatigué.

La maison était propre et rangée, le mobilier à l'ancienne. Tout, maintenant qu'elle était là, paraissait correspondre parfaitement à Leslie, coïncider tellement bien qu'elle s'étonnait de ne pas l'avoir imaginé avec exactitude.

Il avait l'air changé, elle le constata tout de suite. Vieilli. Les traits tirés. Les yeux creusés. Sa mère était assise en face de lui, une femme forte, les mains noueuses et enflées par l'arthrite.

— Non, non, je vous en prie, Leslie, surtout, ne te lève pas. Je suis venu faire un saut pour t'apporter cela de la part de tout le monde… Elle posa la carte et la plante sur le guéridon. Et ça, cela vient de moi. J'espère que tu as de quoi l'écouter, sinon, préviens-moi, je te prêterai un lecteur de CD. Je suis certaine que cela va vraiment te remonter le moral.

C'était le CD du *Mikado*.

— Je crois, fit Norah Blade, en se penchant légèrement en avant, que nous devons vous remercier, madame Petrie. Si vous n'aviez pas été là pour retrouver Leslie et quérir de l'aide, eh bien…

— Oui, renchérit-il – et June remarqua le timbre différent de sa voix, hésitante et plus frêle –, en effet. Nous devons vous remercier.

— Eh bien, Dieu merci, j'ai remarqué que tu avais quelques minutes de retard après ta pause, ce qui ne t'arrive jamais… Quoi qu'il en soit, ne nous étendons pas là-dessus, tu es ici et tu vas manifestement te rétablir, et je sais que tout le monde à la bibliothèque sera très heureux de l'apprendre. Nous ne saurions nous passer de toi, tu sais.

Leslie lui adressa un regard étrange, puis il lança un coup d'œil vers sa mère.

— Il n'est pas impossible, intervint Norah Blade, que vous y soyez contraints. Il n'est pas impossible que Leslie prenne une retraite anticipée, après… après tout ceci.

— Oh, mais il est sûrement…

— Rien n'est décidé, reprit vivement l'intéressé, rien n'est décidé.

Après le départ de June Petrie, qui se dépêcha de regagner la bibliothèque pour informer tout le monde au sujet de Leslie – son état de santé, sa maison, sa mère et sa situation en général –, ce dernier demeura assis, les yeux fermés. Il était fatigué. Les plus petites choses l'épuisaient, c'était apparemment tout à fait normal et durerait un certain temps. Mais il n'était pas endormi. Il songea que ce serait à cela que ça ressemblerait, s'il prenait sa retraite anticipée, assis dans ce siège en face de sa mère, heure après heure, à jouer aux cartes avec elle, à regarder la télévision, à sortir échanger ses livres de bibliothèque en même temps que les siens à elle, et Hilary deviendrait son aide à domicile à lui aussi.

Il rouvrit les yeux et vit la plante. Et le CD. La détermination de June Petrie à le contraindre d'intégrer les Lafferton Savoyards le poursuivrait jusque dans la tombe. June Petrie. Il avait toujours eu envie de la tuer. Il avait envisagé de la pousser dans l'escalier des réserves et de lui faire traverser la tête la première la vitre blindée de la salle du personnel. Pourtant, elle lui avait sauvé la vie. Si elle avait su la teneur de ses pensées, aurait-elle eu ce geste ? Mais elle ignorait tout, elle ne pouvait rien savoir, et ses pensées à lui ne détenaient aucun pouvoir.

Il ne détenait aucun pouvoir.

— Leslie…

Il se tourna vers sa mère qui se penchait en avant, en le regardant.

— Je voulais te dire…

La porte s'ouvrit et Hilary apporta un plateau, avec le thé et un pot en porcelaine pour y mettre le chrysanthème, et elle demanda s'ils ne préféraient pas que la petite fenêtre soit fermée, puis il y eut une brève conversation au sujet du rendez-vous avec le podologue de Norah. Leslie referma les yeux. Quand il se sentirait plus solide, il monterait au premier, dans sa chambre, et s'allongerait sur le lit, mais monter ces marches était épuisant, et il ne s'en sentait pas encore la force.

Hilary et sa mère continuaient de bavarder, on alla chercher l'agenda, on discuta de certains malentendus avec quantité de gloussements, et puis on servit le thé, on versa le sucre, il y eut d'autres rires, d'autres plaisanteries, et Leslie ouvrit les yeux : il songea qu'il aurait envie de les tuer, toutes les deux, de les balancer du haut d'un précipice et de jeter violemment leurs corps sur les rochers en contrebas, de pousser la chaise roulante de sa mère sur la voie rapide de la rocade, de verser de l'acide sulfurique dans la théière, de…

— Leslie ?

Hilary lui tendait sa tasse, en souriant.

Elle avait un doux sourire.

— Que ferions-nous sans notre chère Hilary, je n'en sais rien, franchement, répétait Norah Blade, plusieurs fois par semaine, la mine pensive. N'avons-nous pas eu de la chance que ce soit elle et pas quelqu'un d'autre ?

Il allait devoir rester assis là tous les jours à entendre ça, les mêmes petites rengaines, les mêmes petites plaisanteries innocentes et sottes entre sa mère et Hilary. L'autre solution, ce serait d'être assez en forme pour retourner travailler, et tel serait peut-être le cas. Qui sait. Quel autre choix s'offrait à lui ?

Il continua de réfléchir à des moyens de les tuer toutes les deux, jusqu'au départ de Hilary, après qu'elle eut répété au revoir à deux reprises, et puis il n'y eut plus que Norah.

— Leslie…

Il garda les yeux fermés, mais elle savait qu'il ne dormait pas. Elle savait tout de lui.

— Il y a une chose que je voulais te dire. Je voulais te le dire depuis un bon bout de temps mais j'ignorais comment… ou si je devais. Et bien sûr, pendant un temps, je n'en étais pas sûre. Mais depuis toutes ces histoires épouvantables avec… les jeunes femmes, et la police… Ils m'ont interrogée, tu sais, les policiers. J'ai réfléchi pas mal de temps à tout ça et maintenant je suis sûre de moi. Quand je me couchais, quand tu me laissais et tu me disais que tu montais au premier, ou que tu travaillais sur ton ordinateur – et la maison était silencieuse –, tu avais cette habitude de ressortir. Tu te faufilais dehors, pour que je ne t'entende pas, et puis la voiture démarrait et je savais, toujours, que tu allais… quelque part. Je ne l'ai jamais évoqué. Tu es adulte, Leslie, tu as le droit d'avoir une existence à toi. Mais cela m'inquiétait. Je suis obligée de te le dire. Il était si tard et tu revenais si tard… et tu me le cachais.

Il ne répondit rien. Il pensait aux filles, à leurs visages pâles, leur vilaine peau, leurs cernes sombres sous les yeux, leurs jambes parfois bleues de froid, leur façon de tenir leur cigarette, de venir chercher ses sandwichs et de boire le thé de son thermos, leur manière de devenir ses amies.

— Mais cela n'aurait jamais compté, pas réellement compté, jusqu'à toute cette histoire épouvantable et… et la police.

Le silence dans la pièce était un puits profond dans lequel ils plongeaient fixement leur regard, et plus leurs regards s'y attardaient, plus ce puits se creusait. Il n'allait pas briser ce silence. Elle le regardait et il tourna les yeux vers l'autre extrémité de la pièce, vers le néant.

— Leslie, la police, est-elle venue te poser des questions ? Au sujet de… ces affaires épouvantables ? C'est là que tu allais ? Au poste de police ?

Elle le dévisageait et elle attendit, mais il ne pouvait pas répondre. Il ne pourrait jamais répondre à ces questions, jamais lui dire la vérité.

— Leslie, je comprends les hommes, tu sais. J'ai été mariée. Je comprends, franchement.

Il jeta un œil au guéridon et vit la plante dans son pot contre lequel était adossée la carte, et le CD du *Mikado* qu'il n'écouterait jamais. Mais il ne regarda pas sa mère et ne parla pas.

— Tu es allé… avec ces filles ?

Il avait si peu de force, c'était cela, l'ennui. Si seulement il avait eu une partie de son ancienne force, il aurait pu la tuer. Il aurait simplement pu la frapper à la tête avec ce pot si lourd, ou attraper la canne de sa mère, contre son fauteuil. Il aurait pu l'étrangler.

Mais il était trop fatigué pour se permettre autre chose que de regarder cette plante, cette carte hideuse et le CD du *Mikado*, sans rien dire. Et à la fin, Norah se renfonça dans son fauteuil, puis, après un moment, ferma les yeux, et ils s'endormirent, tous les deux, l'un en face de l'autre, dans le salon silencieux.

# 59.

Hayley s'acheta deux canettes de cidre sur le chemin de la maison, des crêpes fourrées congelées, et de la glace. Elle ne s'était plus rien offert de bon depuis un bout de temps et elle avait gagné un paquet, les deux soirées précédentes, quand une des filles qui n'était plus revenue depuis un moment lui avait proposé de prendre Liam. Hayley avait hésité, donc Carmen avait proposé de venir, et de rester avec le gamin chez lui, pas de le prendre chez elle, à condition qu'elle puisse amener sa petite. Cela avait été un peu bizarre, car elle avait l'habitude de s'arranger ainsi avec Abi, mais apparemment ça avait marché, Liam n'avait pas protesté, et elle avait pu rester dehors plus longtemps que les dernières fois. Elles avaient toutes bougé de la zone du canal, vers Hunt Square et les rues avoisinantes, qui ne grouillaient pas de policiers et qui donnaient l'impression d'être plus sûres.

Ce soir-là, en revanche, Liam était allé chez Frankie et Mia, où il dormirait. Tout avait été organisé, la femme des services sociaux avait accepté, même si, et cela rendait Hayley folle, c'était un vrai parcours du combattant pour obtenir que les enfants soient réunis et que tout soit dans les règles. Enfin, c'était bon, et les gosses d'Abi et Liam étaient aux anges.

Ce soir, elle n'allait pas sortir. Elle allait profiter de son festin et d'un film d'horreur qu'elle avait loué, et demain elle s'offrirait une grasse matinée. Ensuite, elle irait revoir Abi. Ils avaient diffusé son drôle de petit dessin de Mister Bonnet dans les journaux, à la télévision, sur des affiches, et Hayley l'avait assez souvent observé, en se demandant comment qui que ce soit pourrait découvrir son identité d'après ce document. Elle l'avait toujours vu dans le noir, son bonnet baissé jusqu'aux yeux ou presque, et il y avait pas grand-chose d'autre. Mister Bonnet. Ça pouvait être n'importe qui.

Elle franchit le portail et monta les marches en fredonnant.

— Me demandait quand t'allais te montrer.

Elle sursauta si fort qu'elle en lâcha ses canettes. Il était assis sur les marches, une cigarette roulée pendant au coin de la bouche et son air arrogant, comme toujours.

— Jonty Lewis de merde, tu m'as foutu une de ces trouilles, s'exclama-t-elle, en ramassant son cidre. Qu'est-ce que tu fous ici, bordel ? Je veux pas de toi sur mes marches d'escalier, merci.

Il haussa les épaules. Il avait l'air d'avoir dormi dans des fourrés et, quand elle s'approcha, elle sentit son odeur répugnante.

— Je croyais que t'avais dégagé d'ici. Eh ben, puisque t'as pas dégagé, vas-y, maintenant. Tu dégages.

— Je vais prendre une de ces canettes, là.

— Sûrement pas.

Mais il tendit la main et lui arracha le pack, tira sur l'anneau de l'opercule et vida la canette cul sec.

— Écoute, je viens de me les acheter, c'est pour moi, ce soir, alors tu joues à quoi, là ?

— Alors il se passe quoi, ce soir ?

— Rien. Ce soir, je sors pas. Alors tu peux dégager, comme j'ai dit.

— T'as de l'argent ?

— Si j'en avais, tu crois que je te le donnerais ?

Elle resta plantée debout en face de lui, mais il refusait de la laisser passer, et elle savait que si ça dégénérait en bagarre, elle n'avait aucune chance.

— Qu'est-ce que tu veux, Lewis ?

— Ce que je veux, c'est amical.

— Je suis pas ton amie. J'étais l'amie de Marie. C'est toi qui l'as zigouillée ?

— Commence pas, j'en ai assez de tout ça. Non, c'est pas moi, merde.

— OK, très bien ; j'ai quand même pas envie de t'avoir dans les pattes. Je peux entrer dans ma maison, je te prie ?

— Ooooh, ma maison, ma maison. Mon taudis, une pièce.

— Écoute, je ne sais pas ce que tu veux, sauf que…

— Du cash.

— Alors là, c'est pas de bol.

— T'en as ?

— Nan. Même si j'en avais, je le donnerais à un pauvre type comme toi ? Je pense pas, non, pas vraiment.

— T'as un pétard alors ?

— Je me défonce pas.

— Espèce de sale menteuse.

— J'y touche plus, j'ai mon gamin, je vais avoir une maison sympa avec une amie et je peux vraiment me passer de t'avoir devant ma porte.

— T'as un clope alors ?

— Je fume pas.

Soudain, avant qu'elle ne comprenne ce qui lui arrivait, il bondit de la marche où il était assis et se rua sur elle, renversant le cidre et son sac de commissions, et il plongea les mains dans ses poches, la première, puis l'autre, en lui bloquant le cou par derrière. Mais elle ne fumait pas, plus depuis des années ; comme il ne trouva rien, il la bouscula si fort qu'elle tomba à plat ventre sur la marche, l'arête lui heurtant le front et, juste avant de s'évanouir, elle cria.

Jonty empoigna l'autre canette de cidre et dévala l'escalier en courant.

# 60.

Ruth avait ressenti quantité d'émotions différentes, avec les années. Les comprimés rabotaient les aspérités de toutes ses sensations, mais les émotions, elles, demeuraient. Elles lui inspiraient parfois l'image d'une méduse vénéneuse flottant inexorablement sous une forte houle, gardant intacte toute sa capacité de piquer, de blesser et de tuer, mais réduite à l'impuissance à cause de la pression de ces masses d'eau gris-vert pesant au-dessus d'elle. Elle pouvait donc toujours divaguer, être suicidaire, pleine de ressentiment, d'une jalousie maladive, ou portée aux nues, tel un cerf-volant planant sur un bonheur extatique, mais elle restait avec tous ces sentiments enroulés inutilement comme un ressort au fond d'elle-même, ses médicaments la maintenant sous une couche liquide, gris-vert, ballottée de-ci de-là, mais jamais capable de monter à la surface, jamais capable de donner libre cours à ses émotions refoulées.

Quand tout cela atteignait un degré insupportable, quand elle bouillait sous la surface, le seul moyen qu'elle connaissait pour réussir à relâcher la tension, c'était de suspendre les comprimés, pour que cette masse liquide reflue en une lente marée et qu'elle puisse s'élever vers le haut jusqu'à flotter au-dessus d'elle.

Mais au cours de toutes ces années, elle n'avait jamais éprouvé cette sensation singulière. C'était de la colère. De la rage. De la fureur. Cela n'avait rien à voir avec le plongeon dans cette fosse obscure, rien à voir avec cette remontée en flèche vers le soleil. C'était tout à fait différent. Elle avait déjà été en colère, comme le sont les gens normaux, bien sûr que oui, mais c'était une colère suscitée par une chose qui s'était produite ou ne s'était pas produite, souvent un détail insignifiant. Et là, c'était très étrange. C'était une colère sans rapport avec rien ni personne, et c'était à la fois glacial et comme le cœur en fusion d'un énorme incendie. Elle se sentait la force de dix personnes, elle sentait sa peau la démanger, comme si des fourmis grouillaient dessous.

Peut-être avait-on plus ou moins modifié la formule de ses comprimés, ce qui expliquait son état, pourtant, d'habitude, la reprise du traitement ne lui provoquait que des nausées et un vague sentiment d'être coupée de la réalité.

Elle n'avait aucun moyen de maîtriser cette colère refoulée. Stephen était toujours sur son dos, voulant s'assurer que son état s'améliorait, tâchant de la convaincre de prendre tous les deux un mois ou deux, de partir loin. Elle manifestait alors de l'irritabilité et de l'agitation. Elle était incapable de trouver le sommeil, de rester au calme ou de lire, de regarder la télévision ou d'assister jusqu'au bout à un office à la cathédrale, elle errait dans la maison et elle attendait, elle attendait que soit ôtée de sa chair cette écharde.

Stephen rentra tard. Elle s'était couchée, mais elle était éveillée.

— Je suis désolé, je ne voulais pas te déranger, lui dit-il.

Comme Stephen était gentil, avec sa manière de si souvent endosser la responsabilité, de supposer qu'une chose était sa faute quand ce n'était de toute évidence pas le cas, et comme il méritait peu de s'encombrer d'une épouse pareille, songea-t-elle, parfois mégère, parfois dépressive, parfois folle maniaque, jamais de tempérament égal, jamais agréable, jamais un soutien.

Pourquoi l'avait-il épousée ? Elle lui en avait toujours témoigné une reconnaissance pathétique, s'en était toujours sentie indigne, ne l'avait jamais payé de retour avec générosité. Il aurait mérité une meilleure épouse.

— J'étais sur le point de dormir, dit-elle.

Or cette agitation en elle refusait de s'apaiser. Stephen s'endormit et, au bout d'une demi-heure, elle se glissa hors du lit, s'habilla dans le noir, descendit au rez-de-chaussée et sortit dehors.

Il faisait frais, mais pas froid. L'automne avait été assez doux, dans l'ensemble. Il y avait une pleine lune et tout le Clos était parsemé de motifs argentés entrecoupés d'ombres denses. Maintenant qu'elle était à l'extérieur, elle se sentait mieux, elle réussissait à respirer plus librement, et marcher dans les allées entre les maisons sombres apaisait ses sensations. Elle avait un jean et une paire de chaussures à semelles de gomme qui ne faisaient aucun bruit, de sorte qu'elle avait elle-même le sentiment d'être un fantôme ou une ombre et cette idée était agréable. Personne ne pouvait la voir, personne ne la connaissait, personne ne serait capable de l'identifier. Elle était entièrement seule. Elle s'était sentie heureuse, avec cette même impression, quand elle était dans cet abri. Elle avait eu beau sombrer de plus en plus bas, il y avait une dimension réconfortante à se recroqueviller là-bas, toute seule, sans être surveillée, sans Stephen qui se tracassait à ses côtés. Être seule, c'était bon. Elle ne s'aimait pas, elle était un individu qu'elle n'aurait pas aimé connaître, elle détestait vivre avec celle qu'elle était, et pourtant, pendant ces journées et ces nuits-là, elle était finalement parvenue à un accord avec cette femme, Ruth Webber, elle avait fini par accepter son aversion envers elle, et la notion que d'autres ne l'appréciaient guère.

Mais là, il y avait cette colère. À l'intérieur de sa tête. Dans les tréfonds de son crâne, comme le foyer d'un bûcher qui couve.

Mais de marcher dans l'air frais de la nuit, cela l'aidait. Elle atteignit le bout de l'enceinte. Elle connaissait la voiture de Simon Serrailler. Elle était garée là, mais toutes les lumières de son appartement, au dernier étage de l'immeuble, étaient éteintes. Elle leva les yeux. C'était un bâtiment de qualité, aux proportions élégantes, parfaitement à sa place là où il était, donnant sur les allées engazonnées qui descendaient vers la masse de la cathédrale.

Elle reprit la direction de la maison pour rejoindre Stephen, mais ensuite elle la dépassa, continua vers l'endroit où se dressait le véritable doyenné, vide, ses fenêtres comme des orbites creuses, mais qui les attendait. Quand ils y seraient, cela irait mieux. Un nouveau départ. Cela pourrait peut-être aller mieux.

Sauf qu'il s'était passé quelque chose… une chose. Cela lui revenait maintenant, mais comme une plume ballottée par le vent, qui restait hors d'atteinte. Un son ou une sensation. Quelque chose.

Elle secoua la tête. Elle allait rester ici, dehors. Elle se sentait mieux.

Elle traversa la pelouse et ce fut seulement quand elle se fut éloignée de quelques mètres de la porte qu'elle entendit. S'arrêta. Puis vit ; et à ce spectacle, elle suspendit sa respiration, et tout lui apparut ensemble en un éclair terrible, aveuglant de lucidité et d'incrédulité. Mais elle n'eut pas le temps de mettre de l'ordre dans tout cela, car subitement il y eut un bruit de pas et quelque chose qui la frappait violemment. Elle tomba et, en tombant, elle ouvrit grand les yeux et elle sut. Elle sut. Mais elle ne sut plus rien d'autre.

# 61.

— Non, papy, tu es obligé, tu es obligé de souffler pendant qu'on chante.

— En fait, il souffle après, quand on a fini de chanter, dit Sam.

— C'est pareil.

— Bien sûr que non ce n'est pas pareil : « en même temps », ça ne peut pas être la même chose qu'« après ».

— Très bien, vous deux. C'est l'anniversaire de grand-papa et vous n'allez pas vous chamailler.

— Cela m'irait parfaitement si vous ne chantiez pas du tout, fit Richard Serrailler.

— Ne sois pas bête, comment pourrais-tu fêter ton anniversaire sans que tout le monde chante ? Tu ne peux pas. Tu es obligé.

— Très bien, reculez tous une seconde.

Judith alluma les bougies piquées sur le gâteau au chocolat avec son glaçage au café, choix traditionnel de Richard.

La flamme des bougies vacilla un court instant, puis se stabilisa.

— Allez, papy, ferme les yeux et fais ton vœu.

— Vœu, répéta Félix. Veux des vœux.

Richard grommela un peu, ferma les yeux brièvement et souffla. Les bougies s'éteignirent toutes d'un coup.

— *Happy birthday to youuuuu…*, chanta Félix.

— *Happy birthday, cher…*

Aux dernières notes de la chanson, Hannah poussa un cri en entendant une voiture arriver, et Félix se précipita vers la porte.

— Désolé, désolé… Oh non ! J'ai loupé la chanson ? – Richard Serrailler décocha un regard à son fils. – Joyeux anniversaire, papa, et tous mes vœux les plus sincères. Désolé, je n'ai pas pu m'échapper. Tu sais.

— Oh, oui, en effet, je sais. Cela n'a jamais été autrement.

Simon posa une bouteille de pur malt sur la table et embrassa Hannah qui dansait devant lui, puis il se pencha sur Félix qui s'était agrippé à ses genoux. Sam restait à l'écart silencieux et observateur.

— Salut, Sam. Tu as gagné ?

— Oui.

— Tu as marqué ?

— Deux fois.

— Super, mec.

Sam avait joué au sein de l'équipe de hockey des moins de douze ans de St Michael. Il se dirigea lentement hors de la pièce sans ajouter un mot. Simon lança un regard à Cat, mais elle découpait le gâteau et elle aidait Judith à distribuer les parts. Il avait promis d'emmener Sam un jour, promis de lui parler, promis...

— Et te rapproches-tu plus ou moins de la résolution de ces enquêtes ? lui demanda Richard, sur un ton toujours aussi ironique quand il évoquait la police. – Simon enfourna une bouchée de gâteau, pour ne pas avoir à répondre. – J'imagine que ce dessin d'un homme coiffé d'un drôle de bonnet ne vous a pas menés très loin.

— Quel homme avec un drôle de bonnet ? Quel genre de drôle de bonnet ? demanda Hannah en tirant Simon par le bras.

— 'onnet, répéta Félix, la bouche barbouillée de chocolat, 'onnet.

— Richard, as-tu ouvert tous tes paquets ? s'écria Judith, avec un regard conciliant à Simon.

— Oui, à part la munificente bouteille de Simon, que j'ouvrirai plus tard. À moins que tu ne m'accompagnes tout de suite, Simon, ou te veut-on à la police ?

— On ne peut pas le vouloir à la police, la police, c'est lui. – Sam était revenu dans la pièce avec un livre de Sherlock Holmes. – Ça me plaira, ça ?

— Certainement, fit Richard. Ce sont les histoires d'un inspecteur extrêmement brillant.

— Très bien, papa, j'ai reçu le message, soupira Simon.

— Chéri, tu n'as même pas pris une tasse de thé. Je vais en refaire. Richard, voudrais-tu aller me chercher un bout d'essuie-tout humide et venir essuyer la figure et les doigts de Félix ?

— Non, je…

— Non, Cat, assieds-toi et profite de ton gâteau, Richard en est tout à fait capable.

Simon s'émerveillait de la manière dont sa belle-mère réussissait à apaiser toutes les vagues qui menaçaient d'engloutir une réunion de famille, à aplanir, à distraire, à rétablir l'ordre, et il se demanda une fois encore comment il avait pu se tromper à ce point et ne pas reconnaître d'emblée ses qualités. À la vérité, il le comprenait, à présent, elle eût beau être une sainte canonisée, il n'était pas prêt à voir qui que ce soit prendre la place de sa mère. Non que Judith ait tenté quoi que ce soit en ce sens, d'ailleurs. Il l'observait à cet instant, s'occupant de son père, de Cat, des enfants, dans le calme et la bonne humeur. « Il m'en a fallu du temps, conclut-il, mais maintenant, je l'aime. »

Cat était assise au bord du fauteuil Windsor dans l'angle, et elle observait tout. Elle était très tendue. Simon surprit son regard. Il n'avait pas envie de causer boutique au milieu de la fête, mais il fallait qu'il lui touche un mot à propos de Ruth Webber.

Deux minutes plus tard, elle se glissa dans le jardin sur le flanc de la maison, et il la suivit.

— Stephen m'a téléphoné, lui dit-elle. Je sais que Ruth a encore mis les voiles. J'aurais dû insister pour qu'elle aille à l'hôpital. Je me giflerais. Mais j'ai pensé, et l'unité psychiatrique était d'accord, que cela valait la peine de lui accorder une chance…

— Tu as tranché en ton âme et conscience… et tu le referais.

— Probablement. Aucune nouvelle ?

— Nous sommes retournés directement aux jardins ouvriers, mais elle n'y était pas. Nous avons lancé toutes les recherches possibles, mais étant donné ce qui s'est produit précédemment, je ne crois pas que nous ayons à draguer le canal. Pas encore, du moins. Était-elle suicidaire ?

— C'est possible, oui. Elle m'a envoyé un texto me signifiant qu'elle aurait dû se supprimer.

— Nous avons lancé un avis d'alerte sur le canal et tout le long de la rivière. Si c'est là qu'elle est allée, nous la trouverons.

— À mon avis, elle ne doit pas être très loin. Vivante ou morte.

— Non. – Il soupira. – Une autre fois…

— Mon pauvre. Tes équipes doivent être un peu démoralisées.

— C'est le cas de le dire ! Mais elles sont déterminées. Toujours absolument déterminées.

— Et Mister Bonnet ?

Il haussa les épaules.

— Nous avons un portrait-robot, grâce à Abi Righton, ce matin, mais pour être honnête, cela ne nous apporte pas grand-chose. Je ne pense pas que nous allons le diffuser. Il ne comporte aucun détail facial. Elle se souvient juste de ce qu'elle appelle une voix feutrée et de ce bonnet, sinon, on en sait davantage sur ce qu'il n'est pas : pas gros, pas maigre, pas barbu, pas très grand, pas très petit, rien, juste ce bonnet.

— Une aiguille dans une botte de foin, alors.

— À peu près, oui. Mais au moins, nous savons cette fois que Ruth a probablement fugué de son propre gré. Il n'y a plus eu de meurtres, malgré un méchant épisode de violence sur l'une des prostituées. Nous savons qui est le coupable, et nous avons relancé des recherches pour trouver cet énergumène. Mais s'il a tué les autres, nous n'avons pas été en mesure de le lui imputer.

— Et il les a tuées ?

Il soupira encore.

— Sincèrement ? Non. J'en doute. Méchant geste, mais notre meurtrier est différent. Il est malin. Il est retors. Il est rusé. Il agit à la dérobée. Jonty Lewis n'est rien de tout cela, c'est juste un camé, habitué à la violence.

— Et la fille va bien ?

— Une estafilade au front, elle s'est assommée sous le choc. Mais ça va. Écoute, si Ruth Webber réapparaît, que décideras-tu ?

— Je tenterai de la convaincre d'intégrer le service, jusqu'à ce que le traitement fasse correctement son effet, et qu'elle soit un peu stabilisée. Il sera éventuellement nécessaire de l'interner, cette fois. Je dois aussi m'entretenir plus longuement avec Stephen. Je crois qu'il est aux abois.

— Je connais ce sentiment.

Ils se dirigèrent vers la maison.

— Sam est plus calme, releva-t-il.

— J'espère vraiment que tu seras en mesure de prendre cette journée avec lui. Peut-être que tout sera enfin bouclé d'ici le milieu de trimestre.

— C'est-à-dire ?

— La semaine prochaine.

— Aucune chance.

— Eh ben… Au fait, je suis contente pour toi et Judith.

— Contente de quoi ?

— Tu le sais parfaitement. Si j'avais le cœur à ça, je dirais que ce n'est pas trop tôt.

— Non, tu dirais que tu me l'avais bien dit.

Dans la cuisine, Félix était assis à table, il retirait les bougies du gâteau et les couchait en une rangée bien alignée, et Judith mettait le service à thé dans le lave-vaisselle.

— Dîner ? fit-elle. Il y a largement assez pour nous tous : j'ai juste besoin de savoir quelle quantité de légumes je dois cuire.

— Judith, pas moi, j'ai beaucoup de lectures à terminer pour mon cours et un rapport à commencer pour l'unité de soins de jour, dont personne n'a l'air de comprendre clairement le rôle principal.

— Simon ?

Il hésita, attendant plus ou moins que Cat ou Judith lui dise dans quelle mesure son père apprécierait. Ni l'une ni l'autre ne s'y risqua.

— Volontiers. Priez juste pour que je ne reçoive aucun appel.

— J'ai l'impression que nous avons souvent prié pour cela, ces derniers temps.

— Je vais rameuter ma petite troupe.

Dès qu'on leur laissa entendre qu'il leur fallait se préparer à rentrer chez eux, Hannah se mit à pleurnicher en protestant et Félix l'observa un moment avec circonspection, avant de se joindre à elle, sans trop comprendre pourquoi ils pleuraient.

— Je veux rester, s'il te plaît, je peux, s'iiiiil te plaît… ? Mamy Jude, s'il te plaît, et Félix veut rester aussi.

Ce dernier se mit à hurler encore plus fort, mais les yeux complètement secs.

— Pourquoi tout ce tapage ? Je ne m'entends plus lire, se plaignit Sam, en entrant dans la pièce.

— Cat, nous serions absolument ravis qu'ils restent, vous le savez, mais c'est à vous de décider.

— S'ils dorment ici, moi, je veux rentrer à la maison, avertit Sam.

— Très bien, toi, tu viens, et Hannah et Félix vont rester.

— Bon.

Cat haussa le sourcil sur Simon. Mais la perspective d'un trajet paisible jusque chez elle avec Sam était agréable. Ils passaient trop peu de temps ensemble, sans les deux autres, et s'il avait envie de lui confier quelque chose, cela lui en fournirait peut-être l'occasion.

# 62.

Stephen Webber était assis à son bureau, en sanglots, la tête entre les mains. Miles le regardait avec inquiétude.

— Je devrais sans doute m'abstenir de dire cela, mais malade ou non, Ruth se montre totalement injuste envers toi. C'était son devoir d'accepter une hospitalisation et d'améliorer son état. En l'état actuel des choses, tu es en miettes, et incapable d'assumer tes fonctions de doyen ou quoi que ce soit d'autre tant que cela continue ; quand on la retrouvera, tu vas réellement devoir te montrer ferme. Nous nous connaissons depuis longtemps, Stephen, tu m'inspires le plus grand respect, mais je suis obligé de te dire que tout ceci ne nous rend pas service. Si tu ne l'organises pas toi-même, je vais convoquer une réunion du chapitre, et tu vas officiellement demander un congé de trois mois. Et maintenant, bois ça.

Il lui tendit un verre de cognac. Stephen ne bougea pas. Il restait les épaules voûtées et il continuait de sangloter. Miles reposa le verre à côté de lui.

— Stephen, ressaisis-toi. C'est très difficile, je comprends, mais tu as des responsabilités. Tiens bon.

Webber releva la tête et sortit un mouchoir.

— Maintenant, bois.

Il but.

— Bien. Donc, la police est de nouveau à sa recherche, je présume ? Il est possible qu'elle soit repartie dans sa cachette. Elle ne doit pas être loin. C'était plus inquiétant la dernière fois, quand il paraissait vraisemblable qu'elle ait été victime de ce fou, mais maintenant que son état mental est connu, il n'y aura plus pareille confusion.

— Dieu du ciel, Miles, j'aurais dû me rendre compte de la gravité de son état. J'aurais dû insister.

— Eh bien, tu as cru agir au mieux.

— Non. C'est ça le problème. Je savais parfaitement ce qu'eût été d'agir au mieux, mais j'avais trop peur de me montrer ferme. Comment a-t-elle pu se faufiler dehors sans même que je me réveille ?

— Oh, allons, c'est facile. Ruth est très déterminée et ce n'est pas quelqu'un de bruyant par nature, encore moins quand elle essaie de ne pas te déranger. Ce n'est pas ta faute.

— Je me sens en faute. Je me sens totalement coupable.

— Oui, mais ce n'est pas très productif. Admets que tu n'as rien commis de pire qu'une erreur de jugement. Alors, vas-tu convoquer une réunion extraordinaire du chapitre, ou dois-je m'en charger ? J'ai le pouvoir de le faire, mais à l'évidence, il vaudrait mieux que cela vienne de toi.

— Oui. Tu as tout à fait raison, pour l'heure, je ne suis d'aucune utilité à personne. Et je ne le serai peut-être plus jamais.

— Ne sois pas ridicule. Bien, puis-je émettre une suggestion ? Que nous allions toi et moi à la cathédrale prier ensemble pour un retour de Ruth saine et sauve à la maison et pour qu'elle reconnaisse la nécessité d'être hospitalisée ? Cela aiderait, tu sais.

Stephen s'essuya les yeux et posa la main sur le bras de Miles, une seconde.

— Tu es un roc, dit-il. Cela n'est pas nouveau, mais là... Dieu te bénisse, Miles.

# 63.

À sept heures et demie, Hannah téléphona pour souhaiter bonne nuit et l'appel se poursuivit par un compte-rendu de l'émission qu'elles venaient de regarder, Judith et elle, puis de Félix qui avait caché la bonde de la baignoire.

— Laisse-moi lui parler.

— Aaaaaalllô.

— Félix, où as-tu caché la bonde de la baignoire de Mamy Jude ?

Il y eut un silence, et puis des éclats de rire stridents, avant que Félix ne raccroche.

Cat soupira et retourna à la préparation de son sandwich salade. Judith lui soutirerait cette information à force de cajoleries. Elle savait tout lui soutirer, à force de cajoleries. Et puis elle se demanda si son frère était encore là-bas ou s'il s'était produit quelque chose qui l'aurait contraint à regagner le commissariat.

Sur le trajet du retour, Sam avait dit peu de choses, mais ce peu de choses-là avait été assez éclairant. Pour sa part, elle n'avait rien dit, déterminée à éviter qu'il ne se ferme et, le silence avait régné dans la voiture, pendant un moment. Mais elle avait choisi l'itinéraire le plus long et, quand ils étaient sortis de la périphérie pour s'engager sur la route de campagne, il avait enfin parlé.

— Si tu joues au hockey, ça veut dire que tu es gay ?

— Non. Ça fait de toi un hockeyeur. Pourquoi ?

— Je me demandais juste. Si ton papa est mort, ça fait de toi un orphelin ?

— Non, seulement si tes deux parents meurent.

— Ça fait de toi une poule mouillée ?

— Qu'est-ce qui fait de toi une poule mouillée ?

— Si… ton papa est mort.

— Absolument pas. Bien sûr que non. Quoi que soit une poule mouillée : qu'entends-tu par là ?

— Je sais pas trop. Un lâche, je crois.

— Comment pourrait-on s'imaginer ça ? C'est ce que des gens t'ont dit, Sam ?

— Genre.

— Bon, enfin, ça fait d'eux autre chose de bien pire qu'une poule mouillée, ça les rend cruels, méchants, indélicats et peu aimables.

L'espace d'une seconde, ses yeux de mère s'étaient emplis de larmes, des larmes de colère plus que de détresse, que Sam ait dû supporter ce style de brimade. Elle les essuya de la main.

— C'est bon, fit-il, d'une drôle de petite voix.

— Non, Sam, ce n'est pas bon. Ce n'est franchement pas bon. Tu veux que j'aille leur parler, à l'école ?

— Non ! Non, s'il te plaît, ne fais rien. S'il te plaît, dis-moi que tu ne feras rien.

— Très bien, je te le promets. Si tu promets de me prévenir dès que quelqu'un te répète ce style de bêtises, Sam. Je dois savoir. S'ils sont cruels et mauvais avec toi, ils le seront avec d'autres : il faut résister aux petites brutes.

— Je sais. Je résiste. Mais si toi tu vas te plaindre à l'école, ce n'est pas moi qui résiste.

— C'est juste. Très bien, mais s'il te plaît, n'oublie pas. Sinon, à part ça, l'école, c'est comment ?

— Ça va.

Quelque chose dans le ton de sa voix lui déconseilla de pousser plus loin.

— Regarde !

Il siffla quand un chat-huant plongea devant eux et frôla la haie en rase-mottes.

— Oncle Simon m'a promis de t'emmener dans une de ses balades, dès qu'il aurait du temps libre.

— J'aimerais bien qu'il m'emmène dans son endroit en Écosse. Cette île. Je voudrais vraiment aller là-bas. Tu savais que parfois ils voient des aigles royaux ? Pas lui. Mais il y a des gens qui en ont vu.

— Peut-être l'année prochaine.

— Je pourrais ?

— Évidemment, il faudra lui demander, mais je pense que ce serait super, oui.

Sam laissa échapper un soupir.

À Hallam House, Judith retrouva la bonde dans l'une des pantoufles de Richard, Hannah était au lit en train de lire sa bande dessinée Barbie, et Simon, assis avec Félix sur ses genoux, essayait de lui enfiler son pyjama et de se remémorer plus d'un vers de « The Wheels on the Bus ». Richard était dans son bureau occupé à lire le journal, un verre de pur malt de Taransay à portée de main.

— Vous vous débrouillez bien, lança Judith à Simon.

— Non, pas du tout, il a son haut de pyjama enfilé à l'envers.

— Je voulais dire en général.

— Si c'est pour enchaîner sur « Vous n'aimeriez pas avoir les vôtres ? », la réponse est non.

— Pas du tout. Je ne me le permettrais pas.

— Non, constata-t-il, en la considérant avec affection, vous êtes la personne qui n'oserait jamais, je le sais. Cat avait cette manie de tout le temps se le permettre, jusqu'au jour où nous nous sommes disputés à ce sujet, mais il lui arrive encore de tournicoter autour de la question.

— Ignorez-la. Bon, c'est vous qui mettez ce jeune homme dans son lit, ou c'est moi ?

Félix se contorsionna, échappa à l'étreinte de Simon et sortit de la pièce en courant. En bas, Richard entendit le bruit des petits pieds traversant le palier, les protestations des adultes, et but une autre gorgée de whisky. Le retour de la vie de famille. Il n'avait pas eu de temps pour ses propres enfants quand ils avaient cet âge-là, notamment parce qu'il était médecin hospitalier, et donc les voyait peu, en partie du fait de son peu de goût pour les premiers stades de l'enfance, et en partie à cause de Martha. Martha, avait été différente.

Il adorait ses petits-enfants et trouvait qu'il tolérait très bien leur présence dans sa maison. Il avait davantage de temps, il était plus détendu, et tout cela, c'était grâce à Judith. Mais son projet de partir une année sur les routes américaines avec elle n'avait pas été abandonné. Il voulait s'en aller, et il la voulait pour lui seul. Cat, avait-il tranché, était prête à tenir debout toute seule, et si elle ne l'était pas, leur absence l'y obligerait. Quand les enfants rentreraient chez eux, demain, il avait l'intention de soulever de nouveau la question.

# 64.

Vanek et Mead regardaient fixement le tableau noir des menus dans le pub qu'ils avaient trouvé à dix kilomètres de Lafferton, et dont personne d'autre au sein de l'unité ne semblait connaître l'existence. C'était devenu leur lieu à eux.

— Soupe, jambon et œufs, fit Ben.

— Tu vas avoir trop à manger.

— J'ai envie de trop manger.

— Salade de crabe et croquette de poisson.

— Et frites.

— Non.

Il commanda en se penchant au-dessus du bar.

— Et deux frites.

Steph marcha d'un pas décidé vers une table près de la fenêtre, même s'il faisait déjà nuit. Le feu était allumé au bar et la table était décorée de bouts de chandelles.

— Alors tu mangeras les miennes.

— Avec plaisir.

Steph but une longue gorgée de cidre sec.

— Si je dois encore visionner une bande de vidéosurveillance cette semaine, je démissionne.

— Mais non, pas du tout.

— La ferme ou je t'achète un bonnet.

— C'est pas drôle.

— Non, admit-elle, non. Désolée.

— Parlons d'autre chose.

— De quoi on pourrait parler d'autre ?

— Tu sais skier ?

— Ouais. Pistes noires.

— OK, alors viens skier avec moi. On aura tous les deux un congé après Noël, si ce n'est avant.

— C'est une proposition ?

— Oui.

Steph sourit. Mais elle ne savait pas trop si elle avait envie d'aller jusqu'à prendre des vacances avec lui. Pas encore. Elle appréciait Ben, ils travaillaient bien en équipe, ils avaient eu quelques soirées sympas. S'ils allaient plus loin, elle paniquerait.

— Je vais y réfléchir.

Elle y réfléchirait. Et ensuite elle dirait non.

— Combien de temps avant qu'un de ces deux événements ne se produise ? demanda Ben ensuite. Une autre fille assassinée… ou aucune fille assassinée et toute l'affaire est rétrogradée.

— Rétrogradée, impossible.

— Il y a un sacré paquet de ressources en jeu là-dedans, Steph… Regarde, rien que les heures sup. Les chiens. Les hommes-grenouilles. Des fourgons en permanence sur le canal, avec leurs effectifs. Les tracts. Cela ne peut pas se prolonger indéfiniment sans déboucher nulle part et coûter ce que ça coûte.

— Ça ne va pas déboucher nulle part.

— Qui le dit, ça ?

Elle finit son verre. Les hors-d'œuvre arrivèrent, avec une corbeille de pain frais.

— Je n'ai pas commandé de pain.

— Moi si.

— Tu manges trop de pain. Tous ces casse-dalles de la cantine. – Il lui lança un bout de pain. – Les autres trucs dont les gens commencent à s'inquiéter, ce sont les carences policières ailleurs ; c'était forcé que ça arrive. Regarde les vols de voitures, regarde cette série de cambriolages dans les grosses maisons de campagne qui continue. Les seuls collègues à ne pas être concernés par les enquêtes sur ces meurtres, ce sont ceux de la brigade des stups.

— Je croyais que nous ne parlions pas… euh… boutique ?

Le morceau de pain lui revint dessus.

— Alors, tu penses toujours que Serrailler marche sur l'eau ?

— Je n'ai jamais pensé ça.

— Menteur. Il l'a pas résolue cette affaire, hein ?

Ben garda le silence. Il n'avait aucune intention d'approuver, d'admettre que son idole avait des pieds d'argile. Mais il y avait du vrai dans ce qu'elle disait là, et elle n'était pas la seule à le dire. Il sauça sa soupe avec son pain, en un tour de bol.

— Manchester United va enchaîner sur le triplé.

Steph s'étrangla de rire. La discussion foot, c'était encore un mauvais point pour Ben Vanek.

Hayley était allongée dans le canapé de Louise, recouverte d'un duvet, sous lequel Liam et Frankie s'étaient blottis eux aussi, et ils regardaient un vieux film de *Batman*. En rentrant de l'hôpital à chez elle, elle s'était sentie horriblement mal, et elle avait appelé Louise pour savoir si elle pouvait garder Liam chez elle juste un soir de plus. En moins d'une demi-heure, Gwenda Mayo était venue la chercher et elle s'était retrouvée bordée avec les enfants, un mug de thé et deux antidouleurs.

— Vous êtes tellement gentille, n'arrêtait-elle pas de répéter, pourquoi vous êtes si gentille ?

Louise parut surprise.

— Vous êtes juste dans le canapé avec un thé, lui répondit-elle. Ce n'est pas grand-chose et vous auriez été malheureuse toute seule, cela aurait été encore bien pire. Si ces deux-là vous embêtent, vous les éjectez.

— Pas du tout.

Les garçons gigotèrent et commencèrent à essayer de se pousser jusqu'à ce que Frankie roule du canapé.

Leslie Blade avait dormi la majeure partie de l'après-midi, dans le fauteuil en face de celui de sa mère, dormi et bu du thé, et il sentit qu'il devait commencer à faire ce qu'on lui avait dit, et marcher. On lui avait recommandé de marcher « une demi-heure par jour », ce qui paraissait assez peu, et il avait laissé Norah devant ses informations du soir. Rien que d'enfiler son manteau et ses chaussures, cela lui sembla étrange, comme s'il n'avait plus rien fait de tel depuis des années. Une demi-heure. Peut-être prolongerait-il chaque jour un peu plus, jusqu'à ce qu'il se sente capable de marcher jusqu'à la bibliothèque et ensuite de se remettre au travail, d'aider une heure ou quelque chose comme ça, et de continuer sur un demi-service, et ainsi de suite jusqu'à ce que la vie redevienne normale.

La vie normale, cela signifierait qu'il puisse se remettre à emballer des sandwichs et à refaire du thé, sortir la voiture et conduire jusqu'à l'imprimerie. La vie normale. Mais Norah l'entendrait, et maintenant qu'elle savait et qu'elle lui avait parlé, rien ne serait plus pareil, car il se sentirait anxieux, gêné, se demandant si elle serait réveillée à son retour et si elle voudrait lui poser des questions.

Il ferma le portail. Il y avait des lumières allumées dans les maisons, des voitures descendaient et remontaient la rue. Des gens rentraient chez eux, prenaient leur thé, regardaient la télévision, s'apprêtaient à sortir. Il hésita, puis il tourna sur la gauche. Au bout de cinquante mètres, il était épuisé. Une demi-heure de marche le mènerait presque en ville, or il n'avait pas marché plus de deux minutes. Il était à bout de souffle, il appréhendait d'aller plus loin, et ses jambes ne le porteraient bientôt plus. La vie normale. Il s'assit sur le muret d'une maison et attendit de se sentir moins faible, en se demandant s'il ne connaîtrait jamais à nouveau une vie normale.

# 65.

Cat monta au premier. Il était presque neuf heures, mais Sam lisait encore son Sherlock Holmes.

— Il faut que je le termine, sinon je ne pourrai pas dormir.

— Combien de pages ?

Il feuilleta le livre.

— Neuf pages.

— D'accord. Mais après…

— Je sais. Tu peux me laisser maintenant s'il te plaît.

— Ça va ? fit-elle en riant.

— Pourquoi ça n'irait pas ?

Elle se pencha vers lui, en se demandant s'il n'allait pas vivement détourner le visage, faisant atterrir son baiser quelque part dans sa nuque. Mais au lieu de cela, il lâcha son livre, s'accrocha à son cou et l'attira à lui. Il ne dit rien du tout.

— Je t'aime, mon Sambo.

Aussi vite, ses bras retombèrent et il était de nouveau plongé dans son livre.

Tout était silencieux. Méphisto était sorti chasser au clair de lune. Cat se prépara une tasse de café pour mener à bien son travail sur ses notes de cours, et l'emporta dans le petit bureau. De toutes les pièces de la maison, c'était celle où Chris lui manquait le moins, tout simplement parce qu'il y avait rarement fait plus qu'y passer la tête. C'était sa pièce à elle. Il n'y avait jamais laissé une lettre ou un livre, sa marque en était tout bonnement absente. Elle était inchangée, telle qu'elle avait toujours été. Cat n'avait pas besoin des choses pour lui rappeler Chris, mais les souvenirs lui tombaient dessus, parfois brutalement, par exemple quand elle retrouvait un de ses vêtements oublié dans un tiroir ou quand elle lisait son écriture dans les marges d'un ouvrage qu'elle consultait. Elle avait fortement senti sa présence dans la maison au cours des semaines et des mois consécutifs à sa mort ; elle entrait dans une pièce et elle savait qu'il était là. Mais pas dans celle-ci.

Elle alluma la lampe de bureau, ouvrit un dossier et s'installa pour travailler. Elle était profondément concentrée sur son article sur les dosages des traitements au cours des heures ultimes de la vie d'un patient mourant quand elle vit des phares de voiture – quelqu'un franchissait le portail. Simon, sans doute, et pourtant il avait dit qu'il resterait dîner à Hallam House. Il y eut un petit coup de sonnette à la porte d'entrée.

— Je vous rends visite à une heure très inconvenante, non ?

Miles Hurley se tenait en léger retrait de la porte, le col de sa veste relevé.

— Oh. Non, non, pas du tout. J'allais juste me mettre au travail. Désolée, Miles, entrez. – Il lui sourit et déboutonna sa veste. – J'allais faire du café.

— Ça me paraît alléchant. Je m'attends à ce que vous fassiez le café aussi bien que le reste.

Le compliment semblait assez sincère et pourtant, d'instinct, cela la mit sur ses gardes. La rendit mal à l'aise. Elle s'imaginait qu'elle avait perdu l'habitude des compliments venant des hommes, depuis Chris – sachant que son père et Simon n'en raffolaient pas, et que Russell, au cabinet, ne dispensait ses louanges qu'avec parcimonie, même si elle savait qu'il l'appréciait.

Miles la suivit dans la cuisine.

— Vous avez appris au sujet de Ruth Webber, j'imagine ?

— Oui.

Il leva la main.

— Je comprends que vous ne puissiez évoquer le cas d'une patiente, bien sûr, mais pour Stephen, c'est beaucoup de tension, et pour nous tous, je suis sûr que vous le comprendrez.

— La police doit avoir une bien meilleure perception des choses, cette fois-ci. Elle peut faire la distinction entre ses disparitions et les meurtres. Je vous en prie, asseyez-vous, Miles, si vous n'avez rien contre le sofa de la cuisine, ou alors nous pouvons aller au salon…

— Non, ici, c'est parfait. Douillet. Merci.

Cat versa plusieurs cuillerées de café dans la cafetière, en remarquant qu'en fait il restait debout.

— Je viens de passer devant les fourgons de la police : ils ont monté un sacré campement près du canal, n'est-ce pas ?

— Oui. S'il y a des filles dans le coin, elles se sentiront plus en sécurité.

— Ces misérables jeunes femmes. Mais je n'en ai vu aucune. J'ai appris qu'elles étaient parties plus loin. À Hunt Square, cet endroit lugubre, plus près du centre.

— C'est au sujet du groupe Marie Madeleine que vous souhaitiez me voir, Miles ? Je n'avais pas du tout cela en tête, j'en ai peur. J'ai eu quantité d'autres obligations et je pensais qu'avec toute cette histoire autour de Ruth…

— Eh bien, c'est un sujet que nous pourrions aborder. Oui.

— Je comptais demander à mon frère s'il ne serait pas possible d'accueillir un représentant de la police au sein du groupe. Je ne suis pas convaincue qu'ils aient quelqu'un sous la main en ce moment, mais dans le futur.

— Ah oui, ce doit être intéressant d'avoir un policier si haut gradé dans la famille.

— Intéressant ? Je ne suis pas si sûre de cela.

— Alors il ne vient pas auprès de vous se décharger de ses soucis professionnels, hein ?

— Absolument pas.

Elle versa le lait dans la casserole et se rendit au buffet pour en descendre deux tasses. Elle eut une seconde d'hésitation, puis elle posa la main sur les plus petites. Elle n'avait pas particulièrement envie de voir Miles s'attarder devant un grand mug de café. Elle l'appréciait, seulement ça l'ennuyait d'avoir à s'interrompre dans son travail, et elle le suspectait d'être en fait venu discuter de Stephen Webber, tout en manifestant un respect de pure forme de l'engagement de confidentialité du médecin envers son patient.

— Je m'interrogeais, reprit-il, Êtes-vous d'accord avec moi pour considérer que Stephen devrait prendre un congé sabbatique ?

— Ça se comprend.

— Je lui ai fortement conseillé de s'en aller, d'emmener Ruth, à moins bien sûr qu'elle n'entre à l'hôpital, à son retour. C'est une personne merveilleuse, vous savez. J'espérais que vous me soutiendriez là-dessus.

Elle posa le café sur la table. Il restait debout.

— Miles, je ne peux vraiment pas me mêler du travail de Stephen. Ce ne serait pas correct, et je suis sûre que vous le comprenez.

Il l'étudia attentivement, un long moment, mais c'était un regard qu'elle ne put déchiffrer.

— Je vous en prie, asseyez-vous.

Elle lui remplit sa tasse. Il la prit mais ensuite il se mit à marcher dans la pièce, en regardant les dessins des enfants punaisés sur le panneau en liège, lisant deux mots, examinant une photographie.

— C'est votre mari ?

Elle hocha la tête. Elle avait envie de se précipiter, de l'arracher, de la retourner contre le mur, n'importe quoi pour l'empêcher de l'examiner.

— Dites-moi, quelle perception avait-il de ce fléau de la prostitution dans notre ville ?

— De… ? Je ne crois pas en avoir discuté avec lui. Je crois qu'il aurait ressenti à peu près la même chose que la plupart d'entre nous, et qu'il aurait voulu agir pour aider ces filles à se sortir de cet engrenage et tenter de se procurer des emplois décents, de vivre une existence normale. Il aurait certainement été soucieux de leur état de santé. Comme je le suis.

— Oui. Les maladies sexuelles, je suppose.

— Pas seulement. Leur état général est assez médiocre, d'ordinaire : mauvais régime alimentaire, elles sont souvent droguées, elles fument, elles prennent froid, par temps humide et… tout cela.

Tout en parlant, elle s'était retournée pour attraper une cuiller à café sur le plan de travail derrière elle, de sorte qu'elle lui tournait le dos quand il répondit.

— Ah oui. – Après un silence, il reprit : – Pauvres misérables filles.

Et, à cette fraction de seconde, quelque chose la frappa, une sorte de rappel, ou de vague souvenir, quelque chose… mais qu'est-ce que c'était ? De quoi s'agissait-il ? Un signal d'alarme retentit dans sa tête. Quand Miles Hurley avait parlé, elle avait entendu sa réponse, et aussi…

Il se répéta.

— Ces prostitués, il faut vraiment se charger de leur sort.

Elle se figea et un grand frisson lui parcourut le dos jusqu'au bas des reins. Elle comprit ce que c'était. Les articles de journaux, les reportages de télévision. Abi. La fille qui avait survécu, celle qui avait dessiné l'homme au bonnet. Abi que l'on avait à moitié étranglée, au point d'être incapable de parler, incapable de faire davantage que dessiner, hocher la tête, secouer la tête. Abi Righton. Sa patiente. Abi qui avait dit qu'elle voulait « se sortir de tout ça ».

Abi avait été incapable de faire mieux que dessiner ce petit croquis sommaire de son agresseur, et d'écrire deux choses. La première : MISTER BONNET. Et l'autre, c'était qu'il avait une voix *feutrée.*

Elle n'avait pas gardé ce détail en tête, du moins le croyait-elle, jusqu'à ce que Miles Hurley vienne de parler à l'instant, sur un ton très différent de son ton normal.

— *Ces prostitués, il faut vraiment se charger de leur sort.*

Une voix feutrée.

Elle était incapable de se retourner, de parler, elle demeura comme paralysée, la main tendue vers la cuiller.

C'était absurde, naturellement. Ce qui venait de lui traverser l'esprit était impossible, mais ensuite, ce fut le cliché du portrait-robot de Mister Bonnet qui lui revint en mémoire. Il ne possédait pas de traits distinctifs, pas de barbe, pas de nez cassé, pas de lèvres d'une finesse exceptionnelle ou très charnues, pas de cicatrices ou de marques. Juste un homme d'âge mûr coiffé d'un bonnet de couleur sombre baissé sur les oreilles. Et cet homme pourrait être Miles Hurley, qui avait aussi un visage quelconque, facile à oublier, sans le moindre trait distinctif. Cette image ne la quittait pas. Mais ce ne pouvait tout simplement pas être le cas.

Elle se retourna et, ce faisant, elle le regarda. Il était à quelques pas d'elle et, ce qu'elle venait subitement de penser, en proie à l'incrédulité et à l'horreur absolues, devait être écrit sur son visage.

Il fit le tour de la table et vint à côté d'elle.

— Pauvres filles, chuchota-t-il d'une voix feutrée. Qu'a dit Abi, Cat ? Et Ruth, que vous a-t-elle révélé ?

Elle ouvrit la bouche pour lui demander ce qu'il voulait dire, mais fut incapable de rien répondre, les lèvres sèches, la mâchoire bloquée.

Elle plongea ses yeux dans les siens, juste une seconde, avant d'être obligée de les détourner, mais cela lui suffit. Elle y avait vu la folie, l'arrogance ferme et assurée d'une certaine forme de folie, sans émotion, intense, résolue. Et puis il sourit, une espèce de sourire mince, satisfait, insensé, et il s'avança d'un pas vers elle, si bien qu'elle fut prise au piège entre lui et le plan de travail. Avec un étrange instinct de conservation, et tout en sachant qu'elle ne pouvait l'éviter, elle s'écarta à moitié de lui. Miles leva les bras, tendant les mains vers elle.

— Maman, j'arrive pas à…

Elle tourna la tête, terrorisée. Hurley ne broncha pas, ne laissa pas retomber les mains, ne cessa pas de la dévisager, ne parut pas du tout tressaillir à l'arrivée de Sam, qui s'était avancé d'un ou deux pas dans la cuisine, avant de s'arrêter net. Elle vit l'expression du visage de son fils changer, de l'interrogation à la confusion et à la terreur, comme les pages d'un livre animé.

Il n'y eut aucune pensée, aucun calcul, rien qu'une pure réaction instinctive. Elle cria : « Sam, téléphone… ! », avant que Miles ne se rue sur elle pour lui empoigner le cou.

Sam ne pensa pas et, après coup, il ne se souvint de rien. Il vit le portable de sa mère sur la table de l'entrée, se précipita, tapa sur le trois, son numéro automatique pour appeler Simon, qui répondit à la deuxième sonnerie.

Ce fut Simon qui se rappela en détail et qui n'oublierait jamais cette voix, après coup.

— Il est dans la cuisine, il est en train de tuer maman, s'il te plaît, viens, s'il te plaît, viens…

Miles Hurley lui arracha le téléphone de la main, et il le frappa deux fois, le cueillant sur le côté de la tête, avant d'ouvrir la porte de la maison, de s'enfuir vers sa voiture, de démarrer, de tourner si vite qu'il fit voler des graviers et l'odeur de pneus brûlés flotta par la porte ouverte.

— Maman, geignit Sam, et il tituba vers la porte de la cuisine ; sa tête le lançait, mais ne saignait pas, il n'était pas grièvement blessé.

— Maman…

Elle gisait sur le sol, là où Hurley l'avait laissée. Après coup, elle se souvint de plus de choses que Sam, se souvint de la douleur terrible dans sa gorge et de la contrainte pour essayer de respirer, et puis quand elle respira de nouveau quand il la lâcha et qu'elle tomba, se souvint du bruit bizarre qui sortit de sa bouche et d'un autre bruit, un grognement ou un halètement qui sortit de celle de Hurley, se souvint d'avoir entendu la voiture, entendu Sam, d'avoir senti le petit corps chaud de Sam pressé contre le sien, son visage contre le sien, de l'avoir entendu essayer de respirer et de dire son nom, au milieu de sa panique et de ses larmes, se souvint d'avoir tendu la main pour le serrer, le serrer. Se souvint au bout d'une centaine d'années ou de cinq secondes, du hululement des sirènes et d'autres voitures, d'autres graviers qui volaient, et de la lueur bleue d'un gyrophare tournoyant, tournoyant quelque part. Se souvint du bruit de pas, des voix, et de s'être retenue fermement à Sam. Se souvint de la voix de Simon, qui lui parlait, qui parlait aux autres, qui hurlait sur les autres. Se souvint d'autres sirènes, d'autres lumières, de plus de confusion. Se souvint de son soulagement.

# 66.

À neuf heures du matin, Serrailler attendait à l'entrée du poste de police, quand le véhicule de Paula Devenish s'engagea entre les grilles du portail.

— Bonjour, Simon, comment vous sentez-vous ?

— Bonjour, madame. Par où dois-je commencer ? Choc, soulagement, fureur, satisfaction… mais enfin, mes réactions ne sont rien par rapport à ce que les équipes ressentent ce matin.

Ils se dirigèrent vers l'escalier menant à son bureau.

Un plateau les attendait, avec une cafetière, du lait chaud, leurs plus belles tasses, des biscuits au chocolat. Paula Devenish y jeta un œil.

— Mmmh. Les offrandes de la culpabilité. – Mais elle sourit. – Vous n'avez pas à vous fustiger, Simon, aucun de vous, d'ailleurs. Mais je sais ce que vous pensez : ce fut un coup de chance. Ne jamais mépriser la chance. Vos méthodes n'étaient pas en cause. Voyez combien de meurtres non résolus subsistent dans les dossiers de la police et Dieu merci, ceux-ci ne viendront pas en grossir le nombre.

— Je m'en veux terriblement ; il y a sûrement quelque chose que nous aurions dû savoir, quelque chose…

— Pourquoi ? S'est-il jamais approché à moins d'un kilomètre de votre radar ?

— Il correspondait au profil.

— Ainsi que combien d'autres hommes à Lafferton ? Des solitaires. Vous aviez déjà questionné un solitaire, à deux reprises, et si vous y réfléchissez, vous aviez bien plus de raisons de suspecter le bibliothécaire.

— Je sais, je sais.

— Comment va votre sœur ?

— Elle va bien, merci. Ils la gardent en observation pour la nuit, et elle est encore secouée. C'est Sam qui m'inquiète. Il s'est conduit en héros, mais il a aussi vécu une expérience terrible. Il a besoin de surmonter, de se purger de ça. Je prévois de l'emmener en week-end, d'aller marcher. À moi, il me parlera.

— Et Hurley, a-t-il parlé ?

— On n'arrive plus à le faire taire, apparemment. Il a réclamé de voir le médecin de la prison et on lui a réservé des horaires de consultations psychiatriques. Il se confie à un psy.

— Ce n'est pas inhabituel, vous savez, cette sorte de double personnalité, côté pile un homme du clergé, pilier de sa communauté, côté face…

— Un homme qui éprouve une crainte et une haine des prostituées, oui. En un sens, vous savez, si nous n'avions pas quadrillé le quartier, et contrarié ses plans par une énorme présence policière, il aurait continué à tuer des filles dans la rue. Au lieu de quoi, il a changé son fusil d'épaule et Leah Wilson est morte parce qu'elle était là et parce qu'il ne pouvait s'empêcher de tuer. Si nous n'avions pas…

— Allons, Simon, que dites-vous là ? Que s'il avait trouvé une autre prostituée à tuer, cela aurait mieux valu ?

Il soupira et finit son café.

— Non, admit-il. Désolé. Bien sûr que non.

— Il était très rusé, vous savez. Donc, tout est bouclé ?

— Eh bien, non… Mme Webber est toujours portée disparue.

— Avez-vous parlé avec l'équipe psychiatrique ?

— Oui. Ils pensent que le suicide est une forte probabilité, mais cela ne signifie pas que nous ne cherchions pas à la retrouver aussi vivante ; toutes les démarches habituelles, gares ferroviaires et gares routières, diffusion d'une photo au cas où il y aurait la moindre chance qu'elle ait fait du stop.

— J'imagine que la cathédrale est sous le choc : nous restons en contact avec eux ?

— Oui. Les gens tiennent le coup, mais Stephen Webber est anéanti.

— Dites-moi, comment trouvez-vous le jeune Ben Vanek ?

— Impressionnant... encore un peu vert, pas assez de confiance en lui pour agir de sa propre initiative, mais c'est compréhensible. Non, il va bien se débrouiller.

— La semaine prochaine, éventuellement, pourquoi ne pas l'impliquer dans les débriefings, l'amener à analyser un peu comment s'est organisé le travail de police, ce qui a fonctionné, ce qui a bien moins réussi. À supposer que tout se déroule assez calmement pour que vous puissiez vous payer ce luxe.

— Priez pour notre tranquillité, madame.

Il y eut un coup frappé à la porte. Serrailler se rembrunit – il avait demandé à ne pas être interrompu –, mais Paula Devenish lui fit signe d'ouvrir.

— Chef, madame... désolé, mais il faut que vous voyez ceci.

Le sergent remit un papier à Serrailler et s'éclipsa.

Simon le parcourut rapidement.

— Un ennui ?

— Hurley est passé aux aveux complets. Ruth Webber.

— Oh *non.*

— Des hommes en tenue ont déjà fouillé son pavillon. Premier endroit où ils sont allés...

La directrice territoriale se leva.

— Allons-y.

Ils emmenèrent Vanek, Mead et deux policiers en uniforme. Paula Devenish monta dans la voiture de Serrailler.

— Fou ou sain d'esprit ? demanda-t-elle alors qu'il sortait de la cour.

— Hurley. C'est le mal.

— Essayez de prendre un peu de recul, Simon.

— Du recul ? Ce type a tenté d'étrangler ma sœur ! Si Sam n'avait pas été là, s'il n'avait pas eu la présence d'esprit de...

Elle leva la main.

— Je sais. C'est précisément pour cela que vous avez besoin de prendre du recul sur un plan émotionnel, et vous le savez. Je pense que la solution de cette dernière pièce du puzzle y contribuera. Connaissez-vous bien Hurley ?

— À peine. Cat le connaissait un peu mieux, mais pas bien : elle ne l'aimait pas beaucoup, ce qui est assez rare chez elle, mais elle ne laisse jamais ses réactions instinctives l'importuner. Ils participaient à un comité ensemble, et elle est un pilier de la congrégation de St Michael, naturellement. Pour elle, c'est une mission dont elle s'acquitte, c'est tout.

— Donc vous n'avez aucune opinion sur l'état mental de cet homme ? Pourriez-vous ralentir ? Nous ne sommes pas en gyrophare.

— Pardon, madame. – Il leva le pied et se renfonça un peu dans son siège. – Cette sorte de meurtres en série obsessionnels n'est jamais l'œuvre d'un homme sain d'esprit, n'est-ce pas ? Il avait une fascination et une aversion pour les prostituées. Il souffre manifestement de complexes sur le plan sexuel. Mais c'est un prêtre, un chanoine résidentiel d'une cathédrale. C'est là qu'est la fracture. Il a sans doute cru faire l'œuvre de Dieu ou mener à bien un projet sacré : débarrasser le monde des catins. Mais ensuite les choses ont changé… et il a découvert qu'il aimait tuer les femmes, n'importe quelle femme. Seigneur, je n'ai pas encore réussi à intégrer cet aspect, mais ma sœur a failli être l'une d'entre elles.

— Croyez-vous avoir besoin d'en parler avec quelqu'un ?

— Non, répliqua-t-il sèchement. Je m'en sors tout seul. Comme toujours. Merci.

— Quand on monte sur ses grands chevaux, il est parfois difficile d'en descendre, Simon.

Il ne répondit pas. Il pensait sérieusement ce qu'il disait. Il s'en sortait tout seul. Il n'avait pas besoin de s'entretenir avec le psy du quartier général.

La porte latérale du pavillon était ouverte et un policier montait la garde.

Serrailler s'immobilisa dans le corridor. Il régnait un silence redoutable, le genre de silence auquel il était habitué, un silence qu'avec les années il avait fini par reconnaître comme différent de celui qui règne dans une simple maison vide. Tôt dans sa carrière, il s'était moqué d'un de ses premiers sergents qui avait attiré son attention sur le silence de la mort, en considérant cela comme une vieille superstition policière. Et puis il l'avait expérimentée lui-même.

Il entra dans les pièces, l'une après l'autre : la chambre, aussi nue qu'une cellule monacale ; le bureau, en ordre, papiers rangés, livres soigneusement alignés, ordinateur portable recouvert d'une housse. Salon. Nu. Assez agréable. Terne. C'était la maison d'un homme qui ne laissait rien transparaître, dont la personnalité ne laissait aucune marque.

Cuisine. Propre. Immaculée.

Paula Devenish était à hauteur de son épaule.

— L'odeur, dit-elle.

Elle était là, voilée, mais reconnaissable entre toutes, l'odeur de la mort et des prémisses de la décomposition.

Ils trouvèrent le corps de Ruth Webber, fourré à l'intérieur du petit placard à balai, derrière la cuisine. Elle avait été étranglée et son visage présentait des coupures et des abrasions.

Serrailler l'observa un long moment. Il lui était impossible de se sortir l'autre image de l'esprit, celle qui s'était superposée à celle qu'il avait sous les yeux, l'image non de Ruth Webber, mais de Cat.

Simon fut le premier à voir Stephen Webber, debout devant le portail qui donnait sur le Clos, livide, le visage chiffonné par le chagrin, la détresse et une sorte d'hébétude épouvantable.

Simon alla vers lui.

— Que se passe-t-il ? Avez-vous appris quelque chose… ?

— Voulez-vous attendre un moment ? Je reviens tout de suite.

Simon repartit en courant vers le pavillon.

— Madame, le doyen est dehors, il veut des nouvelles, on ne lui a encore rien dit. Je vais le conduire chez lui, le lui annoncer moi-même. Il se pourrait qu'il veuille identifier le corps, voir son épouse, mais ce sera pour plus tard. Je ne veux pas de lui dans les parages. Nous allons tendre des rubalises, il faut qu'il soit loin d'ici quand les médico-légaux vont arriver et enlever le corps. Dois-je téléphoner à votre chauffeur, le prier de venir vous chercher ici, ou voulez-vous attendre avec moi ?

— Allez parler à ce pauvre homme. Je vais appeler ma voiture. Merci, Simon.

Stephen Webber sanglotait, la tête entre les mains, le corps tremblant. Serrailler proposa de lui faire un café, de lui apporter un cognac, mais à la fin il lui versa simplement un verre d'eau, le posa à côté de lui et attendit. Il avait été suffisamment souvent le porteur de mauvaises nouvelles : chacun avait une réaction différente, mais il ne s'y était jamais habitué ou ne s'était endurci. Il doutait qu'aucun policier y soit parvenu.

Après un long moment, le doyen s'essuya les yeux, but de l'eau, et se mit à parler, à s'épancher sur tout, sur son mariage, sur ce qu'il considérait maintenant comme une grave erreur, d'être venu à St Michael, sur lui-même et ce qu'il percevait comme ses propres carences. Mais surtout il s'épancha à propos de Miles Hurley, un homme qu'il avait apprécié, avec lequel il avait travaillé, auquel il s'était fié, sur lequel il s'était reposé, et pourtant sans du tout le connaître, il s'en rendait compte à présent.

— C'est sa trahison, répéta-t-il à plusieurs reprises, et le fait qu'il soit pour moi un complet inconnu. C'est cela que je ne peux comprendre.

— Je doute que personne le puisse.

— Non. Mais c'est de la cruauté. Un esprit comme celui-là… il est possédé d'un mal redoutable.

— Ou alors c'est un esprit dérangé. La folie revêt des formes étranges.

Webber secoua la tête.

— Je vais démissionner, cela va de soi.

— Ne prenez pas de décisions immédiates.

— Je l'ai prise. Elle est irrévocable.

Il se leva et lui tendit la main.

— Merci, Simon. Une chose, j'aimerais voir Cat. Je lui dois une forme d'explication… bien que je n'en possède aucune. Je lui dois de ne pas simplement disparaître. Voudriez-vous lui demander si elle a cinq minutes à m'accorder la semaine prochaine ?

— Je suis certain qu'elle vous les accordera. Pour le moment, elle reste chez mon père et ma belle-mère. Je vais y aller plus tard. Je le lui dirai.

— Merci. – Le doyen regarda autour de lui, déconcerté, ne sachant pas trop où il était ni pourquoi, et ne comprenant pas ce qu'il devait faire ensuite. – Merci, répéta-t-il.

— Avez-vous quelqu'un que vous souhaiteriez que j'appelle ? De la famille ? Quelqu'un qui viendrait s'installer quelque temps auprès de vous ?

— J'ai une sœur. – Soudain, il sourit. – Mais je vous en prie, ne vous donnez pas cette peine… je vais l'appeler.

Alors qu'ils se dirigeaient vers la porte, il ajouta quelques mots, comme une pensée qui lui serait venue après coup.

— Géraldine, ma sœur, n'a jamais apprécié Ruth, vous savez. Depuis le début. C'était… quelle tristesse. Les gens ne la comprenaient pas, voyez-vous, et ils ne la trouvaient pas toujours facile. Mais je l'aimais. Je m'en rends compte, maintenant. Et ça, c'est le secret, vous savez.

Depuis la porte, il regarda Simon marcher lentement vers sa voiture, passer devant le fourgon de la police scientifique et les véhicules qui avaient déjà occupé ce côté de la rue : les rubalises étaient déjà en place, cernant le portail et l'allée qui conduisait au pavillon de Miles Hurley.

# 67.

— Ma chérie, tu n'es pas forcée de rentrer chez toi tant que tu ne te sens pas prête et d'attaque, tu le sais.

Cat et Judith étaient assises dans le jardin d'hiver autour d'un café. Le soleil de cette fin d'automne illuminait le jardin et les fenêtres, mais dehors, après le premier gel de l'année, il faisait froid.

— Il va falloir que je rentre.

Judith soupira.

— Je trouve parfois que les mots qui ont causé le plus de mal et de malheur à l'espèce humaine sont les verbes « devoir » et « falloir ».

— Vous avez été fantastiques et d'être ici, cela m'a donné le temps de me rétablir. Les enfants ont adoré, inutile de le préciser, mais ils doivent revenir à un quotidien plus normal.

— Oui, je vois ça. Enfin, à toi de décider, bien sûr. Tu as en effet à te confronter à cette maison et à ce qui s'est passé là-bas. Il n'y aucun besoin de se presser, mais une fois que ce sera fait, tu auras désamorcé la chose.

— Oui.

— J'ai appris que le doyen avait démissionné.

— Et au total j'en suis extrêmement contente. Peut-être que cette fois, ils vont procéder à une nomination sensée : jamais il n'aurait été l'homme de la situation, à St Michael. Mais je me sens aussi terriblement désolée pour lui. Je n'imagine pas où il va pouvoir aller ou ce qu'il va faire.

— D'un autre côté, il a aussi pu réveiller un tout petit peu les gens, ce qui n'est jamais une mauvaise idée.

— Oh, sans aucun doute. Dans son cas, la formule du bébé et de l'eau du bain s'appliquait pleinement, mais il avait aussi quelques idées neuves dont nous avions besoin. Le nouveau centre d'accueil, ses projets d'ouverture vers le monde estudiantin : ne pas juste rester plantés là, avec suffisance, à attendre que tout le monde vienne à nous.

— Le groupe Marie Madeleine ?

Cat frémit.

— Là, il y a quelque chose à faire : le problème ne disparaîtra pas de lui-même.

— Si tu penses… enfin, c'est un domaine où je crois que j'aimerais m'impliquer, si je peux être utile.

— Tu pourrais être extrêmement utile, merci. Je te prends au mot.

— Dès notre retour des États-Unis.

Cat posa son café et regarda Judith, très inquiète. Judith soutint son regard.

— Nous partons, poursuivit-elle. Ton père a tellement envie d'y aller et à son âge, on ne peut pas aisément dire « dans cinq ans peut-être ». Je lui dois bien ça, tu sais. Il a besoin de m'avoir à lui tout seul, pendant un temps.

Cat ravala sa panique. Elle avait eu Judith pour l'aider à affronter les suites du décès de Chris, et maintenant, avec le traumatisme de l'agression de Miles Hurley, elle avait fini par se reposer sur elle, elle en avait tellement fait, avec et pour les enfants…

— Oui, dit-elle enfin, il a besoin de ça. Et j'ai deux pieds. Il est temps que je me tienne à nouveau debout.

— Ce ne sera que six mois, ma chérie, et tu auras Simon.

— J'ai aussi les cours pour mon diplôme, un métier et trois enfants. Mais une chose que j'ai envisagée, c'était de prendre un pensionnaire, peut-être un étudiant en médecine ou un jeune interne du Bevham General ? Qu'en penses-tu ? Dieu sait si j'ai de la place. Soit ça, soit une jeune fille au pair dont je n'ai pas réellement besoin et dont je ne suis pas sûre d'avoir envie.

Elle regarda à l'autre bout du jardin, mis au repos pour l'hiver avec encore quelques fleurs sur le rosier iceberg grimpant où jouaient les rayons du soleil, et elle eut soudain la vision de sa mère, en pantalon et tablier de jardinage, les poches pleines de ficelle et de ligatures, sécateur en main, cheveux attachés. Le jardin, c'était

Meriel. Judith faisait ce qu'il fallait, mais elle n'était pas la jardinière qu'avait été sa mère. Elle sentit ses yeux s'emplir de larmes : les larmes arrivaient facilement ces derniers temps, particulièrement quand elle regardait Sam.

Judith resta silencieuse. Je l'aime, songea Cat, et pour mon père, elle a absolument raison. Mais bien sûr, c'est différent.

— Vous allez manquer à Simon, dit-elle. Toi, surtout.

Judith secoua la tête.

— Non, pas du tout. Mais tout va bien entre nous maintenant, et je ne saurais te dire tout le bonheur que cela me procure.

— Cela fait plaisir à papa aussi.

Judith eut un rire.

— Je crois que tu dois avoir un peu raison.

— Simon emmène Sam marcher dans les Brecon Beacons, le week-end prochain. Je veux être certaine qu'il ait vraiment surmonté tout ça... Il ne m'a toujours pas dit grand-chose.

Pas dit grand-chose, songea-t-elle, mais il ne l'avait plus quittée des yeux depuis : il était entré dans sa chambre tous les soirs et s'était glissé dans son lit en silence ; il se précipitait vers elle à la minute où il revenait de l'école et il apportait ses devoirs avec lui dans la pièce où elle se trouvait, afin de les terminer avec elle à côté de lui ; il s'était refusé à se rendre où que ce soit avec quelqu'un d'autre, et s'il y allait, il était impatient de rentrer. Il avait besoin de quelqu'un pour parler sans détour, jusqu'à ce qu'il ait clarifié tout cela, émotions, anxiétés, aveux, problèmes, et là, ce serait le début d'une guérison. Cat savait qu'elle n'était pas la personne adéquate. Simon, oui.

— Je me demande si je serai jamais à même de penser à Miles Hurley comme on pense à un être humain normal ? Je suis censé lui pardonner, mais j'en suis incapable. Je crois que je parviendrais à lui pardonner ce qu'il m'a infligé : après tout, il n'a pas réussi à me tuer, je suis ici, je vais bien, je suis indemne. Mais Sam, il n'oubliera jamais, il aura le souvenir de ces quelques instants de terreur pour le restant de ses jours. Hurley a assassiné quatre femmes et il en a laissé une pour morte. Il était le mal incarné, c'était un menteur et un imposteur, et « il a commis le mal en robe de vertu ». Il a ruiné l'existence de Stephen Webber et totalement trahi la confiance et l'amitié du doyen... Que peut-on en dire de bien ?

Judith garda le silence.

Le soleil tournait, ses rayons obliques caressant la pelouse à travers les branches nues du vieux noisetier.

— Que puis-je faire ? demanda Cat, en soudaine détresse.

Après un temps, Judith lui répondit.

— Je pense que tu n'as pas d'autre choix que d'envelopper tout cela dans une métaphore et de te décharger de ce fardeau.

— Mais où ?

— Iras-tu à la messe de funérailles de Ruth Webber, à St Michael ?

— Oh oui. Je dois.

— Bien, et si tu le faisais à cette occasion ?

— Oui, fit Cat. Peut-être.

— Je vais cuisiner un ragoût de mouton, dit Judith en se levant.

— Je viens t'aider, je m'occupe des légumes.

Les gestes ordinaires, pensa-t-elle avec gratitude. Rincer les tasses de café. Cuisiner un ragoût de mouton. Tailler des légumes en dés. La vie ordinaire. C'est ce qui nous sauve.

— Au fait, Judith la regarda avec un sourire, Simon a téléphoné. Il m'a dit qu'il risquait de retourner à Taransay. Au début du printemps.

— Pour d'autres vacances ?

— Pas tout à fait. Apparemment, il a reçu une invitation à un mariage.

# 68.

Stephen Webber n'arrivait même pas à retrouver le téléphone, au milieu des cartons d'emballages, des caisses, des valises, des détritus. Même la table qu'il avait utilisée dans son logement temporaire, au lieu de son bureau, était déjà partie au garde-meuble. Le téléphone était par terre derrière une pile d'ouvrages destinés à la boutique caritative. Il décrocha à peu près à la vingtième sonnerie.

— Stephen Webber.

— Bonjour. C'est James Penman à l'appareil.

Le nom lui évoquait quelque chose. Rien. Ah si.

— Avocat. Mon cabinet est de l'autre côté du Clos.

Quelque chose. Une ombre s'abattit.

— Je me demandais si je n'aurais pas pu vous rendre visite ? J'ai besoin de m'entretenir avec vous à un certain propos.

— Un certain propos ?

— Pas au téléphone. Je peux être chez vous dans deux minutes.

Ce n'était donc pas encore terminé. Même maintenant, la semaine de son déménagement, de son départ. Pas terminé. Pourquoi n'était-ce pas terminé ?

— La maison est sens dessus dessous.

— Vous empaquetez tout, oui, je sais. Mais cela n'empêche, je pense qu'il vaut mieux que je vienne vous voir.

Deux minutes, comme il avait dit.

L'avocat de Miles Hurley.

— En bas, la cuisine est la seule pièce qui soit dégagée. Désolé.

— Bien. Il est vraiment triste que vous n'ayez pas eu l'occasion de vous installer dans le nouveau doyenné et d'en profiter quelque temps.

Stephen ne répondit rien. Versa plusieurs cuillerées de café dans la cafetière. Il n'avait adressé la parole à James Penman qu'une fois, quelques échanges de pure forme, en le croisant par hasard dans le Clos. Plus ne se justifiait apparemment pas.

Il n'avait rien à lui révéler au sujet de Miles.

Il resta, là, debout, en attendant que l'eau se mette à bouillir. La cuisine était baignée d'un maigre soleil.

— Comme vous ne l'ignorez pas, Miles Hurley s'est d'abord adjoint les services d'un pénaliste, et il m'a prié de vous rencontrer.

Stephen posa le café et le lait sur la table. Il ne comprenait pas ce que l'un ou l'autre de ces deux avocats auraient à lui dire. Pour sa part, il n'avait rien à leur dire. À aucun des deux.

James Penman avait le teint pâle, une barbe naissante. Un visage intelligent. Il observa Stephen droit dans les yeux, par-dessus le rebord de sa tasse de café.

— Je sais ce que risque d'être votre réaction, fit-il. Ce serait probablement la mienne. Mais je suis obligé de vous soumettre cette requête, et de vous demander au moins de l'examiner.

Stephen eut un soudain éclair de mémoire, qui le renvoya à la dernière fois que Ruth avait quitté la maison, la dernière fois qu'il lui avait parlé, la dernière nuit. Elle était sortie dans le Clos et elle avait croisé Miles Hurley.

Il but une gorgée de café : il était chaud. Sa langue le démangea. Il n'avait pas appris à détourner son attention, à laisser ces éclairs défiler comme les images d'un film, mais sans les regarder, tout simplement, comme un enfant qui ferme les yeux devant une image effrayante.

— Miles Hurley a demandé à vous voir.

Ces mots ne signifiaient rien. C'étaient des bribes sonores flottant en l'air entre eux deux. Miles. Hurley. A. Demandé. À. Vous. Voir.

— Parce qu'il est en détention provisoire, dans l'attente de son procès, il n'est pas astreint à déposer un mandat de visite. Vous téléphonez simplement à la prison et vous réservez une heure.

— Pourquoi ?

Il plaqua sa langue ébouillantée contre son palais.

— Il a… des choses à vous dire. J'imagine qu'il éprouve le besoin de vous les confier.

— Il n'y a… rien. Rien à dire. Comment cela se pourrait-il ?

— Je comprends. Bien sûr. Je comprends.

James Penman remua son café. Attendit.

Miles. Hurley. A. Demandé. À. Vous. Voir.

— Se pourrait-il, s'il vous parlait, peut-être cela favoriserait-il une sorte de…

— Compréhension ? De pardon ? De sympathie ? Quoi ? Cela favoriserait quoi ?

Il entendit la véhémence de sa propre voix, dans la pièce silencieuse.

— Je sais. – Penman avait une voix calme. Sans véhémence. Stephen se sentit gêné. – Vous n'avez absolument aucune raison d'accéder à cette requête. Il a demandé à vous voir. Vous avez toute liberté de répliquer par un refus pur et simple. Non. Vous n'avez pas à fournir de motifs. Juste « Non ». Ou vous avez la possibilité d'y aller. C'est vous qui tranchez.

— Pourquoi veut-il me voir ? L'a-t-il précisé ?

— Non. Je lui ai posé la question. Voulez-vous que j'y retourne, voir si je peux en savoir davantage ?

Webber se leva et se rendit à la fenêtre. Le soleil était encore pâle, derrière un voile de nuages. La brique du haut mur du jardin était d'un rouge rosé.

Il songea à Ruth, qui se plaignait du jardin, au doyenné. « Je n'ai aucune envie d'avoir à m'occuper de ces trucs de jardinage. Je n'ai pas la main verte. Il est immense. On ne peut pas le louer à quelqu'un qui en prendrait soin ? » Mais le doyenné ne serait pas prêt avant des semaines, même maintenant. Il n'aurait jamais à s'en soucier. Elle n'aurait jamais à s'en soucier. Ceux qui leur succéderaient s'installeraient directement là-bas. Auraient-ils envie d'un grand jardin ? De qui s'agirait-il ?

Il se retourna et – avant de laisser le temps au problème d'aller se terrer au fond de son esprit, sans qu'il fût confronté à la nécessité de le prendre en compte – il répondit.

— Oui. J'irai. Dites-moi où je dois me présenter. Dites-moi ce que j'aurai à faire.

Il sut gré à Penman de souscrire à sa réponse sur-le-champ, sans la remettre en question, sans insister pour savoir s'il était sûr de lui.

Il n'était pas sûr de lui.

— La meilleure méthode consiste à ce que je suggère au pénaliste de vous contacter, de vous soumettre la procédure. C'est assez élémentaire. Il faut une photo d'identité… un passeport suffit. Et vous préparer à vous laisser fouiller.

Il se leva.

Se laisser fouiller ?

Stephen, debout à la porte, un court instant, regarda Penman traverser le Clos sur ses jambes aussi maigres que des pattes de cigognes, les épaules voûtées.

S'imaginent-ils qu'il allait tenter de lui apporter de la drogue ? De l'argent ? Une arme ?

Il n'y repensa plus. C'était le seul moyen de continuer à avancer, à voir des gens, emballer des livres, manger, dormir. Il coupa un circuit en lui. Il fut surpris de constater combien c'était facile.

James Penman lui proposa de le conduire en voiture à la prison, plus d'une centaine de kilomètres à travers la campagne, mais il préférait s'y rendre seul en train et en taxi, ne se sentant pas assez en confiance pour prendre lui-même le volant. Il savait qu'il aurait toujours la latitude de penser à d'autres choses sur le trajet de l'aller, de couper ce circuit. Mais durant le voyage de retour ?

Il avait envisagé de mettre une cravate, mais quand il s'habilla, il tendit la main vers son col d'ecclésiastique.

— Alors, comme ça, vous êtes aumônier ? lui fit le chauffeur de taxi. Y a quelques sacrées têtes de noix à casser là-dedans, je vous le dis. Sauf qu'y en a un paquet qui rencontrent Dieu, là-dedans. Des tripatouilleurs de mômes, je vous le dis, et après, ils ressortent avec une auréole, ils sont tout pardonnés, un boulot dans un club de jeunes de l'église, et c'est reparti pour un tour. Mais ça, vous le savez, non ?

S'il s'était permis de l'imaginer, de même y songer, il aurait su à quoi ressemblait la prison.

— Sont supposés la démolir, en construire une nouvelle bien confortable et tout, sauf qu'il y a pas d'argent. Enfin, probable que vous êtes déjà au courant.

Il y avait une porte dérobée. Ils vérifièrent son nom. Parfaitement aimables. La fouille ne prit guère de temps. Il dut vider ses poches.

Des clefs. Le bruit des pas. D'autres clefs. Il avait rendu visite à un paroissien à Wandsworth, il y avait des années de cela. Rien n'avait changé depuis, excepté les dispositifs électroniques de sécurité.

Le seul moyen, c'était de ne pas réfléchir. De suivre.

Il s'était attendu à rejoindre une file d'autres visiteurs. Il n'y en avait pas.

— C'est une visite en tête à tête, révérend, vous le savez, j'imagine, l'avocat vous l'aura expliqué. Permission spéciale. Mais il y aura un gardien dans la salle. Ce sera vingt minutes.

Stephen sentit une nausée de panique lui remonter dans la gorge. Le circuit se ralluma, il comprit où il était et pourquoi. Il fut submergé par cette prise de conscience.

C'était le genre de salle habituel. S'il s'était autorisé à y penser au préalable, il aurait été en mesure de se la représenter.

— Si vous voulez prendre un siège, révérend.

La table était nue. La pièce, nue. Les murs, nus, à part un écriteau *Défense de fumer* et un plan des lieux de rassemblement en cas d'incendie. Le gardien qui l'avait accompagné s'en alla. Des bruits, quelque part, des voix, des pas sur des marches métalliques.

Stephen se sentit calme, soudainement. Il n'avait pas prié, mais on vint au-devant de sa prière. On y répondit.

Des pas.

Il resta là, assis, le regard baissé sur sa main, posée sur la table car – ayant jeté un coup d'œil à Miles, lorsqu'on le fit entrer – il était incapable de le regarder à nouveau. C'était pire qu'il n'aurait osé se l'imaginer. Ses émotions étaient si confuses, si turbulentes, si violentes qu'il dut peser de tout son poids pour maintenir ses pieds au sol et s'empêcher de… il ne savait pas.

Mais ensuite la chaise en face de lui fut tirée et l'autre était en train de s'asseoir, tout près, car ce n'était pas une grande table. Stephen sentait sa chaleur, son odeur de savon carcéral ; il vit son poignet, sous le sweatshirt de son uniforme de prisonnier.

Le gardien recula contre le mur. Mais il observait, il observait. Prêt. Le silence était terrible.

— Merci… – La voix de Miles s'érailla. Il toussota. Il s'éclaircit la gorge. – Merci d'être venu, Stephen.

Webber fut incapable de rien répondre. Incapable de lever les yeux.

Silence.

Miles se racla de nouveau la gorge.

— J'aurais pu te l'écrire, mais c'est... mais j'avais besoin de te voir. De te dire.

Tu avais besoin, songea Webber. Est-ce juste ? Je suis venu ici à cause de ce besoin ?

Stephen leva les yeux, droit sur le visage de Miles Hurley.

Il avait la peau pâle, la mâchoire enveloppée d'une ombre bleutée, des cernes noirs sous les yeux. Il avait perdu du poids. Les yeux étaient mornes, hormis deux points d'un éclat perçant, au centre. Ses cheveux clairsemés étaient plaqués en arrière, le front dégagé.

C'est l'homme qui a tué ma femme, pensa calmement Stephen. Ces mains, devant moi, sur la table, se sont agrippées à son cou. C'est... ça...

— Il n'y a pas de pardon, reprit l'autre. Je le sais. Je le comprends. Je n'attends pas d'être pardonné. Mais peut-être que tu ne comprends pas.

Stephen se rendit compte qu'il n'avait pas prononcé un seul mot depuis son entrée dans la pièce. Il avait cru n'en avoir aucun à prononcer. Mais si.

— Comprendre ? Comment pourrais-je comprendre ?

— Non. Bien sûr. Pas pour les autres. Pas les... les femmes. Ruth. J'ai besoin que tu comprennes ce qui concerne Ruth.

Ce qui concerne Ruth.

Il eut envie de sortir, mais n'avait pas la force de bouger, ses jambes ne l'auraient pas soutenu.

Miles fixa ses mains du regard et ne parla plus pendant quelques instants. Le gardien changea de position, mais sans cesser de les regarder. Des bruits. Une porte qui claque. Des pas. Un éclat de rire distant qui se répercute en bas d'une cage d'escalier.

Ce fut Webber qui rompit le silence entre eux.

— Tu l'as tuée parce qu'elle savait. Elle est sortie et t'a vue, elle a su, et tu l'as tuée.

— Oui. Non. Non, ce n'est pas tout. C'est...

Il leva les yeux. Les deux têtes d'épingles éclatantes plongèrent dans les prunelles de Stephen. Il frottait ses pouces contre ses index.

— Je l'ai fait pour toi, reprit Hurley. Tu ne vois pas ? Tu ne comprends pas ?

Et la pièce s'emplit d'une bouillie de mots insensés.

— Tu devais la supporter, cette femme, tu étais si bon, si aimant, tu étais… Toute cette folie, tous ces mauvais traitements, cette manie, ces semaines de… tout cela. Elle disparaissait, tu allais la rechercher, tu la ramenais, toujours, elle te poussait à faire ceci, à faire cela, et je savais que tu ne voulais pas, je savais que c'était toujours contre ton avis, nous le savions tous, mais toi, ta bonté… Ton amour pour elle. Tu étais enchaîné, elle était liée à toi et elle ne t'aurait jamais laissé partir, ligoté, oui, c'est ce que cela signifie, ligoté. Pourquoi l'avais-tu épousée ? Je n'ai jamais compris, personne n'a compris. Elle te freinait, elle t'encombrait, elle ne te servait à rien mais tu as continué et j'ai vu que rien ne changerait. Si tu n'arrivais à rien changer tu ne réussirais jamais, cela aurait continué. Et je te respectais tellement, je t'admirais tant, je voulais tellement que tu réalises de grandes choses. Tu aurais dû réaliser de grandes choses, Stephen, et maintenant rien ne t'en empêche. Comprends-le, je t'en prie. Maintenant, rien ne t'en empêche. Moi, je ne compte pas. Je… ce qui m'arrive n'a aucune importance. Tu vois ? Il n'y a que toi, maintenant, que toi. Je l'ai fait pour ça. Je suis sûr que tu vois, sûr que tu comprends. Les autres, c'était différent, elles n'étaient rien. C'était quelqu'un d'autre, l'homme qui… pas cet homme, ici. Mais Ruth. Oui. Oui, Ruth. J'ai tué Ruth pour toi, pour que…

Au moment où Stephen fut debout, le gardien était à sa hauteur.

Miles resta assis, silencieux à présent, mais il leva les yeux vers lui, avec une insistance pressante, du désespoir dans les yeux.

— Je veux m'en aller, murmura Stephen.

Il tremblait. Il fit face à la porte et attendit les quelques secondes nécessaires pour que quelqu'un d'autre arrive. Ne se retourna pas, ne regarda pas derrière lui. En moins de trois minutes, il se retrouva dans la rue, devant le portail de la prison.

Cette nuit-là, il demeura allongé, éveillé, et les images défilèrent devant ses yeux, l'une après l'autre, mais l'image de Miles Hurley ne cessait de revenir, ses yeux éclatants, éclatants, le scrutant avec insistance, à cette table, et il parlait, il parlait. Je l'ai fait pour toi. Je l'ai fait pour toi. Je l'ai fait pour toi.

Il n'avait aucun moyen de savoir s'il comprendrait jamais, s'il pardonnerait jamais, mais il était certain qu'il n'oublierait jamais. Il était incapable de penser la folie, de séparer la folie de la raison, les illusions de la vérité. Il était incapable de prier et pourtant il savait que de simplement rester allongé là dans l'obscurité, c'était une sorte de supplique tacite. Mais pour qui ? Miles Hurley ? Ruth ? Lui-même ?

Il quitta Lafferton deux jours plus tard, sans revoir aucun de ses anciens collègues.

Il était tôt, par une matinée lumineuse, sans nuages, mais il avait plu dans la nuit et, quand il démarra, la pierre grise et douce de la cathédrale, les toits des maisons, les pavés de la ruelle sous l'arcade miroitèrent.

*Cet ouvrage a été composé*
*PCA – 44400 Rezé*

Cet ouvrage a été imprimé en France par

CPI
BUSSIÈRE

à Saint-Amand-Montrond (Cher)
en mars 2012

N° d'édition : 51588/01 – N° d'impression : 120072/1
Dépôt légal : avril 2012